夏福英 著

《詩經》講演錄續編

CONTINUATION OF
LECTURE RECORD ON
THE BOOK OF SONGS

社会科学文献出版社
SOCIAL SCIENCES ACADEMIC PRESS (CHINA)

序

经典诠释是一件沉重却又充满魅力的事情，就拿《诗经》305篇来说，每一篇的解释，观点少则两三种，多则七八种，甚至更多。这让初学者手足无措，不知谁是谁非；而善于解经的人，处理起来却游刃有余，能高屋建瓴般地做出综合与分判。跨越两三千年的公案，就像昨天参加了一场学术讨论会，今天由你来做最后的评判，与各位专家学者交流沟通，分享你自己的观点和意见，并能令人心服口服。正是这样，经典诠释虽然跨越的时间很长，意见纷呈，处理起来很沉重，但仍有你驰骋己说的广阔空间，这便是经典诠释的魅力所在。读完一遍眼前这部《〈诗经〉讲演录续编》，便让我产生了这样的感受，也由此更激发了我对《诗经》这部经典的热爱。如果说自古及今有哪一部诗集名句和教诫最多，那我必须说非《诗经》莫属。

这部《〈诗经〉讲演录续编》所续的是此前在中国社会科学出版社出版的《〈诗经〉讲演录》，该书我是第一作者。《〈诗经〉讲演录》选诗57篇，选的是《诗经》中较容易为今日读者所理解的诗作。而《〈诗经〉讲演录续编》从没有被《〈诗经〉讲演录》选中的诗作中又选出51篇，其中一些诗作不太容易为今日读者所理解，这就需要加强解释的力度。从本书作者已做出的解读看，我是较为满意的，因为它的含金量较高，可以从以下两个维度来看。

一　对经学研究的推进

在《诗经》学的研究上，已经有两千余年的学术积累，诸家解释可以说巨细无遗。要在歧见纷呈中有理有据地确立一说已属不易，而能在诸说大备的情况下再向前推进一步，在学术上有所突破，更是难能可贵。在这方面，这部《〈诗经〉讲演录续编》的表现堪称不俗。下面我举三个例子。

（一）推断《小雅·小旻》《小雅·小宛》两诗作者为姬余臣（后来的周携王）

《诗经》中有些诗篇有较明确的作者，比如周公、周成王、召穆公、庄姜、许穆夫人等，但大多数诗篇都属无名氏所作。那么有无可能再从无名氏所作作品中确定某篇的可能作者呢？此书提出了自己的见解。如《诗经》第195篇和196篇，即编入《小雅》中的《小旻》《小宛》两篇。这两篇诗作都有"战战兢兢，如履薄冰"之句，明显有连带关系。《毛诗序》认为是"大夫刺幽王"，郑玄《笺》认为"当刺厉王"，朱熹则认为《小宛》一诗是"大夫遭时之乱，而兄弟相戒以免祸之诗"。此书综合两家观点，提出《小宛》是一首王族兄弟之间的规讽之诗。此书作者论述说：

> 此诗所写并非一般家庭的兄弟，因为诗中有"人之齐圣""天命不又"的诗句，这并非一般家庭兄弟之间的语言，而应是王族家庭兄弟之间的语言。如果此诗是刺周幽王之诗，那此诗的作者应当是幽王的兄弟。幽王有兄弟吗？有的！周幽王有一个弟弟，名姬望（后世称姬余、姬余臣）。那么我们可以推测，当周幽王荒淫无道，朝廷出现政治危机之时，他的弟弟忧心如焚，担心先王之业从此毁灭而写下这首诗。毛诗一派与朱熹一派都只说对了一部分，但

都未进一步推断作者其人。综合这两派的观点进一步推理，这是一首王族兄弟之间的规讽之诗，作者应是姬余臣。

在周幽王当政时，姬余臣只是一个不知名的兄弟，他在那时写下了这首诗。但是后来事态的发展，不幸被姬余臣言中。公元前771年，犬戎攻陷镐京，杀周幽王，西周王朝覆灭。太子宜臼在申侯等人的扶持下，继承王位，即为周平王。与此同时，虢公翰等人在携地拥立周幽王之弟姬余臣为王，史称周携王。孔颖达《左传正义》引《汲冢纪年》说："幽王既弑，申侯、鲁侯及许文公立太子宜臼于申，虢公翰立王子余臣于携，二王并立。二十一年，携王为晋文侯所杀"。

所以，此诗应是周携王在周幽王生前写下的劝诫之诗。

此书作者连带推论《小雅·小旻》一诗也应是姬余臣所作。关于周携王（姬余臣）的生平及其执政的事迹，史书留存资料极少。如果此说成立，则为我们增添了有关周携王的资料，也使《小宛》《小旻》两诗的作者是谁有了一个探索的方向。当然关于姬余臣为《小宛》作者之事，还应进一步做详细考证。但此书作者的推论并非毫无根据，其推论应该是比较合乎情理的。

（二）推测《陈风·月出》一诗出自古文经

《陈风·月出》是一首月下怀人之诗，意境朦胧优美，近似《秦风·蒹葭》一诗。其诗曰：

> 月出皎兮，佼人僚兮。舒窈纠兮，劳心悄兮。
> 月出皓兮，佼人懰兮。舒忧受兮，劳心慅兮。
> 月出照兮，佼人燎兮。舒夭绍兮，劳心惨兮。

此诗的一个突出特点是，其用语并不常见，以至于宋代吕祖谦说：

"用字聱牙，其方言欤？"清代姚际恒也说："似方言之聱牙，又似乱辞之急促。"此诗三章的后三句，所用之字词，不仅前无所见，即使后世也多不沿用。此书作者提出另一种可能性：

> 吕、姚二人说其用字佶屈聱牙，猜测这是一种方言，这是有可能的，不过现在已无法确切考证了。但是，还可以有另一种解释，就是从近年出土的战国竹简来看，其中有许多生僻字，或许此诗中的有些字就是从竹简本转录下来的。如果是这样，出现一些佶屈聱牙的字，也就不足为怪了。

近年出土的战国楚文字多见生僻字，难以识读，这是继吕祖谦、姚际恒之后的一个新见识，这一说法明显较"方言说"更有说服力。因为《诗经》305篇为什么独有此篇用方言来书写呢？这就很难解释了。

（三）坐实孔颖达释"三秋"为九个月的疏解

《王风·采葛》原诗如下：

> 彼采葛兮，一日不见，如三月兮！
> 彼采萧兮，一日不见，如三秋兮！
> 彼采艾兮，一日不见，如三岁兮！

此诗的字面意义似乎并不难懂，但其中的"三秋"到底是多长时间呢？此书作者考证说：

> 关于三秋到底是多长时间，历史上有许多讨论。按一般的理解，三秋是三个秋天，即三年。但诗三章有"一日不见，如三岁兮"，"三岁"即三年，不是重复了吗？也有人将三秋解释成孟秋、

仲秋、季秋三个月，如杨见宇："三秋即孟秋、仲秋、季秋也。"①
孟秋一个月，仲秋一个月，季秋一个月，加起来是三个月。但诗首
章有"一日不见，如三月兮"，这不是也重复了吗？到底怎样解释
才对呢？按孔颖达的说法，三秋既不是三个月，也不是三年，而是
九个月。孔颖达《毛诗正义》说："三章如此次者，既以葛、萧、
艾为喻，因以月、秋、岁为韵。积日成月，积月成时，积时成岁，
欲先少而后多，故以月、秋、岁为次也。……年有四时，时皆三
月，三秋谓九月也。设言三春、三夏，其义亦同，作者取其韵
耳。"孔颖达的解释较为合理，说明诗中主人公的思念之情随着时间
在不断增强。但是，诗人为何不直接说九个月，而说三秋呢？孔颖
达的解释是为了押韵。王力所著《诗经韵读 楚辞韵读》认为，《采
葛》首章"葛"与"月"，上古押月部韵；二章"萧"与"秋"，
上古押幽部韵；三章"艾"与"岁"，上古押月部韵。② 总体来说，
孔颖达的解释较为合理。

此书作者在学者关于"三秋"的不同解释中，最后选择了孔颖达
的说法。但孔颖达说《采葛》用"三秋"一词，是为了使"秋"字与
"萧"字押韵。而从中古音韵平水韵来看，"秋"与"萧"并不押韵。
于是此书作者搬出王力所著《诗经韵读 楚辞韵读》，指出从上古音韵
看，"秋"与"萧"押幽部韵，证明孔颖达的说法是完全有根据的，间
接坐实了"三秋"为九个月的疏解。虽然此说只是坐实了前人的一种
意见，而非作者的创解，但它使我们获得一个更深层次的方法论意义。
从经学的角度看，关于经典的诠释经常意见纷呈，这是经学解释的一种
健康常态，也是一种极有价值的思想资源，正如宋代司马光所说，解经
好比射箭，射的人多了，就一定会有人把箭射到靶子上。他鼓励学者一
起解经，认为总会有人把经典解释好的。解释《诗经》也是如此，在

---

① （明）张次仲：《待轩诗记》，影印文渊阁四库全书本。
② 王力：《诗经韵读 楚辞韵读》，中华书局，2014，第180页。

众多的解释中，看谁解释得最好，就采用谁的说法。如果古人已经完全说对了，那就不必标新立异，更创新说。但是20世纪20年代以后的学者有一个通病，就是为了打破传统经学观点的所谓"封建意识"，往往刻意标新立异。因此在对《诗经》《易经》等经典解释上完全无视传统经学家的意见，而仅凭自己主观意见做出论断，大多不可靠。近年学者在经典解释上已克服了这个毛病，此书充分说明了这一点。

二　对文学研究的推进

当然，对于《诗经》，只从经学的角度解释是不够的。在我看来，在对传统经典的解释上，两千余年中，《诗经》的诠释相对其他经典的诠释，是属于比较差的。原因在于，《诗经》本质上是文学作品，但长期以来学者比较忽略从文学的角度来诠释它。直到近现代，学者才开始从文学角度来研究。而我认为，研究《诗经》至少应从经学、文学两个维度来研究。这一点，《〈诗经〉讲演录续编》的作者是做得比较好的——此书在研究所选诗作时，尽可能发掘诗作的写作技巧。下面举两个例子。

（一）对《周南·卷耳》写作技巧的分析

《周南·卷耳》是一首描写妇女思念远行丈夫的诗，此书作者论述道：

> 当诗人写到她在外服役的丈夫时，并不是直接说"他"，而是用第一人称"我"。这一人称上的变换，展现了女子的内心世界——她将自己幻化成了自己的丈夫。她的身份在变换，她在思念的同时，已经跨入了另一个空间。这真是惊人之笔！
>
> 诗人以第一人称描写女子的丈夫，超越了性别，也超越了空间。诗人的思维是跳跃的，描写也是跳跃的。她想到自己的丈夫登

上了高高的山岗，马跑得腿儿发软，疲倦得不能走了，于是他用金杯斟满酒，以消解心中的忧愁。后来，仆人也累得走不动了。几个不同画面的描写，像使用了现代电影中不同画面裁剪与拼接的"蒙太奇"手法，我们在现代电影中常常能看到那些情景。两千多年前，诗人用第一人称的手法，将这些不同的画面拼成了完整的诗。这种写作手法，真是让人惊奇。

（二）对《魏风·汾沮洳》写作技巧的分析

《魏风·汾沮洳》是一首女子赞扬美男子的诗，此书作者论述道：

从人类发展的历史来看，早期人类的审美情趣更多的是发乎自然的人性。当然不同的文化之间，也有所区别。像古希腊、古罗马时代，人们特别崇尚人体美。从西方流传至今的雕塑与绘画来看，那时的艺术家所塑造的裸体男女造型，具有跨时代与跨文化的美学意义。而中国文化早在周公制礼作乐之时，就限制了人体的暴露。但这并不意味着中国古人没有审美感受，这种审美感受就体现在诗歌当中。最早的《诗经》就有较为充分的体现，如《邶风·简兮》描写女子观看舞师表演万舞并对他产生爱慕之情，诗二章描写其表演武舞时的勇猛雄健之美，诗三章则描写其表演文舞时的雍容优雅之美；《卫风·淇奥》旧说是赞美卫武公的诗，诗赞美他的文才、仪容与德行，"有匪君子，如切如磋，如琢如磨""有匪君子，如金如锡，如圭如璧"；《郑风·叔于田》是一首赞美青年猎人的诗，此诗赞美这位青年猎人善于驭马，豪放好饮，英俊威武且有仁德；等等。此篇《魏风·汾沮洳》也是其例。这些诗歌都展现了一种文化样貌，就是不吝夸赞之辞来赞扬男子的美貌与风度，由此形成了与传统赞扬美女文学相对的另一种文学——赞扬美男的文学。这一文学特征在中国古代前期比较显著，而在中国古代后期，这种文化就渐渐衰亡了。所以此诗使我们有机会来探讨中国古代早期社会的美男文学，并从一种文学欣赏的审美情趣角度来欣赏此诗。

近些年来，中国文化出现了一个特殊现象，即人们普遍重视"颜值"，不仅男性重视女性的"颜值"，女性也同样重视男性的"颜值"。人们认为这是一种颇为时尚的新思潮，殊不知这在中国先秦时期就已经很流行了。

以上是《〈诗经〉讲演录续编》一书从文学审美的角度对《诗经》进行研究之例，由此可见全书重视从文学审美角度研究《诗经》的特点。

夏福英曾是我带的博士研究生，后到中国人民大学国学院做博士后研究，师从梁涛教授。在博士后期间，她曾为本科生讲授《诗经》和《易经》，其《诗经》课程获得了学生们的好评。后来，她在广西大学哲学系给研究生讲授《诗经》，在河海大学哲学系、济南府学文庙等地做《诗经》专题讲座，同时在线上多次讲授《诗经》，此书是其解读《诗经》的精华。因此书是作为《〈诗经〉讲演录》的续编来写的，我喜见其成，特为之作序。

姜广辉

2022 年 12 月于湖南大学人文高等研究院

目 录

国 风

小　雅

大　雅

周　颂

商　颂

国风

周　南

卷　耳[①]

【原文】

采采卷耳，不盈顷筐。嗟我怀人，置彼周行。

陟彼崔嵬，我马虺隤。我姑酌彼金罍，维以不永怀。

陟彼高冈，我马玄黄。我姑酌彼兕觥，维以不永伤。

陟彼砠矣，我马瘏矣，我仆痡矣，云何吁矣。

【字义】

1. 卷耳：植物名，嫩苗可食，亦可作药。2. 顷筐：竹制的器具，前高后低。3. 嗟：语助词。4. 置：放下，搁置。5. 周行（háng）：大道。6. 陟：升、登。7. 崔嵬（wéi）：高而不平的山。8. 虺隤（huītuí）：极疲而病。9. 姑：姑且、只好。10. 酌：斟酒喝。11. 金罍（léi）：贵族用的酒器。12. 维：发语词。13. 玄黄：马生病之态。朱熹《诗集传》："玄马而黄，病极而变色也。"14. 兕觥（sì gōng）：用野牛角制的酒器。15. 砠（jū）：多土的石山。16. 瘏（tú）：马疲病不能前行。17. 痡（pū）：人过劳不能行走。18. 云：语助词。19. 吁（xū）：忧伤而叹。

---

① （汉）毛亨传、（汉）郑玄笺，（唐）孔颖达疏《毛诗注疏》，上海古籍出版社，2013。本书所引《诗经》原文皆出自此版本。

【解析】

自古以来，关于《卷耳》这首诗的解释有很多。

荀子说："顷筐易盈也，卷耳易得也，然而不可以贰周行。"卷耳易采，筐也易满，但这位女子的筐总是采不满。之所以如此，是因为她一心二用，一边采卷耳，一边思念在远方服役的丈夫，心不在焉。荀子提倡"不可以贰周行"的行事态度，认为一个人做事不能一心二用，而要心无旁骛。我们的思想可包容万物，万事万物都在我们的思考范围之内。当我们在思考的时候，一次只能思考一件事情，思考时必须专心。对于如何学习，荀子同样提倡一心一意，才会有所成就，他说："学也者，固学一之也。"

《毛诗序》说："《卷耳》，后妃之志也。又当辅佐君子，求贤审官，知臣下之勤劳。内有进贤之志，而无险诐私谒之心，朝夕思念，至于忧勤也。"①《毛诗序》认为《卷耳》一诗作者乃文王的后妃，其用意是访求贤才、考察官员。

宋代张纲《华阳集》卷二十五说："卷耳，易得之菜也；顷筐，易盈之器也。夫采易得之菜，以实易盈之器，又采采而不已，然且不能顿盈，况贤才之士为难得，百官之位为至众，欲求难得之材以实至众之位，可不思念之乎？"②张纲顺着《毛诗序》的意思，认为此诗的诗旨是欲访求贤才，贤才难得，所以思慕不已。

朱熹《诗集传》评《卷耳》首章四句"采采卷耳，不盈顷筐。嗟我怀人，置彼周行"说："后妃以君子不在而思念之，故赋此诗。托言方采卷耳，未满顷筐，而心适念其君子，故不能复采，而置之大道之旁也。"朱熹认为此诗是文王后妃托言卷耳寄寓心中的思念："岂当文王朝会征伐之时，羑里拘幽之时而所作与？"③他甚至推测作此诗的具体

---

① 本书所引《毛诗序》出自（汉）毛亨传、（汉）郑玄笺，（唐）孔颖达疏《毛诗注疏》，上海古籍出版社，2013。
② 曾枣庄、刘琳主编《全宋文》卷三六七七，上海辞书出版社、安徽教育出版社，2006，第389页。
③ （宋）朱熹：《诗集传》，中华书局，2011。下引同此版本。

时间是在文王被拘羑里之时，只是无确切证据罢了。他又在《晦庵集》卷五十中说："《卷耳》诗恐是文王征伐四方、朝会诸侯时后妃所作。首章来喻得之，后三章疑承首章之意，而言欲登高望远而往从之，则仆马皆病而不得往，故欲酌酒以自解其忧伤耳。大意与《草虫》等篇相似。又《四愁诗》①云，'我所思兮在太山，欲往从之梁父艰'，亦暗合此章耳。"他认为《卷耳》与《草虫》《四愁诗》思想感情相似，皆思人而作之诗。

清代郑方坤《经稗》卷五说："原诗人之旨，以后妃思文王之行役而云也。陟冈者，文王陟之也；马玄黄者，文王之马也；仆痡者，文王之仆也；金罍兕觥者，冀文王酌以消忧也。盖身在闺门而思在道途，若后世诗词所谓'计程应说到梁州''计程应说到常山'之意耳。"郑方坤认为，《卷耳》是文王的后妃思念文王在外行役而写。诗中写文王登上高高的山岗，他的马疲惫不堪，仆人也累倒了，文王借酒浇愁。

那么，这首诗到底表达了什么呢？

一个女子在采摘卷耳的时候，心不在焉。但诗人不直接这样叙述，而是绕着弯儿写她的筐总是采不满。本来，采摘卷耳是一件简单的事情，因为卷耳漫山遍野都是。然而女子的筐一直采不满，必定是她的心不在这件事上。若解诗只说她"心不在焉"，这似乎太抽象。

"采采卷耳，不盈顷筐"，描写了一个提着浅筐、心不在焉地采摘卷耳的女子的形象。那么女子在想什么呢？"嗟我怀人，置彼周行"，她在思念远方服役的丈夫，他是不是被抛弃在路旁了呢？明朱朝瑛

---

① 东汉张衡《四愁诗》"我所思兮在太山，欲往从之梁父艰。侧身东望涕沾翰。美人赠我金错刀，何以报之英琼瑶。路远莫致倚逍遥，何为怀忧心烦劳。我所思兮在桂林，欲往从之湘水深。侧身南望涕沾襟。美人赠我琴琅玕，何以报之双玉盘。路远莫致倚惆怅，何为怀忧心烦伤。我所思兮在汉阳，欲往从之陇阪长。侧身西望涕沾裳。美人赠我貂襜褕，何以报之明月珠。路远莫致倚踟蹰，何为怀忧心烦纡。我所思兮在雁门，欲往从之雪雰雰。侧身北望涕沾巾。美人赠我锦绣段，何以报之青玉案。路远莫致倚增叹，何为怀忧心烦惋。"参见（梁）萧统《昭明文选》，中华书局，2020，第414页。

《读诗略记》卷一说:"'置彼周行',谓行役不息,若弃之道路然也。"笔者认为,较之他家,朱朝瑛的解释最佳。女子不是想象丈夫戍边立功、受赏荣归,而是想着:他是否累坏了?病倒了?越想越当真,自己好像直接穿越空间,到了丈夫的服役驻地。令人难解的是,当诗人写到她在外服役的丈夫时,并不是直接说"他",而是用第一人称"我"。这一人称上的变换,展现了女子的内心世界——她将自己幻化成了自己的丈夫。她的身份在变换,她在思念的同时,已经跨入了另一个空间。这真是惊人之笔!

诗人以第一人称描写女子的丈夫,超越了性别,也超越了空间。诗人的思维是跳跃的,描写也是跳跃的。她想到自己的丈夫登上了高高的山岗,马跑得腿儿发软,疲倦得不能走了,于是他用金杯斟满酒,以消解心中的忧愁。后来,仆人也累得走不动了。几个不同画面的描写,像使用了现代电影中不同画面裁剪与拼接的"蒙太奇"手法,我们在现代电影中常常能看到那些情景。两千多年前,诗人用第一人称的手法,将这些不同的画面拼成了完整的诗。这种写作手法,真是让人惊奇。

如上所述,女子想念太投入,将自己幻化成自己的丈夫,所以诗人此处用的是第一人称,不是说"他"怎样,而是说"我"怎样。"我马虺隤""我姑酌彼金罍""我马玄黄""我姑酌彼兕觥""我马瘏矣""我仆痡矣",连用六个第一人称叙述,通过展现女子的充分联想与心理活动,突破空间的制约,超越了性别。这种奇特的写作手法,在现代文学中被称为"意识流"。

"意识流",强调思维的不间断性,人只要是醒着的,思维就没有"空白",始终在"流动"。人的思维可以超越时空,不受时间和空间的束缚,因为意识不受客观现实制约,是一种纯主观的东西。

虽然中国古代还没有"意识流"这个概念,但古人已注意到,已采用了这样的手法来创作诗歌。唐代的诗歌,也有这样的创作手法。唐代诗人张仲素的《春闺思》"袅袅城边柳,青青陌上桑。提笼忘采叶,昨夜梦渔阳",描写的是一个女子采摘桑叶,她在桑树下心不在焉,手挎竹篮忘了采摘。她在想些什么呢?"昨夜梦渔阳",她在想着昨晚上做的那个梦呢,昨晚她梦到了在渔阳从军的丈夫,一出神就忘了采桑叶。这与《卷耳》第一章的写作手法是一致的。

张仲素应是熟悉《诗经》的,他的《秋闺思》也吸收了《周南·卷耳》的写作手法:"梦里分明见关塞,不知何路向金微。"在梦中,这个女子分明看到了丈夫所在的关塞,可是,却不知道哪条路才是通往金微山的。

同样生活在唐代的诗人张潮在《江南行》中写道:"妾梦不离江上水,人传郎在凤凰山。"笔法也与《卷耳》相似:女子的思念,初时在江上之水;一别之后,她的思念一刻也未曾停息;而后她听闻思念的那个人去了凤凰山。思念的人时而在水,时而在山,又无书信捎来,这就将一个女子对久而不归的远行人那种思念之情描写得淋漓尽致,有时空的跳跃感。

类似的写作手法还有唐代王涯的《闺人赠远五首》其四,诗曰:"啼莺绿树深,语燕雕梁晚。不省出门行,沙场知近远。"孟郊的《征妇怨》一诗也用了同样的创作手法,诗曰:"渔阳千里道,近于中门限。中门逾有时,渔阳常在眼。"

通过上面的分析,我们可以得知《周南·卷耳》是一首说情诗,它不在于说理。就像方玉润在《诗经原始》中所说的:"《卷耳》,念行役而知妇情之笃也。"① 一个女子思念自己在远方服役的丈夫,这与朝廷招收贤才并无关系。她思夫情深意切,以至心神恍惚,感觉她的丈夫就在眼前,她自己也超越了时空,幻化成为所思念的那个人。这种手法像现代文学上的"意识流"手法,又像现代电影中不同画面剪接的"蒙太奇"手法,出现在两千多年前的《诗经》中,令人惊叹!

---

① (清)方玉润:《诗经原始》,中华书局,2017。下引此书同此版本。

桃 夭

【原文】

桃之夭夭，灼灼其华。之子于归，宜其室家。

桃之夭夭，有蕡其实。之子于归，宜其家室。

桃之夭夭，其叶蓁蓁。之子于归，宜其家人。

【字义】

1. 夭夭：茂盛的样子。2. 灼灼：桃花鲜艳盛开之貌。3. 华：同"花"。4. 子：这里指女子。5. 于归：古代女子出嫁叫"于归"，即归往夫家。6. 宜：和顺、亲善。朱熹《诗集传》："宜者，和顺之意。"7. 蕡（fén）：果实繁盛。8. 蓁（zhēn）：叶子繁密。

【解析】

这是一首祝贺姑娘婚嫁的诗。

此诗三章反复说"宜其室家、宜其家室、宜其家人"，出现了三个"家"字，两个"室"字。中国古代社会是家族主义社会，我们只有理解了一个"家"字，才能更好地理解中国古代文化。这首诗反复强调宜家，有其深刻的中国文化意涵。这里既说"家"，又说"室"，二字在空间的含义上相近，都是指亲人居住的地方，但是"家"的意义更深一些。

"家"在春秋时期以前，是指卿大夫之邑。"家"不仅有家庭的意义，还有家族的意义。"室"在家庭中一般指夫妻的居室。《说文解字》说："家，从宀，豭省声。"豭，古音 gia（古无舌上音 j，凡今读 j 音者，古音多读 g），是猪的意思，原字应是从宀从豭（亦音 gia）。因其字烦琐，省去了"叚"，就变成了"家"字。根据这种解释，我们就明白了为什么一个从宀从豕的字，读成了 gia 的音。另外，"家"从豕，"豕"是猪的意思。为什么家里住的不是人，而是猪呢？在古代，猪是家庭财富的象征，所以特别通过"家"字表现。直到 20 世纪 80 年代，贵州苗族仍将家作为养猪之处，上面阁楼设置家人的床榻，下面是猪圈。这可以说是古代家室结构的孑遗，这一证据印证了《说文解字》说法的正确性。但后世也有人对此种解释持有异议，如宋代戴侗《六书故》卷二十五说："'家'，古胡、古牙二切，人所合也。从汆（yín），三人聚宀下，家之义也。汆之讹为豕，《说文》不得其说，谓从豭省声，牵强甚矣。"戴侗认为，"汆"与"豕"形近而讹，《说文解字》解释有误。这种观点，也可备一说。

此诗以"桃之夭夭，灼灼其华"开篇，让人眼前一亮——哇，这女子多漂亮，像桃花一样！出嫁的姑娘，青春年少，充满活力，加之盛装打扮，正像桃花一样艳丽。"灼灼其华"四字，极言其艳丽华美。但是诗歌并未继续写她外表具体怎样艳丽华美，而是笔锋一转，切入写她的内质。这个女子内涵如何？——宜家宜室。何谓"宜家宜室"？朱熹《诗集传》说："宜者，和顺之意；室，谓夫妇所居；家，谓一门之内。"这个女子出嫁了，会夫妻和睦，会带给夫家和谐美好的生活。说明这个女子温柔、贤惠，德行好。可见较之美丽的容颜，古人更看重女子的德行。诗中反复强调"宜家""宜室"，反映了中国古代社会对妇女的要求。

接下来谈谈此诗起兴的高妙。清代姚际恒《诗经通论》说："桃花色最艳，故以取喻女子，开千古词赋咏美人之祖。"[①]《桃夭》一诗最早用桃花比喻年轻貌美的女子，这一创造性的比喻在文学领域产生了深远的影响，后世用桃花喻美人之诗层出不穷。唐代以桃花咏美人之诗甚多，如温庭筠《照影曲》："桃花百媚如欲语，曾为无双今两身。"韦庄《女冠子·昨夜夜半》："依旧桃花面，频低柳叶眉。"崔护《题都城南庄》："去年今日此门中，人面桃花相映红。人面不知何处去，桃花依旧笑春风。"古人用桃花比喻年轻美丽的女性，可谓极擅形容，亦可见古人对年轻美丽的女性的钟爱与欣赏。但正如前面所说，美人固美，宜

---

① （清）姚际恒：《诗经通论》，语文出版社，2020。下引此书皆同此版本。

家宜室的品德更为重要，故朱熹《诗集传》卷一说："《桃夭》言'后妃能使妇人不以色骄其夫'。"

《桃夭》一诗得到了后世学者们的格外重视，他们著书立说时常援引此诗，并将之与治国平天下联系起来，如《大学》援引《桃夭》三章之后说："宜其家人，然后可以教国人。"中国古代社会家国同构，国是家的放大，齐家与治国联系非常紧密。先齐家，家庭和顺美满了，方可谈国家与天下的治理。而要谈如何齐家，妻子与母亲的角色，又是至关重要的。元代许衡《齐鲁遗书》卷四说："一章诗说桃树夭夭然少好，其叶蓁蓁然美盛，以兴女子之归于夫家，必能和顺以善处那一家的人。曾子引之，而言国之本在家，能善处一家的人，使老安少怀，则一国之人自然观感而化。所以说'宜其家人，而后可以教国人'。"儒家强调"齐家"与"治国"之间的内在联系，认为将治家之道扩而充之，就可用以治国，所谓"正家而天下定"。

当代《诗》学前辈陈子展在《国风选译》中说："辛亥革命以后，我还看见乡村人民举行婚礼的时候，要歌《桃夭》三章。"① 中国古人希望女子嫁入夫家后，要相夫教子，孝顺公婆，使夫家和顺与美满。无论是中国古代社会还是现在，人们对女子都有着相似的寄望。

但也有人认为，"桃之夭夭，灼灼其华"主要不是写女人之美，而是写春天的自然景色，隐喻为婚姻应当及时，并由此引申出一种政治伦理意涵，如《毛诗序》说："婚姻以时，国无鳏民。"朱熹《诗集传》卷一说："桃之有华，正婚姻之时也。"认为诗人以盛开的桃花起兴，来赞美嫁娶及时。李樗、黄櫄《毛诗李黄集解》卷三也说："《桃夭》之诗尽言男女及时，如桃之少壮，此诗言男女及时。"②

按照毛、朱等人"婚姻以时"的说法，那么，中国古人多大年龄结婚算是"婚姻以时"呢？《周礼·地官·媒氏》载："令男三十而娶，女二十而嫁。"但这个说法曾经受到质疑。《孔子家语》载鲁哀公问孔

---

① 陈子展：《国风选译》，上海古籍出版社，1983，第14页。
② （宋）李樗、黄櫄撰《毛诗李黄集解》，影印文渊阁四库全书本。下引此书皆同此版本。

子之语："男子十六精通，女子十四而化，是则可以生民矣。而礼男子三十而有室，女子二十而有夫也，岂不晚哉？"孔子答："夫礼言其极，不是过也。男子二十而冠，有为人父之端；女子十五许嫁，有适人之道。"① 孔子的意思是说，《周礼》中所载，是男女结婚的最高年龄，男子二十举行冠礼，即为成人，就知道为夫之道。女子十五岁，到了允婚的年龄，即可结婚。

古人规定结婚年龄如此之早，目的是提高人口出生率，增加人口数量。为何以此为目的呢？原因不外乎两条：一是众多的人口是国家赋税、兵源、劳役的重要保障，二是兴旺的人丁是家族发展壮大的一个重要支柱。拿春秋战国时期来说，这个时期诸侯割据，战争频繁，人口锐减，因此人口的增长成为国家最重要的事情。吴国与越国争霸，越国惨败，兵丁锐减，据《国语·越语上》载，越王勾践曾发布这样的命令："女子十七岁不嫁，其父母有罪；丈夫二十不娶，其父母有罪。"越国要向吴国复仇，其政策就是要休养生息，增加人口。所谓"十年生聚，十年教训"，"生聚"就是发展人口，"教训"就是训导子孙发愤图强，将来一洗国耻。所以古代早婚习俗有其客观的社会需求。

中国现代社会，结婚年龄较之古代社会有较大不同，而且不同时期，国家关于法定婚龄的规定也有所不同。新中国成立初期，国家规定青年结婚年龄是男二十岁，女十八岁。20世纪70年代，国家开始实行计划生育，实际上结婚年龄一般是男二十六岁，女二十四岁，提倡一对夫妇只生一胎。这是因为当时我国人口增长过快，生产力水平跟不上，给社会造成较大的压力。1980年修改婚姻法时，规定青年的结婚年龄"男不得早于二十二周岁，女不得早于二十周岁。晚婚晚育应予鼓励"。2001年修改后的婚姻法延续了1980年婚姻法的规定。近两年国家放开二胎、三胎生育，这是因为当代社会老龄化严重，呈现劳动力短缺趋势。

---

① （清）陈士珂辑《孔子家语疏证》，崔涛点校，凤凰出版社，2017，第188页。

现代与古代青年在婚龄上有所差异，但差异更大的是婚姻观念与生活方式。而今我们不强调"宜其室家，宜其家室，宜其家人"，而以"二人世界"为主，强调"二人世界"的生活，甚至有人持不生不育的所谓"丁克"观念。今人已经不再像古人那样，女子出嫁要照顾夫家的整个家族，毕竟时代不同了。

上面笔者已讲述了诗的大意与主旨，接下来再对几个词语做一些解释。

首先是"夭夭"二字。"夭夭"，指的是枝叶和花朵茂盛。乐府诗《长歌行》"凯风吹长棘，夭夭枝叶倾"，阮籍《咏怀诗》"夭夭桃李花"，说的就是树的枝叶与花朵。树的枝叶与花朵茂盛，象征着生机勃勃。明代邹荆玙问高攀龙说："夭夭二字，如何？"高攀龙回答："就是桃之夭夭，纯是一团生机。"①

因为古代学人对"桃之夭夭"这一词语非常熟悉，后之学人就根据"桃""逃"谐音的特点，戏谑地将"逃跑"称为"逃之夭夭"。"夭夭"与"逃"并无什么关系，"桃"变为"逃"之后，"逃之夭夭"的"夭夭"便已不再具有原来的意思了。

接下来再讲讲"子"与"于归"的意思。

"子"在先秦时期是对男子和女子的一种通称。郑玄在《礼记·丧服》注中指出："凡言子者，可以兼男女。"《郑风·子衿》"纵我不往，子宁不嗣音"，《魏风·汾沮洳》"彼其之子，美无度"等，其中"子"指的是男子。"子"也被广泛认为是女子的称呼，如《左传·庄公二十八年》载："小戎子生夷吾。"杜预作注说："子，女也。"《论语·公冶长》载孔子谈到公冶长的时候说，"以其子妻之"，是说孔子将女儿嫁给公冶长。而随着词语的不断演变，在现代汉语中，"子"不再包含"女儿"之义，而单指"儿子"。

"于归"，古代称女子出嫁叫"于归"。"于"，《毛传》说："于，往

---

① 《东林书院志》整理委员会整理《东林书院志》（卷之六），中华书局，2004，第144页。

也。""归",是往归夫家的意思。《说文解字》段玉裁注:"《公羊传》《毛传》皆云'妇人谓嫁归'。"朱熹《诗集传》也说:"妇人谓嫁曰归。"《诗经》有多篇记载女子"于归",除本篇外,还有《周南·汉广》"之子于归,言秣其马",《召南·鹊巢》"之子于归,百两御之",《邶风·燕燕》"之子于归,远送于野"等。中国古人与今人对婚姻的称谓不同,古人称女子出嫁为"归",今人称"嫁"。"归",意味着找到了人生的归宿、生命中的"真命天子",从此有了归属感。

芣 苢

【原文】

采采芣苢,薄言采之。采采芣苢,薄言有之。

采采芣苢,薄言掇之。采采芣苢,薄言捋之。

采采芣苢,薄言袺之。采采芣苢,薄言襭之。

【字义】

1. 芣苢(fú yǐ):古代一种植物名,学人认为是今人所称车前草,可以做野菜食用,也可做利水清热、清肝明目、清肺止咳的药物。2. 薄言:发语词。3. 有:已经采得。4. 掇:拾取已落的果子。5. 捋(luō):用手握物向一端抹取或推移。6. 袺(jié):手提衣襟以承物。《说文解字》:"执衽谓之袺。"① 7. 襭(xié):把衣襟掖在腰带间以兜东西。

【解析】

关于芣苢的作用,有"宜子说"、"治难产说"、治其他疾病说等。

"宜子说",如汉代《毛诗序》:"《芣苢》,后妃之美也。和平则妇人乐有子矣。"许慎《说文解字》:"芣苢,一名马舄,其实如李,令人

---

① (汉)许慎:《说文解字》,中华书局,2013。下引此书皆同此版本。

宜子。"宋代袁燮《絜斋毛诗经筵讲义》:"芣苢者,宜子之药也。"明代季本《诗说解颐》:"芣苢,车前,盖宜子之草也。"明代郝敬《毛诗原解》:"芣苢之实宜妊,妇人所需也。"等等。

"治难产说",如三国时期陆玑《毛诗草木鸟兽虫鱼疏》:"芣苢,一名马舄,一名车前……治妇人难产。"[1] 宋代杨简《慈湖诗传》:"芣苢虽曰'车前',所治难产,遂谓妇人采之。"[2] 朱熹《诗集传》:"采之未详何用,或曰其子治产难。"等等。朱熹对此说存有疑问,但也未否定。

治其他疾病说,如宋代王质《诗总闻》:"芣苢,旁近皆有,车前草也,与卷耳同。不必幽远,故衣袿可罗致。盖妇人及时采药,以为疗疾之储者也。"[3] 清代毛奇龄《四书剩言》:"芣苢草可疗癞。"清代姚炳《诗识名解》:"旧有虾蟆衣理患癞之说,据此,则是以芣苢治恶疾,非以芣苢比恶疾也。"等等。

对于"宜子说",也有学者持反对意见,如宋代郑樵《诗辨妄》所载:

> 以《芣苢》为妇人乐有子者,据《芣苢》诗中全无乐有子意,彼之言此者,何哉?盖书生之说例是求义,以为此语不徒然也,故以为乐有子尔。且芣苢之作,兴所采也,如后人采菱则为《采菱》之诗,采藕则为《采藕》之诗,以述一时所采之兴尔,何它义哉?[4]

郑樵反对前人解"《芣苢》为妇人乐有子"之说,认为此诗是"一时所采之兴",并无他意。而郑樵的观点遭到了周孚的反对,周孚在《蠹斋铅刀编》卷三十一中说:

---

① (吴)陆玑:《毛诗草木鸟兽虫鱼疏》,影印文渊阁四库全书本。下引此书皆同此版本。
② (宋)杨简:《慈湖诗传》,影印文渊阁四库全书本。下引此书皆同此版本。
③ (宋)王质:《诗总闻》,影印文渊阁四库全书本。下引此书皆同此版本。
④ 顾颉刚主编,王煦华整理《古籍考辨丛刊》(第二集),社会科学文献出版社,2009,第271页。

芣苢，车前也。释《尔雅》者，言其子主妇人之难产者。妇人以乐有子，故欲预蓄此以御疾尔。且芣苢非常用之物，人何事而采之？奈何以为述一时之兴哉！大抵郑子之学其于物理，所以异于毛、郑者，以其信《本草》而非《尔雅》也。吾之于书则求其是而已，岂以异于先儒为功乎！

周孚指出郑樵之所以持反对意见，是因为郑樵认为"《芣苢》为妇人乐有子"之说是从《尔雅》而来，前人缺乏博物知识，唯遵从《神农本草经》一类药物学著作方能求其是。然而，《神农本草经》只记载了365味药，总数并不多，而车前子列于其中，为许多配方所采用。可见，车前子在古代乃是一种重要的常用药，因其有确定疗效，为古代家庭所常备。按明代缪希雍《神农本草经疏》卷六所载："车前子，味甘、咸、寒，无毒，主气癃止痛、利水道小便、除湿痹、男子伤中、女子淋沥不欲食、养肺、强阴益精、令人有子。"由此看来，古人认为芣苢可治杂病、"《芣苢》为妇人乐有子"之说，并非毫无根据。芣苢有如此多的用处，妇女采摘芣苢就不足为奇了。所以，"芣苢非常用之物，人何事而采之"的观点，就站不住脚了。

当然，《诗经》收录《芣苢》一诗，并不是为了宣传芣苢有何用途，用来治什么病，而是因为它承载的思想感情内涵，比如美刺意义、教诫意义等，当然也包括欣赏妇女们采摘芣苢时那种欢快灵巧的样态，就像《诗经》中描写的采蘩、采蘋一样。

就形式而言，重章叠句是《诗经》在艺术表达上的显著特点，《诗经》中的不少篇章都运用了重章叠句的形式。如果要说重叠程度之高，恐怕当以《芣苢》为最。《芣苢》全诗共三章，第二章、第三章是第一章的重复，每章只改了两个字（词）。全诗不相同的字（词）只有六个，其他皆重复。一件简单的事情，一个简单的采芣苢的动作，为何如此大费周章地叙述，并被收录于《诗经》呢？下面我们来讨论这个问题。

我们将此诗中表示动作的几个词连起来看：采（求），有（得），掇，捋，袺，襭，整个过程就是用手采摘，将车前草用衣襟兜着。全诗从今日的角度看，似乎不能被称为诗。再联想前面关于芣苢的"宜子说"、"治难产说"、治其他疾病说，这就更让人觉得《芣苢》一诗脱离了诗的味道，这怎么能称为诗呢？且不说现代人对其感到困惑，这在历史上也一直是难以索解的问题。在元代，有人问袁桷："芣苢，说者谓车前，其子治妇人难产，愚谓采之于诗，殊无义味，其中必有其义，乞教之。"意思是说，将这当作诗，既无义理，也无诗味，它从内容和技巧上皆无甚可取之处，其中一定有我们还不知道的义理，恳请解答。袁桷回答："芣苢谓治妇人难产，政（正）如释螽斯、芍药之谬也。先儒谓叙物以言情，谓之赋情体物也；索物以托情，谓之比情附物也；触物以起情，谓之兴物动情也。此诗兼兴、赋之体，《古乐府》中'鱼戏莲叶东，鱼戏莲叶西'之诗，深得此意，难以语言尽也。"① 袁桷举出《汉乐府·江南》，此诗说："江南可采莲，莲叶何田田，鱼戏莲叶间。鱼戏莲叶东，鱼戏莲叶西，鱼戏莲叶南，鱼戏莲叶北。"《汉乐府·江南》一诗只有七句，从第三句之后，每句都只改动一个字，其他的皆是重复。从传统的诗学来看，这也不像一首诗，似乎连后世的打油诗都不如。但此诗却生动地描写出鱼儿在莲叶间嬉戏，倏而向东，倏而向西的那种自由游动的情趣。这是游人出于发自内心的欣赏之情而写出来的，好像是游人也如鱼儿那般自由灵动。袁桷以此诗来比况《芣苢》一诗，使人跟随着诗来想象在田野中采撷芣苢的欢快而轻巧的动作，是那么悠然。它传达出一种田野的天籁之音，这是作者发自心灵深处的歌唱，这正是袁桷要表达的意思。这是从诗的写作手法来解释的。

当然，诗不能以内容的简单或丰富论优劣。日本的俳句，由十七个字音组成，它在形式上堪称世界文学中最短的格律诗。它也不讲究押韵，但讲究风格与意境。被称为"俳圣"的松尾芭蕉的名作《古池》译成汉语，大意是"古池塘，青蛙跳入，水声响"。从中国文学的角度

---

① 杨亮校注《袁桷集校注》，中华书局，2012，第1886页。

说，这的确够不上一首诗。然而，就是这十几个字，营造了一种寂静而冷清的意境，将池塘周遭宁静的氛围表现得淋漓尽致，"青蛙跳入"而发出水的声响，更能反衬环境的清幽。当我们无数次在心里重复它，它就会活灵活现地呈现在你脑海中，产生一种宛在眼前的效果。正因为如此，此诗一直影响至今。

也有学者从诗的"锤炼工夫"来分析此诗，宋代林希逸《竹溪鬳斋十一稿续集》卷十三说："诗有炼字、炼句者，有炼意、炼格者，此香山居士旧法也。①……至如乐轩先师（陈藻）尝论《芣苢》三章曰：'譬如晴空一声霹雳，今人言诗岂知有此境界？子其以是求之，幸而有得，则四炼之工固在于诗之中。'②陈藻认为《芣苢》一诗之所以有如此高的境界，是因为作者在"炼字、炼句、炼意、炼格"上下了很大功夫，因此此诗才有这样的艺术价值。这一说法值得我们仔细研究和体会，笔者认为，《芣苢》一诗主要是在"炼字"与"炼意"上下了功夫。

所谓"炼字"，即在写作时推敲用字，使所用之字形象、生动、凝练，且富有表现力。采芣苢的动作，除了"采"字本身，作者又用了"有""掇""捋""袺""襭"五个表示动作的字（词）。"有"指已经采得，"掇"指拾取已落的果子，"捋"即用手指从一端向另一端抹取未落的果子，"袺"指手提衣襟以承采摘之物，"襭"指将衣襟掖在腰带间以兜所采之物。虽然诗的每章都重复，但诗人将采摘芣苢分解成若干个不一样的动作，整首诗给人们一种联想，下一个采摘的动作会是什么样的呢？这就是诗人"炼字"功夫的效果，这六个改动之字，也成了此诗的亮点。后世诗、词的"炼字"之工，如唐代贾岛"鸟宿池边

---

① （唐）白居易《金针诗格》："诗有四炼：炼字、炼句、炼意、炼格。炼句不如炼字，炼字不如炼意，炼意不如炼格。"
② 曾枣庄、刘琳主编《全宋文》卷七七三三，上海辞书出版社、安徽教育出版社，2006，第362页。

树，僧敲月下门"① 中的"敲"字，是经过诗人的身体力行，反复比较"推"和"敲"的表达效果而确定的。一个"敲"字，使人不仅见其形，而且使人闻其声，渲染出了山林中夜晚的幽静。

所谓"炼意"，指锤炼意境。所谓意境，指文学艺术作品通过形象描写所表现出来的境界和情调。意境具体表现为景中有情，情中有景，情景交融。它能使读者体味到意味无穷却又难以明确言传、具体把握的境界。诗人描写一个采摘苤苜的女子，她随意地采，并没有刻意表现给谁看。诗人作为观赏者，很欣赏她的一举一动，虽并未刻画她的音容笑貌，穿什么衣裳，但在诗人的笔下，她采苤苜时悠闲自在的状态，成为一种美感，一种动态之美。诗的最高境界，便是自然而然，不事雕琢，用简单明了的语言，将被描写的对象表现出来。这是此诗在"炼意"上的工夫。后世诗、词的"炼意"之功，如王维所作的《山居秋暝》，"空山新雨后，天气晚来秋。明月松间照，清泉石上流。竹喧归浣女，莲动下渔舟。随意春芳歇，王孙自可留"。这首诗描绘了幽静、恬淡的山村秋季的黄昏美景，表达了诗人崇尚恬静淡泊的田园生活的感情，所写之景与所抒之情达到了高度的融合，做到了"一切景语皆情语"。

得益于诗人对《苤苜》一诗的细致描写，诗中采摘苤苜的女子，成为被人们所欣赏的对象。读者从诗句中感受到了这位采苤苜女子的悠闲之态、自然之美。诗作经得起读者的推敲，也给人以无尽的想象空间。

---

① （唐）贾岛《题李凝幽居》："闲居少邻并，草径入荒园。鸟宿池边树，僧敲月下门。过桥分野色，移石动云根。暂去还来此，幽期不负言。"

召 南

行 露

【原文】

厌浥行露，岂不夙夜，谓行多露。

谁谓雀无角？何以穿我屋？谁谓女无家？何以速我狱？虽速我狱，室家不足。

谁谓鼠无牙？何以穿我墉？谁谓女无家？何以速我讼？虽速我讼，亦不女从。

【字义】

1. 浥：湿润。2. 行露：道路两旁野草上的露水。3. 夙夜：天未明之时，此处指从早到晚。4. 谓：同"畏"。马瑞辰《毛诗传笺通释》："谓，疑'畏'之假借。"5. 角：鸟喙。《说文解字》："噣，喙也，角即'噣'之本字，也作'咮'。"郑玄《毛诗传笺》说："人皆谓雀之穿屋，似有角……物有似而不同，雀之穿屋，不以角，乃以咮。"① 6. 女：汝。7. 速：招致。8. 室家：古代男子有妻叫作有室，女子有夫叫作有家，故以室家代表结婚。9. 墉：墙。10. 女从：从汝。

【解析】

此诗究竟所说何事，学者聚讼纷纭，莫衷一是。解诗，要根据诗中

---

① （汉）毛亨传，（汉）郑玄笺，（唐）陆德明音义，孔祥军点校《毛诗传笺》，中华书局，2018。下引此书皆同此版本。

所提供的信息来做判断。根据此诗中反复提到"狱"与"讼"的情况，可以判断这是一篇有关"狱讼"的诗作。所谓"狱讼"，就是现在所说的诉讼案件，即打官司。诗中有三个重要词语，一是"行露"，二是"雀角"，三是"鼠牙"，这是三个负面的比喻。

第一个比喻是"行露"，清晨在草丛中行走，难免沾上露水。此处的"露水"，是指可能惹上的是非。犹如现在所说的"瓜田李下"，谚语说："瓜田不纳履，李下不整冠。"在瓜田旁提鞋，会被怀疑偷瓜，在李树下整冠，会被怀疑偷李。正如楼钥《攻媿集》卷十九所说："雀角鼠牙，乃寖招夫仇怨，瓜田李下，曾不谨于嫌疑。"[1] 诗中首句说"厌浥行露，岂不夙夜，谓行多露"，人们讨厌清晨露水沾衣，不喜欢清早行走，是因为讨厌沾上草丛中的露水。比喻人们讨厌引起嫌疑招惹是非，因为若惹上是非，人们即使本来洁身自好，行为谨慎，也有口难辩。

第二个比喻是"雀角穿屋"，"谁谓雀无角？何以穿我屋？"是说麻雀看似无角，实际是依靠喙来一点一点打洞，虽然缓慢，但时间久了，可以将屋子凿穿。

第三个比喻是"鼠牙穿墉"，关于"鼠无牙"一语，古人认为，牙与齿是有分别的，[2] 门牙为牙，槽牙为齿。"谁谓鼠无牙？何以穿我墉？"是说鼠虽无牙，但它可以用齿慢慢打穿墙洞。

所以诗中说"雀角穿屋、鼠牙穿墉"是一个隐蔽的、渐进的过程。此处是说那些看似无害的恶人，自有其"利器"，其"利器"便是流言蜚语、似是而非之论，其刻意用这些"利器"来打官司。

诗中有一句"室家不足"，意思是结婚的理由不充足。古代男子有妻叫作室，女子有夫叫作家。混言室家，男女可以通用，故以室家代表结婚。从诗中"室家不足"一句来看，这是一场关于婚姻的官司，受

---

① 曾枣庄、刘琳主编《全宋文》卷五九二六，上海辞书出版社、安徽教育出版社，2006，第 167 页。
② 《说文解字》："牙，牡齿也，象上下相错之形。""齿，口断骨也，象口齿之形。"

害者或是一位弱势女子。争讼的问题应当是她是否曾经许嫁。在中国古代，如果有许嫁的婚约或承诺，违约是要负法律责任的。这位女子坚称自己清白无瑕，认为对方没有按礼仪履行应有的责任，认为对方所有的指控，都是雀角鼠牙、无中生有，因而坚决拒婚。

此诗列在《召南》之中，学者们自然会联想到召伯。召伯是周文王之子，西周之时，自陕以西，召公主之；自陕以东，周公主之。传统认为，《周南》之诗，与文王、周公有关；《召南》之诗，与召公有关。召公为官清廉公正，《召南·甘棠》一诗赞美召公，说他憩息于甘棠树下听取百姓诉讼。所以学者们在分析《行露》一诗时，也将此诗与召公联系起来，认为召公对于"雀角鼠牙"的诉讼案件的细微处，能明察秋毫，做出公正判断。宋代陆佃《埤雅》卷十一说："按雀角鼠牙，皆言以无为有、似是而非也。盖雀有咮而无角，鼠有齿而无牙。……《召南》之初，事之易察者，至于狱而后明。及其久也，衰乱之俗已微，贞信之教已兴，则虽事之难知者，不待狱而明矣。"同时代的华镇《云溪居士集》卷二十四说："某昔尝诵《诗》，见《行露》之篇，美召伯之听讼。其智明之所烛，至于雀角穿屋细微之间，无所不察。固已善矣，迨其进也，又至于鼠牙穿墉幽隐之地，必得其情，靡或有违。每掩卷遐想欣慕斯人而亲事之。"①

此诗中的女子为何能对强梁恶霸的非礼行为守贞不从呢？一方面是因为有召公这样清廉公正、明察秋毫的好官；另一方面，周文王有教化之功，他的教化影响了地区风俗。《新安文献志》卷二十四所载程文《书〈春秋色鉴录〉后》说："有文王之化，则《汉广》之男、《行露》之女，自能无思犯礼。"②认为因为有了周文王的教化，《汉广》诗中的男子与《行露》诗中的女子，才能够坚守当时的礼仪规范。

---

① 曾枣庄、刘琳主编《全宋文》卷七七三三，上海辞书出版社、安徽教育出版社，2006，第340页。
② 曾枣庄、刘琳主编《全宋文》卷一〇一一，上海辞书出版社、安徽教育出版社，2006，第454页。

那么，此诗的教诫意义是什么呢？以往的学者多歌颂女子以贞抗暴的精神，比如《韩诗外传》卷一①与刘向《列女传》卷四②所载的故事：《行露》一诗中的女子曾许嫁给一户人家，那户人家没有遵循婚嫁的礼仪，就想接她过去，她认为对方缺乏礼仪，违反礼制，至死不肯依从。作者认为女子已成持操妇道的模范。朱熹《诗集传》说："女子有能以礼自守，不为强暴所污者，自述己志，作此诗以绝其人。"

清代方玉润则认为诗中的主角并非女子，而是一位"室家不足"的却婚的男子。他在《诗经原始》中说："以士处贫困而能以礼自持，不为财色所诱，不为刑法所摇，足以风天下而劝后世，非俗之至美者欤？"

现代学者余冠英《诗经选》则认为是一个已有夫家的女子的家长，诗句内容是对企图以打官司逼娶其女的强横男子的答复。③

无论她是一位贞女，还是一位士人，单歌颂其守贞，显得有些苍白无力。在我们看来，此诗的教诫意义，在于官府如何对待与处理"雀角鼠牙"一类案件的态度问题，这种教诫意义更为重要。正如宋代王之道《相山集》卷二十六说："窃以诗歌《行露》，重言听讼之难。"④ 同时代张纲的《华阳集》卷二十六也说："闻《行露》之歌，责在有司宜慎。"⑤ 王之道认为此诗的意义在于强调听讼之难，暗含着要谨慎对待之意，张纲认为此诗的意义在于强调听讼要谨慎，二人可谓别具只眼。

清代胡煦《周易函书别集》卷十四谈及诉讼时说："词讼在州县，或谓多差干员自可了当，此事不知倾家荡产者实多，而官犹懵懵也。且有雀角鼠牙，每迟至数月而不能归结者矣。且有无故牵连多人而不能开释者矣。至縻累无辜之众，虚耗有用之民财，为官长者独无意乎，抑疏

---

① （汉）韩婴撰，许维遹校释《韩诗外传集释》，中华书局，2020，第2页。（下引皆同此版本）
② 张涛译注《列女传译注》，人民出版社，2017，第153页。
③ 余冠英：《诗经选》，中华书局，2012，第14页。
④ 曾枣庄、刘琳主编《全宋文》卷四〇六三，上海辞书出版社、安徽教育出版社，2006，第99页。
⑤ 曾枣庄、刘琳主编《全宋文》卷三六七二，上海辞书出版社、安徽教育出版社，2006，第296页。

而不及察乎？"① 意思是说，官员们对社会上许多诉讼中"雀角鼠牙"之类的案件缺乏明察，导致案件久拖不决，连累许多无辜之人。清代朱轼《史传三编》卷五十三说："俗吏之于刑狱，虽雀角鼠牙，辄亦托辞审慎，淹留囹圄，久者或至经年。一人淹狱，佐证皆不遑息，便使耕桑者失其时、工贾者失其业，岂独受系者幽忧于牢犴已哉！"意思是说，一些不负责任的官员，对于一些"雀角鼠牙"、似是而非的案件，不能及时处理好，往往以审慎为名，将案件长期拖延下去，致使"耕桑者失其时、工贾者失其业"，更使陷于囹圄的人，久蒙其冤，遭受牢狱之苦。由此看来，此诗对于官员判案主持正义、明察秋毫、及时判案有着非常重要的意义。这个意义远远大于贞女、士人的贞节操守。当然，贞女、士人的贞节操守也是很重要的。

此诗从写作手法上说，对后世有较大的影响。首先，是反诘语的运用。诗中反复使用反诘的写作手法，语气愤慨而有力，为后世文人所仿效。宋代朱弁《风月堂诗话》卷上评论魏晋诗歌说："魏曹植诗出于《国风》。"② 曹植愤然作《七步诗》："本是同根生，相煎何太急？"以此来谴责其兄曹丕为争世子之位而不念手足之情。清代龚自珍作《咏史》诗："田横五百人安在，难道归来尽列侯？"借汉高祖刘邦不可能兑现封侯许诺，告诫世人不要轻信清政府的怀柔政策，其言语深刻而辛辣意味浓厚。

另外，《诗经》在语言上多以四言为主，而此诗是四言兼五言，且以五言为主，可以说是后世五言诗的滥觞。《四库全书总目·文则二卷》提要说："古诗之三言者，'振振鹭，鹭于飞'是也；汉郊庙歌多用之五言者，'谁谓雀无角，何以穿我屋'是也；乐府用之六言者，'我姑酌彼金罍'是也；乐府亦用之七言者，'交交黄鸟止于桑'是也；于俳谐倡乐用之九言者，'洞酌彼行潦挹彼注兹'是也。"在传统上，《古诗十九首》

---

① （清）胡煦：《周易函书：附卜法详考等四种》别集卷十四《篝灯约旨八》，程林点校，中华书局，2008，第1105页。

② （宋）惠洪、朱弁、吴沆撰《冷斋夜话·风月堂诗话·环溪诗话》，陈新点校，中华书局，1988，第99页。

被认为是中国古代五言诗之祖，如明代王世贞在《艺苑卮言》卷二指出：《古诗十九首》"谈理不如《三百篇》，而微词婉旨，遂足并驾，是千古五言之祖"[①]。其实不然，五言诗最早出现于《诗经·召南·行露》。

五言诗从萌芽到形成，经历了一个漫长的历史进程。《行露》篇是五言诗的滥觞，而《古诗十九首》的出现，则标志着中国古代五言诗走向成熟。

何彼襛矣

【原文】

何彼襛矣？唐棣之华。曷不肃雍？王姬之车。
何彼襛矣？华如桃李。平王之孙，齐侯之子。
其钓维何？维丝伊缗。齐侯之子，平王之孙。

【字义】

1. 襛（nóng）：繁盛。2. 唐棣：植物名，果实的形状像李子。3. 华：古代的"花"字。4. 曷（hé）不：何不。5. 肃雍（yōng）：庄严肃静，雍容安详。6. 王姬：周天子姓姬，其女儿或孙女等称王姬。7. 平王之孙：周平王的外孙女。8. 齐侯之子：齐侯的女儿。关于齐侯到底是指齐国哪位国君，学界争议很大。9. 维（"其钓维何"之"维"）：郑玄《笺》释作"为"之义。10. 维（"维丝伊缗"之"维"）：语助词。11. 缗（mín）：钓鱼的线。

【解析】

《何彼襛矣》描写的是周王室公主（王姬）下嫁的奢华场面。诗篇很短，含蓄不露。

---

①　参见丁福保辑《历代诗话续编》，中华书局，1983，第 978 页。

关于此诗的创作时间与背景及主人公，学者持不同意见。

传统诗学认为，《周南》《召南》诸篇都是周文王、武王、成王、康王时期的作品。因为《何彼襛矣》出自《召南》，所以自然被认为是周文王至康王时期的作品。可是此诗中明确有"平王之孙，齐侯之子"的诗句，故解诗者便将"平王"解释成"平正之王"，将"齐侯"解释成"齐一之侯"。其实，这首诗所叙述的就是周平王之后的事。周平王即是东周平王宜臼，他的孙女嫁给了齐国国君的儿子。这在当时是很正常的事情，因为当时周王室的姬姓与齐国的姜姓是经常联姻的两个大家族。由于传统解诗者坚持认为《召南》中的所有诗都是周文王至康王时期的作品，这就造成了解诗的困难。其实，一个很简单的道理，那就是收录于《召南》的诗不一定都是周文王至康王时期的作品，或是《何彼襛矣》本不该收录于《召南》中，而因种种原因误入《召南》之中。

到了宋代，洪迈《容斋随笔·五笔》指出了传统解诗者的抵牾之处："《周南》《召南》之诗，合为二十有五篇。自汉以来，为之说者，必系之文、武、成、康，故不无抵牾。如《何彼襛矣》乃美王姬之诗，其词有'平王之孙，齐侯之子'两句，翻覆再言之。毛公《笺》云：'武王女，文王孙，适齐侯之子。'郑氏不立说，考其意，盖以平王为'平正之王'，齐侯为'齐一之侯'。"①洪迈指出自汉以后的解诗者将《周南》《召南》二十五篇都归于文、武、成、康之世并不可取，这样会造成《何彼襛矣》牵强附会的解释。明代章潢在《图书编》卷十一中也曾指出此说之谬："若必指为文王时，非特不当作正义，而太公尚未封于齐，则齐将谁指乎？"章潢指出，如果是周文王之时，姜太公此时并未受封于齐，哪有齐侯之说呢？总而言之，此诗中的平王就是周平王。所以，此种解释应被看作毛诗的失误。

洪迈和章潢的质疑是有道理的。南宋王质《诗总闻》则将"平王"

---

① （宋）洪迈：《容斋随笔》卷四《五笔》，孔凡礼点校，中华书局，2005，第869页。

直指为东周的开国之君周平王宜臼，他说："'平王'，周平王也；'平王之孙'，桓王之女也。……则'齐侯之子'，谓釐公（即齐僖公）之子也。"王质将"平王"释为周平王是正确的，但此处他有一个错误，即他把周桓王当作了周平王之子，把平王之孙当作了周桓王之女。而实际上周桓王是周平王的孙子，周平王的孙女应是周桓王的妹妹。清代毛奇龄《诗传诗说驳义》卷二说：周庄王（周桓王之子）"以桓王之妹嫁（齐）襄公，周人伤之，而作《何彼襛矣》"。此说接近历史事实。考《春秋·庄公元年》书曰："王姬归于齐。"这可以作为有力证据。与毛奇龄同时代的姚际恒也赞同"平王"为东周平王，他在《诗经通论》中说："此篇或谓平王指文王，或谓即春秋时平王。凡主一说者，必坚其辞，是此而非彼。然按主春秋时平王说者居多，亦可见人心之同然也。"

以上论述解决了此诗的创作时间、背景与主人公是谁的问题，接下来谈谈此诗的美刺问题。

《毛诗序》认为是赞美王姬，"《何彼襛矣》，美王姬也。虽则王姬，亦下嫁于诸侯。车服不系其夫，下王后一等。犹执妇道，以成肃雍之德也"。《毛诗序》的解释分明是以意为之。王姬尚在出嫁之时，如何知道她"犹执妇道，以成肃雍之德"呢？朱熹亦认为是赞美王姬，并从车服的盛况，断其能持敬畏之心，和顺家族。朱熹《诗集传》说："王姬下嫁于诸侯，车服之盛如此，而不敢挟贵以骄其夫家，故见其车者，知其能敬且和，以执妇道，于是作诗美之。"这种解释较为牵强。因为"曷不肃雍"明明是批评王姬为何不能展现"和敬"之容反而如此奢华，这显然是一首刺诗而非美诗。

南宋郑樵《六经奥论》卷三《诗经·二南辨》："二《南》之诗虽大概美诗，亦有刺诗。不徒西周之时，而东周亦与焉。"虽然王姬身份特殊，地位高贵，但车服的装饰显然超出了规制。所以学界不将此诗当作赞美之诗，而是将之看作对王姬出嫁车服奢华的讽刺，认为她有夸富之嫌。如方玉润说此诗是"讽王姬车服渐侈也"。又说："今观王姬下嫁，其色之艳如桃如李，何其如彼之盛乎！而德虽未见，第即所驾之车未见肃雍气象。"质疑其出嫁的车服没有营造出庄敬祥和的气氛，认为德不配位。现代学者程俊英也认为此诗是"描写贵族女子出嫁车辆服饰侈丽的诗"①，其出嫁车辆服饰艳丽奢侈，以车讽人，隐喻王姬德位不相称。

此诗的教诫意义在于，即使是身份高贵的人，也不要过于奢侈，夸耀富贵。

诗的开篇说"何彼襛矣？唐棣之华"，意思是说怎么会这样的浓艳华丽？因为天子之女下嫁，场面风光而又奢华，出嫁的王姬像是那棠棣花一样艳丽。诗人接下来说："曷不肃雍？""肃"有敬之意，"雍"有和之意，意思是说，为何没有呈现一种和敬的气氛呢？因为这是周天子孙女出嫁的车服排场。"何彼襛矣？华如桃李"，诗人再一次形容迎亲场面的隆重与王姬盛装的艳丽，且强调她的身份是"平王之孙，齐侯之子"。"其钓维何？"本是迎亲的场面，怎么与钓鱼联系在一起了？这是诗人戏谑的一笔，隐含的意思是说，齐国可真厉害，钓到了一条大鱼。怎么钓到的呢？"维丝伊缗"，深水的大鱼，要用最好的丝线垂钓，如此，才能将大鱼钓上来。齐侯之子因迎娶周天子的孙女，被隐喻为"钓到大鱼"，所以盛装迎亲，极尽奢华之能事。

孔子删述整理《诗经》，一定不会赞同王姬这种奢华作风，而是暗含"曷不肃雍"的批评之意。从儒家文化的一贯精神而言，都是提倡庄敬、祥和之风，而反对炫富、夸富的奢华之风。这一点从如下两段引文可以看出。

明代黄训《名臣经济录》卷五所载王恕《乞取回王太监疏》，劝诫皇帝戒奢靡之风：

> 若为收买玩好之物而来，似此声势张皇，未免骚扰郡邑，惊吓吏民。臣恐远近传闻，将谓陛下惟珍奇是好，而无忧民之心，致使

---

① 程俊英、蒋见元：《诗经注析》，中华书局，2017。下引此书皆同此版本。

狂夫得以借口，非社稷之福也。臣以为当此饥荒之际，朝廷正宜裁冗费、却贡献、禁奢侈、抑侥幸、慎爵赏、重名器、轻徭役、惜民力，以收天下之心，以培亿万年社稷之基本。夫何织造旁午，贡献络绎，奢侈之风竞起，幸进之门大开，遂使爵赏冗滥，名器混淆，徭役繁兴，财力日屈，欲斯民之不贫且盗，欲天下如泰山之安，得乎？[①]

清代陆陇其《四书讲义困勉录》卷三十五说：

> 自王道衰，伯（霸）图炽。故谈五伯，则以为功之首；谈今日诸侯，则夸富强以为盛；谈今日大夫，则侈功利之谋而以为忠。

最后谈谈此诗的写作手法。

此诗主要以一种问答形式来表达，有只问不答，如"何彼襛矣？唐棣之华。曷不肃雍？王姬之车"；也有自问自答，如"其钓维何？维丝伊缗"，将王姬妆扮的浓艳、车服的光鲜亮丽、地位的高贵等，以及缺少严肃和谐的气氛细致地描绘出来。

只问不答的问句形式，后世诗作中常可看到它们的影子，如屈原的《天问》一篇就用了只问不答的形式来表达自己的思想，"遂古之初，谁传道之？上下未形，何由考之？冥昭瞢暗，谁能极之？冯翼惟像，何以识之？明明暗暗，惟时何为？阴阳三合，何本何化……"，他向天提了一百多个问题，只问不答，从远古自何时开始，上下空间如何形成，白昼黑夜与阴阳变化怎样运作，到天体结构、日月星辰等问题，这是诗人对宇宙自然的思索。

自问自答的问句形式成了一种辞格，叫"设问"，为后世文所常用。如南唐后主李煜的《虞美人》，末句采用的就是这种写作形式，

---

① （明）万表等编《皇明名臣经济录》，于景祥、郭醒点校，辽海出版社，2009，第270页。

"问君能有几多愁？恰似一江春水向东流"。故国灭亡，身陷囹圄，看着年年春花秋月，夜不能寐，如此的哀愁，用什么来比喻才是最贴切的？词人用一江流不尽的春水做比喻。又如朱熹《观书有感》："问渠那得清如许？为有源头活水来"。池塘为何能像明镜一样清澈？是因常有活水的注入。那么同理，人要心灵澄明，就应时常吸取新知识，方能达到新境界。诗人用哲学理性的自问自答，阐明了自己的读书感受，也给了世人以深刻的启发。

邶　风

绿　衣

【原文】

绿兮衣兮，绿衣黄里。心之忧矣，曷维其已？

绿兮衣兮，绿衣黄裳。心之忧矣，曷维其亡？

绿兮丝兮，女所治兮。我思古人，俾无訧兮。

绤兮绤兮，凄其以风。我思古人，实获我心。

【字义】

1. 里：衣服的衬里。2. 曷（hé）：何，怎么。3. 维：语气助词。4. 已：停止。5. 裳（cháng）：下衣，形状与当今的长裙相似。古人上半身所穿称为"衣"，下半身所穿称为"裳"。6. 亡：意同"无"。7. 治：整理、织就。朱熹《诗集传》："治，谓理而织之也。"8. 俾（bǐ）：使。9. 訧（yóu）：过失。10. 绤（chī）：细葛布。11. 绤（xì）：粗葛布。

【解析】

对于此诗的解读，大体有古今两种意见。我们先来讨论古人的意见，然后再讨论今人的意见。

关于古人的意见，具有代表性的有四种。一，《毛诗序》："《绿衣》，卫庄姜伤己也。妾上僭，夫人失位，而作是诗也。"二，朱熹《诗集传》："庄公惑于嬖妾，夫人庄姜贤而失位，故作此诗。"三，姚际恒《诗经通论》："怨而不怒，是为贤妇，则以为庄姜作，宜也。"四，方玉润《诗

30

经原始》：" 卫庄姜伤嫡妾失位也。"

笔者之所以列此四家，是因为按《诗经》的解释传统，这四家是递相质疑的。但在此诗的解释上，却是出奇的一致，即都认为《邶风·绿衣》一诗为卫庄公嫡妻庄姜的伤己之作。邶国本在卫地，所以《邶风》之诗总与卫国的国事有关。

那么，庄姜是什么人呢？《卫风·硕人》篇描写了庄姜的显赫家世："齐侯之子，东宫之妹，邢侯之姨，谭公维私。"并称赞其美貌："手如柔荑，肤如凝脂，领如蝤蛴，齿如瓠犀，螓首蛾眉。"最著名的是对她的神态的描写："巧笑倩兮，美目盼兮。"灵动之美，宛在眼前，她可以说是春秋时期绝顶的美人。作为齐国的公主，她嫁给了卫庄公。齐为姜姓，故史书上称她为卫庄姜。她又是一位德行高尚、才华出众的女子，从这首出自她之手的传诵千古的佳作，我们便可以看出她的卓绝才华。然而，她又是一位命运多舛的女子，古人所言之"红颜薄命"，不幸应在了她身上。

《左传·隐公三年》载："卫庄公娶于齐东宫得臣之妹，曰庄姜，美而无子……又娶于陈，曰厉妫，……其娣戴妫生桓公，庄姜以为己子。公子州吁，有宠而好兵，公弗禁。石碏谏曰：'臣闻爱子，教之以义方，弗纳于邪。骄奢淫佚，所自邪也。四者之来，宠禄过也。'"据《左传》所传，庄姜嫁给卫庄公之后，未生育子女。在中国古代，后妃是否能生儿子，是一件很重要的事情。庄姜无子，她与戴妫情同姐妹，并将戴妫之子公子完视同己出。庄公的另一个宠妾（名字不详）生了公子州吁，州吁喜好武事，骄奢淫逸，因受庄公宠爱，从来无人管束。大夫石碏劝谏庄公，让他赶快定下太子，并好好管教公子州吁，以免发生祸患，庄公不听。庄公死后，公子完即位，是为卫桓公。州吁与他暗中培植起来的党羽弑杀了卫桓公，自立为君，悲剧就这样发生了。后来，石碏等大臣设计杀死州吁。卫国几经折腾，发生了极大的政治动乱。在这样的历史背景下，卫庄姜心中忧虑不已，而作此诗。诗人以隐喻的方式，委婉地批评卫庄公未遵循古代圣人所制定的礼法规则。

卫庄公是一个不明事理的君主，若他很早就确立公子完为太子，加以培养，并对小儿子州吁加强管教的话，卫国也许就不会发生后来的动乱了。卫庄公未能处理好妻与妾、嫡与庶之间的关系问题，致使小儿子逐渐坐大，最终弑杀其兄，使卫国陷入混乱之中。诗人没有直接批判，而是采用比喻的手法婉转地叙事言志。从当时的服制来说，此诗中的"绿衣黄里""绿衣黄裳"不合服饰规制。中国古代，人们崇尚青、白、赤、黑、黄五种纯正的颜色，称这五种颜色为"正色"，而把调配而成的颜色称"间色"，正色比间色尊贵。绿色属于"间色"。古人做衣裳，对颜色的用法有所讲究，一般说来，做上衣用正色，做下装和衬里用间色。诗中将绿色作为上衣穿在外面，而将黄色作为衬里，作为下裳，其顺序颠倒了。此诗以此为喻，讽刺卫君的做法违反礼制，导致政治秩序混乱。此诗名为《绿衣》，本身就具有讽刺意味，讽刺伦理被颠倒了，因而产生了家庭悲剧，随之又导致了国家的悲剧，卫国从此一蹶不振。诗人心里有怨，但怨而不怒，她并没有直接言明，而是写得很含蓄，很隐晦。诗人并未说"妻兮妾兮，嫡兮庶兮"，而是说"绿兮衣兮，绿衣黄里""绿兮衣兮，绿衣黄裳"。这是当时卫国的荒诞之象，诗人用衣服的荒诞来讽刺卫国政治秩序的混乱。

诗之所以为诗，其重要的表现手法就是曲折、含蓄的比喻，而不是直言其事。

下面具体分析一下此诗。

诗首章开篇即说"绿兮衣兮，绿衣黄里"。"兮"相当于"啊"，意思就是说"绿啊，衣啊！绿色的外衣，黄色的衬里"。在当时的人看来，绿色的外衣，黄色的衬里，这是极其不合常理的。我们现代人读到此句或许并不觉得奇怪，因为现代人的衣饰不拘一格，五花八门，甚至花里胡哨，怎样搭配的都有。但是在春秋时期，衣服怎样制作，怎样搭配，怎样穿着，都有特定规制。"心之忧矣，曷维其已？"诗人所忧心的，当然不是衣裳制作不合规制，其真正所指是宠妾上位干政。因为宠妾上位干政，意味着要发生政治危机。诗人对此整日忧虑，不能自已。

诗二章诗句重复，只是个别词语有所变换。"绿衣黄裳"，绿色上衣，黄色下裳。与上文"绿衣黄里"的分析同理。后一句"心之忧矣，曷维其亡"，"亡"同于"无"，这在近年出土的简帛文字中很常见。诗人心中的忧虑，一直不能消除，这与"曷维其已"意思类同，但语义有所加深。

诗三章说"绿兮丝兮，女所治兮"，"治"是整理、织就之意，"治丝"的意思是整理、处理蚕丝。蚕丝原本是白色，将它染成绿色，就不能再染成黄色了。意思是说，古代妻妾的名分一旦确定之后，便不可以颠倒错乱。"女所治兮"的"女"，读为"汝"，这个"汝"就应是指卫庄公了，但庄姜没有明指其人。"我思古人，俾无訧兮"，意思是说，诗人认同古代的圣人制定的妻妾嫡庶的名分规则，这样做就是为了避免酿成人伦悲剧。

诗末章说"绤兮绤兮，凄其以风"，"绤"是细葛布，"绤"是粗葛布，都是用葛纺织而成的，用来做夏天的服装。古有"冬裘夏葛"之说，到了冬天就要换装。但冬天里诗人仍穿夏装，在凄冷的北风中冻得瑟瑟发抖，隐喻正妻被遗弃，不再被爱了。正如孔颖达所说："毛以为'绤兮绤兮'当服之以暑时，今用之于'凄其以风'之月，非其宜也，以兴'嫡兮妾兮'当节之以礼。今使之翻然以乱之，亦非其宜衣也。"

解诗，一定要联系当时的历史背景，将诗作置于特定的历史背景中来理解，这样解诗才有可能符合作者的意思。解此诗，要了解当时社会强调妻贵妾贱、嫡贵庶贱的贵贱等级制度。为了维护社会秩序的稳定，人们就要遵守既定的礼制，不能逾越，否则国家政治就会混乱不堪。但在古人的实际生活中，因为国君对后妃们不同程度的宠爱，经常会出现妾的地位超过嫡妻的现象，导致嫡妻的地位下降，进而影响到未来王位继承人的继承权。这样虽不合乎礼制，但历朝历代都有这样的现象出现。

中国现代早已废除了妻妾制度，实行一夫一妻制，讲求男女平等。但我们不能以当代人的观念去理解和评判古代的社会制度与社会观念，不能以非历史主义的态度来解读古代文献。了解古代的妻贵妾贱这个历史背景，对理解这首诗是有裨益的。从汉代毛诗到清代方玉润解诗，几派主流诗学的看法都相一致，说明古人都是联系时代背景来解诗的。《孟子·万章下》说："颂其诗，读其书，不知其人可乎？是以论其世也。"意思是说，学习古人诗书，要知人论世，了解诗中人物所处的社会时代背景。所以，我们学习《绿衣》一诗，也不能脱离当时人物所生活的时代背景，只能在这个历史背景下去理解和欣赏它。

此诗在古代的教诫意义，一是说庄姜道德高尚，虽然失宠于卫庄公，但并不怨恨庄公及其宠妾，正如《御纂诗义折中》卷三所说："庄姜不怨公与妾也，而自伤。'绿丝女治'，伤己之才疏而有以致之也；'绨绤以风'，伤己之德薄而无以处之也。可谓忠厚之至矣。"明末清初钱澄之《田间诗学》① 卷一也说："姜盖一以古道自处也……恕己谅人，绝无争宠之意。"这就是《诗经》"哀而不伤"②"怨而不怒"③ 的特点，体现了儒家的中庸之美。二是说庄姜虽认为庄公的做法有违礼制，但诗的表达极其委婉，如清代范家相《诗渖》卷五所说："'我思古人，实获我心'，所以刺庄公者，何其婉也。"这体现了古代的王权意识，君王即使有错，也不能直接批判，只能委婉规劝。

朱熹则将庄姜的高尚品德扩大到五伦之间，他认为，君臣、父子、夫妇、兄弟、朋友之间，如有矛盾发生，都应当学习庄姜责己谅人的忠厚态度。朱熹说："'我思古人，实获我心'，此可谓'止乎礼义'。所谓'可以怨'，便是'喜怒哀乐发而皆中节'处。推此以观，则子之不得于父，臣之不得于君，朋友之不相信，皆当以此意处之。如屈原之怀沙赴水，贾谊言'历九州而相其君，何必怀此都也'，便都过当了。古人胸中发出意思自好，看着三百篇《诗》，则后世之诗多不足观矣。"④

关于《绿衣》一诗的诗旨，现代学者认为此诗是悼亡诗，是表达丈夫悼念亡妻的深情之作。这一观点，推翻了传统诗学认为是古代庄姜

---

① （清）钱澄之：《田间诗学》，影印文渊阁四库全书本。下引此书皆同此版本。
② 孔子曰："《关雎》乐而不淫，哀而不伤。"
③ 朱熹《论语集注》释《论语·阳货》"诗，可以兴，可以观，可以群，可以怨"的"怨"为"怨而不怒"。
④ （宋）黎靖德撰《朱子语类》，王星贤点校，中华书局，1986，第2070页。

的伤己之作的观点，从闻一多（1899）到程俊英（1901），再到余冠英（1906），众人皆持这一观点。闻一多《风诗类钞》说："《绿衣》，感旧也。妇人无过被出，非其夫所愿。他日，夫因衣妇旧所制衣，感而思之，遂作此诗。"程俊英《诗经注析》认为此诗是"诗人睹物怀人思念故妻的诗"，余冠英《诗经选》也认为此诗是"男子睹物怀人，思念故妻的诗。'绿衣黄里'是'故人'亲手所制，衣裳还穿在身上，做衣裳的人已经见不着（生离或死别）了"。

上述观点有一个共同误区，即脱离了《绿衣》一诗的具体历史时代。他们无视"绿衣黄里""绿衣黄裳"所隐含的有关服饰的时代背景信息，而将它当成普通的衣着现象，认为此衣是故妻所制，因而不能做出合理的解释。

今人解《诗经》，多脱离历史语境，往往不得要领，如今人解《绿衣》之诗即是其例。从当今时代的人格平等观点来看，大家并不认同"嫡贵庶贱，妻贵妾贱"这种理念。但是，不认同归不认同，这毕竟是中国古代社会曾经存在的一种观念，一种制度，不能超越这个背景去理解此诗。我们只有在当时的社会历史大背景下，秉持孟子"知人论世"的解诗态度，才能尽可能地窥探到诗的本义。

击 鼓

【原文】

击鼓其镗，踊跃用兵。土国城漕，我独南行。
从孙子仲，平陈与宋。不我以归，忧心有忡。
爰居爰处，爰丧其马。于以求之，于林之下。
死生契阔，与子成说。执子之手，与子偕老。
于嗟阔兮，不我活兮。于嗟洵兮，不我信兮。

【字义】

1. 镗：鼓声。2. 踊跃：情绪高涨、热烈。3. 兵：武器。4. 土国：

在国中服役。"土",用作动词,服役。5. 城漕:"城"用作动词,修城;"漕",卫国邑名,在今河南滑县。6. 孙子仲:当时卫国南征将领。7. 平:调解。8. 爰(yuán):在何处。9. 丧:丧失,此处言跑失。10. 契阔:间别。宋代孙奕《示儿编》:"契,合也;阔,离也。谓死生离合,与汝成誓言矣。"11. 成说:誓约。12. 于嗟:即"吁嗟",感叹词。13. 阔:谓道路远阻。14. 活:同"佸",相会。《毛诗传》:"佸,会也。"15. 洵:谓别离时间长。16. 信:守信。

【解析】

《击鼓》一诗中,"死生契阔,与子成说。执子之手,与子偕老"成为千古名句。正因有了这样的名句,此诗在两千余年中受到了世人的特别重视。但关于此诗的解释,却有较大的困难,因为诗学史上有几个有争论的问题:其一,诗本事是什么;其二,诗的主人公是谁;其三,该怎样理解"死生契阔,与子成说。执子之手,与子偕老"。只有弄清了这几个问题,才能更好地理解诗意。

我们先来谈谈此诗的大意。

诗首章:"击鼓其镗,踊跃用兵。土国城漕,我独南行。""镗"是指击鼓的声音。在古代军中,鼓的作用很大:可用来发布号令,统一行动,士兵训练的时候,筑城的时候,在战场上两军相对的时候,都需要击鼓。击鼓可助威,激励士气,鼓声一响,士兵热血沸腾,跃跃欲试。"踊跃用兵"是说士兵们情绪高涨地在训练,"土国城漕"是说在国中修城筑墙,"我独南行"则是说只有我要离开国土,出征在外。

诗二章:"从孙子仲,平陈与宋。不我以归,忧心有忡。"出征在外,必有其原因,那是因为要跟随孙子仲,去调停陈国与宋国的纷争。此诗的背景是卫穆公背清丘之盟救陈,引起了宋国的讨伐。① 陈国与宋国都在卫国的南方,所以说"我独南行"。"不我以归,忧心有忡",常

① 此事发生在鲁宣公十二年(公元前597年)。

驻战争之地的将士不到战役结束时，定然是有家难归，所以就有不知何时归来的忧虑。

诗三章："爰居爰处，爰丧其马。于以求之，于林之下。"诗人对于此行的后果，是比较悲观的，踏上战争的征途，不知自己将驻扎于何处，也不知归来是何时，自己的战马会战死在何处。如果自己和战马都战死，会嘱托战友葬于林下。如果我不归来，可以到驻防之地林下找我的安葬处。

诗四章："死生契阔，与子成说。执子之手，与子偕老。"主人公回想出征前与妻子离别之时所订立的誓约：这一辈子，不管死了还是活着，都与你不分离。我要拉着你的手，与你白头偕老。表达了对爱情的忠诚不渝。

诗末章："于嗟阔兮，不我活兮。于嗟洵兮，不我信兮。"我想信守誓约，永远跟你不分离啊，但是距离相隔太遥远，别离的时间太漫长，我无法把握自己的生死，很难活着回来见你，无法信守曾经的誓言。

解释完诗的大意，接下来谈谈此诗中几个争论不已的问题，以及此诗对后世的影响。

第一，关于诗本事的问题。

《毛诗序》说："《击鼓》，怨州吁也。卫州吁用兵暴乱，使公孙文仲将而平陈与宋，① 国人怨其勇而无礼也。"前面《绿衣》一诗中说到州吁喜好武事，因卫庄公的宠爱，恃宠而骄。至卫桓公即位后，州吁弑桓公，自立为君。毛公认为，此诗是为卫州吁派公孙文仲为将，调停陈国与宋国的纷争而作。但据《春秋左传·隐公四年》所载，州吁于鲁隐公四年春弑卫桓公，自立为君……宋殇公即位，公子冯②逃到郑国，郑国人本打算将他送回宋国。等到州吁自立为君，准备向郑国报先君的宿仇，以便在诸侯中建立威信，安定民心。州吁支持宋殇公，派遣使者

---

① 此事发生在鲁隐公四年（公元前 719 年）。
② 公子冯是宋穆公之子。宋宣公舍弃太子与夷，传位给自己的弟弟（宋穆公）。宋穆公在去世之前，决定传位给与夷（宋殇公），还将自己的儿子公子冯派到郑国为人质。宋穆公死后，与夷即位，是为宋殇公。

对宋殇公说："若您要攻打郑国，用以除掉您的隐患公子冯。那么您作主力，卫国将提供兵力与军费，陈国、蔡国则作为属军，这本来就是卫国所期盼的。"宋国答应了州吁。这时，陈国、蔡国正与卫国交好，因此，宋、陈、蔡、卫联合攻伐郑，围住了郑国都城的东门，五天之后才撤兵。五天时间，战争就结束了，而此诗中说"不我以归，忧心有忡"应是战争持续了较长时间，这就很难与历史事实相符合了。

清代姚际恒对此表示质疑："此事与经不合者六。当时以伐郑为主，经何以不言郑而言陈、宋？一也。又卫本要宋伐郑，而陈、蔡亦以睦卫而助之，何为以陈、宋并言，主、客无分？二也。且何以但言陈而遗蔡？三也。未有同陈、宋伐郑而谓之'平陈与宋'者。平者，因其乱而平之，即伐也。若是，乃伐陈、宋矣。四也。隐四年夏，卫伐郑，《左传》云'围其东门，五日而还'可谓至速矣。经何以云'不我以归'，及为此'居''处''丧马'之辞，与死生莫保之叹乎？绝不相类，五也。闵二年，卫懿公为狄所灭，宋立戴公以庐于曹（漕），其后僖十二年《左传》曰：'诸侯城卫楚丘之郛。'《定之方中》诗，文公始徙楚丘，'升虚望楚'。毛、郑谓升漕墟，望楚丘。楚丘与漕不远，皆在河南。夫《左传》曰'庐'者，野处也，其非城明矣。州吁之时不独漕未城，即楚丘亦未城，安得有'城漕'之语乎？六也。郑氏屈经以就己说，种种不合如此。而千余年以来，人亦必知其不合，直是无可奈何，只得且依他说耳。无怪乎季明德求其说而不得，又以《左传》为误也。"姚际恒认为此诗所述乃是卫穆公之时的事，"卫穆公背清丘之盟救陈，为宋所伐，平陈、宋之难，数兴军旅，其下怨之而作此诗也"。姚际恒的分析，有历史层面与学理层面的双重依据，他提出的"六不合"的质疑颇有道理，与大家初看此诗所产生的疑问正好相应。

崔述也强调"东门之役，五日而还"，"秋而再伐，州吁旋死，则亦旬月而还师"[1]，崔述虽未点明此诗作于何时，但他所说州吁伐郑的

---

[1] （清）崔述：《读风偶识》，熊瑞敏点校，语文出版社，2020。下引此书皆同此版本。

时间之短与此诗的"不我以归，忧心有忡"的持久时间不符，故认为此诗并非写州吁伐郑之事已非常明朗。

方玉润则认为此诗是"救陈后，晋、宋讨卫之时，不能不戍兵防隘，久而不归，故至嗟怨，发为诗歌"。

姚际恒提出此诗的背景是卫穆公之时的事情，崔述与方玉润都赞同其说，笔者也赞同这种观点，而不接受毛诗一派的说法。

第二，关于诗的主人公是谁的问题。

关于诗的主人公，传统上认为此诗是卫国戍卒思归之作，主人公当是戍卒。但大家可以设想一下，当时的士卒是否有这样的文才，能否写出如此出众的诗歌。我们也可以将之理解为某个诗人假托士卒而作，但是这位诗人若不了解将士戍边的情景与心态，也很难写出这种情真意切的诗来。一般说来，写此诗的人必定要具备两个条件：一是有相当的文才，二是亲身经历过戍边的情景。笔者从诗中找到了突破口，即"爰居爰处，爰丧其马。于以求之，于林之下"四句。诗主人公嘱托其妻（或战友），如果他和战马都战死了，请她（或他）到驻地的山林之下寻找他的葬处，他的遗体必定和战马葬在一起。春秋时期等级制度森严，普通士卒不可能要求死后将自己葬于何处，只有较为高级的将领，才有这个资格。所以，诗中的主人公，我们姑且将他定为一位出征的将领。春秋时期的将领，一般都是有文化的贵族，并不同于后世一般的武将。

第三，关于"死生契阔，与子成说。执子之手，与子偕老"的两种不同解释。

1. 毛诗一派的解释

孔颖达《疏》说："毛以为从军之士与其伍约云：'我今死也，生也，共处契阔勤苦之中，亲莫是过，当与子危难相救，成其军伍之数，勿得相背，使非理死亡也'。于是执子之手，殷勤约誓，庶几与子俱得保命，以至于老，不在军阵而死。……卒章《传》曰：'不与我生活'，言与是军伍相约之辞，则此为军伍相约，非室家之谓也。"郑玄《笺》

说："从军之士与其伍约，死也，生也，相与处勤苦之中，我与子成相说爱之恩，志在相存救也。"毛诗一派认为是军中士伍相约誓之言，表达了同甘共苦，同生共死的友谊。

2. 王肃、欧阳修的解释

二人认为是士卒出征之前与妻子离别的誓约。王肃所持的意见是："言国人室家之志，欲相与从生死。'契阔'，勤苦而不相离，相与成男女之数，相扶持俱老。"欧阳修《诗本义》卷二说："其诗载其士卒将行，与其室家诀别之语，以见其情。云我之是行，未有归期，亦未知于何所居处，于何所丧其马。若求与我马，当于林下求之，盖为必败之计也。因念与子死生勤苦，无所不同，本期偕老，而今阔别。"①王肃与欧阳修的意见是一致的，都认为此诗是士卒将要赴战场之前，与家人的诀别之辞。这个士卒对战争是悲观的，不知归期，抱必败之心，所以与妻子离别时，心里愁苦，有深切的感叹。

笔者认为，如果孤立地对这几句进行理解，毛诗一派的解释似乎不无道理。但我们理解诗句，不能断章取义。联系下面的诗句，毛公的理解就不能圆通了。此诗的末章有"于嗟阔兮""于嗟洵兮"两句，意为我们相隔太遥远、太久远。既是战友，朝夕相处，又怎会相隔太遥远、太久远呢？故笔者认为，王肃与欧阳修解释为夫妻诀别之语比较合理。

下面谈谈对"契阔"二字的理解。

关于"契阔"二字，历来有以下几种解释。一，韩诗释"契阔"为"约束"之意，后世诗用其意者，如繁钦诗："何以致契阔。"二，毛诗释"契阔"为"勤苦"之意，后世诗用其意者，如傅毅诗："契阔夙夜。"卢子谅诗："契阔百罹。"三，以"契阔"为"周旋"之意，如魏武诗："契阔谈燕。"昭明太子诗："契阔等漳滨。"江淹诗："契阔承华内。"杨素诗："契阔同游处。"四，以"契阔"为"间别"之意，如刘孝绰诗"契阔变炎凉"。自唐代以后，"契阔"多被用作"间别"

① （宋）欧阳修：《诗本义》，影印文渊阁四库全书本。下引此书皆同此版本。

之意，如杜甫诗："中允声名久，如今契阔深。"李商隐文："契阔十年，流离万里。"五，朱熹释"契阔"为"隔远"之意。

笔者认为，将"契阔"理解为"间别"之意，比较符合诗的原义。

北　门

【原文】

出自北门，忧心殷殷。终窭且贫，莫知我艰。已焉哉，天实为之，谓之何哉！

王事适我，政事一埤益我。我入自外，室人交遍谪我。已焉哉，天实为之，谓之何哉！

王事敦我，政事一埤遗我。我入自外，室人交遍摧我。已焉哉，天实为之，谓之何哉！

【字义】

1. 殷殷：深忧之意。2. 终：王引之《经义述闻》引王念孙说："终，犹既也。"3. 窭（jù）：困窘。4. 已焉哉：既然如此。5. 王事：周王室委托卫国的差事。6. 适：同"擿"，扔、掷。适我，扔给我。7. 政事：诸侯国内的差事。8. 埤（pí）益：增加、堆积。9. 交遍：轮流。"交"，交相。10. 谪（zhé）：谴责、埋怨。11. 敦：逼迫。12. 埤遗：犹"埤益"，加给。13. 摧：讥刺。郑《笺》："摧者，刺讥之言。"

【解析】

这是一首描写具体办事的下级官吏心有苦衷而又忠心耿耿的诗，我们先来分析一下诗意。

诗首章开篇说"出自北门，忧心殷殷"，为何诗人写出自"北门"，而不写出自"东门"、"西门"或"南门"呢？按照宋代苏辙的解释，"北门"有隐喻之意。苏辙在《诗集传》卷二说："君子仕于乱世，如出自北门,背明而向阴也。"①"终窭且贫,莫知我艰",意思是说,我穷困潦倒,可是没人知道我处境的艰难。"已焉哉!天实为之,谓之何哉!"已然是这样了,算了吧,除了将它归之为命运如此,我还能说什么呢?

诗二章,"王事适我,政事一埤益我",周王室委托卫国的事情交给我来做,卫国的政事也交给我来做。"我入自外,室人交遍谪我",我办完事情从外面回来,朝中那些不做事的人,纷纷指责我,说我这也没做好,那也没做好。有的经学家将"室人"解释为妻室,似有不妥。理由是这个忙于王事、政事的人应是一个具体办事的官吏,在男尊女卑的古代王权社会中,做妻子的怎么可能随便指责丈夫在朝中政事的好坏呢?苏辙则将"室人"解释为朝中不事事的人,他在《诗集传》卷二说:"已事而反,则其处者,争求其瑕疵,而谴谪之,言劳而不免其罪也。谓之'室人'者,在内而不事事也。"不事事的人是指那些地位更高、权力更大的官吏,因为只有这些人才有条件指责、讥刺下级官吏。所以比较上述两种解释,苏辙的解释明显优于前者。

诗三章的意思与诗二章大致相同,只有三个词不同:"敦""埤遗""摧"。其中"埤遗"与上章的"埤益"意思相同,但"敦"较上章的"适"而言意思就递进了一层。"适"是扔给之意,"敦"为逼迫之意;"谪"是埋怨之意,"摧"是讥刺之意。这些词语所显露的,是这位官吏所受的不公平待遇程度越来越深。

接下来看看各家对此诗旨意的解释。

《毛诗序》说:"刺仕不得志也,言卫之忠臣不得志尔。"郑玄《笺》认为此诗是"喻己仕于暗君,犹行而出北门,心为之忧"。但诗中并未见君主昏聩的字眼,又如何能说是"仕于暗君"呢?如果诗中有"仕于暗君"的意思,那就有腹诽之意,忠臣是不会怨君的。"已焉哉,天实为之,谓之何哉",对于此句,郑玄《笺》云:"谓勤也。诗人事君无二志,故自决归之于天。我勤身以事君,何哉?忠之至。"这样解释,

---

① (宋)苏辙:《诗集传》,影印文渊阁四库全书本。下引此书皆同此版本。

符合此诗本意，但与前面所说的"仕于暗君"自相矛盾。

宋代蔡卞《毛诗名物解》卷十五说："《北门》，忠其君之至……以其不可如何而归之天，此忠臣者也。"蔡卞所言甚是。李樗、黄櫄《毛诗李黄集解》卷六说："王事适我，政事一埤益我，而不免于贫窭，则卫君不我知也甚矣。无功者食禄，有功者不见知，则有功者必怨……今《北门》之诗则不然，是能安穷顺受归之天者也。"李、黄之说与蔡卞之意相同。

朱熹《诗集传》顺着郑玄《笺》说："卫之贤者处乱世，事暗君，不得其志，故因出北门，而赋以自比。又叹其贫窭，人莫知之，而归之于天也。"又引杨时之言说："知其无可奈何，而归之于天，所以为忠臣也。"朱熹先说"事暗君"后又引杨时之言说"为忠臣"，与郑玄一样前后矛盾。如果是一位忠臣，就应任劳任怨，不应腹诽。前说"事暗君"，后又说"为忠臣"，两者不能同时兼存。细读原诗，其中只有"归天命"之意，并无"事暗君"之意，所以后世解诗者视这位官吏为忠臣。

现代学者余冠英先生说："这诗作者的身份似是在职的小官，位卑多劳，生活贫困。因为公私交迫，忧苦无告，所以怨天尤人。"余先生前面所言甚是，唯有末句"怨天尤人"并不准确。诗中所描写的官吏并没有怨天，也没有尤人，而是安于天命。

综上所述，笔者认为，这是一首描写具体办事的下级官吏心有苦衷、任劳任怨而又忠心耿耿的诗。

这首诗给我们的教诫意义是什么呢？在现实的社会生活中，总有一些兢兢业业、任劳任怨的具体办事之人，但是这些人长期得不到上级的赏识；而那些不做实事，喜欢评头论足、说三道四的人往往飞黄腾达。试想你是诗中所描写的这位官吏，你会怎样对待？或许你抗议上级对你不公，与那些指责、讥讽你的人争辩甚至吵架，可能你很快就会失去现在的位置；或许你不抱怨上级，也不与同事争执，而是一如既往地埋头苦干，可能终会被大家所认可而有出头之日。此诗被孔子保留在《诗经》中，其意义在于教导我们怎样做人与做事，因为孔子自己就是这样处理事情的。《论语·宪问》说："昔公伯寮诉子路于季孙，孔子曰：'道之将行也与，命也；道之将废也与，命也。'"孔子相信天命，公伯寮向季孙诋毁子路，孔子则表明："大道将会施行，是命运；大道将会废弃，也是命运。公伯寮能将命运怎么样呢？"

此外，诗中三次反复说"已焉哉，天实为之，谓之何哉"，前人多认为这是天命思想。在现代思想史中，学者对前人的天命思想持批判态度，认为将命运归于天，是一种消极而盲目的迷信。但是，一个人处在特定的历史时空当中，无形中会受到各种各样的客观条件的限制，这些限制就是所谓的命运。在这些客观条件改变之前，个人是无可奈何的。一个人能清醒地认识到这一点，并正确地对待它，与其说这是消极盲目的迷信，毋宁说是一种智慧达观的人生态度。在这种意义上，"已焉哉，天实为之，谓之何哉"就是一种看似消极而实为积极洒脱的人生态度。正如王符的《潜夫论·赞学》所说："君子忧道不忧贫。箕子陈六极，《国风》歌《北门》，故所谓不忧贫也。岂好贫而弗之忧邪？盖志有所专，昭其重也……乃将以厎其道而迈其德也。"[①]

关于顺应天命的思想，不独中国古人有之，在西方也不乏类似的思想。西方推崇人应安于天命的思想的，最为显著的是希腊化罗马时期的斯多亚学派。他们提出"按照自然生活"，体现在人生观上就是"顺从"，其主要观点是人不能改变和控制命运，但可以控制自己对命运的态度，也就是认识和服从自己的命运。其代表人物有：西塞罗、塞涅卡、爱比克泰德、马可·奥勒留。

古今中外都有天命思想，它不等于说一切都是上天注定的，而是要我们采取一种积极的人生态度。我们可以将天命理解为一种时代条件、客观运势，从而去适应并且正确对待它。这样做，才是一种积极的、智慧的人生态度。

---

① （汉）王符著，（清）汪继培笺《潜夫论笺校正》，彭铎校正，中华书局，1985，第6页。

鄘风

桑 中

【原文】

爰采唐矣，沬之乡矣。云谁之思？美孟姜矣。期我乎桑中，要我乎上宫，送我乎淇之上矣。

爰采麦矣，沬之北矣。云谁之思？美孟弋矣。期我乎桑中，要我乎上宫，送我乎淇之上矣。

爰采葑矣，沬之东矣。云谁之思？美孟庸矣。期我乎桑中，要我乎上宫，送我乎淇之上矣。

【字义】

1. 爰（yuán）：何处。2. 唐：草名。又名女萝、菟丝，其籽可入药。3. 沬（mèi）：卫国都城朝歌，即今河南淇县。4. 孟：古代以孟、仲、叔、季为兄弟姐妹的长幼排行。苏辙《诗集传》卷三称，《诗经》中"刺无礼则称'孟'，言虽长而忘礼也。美有礼则称'季'……言虽幼而知好礼也"。这里的"孟"隐含"孟浪"之意。5. 姜：姓。6. 桑中：卫国地名，常为男女约会之地。7. 要：邀请。8. 上宫：楼馆。《孟子》："馆于上宫。"赵岐注："楼也"。9. 淇：淇水河。10. 麦：粮食作物。11. 弋（yì）：姓，通"姒"。12. 葑（fēng）：芜菁。又名蔓菁，可入药。13. 庸：姓。

【解析】

这是写一位男子炫耀风流韵事之诗。诗三章分别以采菟丝草、麦苗、芜菁草起兴。用这几种草起兴，应该不是随意的，亦不仅仅与押韵有关，而是这几种草都有某种保健养生或沟通情感的功用。

先谈谈此诗的大意。

诗首章说：我在哪儿采摘菟丝草？在卫国都城朝歌的郊外。我心里惦记着谁？我惦记着美丽的孟姜。她同我在桑中约会，又邀我去楼馆。临别时，还送我到淇水之上。

诗二章说：我在哪儿采摘麦苗？在卫国都城朝歌城北。我心里惦记着谁？我惦记着美丽的孟弋。她同我在桑中约会，又邀我去楼馆。临别时，还送我到淇水之上。

诗末章说：我在哪儿采摘芜菁草？在卫国都城朝歌城东。我心里惦记着谁？我惦记着美丽的孟庸。她同我在桑中约会，又邀我去楼馆。临别时，还送我到淇水之上。

接下来谈谈此诗的写作背景。

《毛诗序》说："《桑中》，刺奔也。卫之公室淫乱，男女相奔。至于世族在位，相窃妻妾，期于幽远，政散民流而不可止。"郑玄《笺》："'卫之公室淫乱'，谓宣、惠之世，'男女相奔'，不待媒氏以礼会之也。世族在位取（娶）姜氏、弋氏、庸氏者也。'窃'，盗也。'幽远'，谓桑中之野。"孔颖达《疏》："《经》先言卫都淫乱，国中男女相奔。及世族相窃妻妾，俱是相奔之事。故《序》总云'刺奔'。《经》陈世族相奔，明民庶相奔，明矣。《经》言孟姜之等，为世族之妻而兼言妾者，以妻尚窃之，况于妾乎？故连言以协句耳。谓之'窃'者，蔽其夫而私相奸，若窃盗人物，不使其主知之。"

毛《序》、郑《笺》、孔《疏》道出了此诗的背景。综合三家之意，此诗的时代背景大致是这样：在春秋时期的卫国宣公和惠公时期，由于国君带头淫乱，国内从上层贵族到下层民间形成一种淫乱风气。卫国为姬姓国，贵族多娶当时的名门望族姜姓、弋姓、庸姓美女为妻、妾，并且这些贵族男子又与其他贵族的美女妻妾相互邀约，私奔幽会于桑中之野、上宫之馆，这成为时尚，乃至男子作诗炫耀自己的风流韵事。

以今日的观点来看，春秋时期的卫国，男女观念非常开放，甚至不免混乱。其实，不仅是卫国，春秋时期的其他诸侯国也有类似的情况，只是程度不同而已。这在汉代以降的经学家看来，都属于不能容忍的淫乱行为。《毛诗序》所说的"世族在位，相窃妻妾，谓之'窃'者，蔽其夫而私相奸，若窃盗人物，不使其主知之"。此言即说这些贵族妻妾蒙蔽丈夫与其他男子偷情。当时人谓之"窃妻"或"桑中之喜"。

《左传·成公二年》载有一个类似的故事，楚王派屈巫（巫臣）出使齐国，路遇申叔跪（人名）回楚国，申叔跪说："异哉？夫子有三军之惧，而又有桑中之喜，宜将窃妻以逃者也。"此处所说的"桑中之喜"，实是有男女约会之意，暗指屈巫将与美女夏姬相约私奔他国。夏姬本是陈国人，曾与陈国君臣有一段为世人所诟病的情史，《陈风·株林》就是一首陈国民众讥讽陈灵公与夏姬淫乱的诗。后来，夏姬至楚国。屈巫欲携其逃走，因此申叔跪暗讽他"窃妻"。这个故事说明在卫国之外，淫乱之风也是较为普遍的。那么在这样一种时代背景下，一位贵族男子写诗炫耀自己的风流韵事，就不足为怪了。

关于这首诗的解释，历代经学家或同或异。

王质《诗总闻》卷三："姜氏、弋氏、庸氏，皆当时著姓。当是国君微行，以采茹为辞，约诸女之中意者，期诸某所，要（邀）之某所。虽为势力所逼，而亲党为荣，故送者无他辞。"王质将诗的主人公说成卫国的国君，选择国中贵族女子约会。

朱熹《诗集传》："卫俗淫乱，世族在位，相窃妻妾。故此人自言将采唐于沫，而与其所思之人，相期会迎送如此也。"朱熹的见解与王质略同。只是，他指出："姜、齐女，言贵族也。……弋，春秋或作姒，盖杞女，夏后氏之后，亦贵族也。……庸未闻，疑亦贵族也。"朱熹指出，这些有婚外情的是在位的世族男子和名门望族中的贵族妇女，此言甚是。下层民夫民妇，为生活所迫，起早贪黑，忙于农事还忙不过来，哪会有如此"闲情逸致"？

崔述《读风偶识》："但有叹美之意，绝无规戒之言。若如是而可以为刺，则曹植之《洛神赋》、李商隐之《无题》诗、韩偓《香奁集》，莫非刺淫者矣。夫《子虚》《上林》，劝百讽一，古人犹以为讥，况有劝而无讽，乃反可谓之刺诗乎！"崔述反对前人将此诗视为讽刺淫乱之诗，认为此诗毫无刺淫之意，而是一首叹美之诗，与曹植《洛神赋》等诗类似，这是有见地的。这与上面所说的"炫耀风流韵事"见解相近。

现代学者郭沫若和孙作云则认为此诗反映的是"祀桑林时事"，郭沫若《甲骨文研究》说："'桑中'即桑林所在之地，'上宫'即祀桑之祠，士女于此合欢。"孙作云也认为："这首诗的背景，就是在举行桑林之社的祭祀时唱的。"[①]

程俊英《诗经注析》说："这是一首男子抒写和情人幽期密约的诗。……民歌中称人之名，多属泛指，似不应过于拘泥。诗中的三姓女子，可能都是诗人称所美者的代词。他在采菜摘麦时，想念起恋人。但不愿将她的真实姓名说出来，就借用几个美女作代称。她曾经约他在桑中、上宫相会，临别时还送他到淇水口上。这是他念念不忘的，所以在劳动时兴之所至，便顺口歌唱起来。这首诗被后人尊为'无题诗'之祖。诗用一问一答的形式，表达诗人的深情；末用复唱，道出'期我''要我''送我'等不能忘怀的往事。情意柔和，神采飞扬，文字隽永，音节铿锵，是一首天籁自然、耐人寻味的好诗。"此论可备一说。若顺着程先生的思路，这是一首民间男子幻想与贵族美女在桑中、上宫幽会的诗，此男子为社会底层的青年劳动者，他在劳作中尽情地唱起田野之歌，述说心中的幻想——与朝歌城中几位高贵家族的美丽女子约会。若果真如此，那便可视为意淫诗之祖。

---

① 孙作云：《〈诗经〉与周代社会研究》，中华书局，1966，第305页。

载 驰

【原文】

载驰载驱，归唁卫侯。驱马悠悠，言至于漕。大夫跋涉，我心则忧。

既不我嘉，不能旋反。视尔不臧，我思不远。既不我嘉，不能旋济。视尔不臧，我思不閟。

陟彼阿丘，言采其虻。女子善怀，亦各有行。许人尤之，众稚且狂。

我行其野，芃芃其麦。控于大邦，谁因谁极？

大夫君子，无我有尤。百尔所思，不如我所之。

【字义】

1. 载：发语词。2. 驰、驱：赶马急行。3. 唁（yàn）：慰问遭遇不幸的人，后多指慰问遭丧事的人。4. 漕（cáo）：卫国邑名，在今河南省滑县。5. 嘉：赞许。6. 反：同"返"。7. 臧：善。8. 我思：我所考虑的。9. 济：渡。10. 閟（bì）：闭塞。11. 阿丘：《毛诗传》："偏高曰阿丘。"12. 虻（méng）：贝母，药用植物。13. 行：道理、主张。14. 尤：责怪，抱怨。15. 众稚且狂：范处义《诗补传》："稚幼狂惑不能知我之志乎。"16. 芃芃（péng）：草木茂盛貌。17. 控：赴告、控告。18. 大邦：大国，此处指齐国。19. 因：依靠、凭借。20. 极：至、到。21. 之：到、往。

【解析】

据《毛诗序》所说，此诗为许穆夫人所作，后世解诗者对此无异议。许穆夫人是卫宣姜所生的女儿，关于她的身世，牵扯到卫国的宫廷秘史，这里暂不详说。

许穆夫人从小有爱国之志，刘向《列女传·仁智篇》载，起初，许穆公与齐桓公都想娶她为妻，卫懿公希望将她嫁到许国。许穆夫人让傅母①转达自己的话：古时候诸侯将女儿当作苞苴之礼馈赠，为的是以大国为奥援。许国小，远离卫国；齐国大，邻近卫国。列国相争，强者为王。如果边境有战争发生，想取得大国的援助，我在齐国岂不更好？而今舍近而求远，离大而取小，如果遇到敌国进攻，谁来考虑国家社稷的安危呢？卫懿公不听，仍将她嫁到了许国。

《左传·闵公二年》载："冬十二月，狄人伐卫……及狄人战于荧泽，卫师败绩，遂灭卫。立戴公以庐于漕，许穆夫人赋《载驰》。"不出许穆夫人所料，边境果然发生战争，卫懿公死于国难，卫国惨遭灭国之祸。许穆夫人的姐夫宋桓公及时救恤卫国逃亡的难民，在黄河对岸的漕邑安置他们，并立许穆夫人的哥哥戴公②为国君。听闻故国被灭的噩耗，许穆夫人欲奔赴漕邑吊唁其兄。但是，按当时的规制，"妇人非三年之丧，不逾封而吊"③，君夫人只有奔父母丧，方能归宁。许穆夫人忧虑卫国之亡以及百姓的安置，思索如何求助大国救亡图存，因而作此诗。这里，学界有一个争论：许穆夫人是亲自赶赴了卫国，还是归宁未果，臆想去了卫国？

我们先来分析一下诗的大意。

诗首章开篇说"载驰载驱，归唁卫侯"，意思是说乘车前往卫国故地，吊唁兄长卫懿公。"驱马悠悠，言至于漕"，驱赶马儿快快地走，来到了卫国的漕邑。但是这驱马赶来漕邑的，是许穆夫人自己，还是许国的大夫呢？我们不得而知。"大夫跋涉，我心则忧"，此处的大夫，是指哪国的大夫呢？是前来给许国送讣告的卫国大夫，还是前去卫国吊唁的许国大夫呢？由于主语定位不明朗，无法做出准确判断，学界多认为是前去卫国吊唁的许国大夫。

诗二章，"既不我嘉"是倒装句，即"既不嘉我"，意思是虽然你们不赞同我的主张（即归唁卫国商议向大国寻求救援之策），"不能旋

---

① 古代单独辅导公主礼仪文化的女师傅，往往具有终身的性质。
② 戴公即位仅一个月去世，文公即位。
③ 出自《礼记·杂记》，郑玄注："逾封，越竟（境）也，或为越疆。"

反"，我也义无反顾，决不再返回。"视而不臧，我思不远"，意思是说许国君臣无视我欲求援于大国的嘉善计谋，认为我的思虑不深远。"不能旋济"，我也决不渡河再回头。"我思不闷"，我的考虑并不闭塞。

诗三章，"陟彼阿丘，言采其虻"，为排遣心中的忧虑，我登上山坡采摘贝母草。据朱熹《诗集传》所说，"虻，贝母也，主疗郁结之病"。"女子善怀，亦各有行"，女子思念父母之邦，有自己的道理与主张。"许人尤之，众稚且狂"，而许国的大夫们以常礼来责备我，这样的举动真是稚幼狂惑。

诗四章，"我行其野，芃芃其麦"，我走在田野上，看到田野生长着茂盛的麦子，心中不由得又思念正忍饥挨饿的卫国百姓。怎样才能解决这个难题呢？谁来策划？谁又来付诸实践？"控于大邦，谁因谁极"，是的，应当请求大国的援助，借助大国的力量复国。

诗末章，"大夫君子，无我有尤。百尔所思，不如我所之"，意思是说，许国的大夫君子们，你们不要以礼来责备我，不听我的谋划。你们主意众多，都不如我亲自去一趟。

后来，卫国在齐桓公的帮助下，得以在楚丘复国。《左传·闵公二年》载："齐侯使公子无亏帅车三百乘，甲士三千人以戍漕。归公乘马，祭服五称，牛羊豕鸡狗皆三百，与门材。归夫人鱼轩①，重锦三十两。"齐桓公以中原霸主的身份，派军队守卫并支援漕邑，给戴公车马衣食用度，还赠许穆夫人车与锦缎。

分析完诗意之后，我们来看看历代学者对许穆夫人是否归卫所持的两种不同意见。

其一，认为许穆夫人并未归卫。

《毛诗序》说："许穆夫人闵卫之亡，伤许之小，力不能救，思归唁其兄，又义不得，故赋是诗也。"认为许穆夫人鉴于当时的礼规，未回卫吊唁，所以作诗以明其志。

---

① 杜预注："鱼轩，夫人车，以鱼皮为饰。"

朱熹《诗集传》卷三说："闵卫之亡，驰驱而归，将以唁卫侯于漕邑。未至，而许之大夫有奔走跋涉而来者。夫人知其必将以不可归之义来告，故心以为忧也。既而终不果归，乃作此诗，以自言其意尔。"朱熹所谓的"不可归之义"，即当时的礼仪规制，《礼记·杂记》载："妇人非三年之丧不逾封而吊。如三年之丧，则君夫人归。"若非父母的"三年之丧"，国君夫人不能归宁。

清代陈廷敬《午亭文编》卷二十八说："礼，国君夫人父母没，则不得归宁，使大夫宁于兄弟。《载驰》之诗首章曰：'大夫跋涉，我心则忧。'是许大夫之唁于卫者也，故其卒章曰：'大夫君子，无我有尤。百尔所思，不如我所之。'此大夫即唁卫之大夫也。"又说："'既不我嘉，不能旋反'，是夫人终以礼自制。所谓发乎情，止乎礼义者也。……我行其野，麦芃芃然，方盛长也，将控告于大邦，未知将何所因而何所至也。则是夫人虽不果于行，而其闵亡救乱之心至矣，夫人可不谓贤哉！"① 陈廷敬则依当时的礼制——君夫人的父母若已过世，夫人不得归国，可以使国内大夫们前往吊唁，认为许穆夫人鉴于周礼，虽忧伤故国灭亡，但最终能谨守礼制，未能成行，并赞美她的贤惠，能以礼自制，"发乎情，止乎礼"。

方玉润则更为详细地分析其未归的原因："夫宗国倾覆，畴不思恤？而夫人之归卫与未归卫，及归而未至为许大夫所阻。迫不暇思，遑遑而归，其国已破，其家已残，流离四散，野处漕邑，夫人虽至，将安止乎？此时欲归故国，国无可归；欲控大邦，邦将谁控？夫人虽愚，断不至此。讵肯以一妇人忽遽而行，狼狈而归，若无顾忌，成何事体？此皆未谙人事之言也。然则诗何以赋？曰：'责许人不能救卫，又不能代控大邦，而因以自伤耳。'"方玉润从现实的角度分析，卫国已亡，也无家可言，许穆夫人回卫国无处安身。再则，作为君夫人，此时归卫，有失国君的尊严与体面。万般无奈之下，只能作诗以表心中忧伤与愤懑之情。

---

① （清）陈廷敬：《陈廷敬集》卷二十八，张建伟点校，三晋出版社，2015，第 505 页。

其二，认为许穆夫人赶赴了卫国。

王先谦《诗三家义集疏》说："言尔无以礼非责我。今日之事，义在必归。虽百尔之所思，不如我所往之为是也。故服虔注《左传》云，'言我遂往，无我有尤也，是夫人竟往卫矣'，或疑夫人以义不果往而作诗，今案'驱马悠悠''我行其野'，非设想之词，服说是也。如夫人未往，涉念而止，乌有举国非尤之事。若既已前往，则必告之许君而决计成行，亦无忽畏谤议，中道辄反之理。惟其违礼而归，许人皆不谓然，故夫人作诗自明其行权而合道。"① 王先谦据服虔注《左传》之意，认为是许穆夫人驱马悠悠，亲自赶赴卫国。既然前往卫国，必定是告知了国君。虽有违于礼，但权变能合于道。卫国最后能在楚丘复国，许穆夫人起了引领性作用。

现代学者程俊英先生《诗经注析》说："这是许穆夫人回漕邑吊唁卫侯，对许大夫表明救卫主张的诗。"陈子展先生《诗经直解》也持相同意见："《载驰》，许穆夫人闵其宗国颠覆，归唁卫侯，纪事而作。"②

笔者的意向是赞同王先谦等人的意见，许穆夫人亲自赴卫，虽受当时礼制的约束，但她能通权达变，使事情合于道。《韩诗外传》卷二载高子与孟子的对话："高子问于孟子曰：'夫嫁娶者，非己所自亲也，卫女何以得编于《诗》也？'孟子曰：'有卫女之志则可，无卫女之志则怠。若伊尹于太甲，有伊尹之志则可，无伊尹之志则篡。夫道二，常之谓经，变之谓权。怀其常道而挟其变权，乃得为贤。夫卫女行中孝，虑中圣，权如之何？'《诗》曰：'既不我嘉，不能旋反。视尔不臧，我思不远。'"孟子的回答是，若没有许穆夫人的志向则有违于礼，好比伊尹对太甲，若没有伊尹的心志便是篡位。对待事情有两种方法：恒久不变的叫"经"，能根据实际情况变通而合时宜的叫"权"。许穆夫人的行为既合于孝道，又思虑通达能变通，既合于"经"，又通于"权"。孟子既赞其行为合于孝道，必然是她前往吊唁并助其复国，虽然当时的

---

① （清）王先谦：《诗三家义集疏》，中华书局，1987，第263页。（下引皆同此版本）

② 陈子展：《诗经直解》，复旦大学出版社，2015，第119页。（下引皆同此版本）

礼制如此，但许穆夫人是一个通权达变的女子，她并不死守当时的规制。

许穆夫人忠心爱国的精神、胆识与魄力，比起许国的大夫们，包括历史上许多其他男子并不逊色，可谓巾帼不让须眉，值得世人钦佩与敬仰。历史上的巾帼英雄并不多，这就让我们愈发觉得她们的难能可贵。商高宗武丁之妻妇好可以称得上是历史上第一位巾帼英雄，武丁曾多次和妻子妇好率军征讨各方国。除了带兵打仗，她还主持祭天、祭先祖等各类祭典。而继许穆夫人之后，还出现了如恪守忠孝节义、代父从征的花木兰；随夫出战，亲自擂鼓助威、鼓舞士气的梁红玉等。她们谱写了一曲曲巾帼英雄的赞歌。

最后谈谈经学家们对"百尔所思，不如我所之"一句的理解与运用。

此句中的"之"，《毛诗传》释为"思"，意思是说，"你们纵然主意众多，都不如我思之笃厚"。《韩诗外传》则借用樊姬侍楚庄王的故事来释此句的诗意，故事是这样的：一次，楚庄王退朝之后，他的宠妃樊姬下堂迎接他，说："您为何退朝这么晚？您不觉得饥饿疲劳？"楚庄王回答："我今日听到忠诚贤良的大臣的话，所以不觉得饥饿和疲劳。"樊姬问："您所说的忠贤的人，是诸侯的门客，还是国中的贤士呢？"楚庄王说："是沈令尹。"樊姬笑了。楚庄王问她为何发笑，樊姬回答："我侍奉您沐浴、梳洗、铺床等，已有十一年之久，可我一边侍奉您，一边遣人物色梁、郑两国的美女献给大王。而今与我地位相等的有十个人，贤德超过我的有两个人。我怎会不希望大王专宠我呢？但我私下不敢为了自己的专宠，而藏匿众多美女，我是希望美女能使大王愉悦啊！沈令尹在楚国执政已多年，他既未推荐贤人，也未罢黜不肖之人，他又怎能算忠贤的人呢？"次日早朝，楚庄王将樊姬的话传达给了沈令尹，沈令尹即刻辞去职位，举荐孙叔敖为令尹。孙叔敖治理楚国，三年之后，楚国南面称霸诸侯。于是，楚国史官记载说："楚国能称霸诸侯，是樊姬的功劳。"《诗经》说"百尔所思，不如我所之"，说的就是樊姬啊！樊姬直言进谏楚庄王，指出臣子应当怎样做才是真正的忠贤，最后使庄王得到真正的治国之才，称霸于诸侯，樊姬真可谓思虑深远啊！

卫 风

考 槃

【原文】

考槃在涧，硕人之宽。独寐寤言，永矢弗谖。

考槃在阿，硕人之薖。独寐寤歌，永矢弗过。

考槃在陆，硕人之轴。独寐寤宿，永矢弗告。

【字义】

1. 考：成，落成。《左传·隐公五年》："考仲子之宫。" 2. 槃（pán）：木屋。明代黄一正《诗经埤传》："槃者，架木屋为室，槃结之义也。" 3. 涧：山水之间。 4. 硕人：此处指贤人。 5. 寐：睡着，引申为夜晚。 6. 寤：醒着，引申为白天。 7. 矢：同"誓"。 8. 谖（xuān）：忘记。 9. 阿（ē）：《毛诗传》："曲陵曰阿"。 10. 薖（kē）：心胸宽广。 11. 过：往来。 12. 陆：高平之地。 13. 轴：方玉润《诗经原始》引张彩："轴者，言其旋转而不穷，犹所谓游于环中者也，亦有任其旋转不出乎此之意。" 14. 弗告：朱熹《诗集传》："不以此乐告人也。"

【解析】

历代学者一般认为此诗为隐士的赞歌。这位隐士生活在山水之间，他的言辞与行动，都表现出自由、惬意、愉快的样子。

此诗一共三章，每章反复描写隐士的居住环境与他的生活状态。"考"是筑成之意，"槃"是"架木屋为室"之意。"考槃在涧""考槃在阿""考槃在陆",是说隐士大的生活环境,隐士将木屋建在山水之间,远离了尘世的喧嚣,也远离了丰富的物质生活,其环境雅致。隐士在幽静的环境中惬意而自由地生活,乐在其中。"硕人之宽""硕人之薖""硕人之轴",是说隐士小的生活环境。木屋虽小,但这位贤德之人却觉得很宽敞,实质是他的心胸宽广。正如颜回居于陋巷,过着"一箪食,一瓢饮"的生活,别人不堪其忧,但他不改其乐,所以孔子赞美他说:"贤哉,回也!"隐士独自在此幽处、歌吟、眠卧,安闲自由,自得其乐。"永矢弗谖""永矢弗过""永矢弗告",隐居的乐趣使他永远不能忘却,所以他发誓不再离开这个地方,也不将隐居的乐趣告诉世人。自由、惬意、幽静,强烈地表达了隐士在山间隐居的快乐,这是一种自觉、自愿的行为,或是有不得已的政治上的苦衷等,但非被迫。

常言道,"大隐于朝,中隐于市,小隐于野"。在朝廷、市井中做隐士并非不可以,但一般说来,真正意义上的隐士,大多远离尘世的喧嚣,寄身较为清幽的山水之间。古人隐居原因有多种:有人生性淡泊,不为名利牵绊,独善其身;有人因为仕途不得志,看不惯官场的黑暗现实而归隐,寻求心灵的清净;也有人想凭借隐居抬高声望,以此谋求官职。

东汉光武帝时期的严子陵就属于上述第一种情况。据范晔《后汉书·逸民列传》载,严子陵曾是光武帝刘秀的同窗,光武帝即位后,严子陵变换姓名隐居起来了。光武帝认为他是贤才,于是派人四处打探,找到了他的隐居之处。光武帝亲自登门,拜请其出山,严子陵在床上卧着不起身,以"昔唐尧著德,巢父洗耳。士故有志,何至相迫乎"①之辞拒绝,光武帝叹息而去。后来,朝廷授严子陵为谏议大夫,他仍拒绝,隐在富春山躬耕。多年后,朝廷再次授予严子陵官职,他仍不赴任,直至八十岁于家中寿终正寝。严子陵不慕富贵,不图名利,以

---

① 《后汉书》卷八十三,中华书局,1965,第2763页。

他独有的方式维护了文人的尊严,在后世备受赞誉。范仲淹曾有"先生之风,山高水长"的赞语,他以高风亮节闻名于后世。

魏晋时期的陶渊明,早期接受儒家的用世思想,有利济苍生之志,希望建功立业。但由于当时政治黑暗,受门阀制度的压迫,他无法施展政治抱负,遂叹息说:"我岂能为五斗米折腰!"于是挂冠归田,归家后作《归去来兮辞》。他在《序》中说:任县令,是为生计所迫;之所以辞官,是由于"质性自然。非矫厉所得,饥冻虽切,违己交病"。表明宁愿受饥饿,也不愿违心逢迎,混迹官场。

唐代的卢藏用是想通过隐居终南山,以求得贤名,为朝廷所用。据《新唐书·卢藏用传》载,卢藏用由于未能考取进士,便和哥哥卢征明隐居终南山。他通过隐居之举,在士人中形成了影响,后来被唐中宗召入朝廷为官,时人因卢藏用曾隐居多年,称其为"随驾隐士"。当时,卢藏用和道士司马承祯交好多年,但二人在兴趣志向上颇有差异。司马承祯奉唐睿宗之命前往长安宫中谈道说法,临别时卢藏用为他送行。司马承祯向他表明自己想退隐天台山的想法,卢藏用建议他隐居终南山,并说:"这座山中大有胜迹,何必到远处去呢?"司马承祯立刻心领神会,当即正色道:"依我看来,隐居终南山不过是通向官场的捷径罢了。"① 卢藏用闻言,面露愧色。"终南捷径"一词,由此而来。

而《考槃》一诗描写隐士隐居在山谷,是独善其身,是自愿从社会中自我放逐,远离浊世,受到世人的尊重与赞美。此诗以山谷小木屋与隐士的心境两相对照,木屋虽小,但隐士只觉天地之宽,甚至发誓不出此地,尤其是"独寐寤言"一词,刻画了隐士在自我的天地之中,独自一人睡,独自一人醒,独自一人说话,早已恍然忘世的情状,彰显了一个鲜明而又生动的隐者形象。

关于此诗的诗旨,学界有以下几种意见。

---

① 参见《新唐书》,中华书局,1975,第4375页。

一 隐逸说

《孔丛子》载孔子之言说:"于《考槃》,见遁世之士而不闷也。"①意思是说,孔子从《考槃》一诗中,读到了当时的士人退避世俗而心无烦忧。

朱熹《诗集传》说:"诗人美贤者隐处涧谷之间,而硕大宽广,无戚戚之意,虽独寐寤言,犹自誓其不忘此乐也。"认为此诗是赞美贤人隐逸而自得其乐之诗。

清代焦循则认为,《蒹葭》《考盘(槃)》二篇,"皆遁世高隐之辞"。

方玉润认为此诗是"赞贤者隐居自乐也"。他在《诗经原始》中高度称赞隐士独善其身的高洁之志:"《考盘》者,穷而在下者之自乐难忘也。穷则独善其身,达则兼善天下,穷与达均不外学。盖唯学斯能善天下,亦唯学乃能善一身。能善其身,然后能乐其乐。"然后又非常细致地描述了隐士在简陋而又狭小的环境中心无所怨、自得其乐的情景:"结庐不在尘境,而在溪涧之间,陋且隘矣。即或深傍曲阿,旷处平陆,亦不过老屋三间,风雨一床,亦何适意之有?然自硕人视之,则甚宽也,可以为吾之安乐窝矣。夫真人游神宇内,帝王驾驭六合,即豪杰之士亦驰骋中原,陵厉无前,其志岂不甚壮?然非硕人所乐为也。硕人之轴盘旋不过数亩之宫,运行实仅一室之内,其或游心象外,亦只息辙环中,总不出此在涧、在阿、在陆之际。故或独寐而寤言,或独寐而寤歌,更或独寐而寤宿,均有以乐其天也。所乐在是,所安即是,虽终其身弗忘也。虽有他好,弗逾也;虽有所得,亦弗告也。非不欲告,乃无可与告者耳。硕人自处如是,未必无意苍生,亦未必有望阙廷。穷无损,达亦何加?"

现代学者程俊英先生认为此诗是隐逸诗之祖,她在《诗经注析》中说:"在中国古代,隐士以消极的态度抵抗浊世,他的名声一直很好,隐逸诗也成为文学的一个流派,历世不衰。钟嵘赞陶渊明'古今隐逸诗人

---

① 傅亚庶撰《孔丛子校释》(卷之一),中华书局,2011,第54页。(下引皆同此版本)

之宗也'，隐逸诗自六朝始盛，至渊明始大，然推其始，则在《考槃》。"

二　讽恶君说

《毛诗序》则说："《考槃》，刺庄公也。不能继先王之业，使贤者退而穷处。"认为此诗讽刺卫庄公不能继承先君卫武公的大业，使贤人退避于山涧之中，故作诗以讽刺之。

三　不忘君心说

程颐说："《考槃》，观其名早已可见君子之心，处之已安，知天下决然不可复为。虽然如此退处，至于其心，瘝瘝间永思念，不得复告于君，畎亩不忘君之意。"[1] 认为是贤人在天下无道之时，退处于畎亩之中，虽然如此，但心中一直惦念朝廷。

四　妇人之说

《汉书·叙传下》说："窦后违意，考盘（槃）于代。"[2] 颜师古注："《诗·卫风》曰：'考盘（槃）在涧'，考，成也；盘（槃），乐也。此叙言窦姬初欲适赵，而向代，违其本意，卒以成乐也。"当年，窦姬作为良家子选入汉宫，服侍吕太后。不久，吕太后遣送一批宫女赐给各诸侯王，每诸侯王五人，窦姬在列。因其家在赵国清河，她希望被派往赵国，于是请求主管遣送的宦官将她的名册放入去赵国的队伍中。可是宦官忘记了当初的承诺，错将她的名册放到去代国的队伍之中。窦姬泣涕如雨，埋怨宦官，不愿前往。在强迫之下，她才动身去了代国。出人意料的是，窦姬入代国后，代王刘恒独宠窦姬，窦姬生女刘嫖，后来又生了两个男孩，长子刘启，少子刘武。后来，代王刘恒被立为国君，窦姬长子刘启被立为太子，窦姬则被立为后。《汉书》作者用"窦后违意，考盘（槃）于代"来概括她的一生。那么，《汉书》在什么意义下

---

① （宋）程颢、程颐：《二程集》，中华书局，1981，第355页。
② 《汉书》，中华书局，1962，第4269页。

运用"考盘（槃）"二字呢？颜师古认为"考盘（槃）"是"成乐"之意，即一个偶然的错误，成就了一生的乐事。从这个意义上说，《考槃》一诗应与隐居无关，而是写妇人得其好的归宿之事。《诗经》原有《硕人》一诗，写的是卫庄姜，此诗中又有三次提到硕人，应是写妇人，而不是隐士，所以南宋王质干脆将《考槃》的诗旨释为"妇人之说"。他在《诗总闻》中说："'硕人'即后《硕人》，皆妇人也。受尊者所鄙弃，携承盘而在幽壤，有自伤之意，不敢有不平之辞。……三章皆举物：宽与兽为伍也、薖与草为俦也、轴与车相守同处也。言妇人弃置幽独之状也，连篇皆称'硕人'，不应一为贤者，一为夫人也。"按照王质的意见，《考槃》一诗的主人公是一位被尊贵的丈夫遗弃的妇人，所以此诗是弃妇诗而非隐士诗。这样解释就与诸家之言反差太大了。

笔者以为，将《考槃》一诗解释为"隐逸之诗"，合乎诗旨。后世学者认为此诗是隐逸诗之宗，是中国隐逸文学的滥觞，并非虚言。此诗对后世的隐逸文学和隐士文化都产生了深远的影响。如魏晋时期陆云《赠顾骠骑》："考槃空谷，假乐丰林。"还有其《逸民赋》："鄙终南之辱节兮，韪伯阳之考槃。"《晋书·隐逸传·张忠》："先生考盘山林，研精道素。"唐代岑参《太一石鳖崖口潭旧庐招王学士》诗末句说："此地可遗老，劝君来考盘。"宋代苏辙《次韵秦观见寄》："考盘溪山间，自献耻干谒。"清代姚鼐《获嘉渡河》："想见幽人尚考盘（槃），安得同归脱轨绊。"

诗中"独寤寐言"一句，魏晋南北朝诗歌多引用之，如阮籍《咏怀诗》："啸歌伤怀，独寐寤言。"郑丰《答陆士龙》："有客信宿，独寐寤语。"沈约《从军行》："寝兴动征怨，寤寐起还歌。"费昶《赠现郎》："昔闻旧矣，寤寐咏歌。"

硕　人

【原文】

硕人其颀，衣锦褧衣。齐侯之子，卫侯之妻。东宫之妹，邢侯之姨，谭公维私。

手如柔荑，肤如凝脂，领如蝤蛴，齿如瓠犀，螓首蛾眉。巧笑倩兮，美目盼兮。

硕人敖敖，说于农郊。四牡有骄，朱幩镳镳，翟茀以朝。大夫夙退，无使君劳。

河水洋洋，北流活活，施罛濊濊，鳣鲔发发，葭菼揭揭，庶姜孽孽，庶士有朅。

【字义】

1. 硕人：身材高挑的人，此诗专指卫庄姜。春秋时期女子以身材高挑为美。2. 颀（qí）：修长。3. "衣"：动词，穿。4. 褧（jiǒng）衣：麻纱制成的单层單衣。5. 齐侯：齐庄公。6. 子：此诗指女儿。7. 卫侯：卫庄公。8. 东宫：太子所住的宫名，此诗指齐国太子得臣。9. 邢：国名，在今河北邢台。10. 姨：妻的姐妹。11. 谭：国名，在今山东历城。12. 维：用在句中，表判断。13. 私：古称姊妹的丈夫。孔颖达《疏》引孙炎曰："邢侯、谭公皆庄姜姊妹之夫，互言之耳。"14. 荑（tí）：白茅的白色嫩芽。15. 领：脖颈。16. 蝤蛴（qiú qí）：天牛的幼虫，色白身长，呈圆筒形。17. 瓠犀（hù xī）：葫芦籽，整齐而洁白。18. 螓（qín）：绿色小蝉，额广而方。19. 蛾眉：蚕蛾的触角，细长而弯，用以比喻女子美丽的眉毛。20. 倩：笑靥美好。21. 敖敖：修长高挑。22. 说（shuì）：通"税"，休憩；止息。23. 牡：雄马。24. 骄：马健壮。25. 幩（fén）：马衔两边用作装饰的绸条。26. 镳（biāo）镳：《毛传》："盛貌。"27. 翟茀（dí fú）：用野鸡翎羽装饰的车篷。28. 夙退：退朝后早早回去。29. 活活（guō）：象声词，水流声。30. 罛（gū）：大鱼网，亦泛指鱼网。31. 濊濊（huò）：象声词，撒网入水声。32. 鳣（zhān）：大鲤鱼。33. 鲔（wěi）：鲟鱼，一说鲤鱼的一种。34. 发发（bō）：鱼跃声。35. 葭（jiā）：尚未抽穗的芦苇。36. 菼（tǎn）：初生的荻，似苇而小，色嫩绿。37. 揭揭：长长的样子。38. 庶姜：随嫁的姜姓女子，称为"侄娣"。39. 荦荦：服饰华丽貌。40. 庶士：齐大夫送女者，称为"媵臣"。41. 朅（qiè）：勇武健壮貌。

【解析】

此诗是描写庄姜出嫁卫庄公的诗，赞美了庄姜高挑的身材与美貌，以及出嫁的风光场面。

诗首章描写庄姜的出身。庄姜的身份极为高贵：她是齐庄公的女儿，卫庄公的夫人，太子的胞妹，邢国国君的姨姐（或姨妹），谭国国君的姨姐（或姨妹）。如此高贵的身份，世间少有。我们在《何彼襛矣》一篇中，也谈及王姬出嫁的艳丽妆容与奢华场面，但两篇诗的格调不同，前诗含有讽刺之意，而此篇饱含赞美之意。清代方玉润说："所谓'硕人'者，有德之尊称也。……题眼既标，下可徒旁摹写，极意铺陈，无非为此硕人生色。"

诗二章描写庄姜的美貌。诗人用了一连串的比喻刻画她的美貌：手指像初生白茅芽般柔嫩而纤细，皮肤像凝冻的脂膏一样洁白而润滑，脖颈像蝤蛴般白皙而圆润，牙齿像瓠瓜子一样齐整而洁白，前额像螓首一样方正而丰润，眉毛像蚕蛾触角一样细长而微弯。接下来描写她微笑时的媚态与流转灵动的双眼"巧笑倩兮，美目盼兮"，如果说前面对美人的描写落于俗套，那这两句却是神来之笔。姚际恒说："千古颂美人者，无出其右，是为绝唱。"方玉润也说："千古颂美人者，无出此二语，绝唱也！"的确如此。孙联奎《诗品臆说》评此章说："《卫风》之咏硕人也，曰'手如柔荑'云云，犹是以物比物，未见其神。至曰'巧笑倩兮，美目盼兮'，则传神写照，正在阿堵①，直把个绝世美人，活活地请出来，在书本上滉漾。千载而下，犹亲见其笑貌。"② "阿堵"即眼睛，在审美鉴赏中，"神"高于"形"，它可以激发世人对美的丰

---

① "阿堵"即眼睛。《世说新语·巧艺》载：顾长康画人，或数年不点目睛。人问其故，顾曰："四体妍蚩，本无关于妙处，传神写照，正在阿堵中。"

② 孙联奎、杨廷芝：《司空图〈诗品〉解说二种》，齐鲁书社，1980，第40页。

富想象力。俗话说，眼睛是心灵的窗户，表现人物莫过于表现传神的眼睛。

诗第三章、第四章描写盛大的婚礼场面，烘托庄姜出嫁的喜庆气氛。诗人连用"敖敖""镳镳""洋洋""活活""濊濊""发发""揭揭""孽孽"八个叠词描写。她身材优美而修长，拉载婚车的四匹雄马雄伟而健壮，马嚼左右用红绸缠绕的飘带鲜艳美丽，连遮挡她所乘坐之车的竹帘都是用彩色的野鸡翎羽装饰而成的。婚车徐徐向朝堂行驶，大夫们啊，你们上完朝早早回去吧，莫让君王太辛劳。水域宽广的黄河水哗哗向北奔流，渔网下水的"濊濊"声，鱼尾击水的"发发"声悦耳动听，河岸茂盛的芦苇和荻草，列队欢迎送亲的队伍。随庄姜出嫁的姜姓女子身材修长而美丽，护送她至卫国的诸臣英勇而威武。总之，在这样令人兴奋而陶醉的氛围中，周围的一切都好像在倾情庆祝这一幸福的时刻。

综上所述，庄姜的容貌、姻族，随嫁的媵妾、庶士都是无可比拟的，好似上天赐给卫庄公一桩美好姻缘。人们对美好的事物总是怀有衷心的祝愿，希望庄姜婚后能幸福美满，多子多孙，颐养天年。但事实并非如此，《春秋左传》载其"美而无子"，这就为后来卫国政治的动荡埋下了伏笔。不过此诗中并未有所体现。

对于此诗的主旨，有两种不同的意见。

《左传·隐公三年》载："卫庄公娶于齐，东宫得臣之妹，曰庄姜。美而无子，卫人所为赋《硕人》。"《毛诗序》释此诗说："《硕人》，闵（悯）庄姜也。庄公惑于嬖妾，使骄上僭。庄姜贤而不见答，终以无子，国人闵而忧之。"严粲《诗缉》卷六反驳《毛诗序》说："此诗无一语及庄姜不见答之事，但言其族类之贵，容貌之美，礼仪之备，又言齐地广饶，士女佼好，以深寓其闵惜之意而已。"① 此言甚是。

方玉润认为此诗是"颂卫庄姜美而贤"，又说："庄姜固不徒恃其贵，而自有余，富与美与贵之外，盖美且贤焉者也。……然则诗何以不

---

① （宋）严粲：《诗缉》，影印文渊阁四库全书本。

咏其贤，而仅叹其为贵与美与富，而若有余慕耶？曰：'诗之不咏其贤者，诗之所以善咏乎贤者也。'托月者必瀹云，绘龙者必点睛，此绘事之妙也，诗亦通焉。且诗亦未尝不言其贤也，而人不觉也。诗发端不曰'硕人其颀'乎？夫所谓硕人者，有德之尊称也。曾谓妇之不贤而可谓之硕人乎？故题眼既标，下可从旁摹写，极意铺陈，无非为此硕人生色。"方玉润在这里点出了《硕人》一诗的写作手法，对庄姜的尊贵身份、美丽容颜和盛大的排场极尽铺陈之能事，这样的铺陈正是为了说明庄姜的贤德，只有这样贤德的女人，才会真正配得上如此的铺陈描写。

此诗最精彩的一句诗是"巧笑倩兮，美目盼兮"，可谓神来之笔，千古一绝，美妙无匹。而对于这两句诗的来源，后世经学家们却持有不同看法。因为《论语》在引了"巧笑倩兮，美目盼兮"之后，后面还缀有一句"素以为绚兮"。一些经学家的解释是，此是逸诗，即被遗漏的一句。但也有经学家认为，此诗本是首尾完句，并无逸句。他们推测可能是另有逸诗，其中有"巧笑倩兮，美目盼兮，素以为绚兮"三句，后来连同它的原诗一起佚失了。如宋代的王质与杨简就持这样的意见，王质《诗总闻》卷三说："'巧笑倩兮，美目盼兮'，子夏举此诗多'素以为绚兮'一句，恐是他诗，亦有'巧笑、美目'两句，而继以'素以为绚'，今不存也。孔子、子夏问答与此不类，强合此诗，恐涉牵强也。"杨简《慈湖诗传》卷五说："《论语》子夏问曰：'巧笑倩兮，美目盼兮，素以为绚兮。'言其以质素生文，不假外物为饰也。岂此阙文耶？抑他诗偶同耶？"

从今日来看，这两种说法可以并存，在现有的《硕人》一诗中，若将"巧笑倩兮，美目盼兮，素以为绚兮"三句连在一起说，也并无不妥，王质与杨简的观点都有其可能性，这一点我们不必过多讨论，因为这样的讨论并无实质意义。问题的关键在于，《论语》中孔子与子夏的讨论引出了一种深刻的教诫意义，那就是：像庄姜这样无可挑剔的天生丽人，也需要礼与文的陶冶。"素"是天生丽质，"绚"指礼仪、文采。一个女子，即使天生丽质，也需要有后天的礼仪与文采的修饰。假如一个天生的美人，开口说话便粗俗无比，其行为也违反社会礼俗，那一定会为人所不齿。这说明文化素质与礼仪修养对于一个人来说是非常必要的。

此诗中"巧笑倩兮，美目盼兮"两句对后世诗歌的创作影响非常大，许多文人写过类似的诗句，如《楚辞·大招》："嫮目宜笑，蛾眉曼只。"张衡《思玄赋》："欲巧笑以干媚兮，非余心之所尝。"陶潜《闲情赋》："瞬美目以流眄，含言笑而不分。"陆机《日出东南隅行》："美目扬玉泽，娥眉象翠翰。……窈窕多容仪，婉媚巧笑言。"沈约《登高望春》诗："解眉还复敛，方知巧笑难。"高允《罗敷行》："巧笑美回盼，鬓发复凝肤。"白居易《长恨歌》："回眸一笑百媚生，六宫粉黛无颜色。"但都不及《卫风·硕人》篇这两句写得既质朴又传神。后世将"巧笑倩兮，美目盼兮"两句称为千古绝唱，并非虚言。

王 风

黍 离

【原文】

彼黍离离，彼稷之苗。行迈靡靡，中心摇摇。知我者，谓我心忧。不知我者，谓我何求。悠悠苍天，此何人哉！

彼黍离离，彼稷之穗。行迈靡靡，中心如醉。知我者，谓我心忧。不知我者谓我何求。悠悠苍天，此何人哉！

彼黍离离，彼稷之实。行迈靡靡，中心如噎。知我者，谓我心忧。不知我者谓我何求。悠悠苍天，此何人哉！

【字义】

1.黍（shǔ）：一种重要的粮食作物。一年生草本，子实具有黏性。2.离离：茂盛。3.稷（jì）：谷物名，指粟，一说高粱。4.行迈：远行。5.靡靡（mǐ）：脚步缓慢。6.中心：心中。7.摇摇：心神不定。8.悠悠：遥远。9.噎：食物堵住咽喉，比喻忧深气逆，难以呼吸。

【解析】

《黍离》是《诗经》中很重要的一篇，传统诗学认为此诗是宗社丘墟、重游故国的伤怀之作。因为此诗深含亡国之痛，所以后世王朝凡经过亡国之痛的士大夫往往怀有"黍离"之悲。因为此诗题材重大，所以受到历代文人学者的重视。在《诗经》的解读上，有两个很重要的前提，一是诗本事，二是美刺说。前者是要将其诗定位于某时、某事、某人，即此诗由谁而作，为何事而作，即指出诗的本来历史事实是什么。而后者是关于此诗的思想倾向，即赞美或讽刺某人、某事。

关于此诗在历史上的解读，大抵有五种观点：一是毛诗"闵（悯）宗周"说，二是鲁诗"卫公子寿忧兄被害"说，三是韩诗"伯封求兄不得"说，四是崔述"忧周室之将陨"说，五是现代学者"迁都忧伤"说。

现将几种观点具体陈述如下。

一 毛诗说

《毛诗序》说："《黍离》，闵宗周也。周大夫行役至于宗周，过故宗庙宫室，尽为禾黍。闵周室之颠覆，彷徨不忍去，而作是诗也。"《毛诗序》此说影响后世诸多学者对《黍离》的解释，后世学者大多认为此诗的诗旨是"闵宗周"，如程颐、朱熹、方玉润等。朱熹详尽地描述了周东迁之时的凄然之状："周既东迁，大夫行役至宗周，过故宗庙宫室，尽为禾黍，闵周室之颠覆。彷徨不忍去，故赋其所见黍之离离，与稷之苗，以兴行之靡靡，心之摇摇。既叹时人莫识己意，又伤所以致此者，果何人哉？追怨之深也。"

二 鲁诗说

鲁诗传人刘向认为此诗是卫国公子寿忧兄长伋被害而作。他在《新序》①卷七《节士》中讲了这样一个故事：卫宣公有儿子伋、寿、朔。伋为前母所生，寿与朔为后母所生。后母与朔谋划杀死太子伋，立寿为太子，就指使人与伋一起乘船，意欲沉船杀死他。寿知道无法阻止母亲的阴谋，于是就与伋一同乘船，使船上的人无法杀死伋。寿忧心兄长终有一天要被害，作了一首忧伤的诗，即《黍离》之诗："行迈靡靡，中心摇摇。知我者，谓我心忧。不知我者，谓我何求。悠悠苍天，

---

① （汉）刘向：《新序》，中华书局，2014，第285~286页。（下引皆同此版本）

此何人哉!"

卫宣公假意派太子伋出使齐国,并安排强盗在途中截杀他,寿劝阻太子伋不要去齐国,伋说:"违背父亲的命令,不是儿子该尽的孝道,我不能这样做。"于是寿与他同行。寿的母亲知道阻止不了儿子,就告诫他说:"你不要走在前面。"寿走在伋的前面,并窃取了伋车上的白旗先行一步。快到齐国时,强盗一见到白旗,以为是太子伋,便杀害了他。伋赶到时,看到寿已死,他悲痛弟弟代自己而死,痛哭流涕。他用车载着寿的尸体回卫国,到卫国边境就自杀了,兄弟二人相继死去。君子们认为兄弟二人有义气,为卫宣公听信谗言感到悲哀。关于这个故事,《左传·桓公十六年》也有记载,但略有出入。

三　韩诗说

韩诗认为此诗是"伯封求兄不得"而作。曹植、王应麟赞同此说,曹植《令禽恶鸟论》说:"昔尹吉甫信后妻之谗而杀孝子伯奇,其弟伯封求而不得,作《黍离》之诗。"王应麟《诗考·韩诗·黍离》说:"《黍离》,伯封作也。诗人求亡不得,忧懑不识于物,视彼黍离离然,反以为稷之苗。乃自知忧之甚也。"[①]清代胡承珙《毛诗后笺》反驳说:"尹吉甫在宣王时,尚是西周,不应其诗列于东都也。"[②]尹吉甫为周宣王时期的重臣,辅佐宣王中兴,其诗不应列于东周,伪误显然。学界称鲁诗、齐诗、韩诗为"三家诗",毛诗最后出。毛诗之说行而三家之诗渐亡,故鲁诗、韩诗对此诗的解释不再为学者所认可。

四　崔述说

清代崔述认为此诗是诗人忧虑周王室将亡而作,且认为此诗与《魏风·园有桃》的风格如出一辙。他在《读风偶识》卷三中说:"细玩此词意,颇与《魏风·园桃》相类。'黍离''稷苗'犹所谓'园桃''园

---

① （宋）王应麟:《诗考》,王京州、江合友点校,中华书局,2011,第23页。
② （清）胡承珙:《毛诗后笺》,郭全芝校点,黄山书社,2014,第329页。

棘'也；'行迈靡靡'犹所谓'聊以行国'也；'不知我者谓我何求'犹所谓'谓我士也罔极'、'心之忧矣，其谁知之'也。然则此诗乃未乱而预忧之，非已乱而追伤之者也。盖凡常人之情，狃于安乐，虽值国家将危之会，贤者知之，愚者不之觉也，是以不知者谓之何求。《黍离》忧周室之将陨，亦犹《园桃》忧魏之将亡耳。"

五　现代学者说

现代《诗经》学者冯沅君在《诗史》中评《黍离》之旨说："这是写迁都时心中的难受。"程俊英深为认同，她在《诗经注析》中说此诗乃"诗人抒写自己在迁都时心中难过的诗"。

以上是学者们对《黍离》一诗的主要解读。后世解读此诗，大多紧扣毛诗的说法。

比较以上五家之说，笔者认为当数毛诗的闵宗周说最为合理，也最贴近诗的原意。按毛诗的解读，诗人行役到宗周，过访故宗庙、宫室，昔日的繁华已然不见，出现在诗人眼前的是黍苗和稷苗。抚今追昔，悲从中来，故而诗人走在荒凉的路上，脚步沉重。那些理解诗人的人，知道他心有烦忧；而那些不理解诗人的人，还认为他别有所求。诗人心中的伤痛，说与谁听？只能质之于天，"悠悠苍天，此何人哉"。高高在上的苍天啊，是谁让我有今日的苦痛？诗人深沉的亡国之痛是因眼前之景而生的，景与情恰当对应，所以说毛诗说最贴近诗的原意。

鲁诗与韩诗所说的只限于兄弟之情，从题材的重大性而言，远不能比肩毛诗的"闵宗周说"。鲁诗传人刘向之说，似有些牵强附会，诗中反复说及田园中茂盛的黍米、高粱之苗、高粱之穗，与公子伋、公子寿的处境并不相干。韩诗传人王应麟认为诗人求兄不得，忧愤之余将黍苗视为稷之苗，则与诗的悲怆之情不合。崔述说此诗是"忧周室之将陨"而作，既然周室还未亡，其宗庙、宫室何来的黍苗、稷苗呢？至于冯沅君与程俊英认为这是"诗人抒写自己在迁都时心中难过的诗"，就显得诗歌的情调低了许多。

分析完诸家对此诗的解读之后，接下来谈谈《王风》为何不被列入二《雅》而被列入《国风》之中的问题。

《诗经》分为《风》、《雅》（《小雅》《大雅》）、《颂》三部分。《风》反映的是十五个诸侯国或地区的风土民情的土风歌谣；《雅》是周王朝的正声雅乐，大多是朝廷士大夫所作，《小雅》中有少数民歌。《颂》是朝廷宗庙祭祀的乐歌。《诗经》中有《王风》，西周乃至春秋时期，并没有一个被称为"王"的国家或地区。"王风"的"王"，指的是周平王以下的东周诸王。周王室的诗，按理应当列入《小雅》或《大雅》，但这些诗却被列入《国风》之中，这是为何？关于这个问题，学界主要有如下两种解释。

第一种解释：从东周开始，无论《大雅》还是《小雅》，都已经衰亡，东周王朝的诗，由《雅》降而为《风》。如胡安国所说："按邶、鄘而下多春秋时诗，而谓'《诗》亡然后《春秋》作'，何也？自《黍离》降为《国风》，天下无复有《雅》，而王者之《诗》亡。《春秋》作于隐公，适当《雅》亡之后。夫《黍离》所以为《国风》者，平王自为之也。平王忘仇，于是'王者之迹熄而《诗》亡'，天下贸贸焉日趋于徇私灭理之涂，故孔子惧而作《春秋》。"[①]

第二种解释：《大雅》《小雅》大多是周王朝士大夫的作品，《王风》是东周之地的民间诗歌，不存在《雅》降而为《风》一说。如清代郝懿行、王照圆《诗说》卷下说："《王风》，东周之风也，别于列国，故谓之'王'。民间谣俗，故不称《雅》，非降也。……先儒惑于《诗》亡之义，乃以《雅》为西，以《风》为东，而有《黍离》降为《国风》之说。夫王号犹在，谁则降之邪？"[②]

以上两种说法中，第一种说法较为准确。就像《黍离》一诗，从其格调来说，也未尝不是周王朝的旧时官吏所作。这也印证了孟子所说的"王者之迹熄而诗亡"，这里所说的"诗亡"，主要是指大、小《雅》

---

① （宋）张栻：《张栻集》，杨世文点校，中华书局，2015，第 1587～1588 页。
② （清）郝懿行、王照圆：《诗说》，中华经典古籍库影印本。本书所引此书皆同此版本。

亡，因为二《雅》所反映的是"王者之迹"。

此诗因为其悲怨凄婉的格调，被后世认为是凭吊诗之祖，方玉润说："三章只换六字，而一往情深，低徊无限。此专以描摹虚神擅长，凭吊诗中绝唱也。唐人刘沧、许浑怀古诸诗，往迹袭其音调。"后世文人的凭吊、怀古、别离之诗，大抵脱胎于《黍离》之诗。如东方朔《七谏》："悠悠苍天兮，莫我振理。"向秀《思旧赋》："叹黍离之愍周兮，悲麦秀于殷墟。"左思《魏都赋》："览麦秀与黍离，可作谣于吴会。"潘岳《西征赋》："何黍苗之离离，而余思之芒芒。"苏轼《别公择》："黍离不复闵宗周，何暇雷塘吊一丘。"

"知我者，谓我心忧。不知我者，谓我何求"之句，成为后世抒发心中忧虑之情的佳句。关于此句，刘向《列女传》讲了这样一个故事。鲁国漆室邑的一个女子，过了出嫁的年龄还未出嫁。鲁国当时是鲁穆公执政，穆公已年迈，太子却还年幼。女子倚着柱子长啸①，路旁听到的人，都为此而悲伤。女子邻家的妇人与她一起游玩时说："你的啸歌好凄凉，你是想嫁人了吧？我给你找对象。"女子叹息说："以前我以为你聪明，而今看来，你并无见识，难道我会由于没出嫁感到悲哀吗？我是担心国君年老，太子年幼。"妇人笑着说："这是鲁国大夫们应当忧虑的事啊，与我们妇人有什么关系呢？"女子说："不是的，这并非你所能明白的。从前，晋国的客人来我家住，将马拴在菜园，后来马跑了，踩坏了我家的葵菜，结果家里终年没吃到葵菜。还有，我邻居家的女儿与人私奔，请我兄长去追赶，遇上暴雨，我兄长淹死在水中，令我从此失去了兄长。而今国君已老，而太子尚年幼，民间愚顽与欺诈之事常有。若鲁国出现祸患，不论君臣父子都要蒙受耻辱，且祸及百姓，我们妇人能独自避祸吗？我为此非常忧心，你竟说与妇人无关，这是为何？"邻居妇人向她道歉，说："你考虑得深远，是我所比不上的。"三年后，鲁国果然发生动乱，遭到了齐国与楚国的攻击。鲁国连连遭到侵

---

① 撮口发出悠长清越的声音，古人常以此述志。

扰，男子战斗，妇女输送物资，都无法休养生息。《诗经》"知我者，谓我心忧。不知我者，谓我何求"说的就是这种情况。

唐代李涛的怀古感时之诗《登高丘而望远海》说："登高丘，望远海，万里长城今何在？坐使神州竟陆沉，夷甫诸人合菹醢。望远海，登高丘。知我者谓我心忧，不知我者谓我何求。归枕蓬莱漱弱水，大观宇宙真蜉蝣。"诗人登高望海，感时伤事，感叹神州大地沦陷敌手，那些位高权重，空谈误国的人难辞其咎啊！知我之人，理解我心中的忧愁，不知我的人，问我到底在追求什么？诗人虽落泊飘零，但仍心系国家的安危。

采 葛

【原文】

彼采葛兮，一日不见，如三月兮！

彼采萧兮，一日不见，如三秋兮！

彼采艾兮，一日不见，如三岁兮！

【字义】

1. 葛：藤本植物的一种，可织布，叫葛布，用以做夏服，所谓"冬裘夏葛"。2. 萧：植物名，即香蒿。古人采它以供祭祀。3. 三秋：九个月。关于三秋到底是多长时间，历史上有许多讨论。按一般的理解，三秋是三个秋天，即三年。但诗三章有"一日不见，如三岁兮"，"三岁"即三年，不是重复了吗？也有人将三秋解释成孟秋、仲秋、季秋三个月，如杨见宇："三秋即孟秋、仲秋、季秋也。"① 孟秋一个月，仲秋一个月，季秋一个月，加起来是三个月。但诗首章有"一日不见，如三月兮"，这不是也重复了吗？到底怎样解释才对呢？按孔颖达的说

---

① （明）张次仲：《待轩诗记》，影印文渊阁四库全书本。

法，三秋既不是三个月，也不是三年，而是九个月。孔颖达《毛诗正义》说：“三章如此次者，既以葛、萧、艾为喻，因以月、秋、岁为韵。积日成月，积月成时，积时成岁，欲先少而后多，故以月、秋、岁为次也。……年有四时，时皆三月，三秋谓九月也。设言三春、三夏，其义亦同，作者取其韵耳。”孔颖达的解释较为合理，说明诗中主人公的思念之情随着时间在不断增强。但是，诗人为何不直接说九个月，而说三秋呢？孔颖达的解释是为了押韵。王力所著《诗经韵读 楚辞韵读》认为，《采葛》首章“葛”与“月”，上古押月部韵；二章“萧”与“秋”，上古押幽部韵；三章“艾”与“岁”，上古押月部韵。① 总体来说，孔颖达的解释较为合理。4. 艾：菊科植物，烧艾叶可以灸病。

【解析】

此诗的篇幅很短，从字面上看，诗义很明朗，并不难理解。其大意是说，那个人去采葛啊，一日不见，好比隔了三个月；那个人去采萧啊，一日不见，好比隔了九个月；那个人去采艾啊，一日不见，好比隔了三年。诗人以这样一种反复叠咏的方式来表达其爱恋之深、思念之切。

关于此诗的本意是什么，学界大抵有如下五种意见。

一　“惧谗”说

主人公“一日不见”的对象是君主。有人说，臣子一日不见君主，就可能遭小人进谗言诽谤。持此说者，历代有之，比如《毛诗序》说，“《采葛》，惧谗也”；郑玄《笺》将君主坐实为周桓王，“桓王之时，政事不明，臣无大小，使出者则为谗人所毁，故惧之”；孔颖达《疏》说，“彼采葛草以为绤绤兮，以兴臣有使出而为小事兮。其事虽小，忧惧于谗，一日不得见君，如三月不见君兮。日久情疏，为惧益甚，故以多时况少时也”。

---

① 王力：《诗经韵读 楚辞韵读》，中华书局，2014，第180页。

诗中三章分别说"采葛""采萧""采艾",而不说采别的什么,那么,葛、艾、萧这几种植物,与恶人进谗言又是怎样扯上关系的呢?马瑞辰根据前人注"葛"为"诇谀者""恶草"等,认为此诗有"惧谗"之意,他在《毛诗传笺通释》中说:"《传》《笺》并以采葛、采萧、采艾为惧谗者托所采以自况。今按《楚辞·九歌》'采三秀于山间,石磊磊兮葛蔓蔓',五臣注:'芝药仙草,采不可得,但见葛石耳。亦犹贤哲难逢,诇谀者众也。'刘向《九叹》'葛藟累于桂树兮,鸱鸮集于木兰',王逸注:'葛藟恶草,乃缘于桂树,以言小人进在显位。'是葛为恶草,古人以喻诇佞。""又《楚辞·离骚经》:'户服艾以盈要兮,谓幽兰其不可佩,又何昔日之芳草兮,今直为此萧艾也。'东方朔《七谏》:'蓬艾亲入御于床笫兮,马兰踸踔而日加。'张衡《思玄赋》:'珍萧艾于重笥兮,谓蕙芷之不香。'并以萧、艾为谗佞进仕之喻。此诗采葛、采萧、采艾,盖皆喻人主之信谗。"①

从《毛诗序》到马瑞辰的《毛诗传笺通释》,都将葛草等视为恶草,其理由是屈原在其辞赋中屡次将之视为恶草。所以解诗者见到此诗有葛、萧、艾,便视之为恶草,指代谗佞之人。然后又将接受谗言的君王坐实为周桓王,这是毛诗一派的解经逻辑。

宋代陈傅良《汲黯萧望之论》更是列举实例分析君臣之所以生嫌隙的原因:"凡人臣之事君,一有所疏外,则其分也日隔,而君之见知也不深,惧其嫌隙也易开,忌其复进也交谤而不释,君子安得而不忌也哉?昔汲黯与张汤、公孙弘比肩于武帝之庭,萧望之与恭、显、许、史共事于宣帝之日,弘、汤之疾黯者恨无所发怒,恭、显之与望之不相能,又非一夕也。重之武帝深昵弘、汤而貌敬黯,孝宣亦以法律右恭、显,以书生忌望之,二君子立于朝也危矣哉!⋯⋯呜呼!彼贤者不敢离君之左右,而惧谗间之中己,孰谓武、宣得人,为汉家之盛矣乎?三代而上,皋陶矢谟于内,禹、皋躬稼于外;周、召师保,亦出为二伯,居者无间

____

① (清)马瑞辰:《毛诗传笺通释》,陈金生点校,中华书局,1989,第242~243页。

言，行者无愧色，无所惧也。秦汉以来，此风尽矣。武安一去咸阳七里，而应侯之谮已行；董仲舒左迁胶西，几不免于祸。奸锋之中人固如此也。吁！君子安得而不惧也乎哉？"① 意思是说，在古代朝廷中，即使是贤明之君之朝，如汉武帝、汉宣帝之朝，也有小人存在。这些小人以一种毛毛细雨打湿衣裳般的方式潜移默化地影响君王，疏离君主与臣子的默契关系，最终导致悲剧发生。所以，从这个意义上说，"惧谗说"有其现实的政治意义，也因此"毛诗说"成为一种朝政的告诫。但此诗是否真正寓有惧谗的含义，则另当别论。在《诗经》解释史上，持此说的是主流意见。

二 "慕君"说

明代焦竑持相反的意见，他以葛草、艾草、萧草的现实功能，将之视为益草。并认为葛草"本支联属"，比喻君臣情义相维；萧草香气上达，比喻君臣诚意相通；艾草可以疗疾，比喻君臣休戚相关。他在《焦氏笔乘》卷一中说："《采葛》，旧说贤者被谗见黜，闵之而作。盖葛可御暑，本支联属，比君臣之情义相维也。今君弃予，则其节诞矣，故兴以采葛而赋焉。'一日不见，如三月兮'，言思之如三月之久也。萧可荐祭，香气上达，比君臣之诚悃相通也。今君弃予，则萧条甚矣，故兴以采萧赋焉。'一日不见，如三秋兮'，言忧思如秋之萧索也。艾可疗疾，畜久益善，比君臣之休戚相关也。今君弃予，则病益深矣，故兴以采艾而赋焉。'一日不见，如三岁兮'，言过强仕而至艾，终无见君之时矣，故思之更极其切也。故曰于《采葛》见慕君之至，而行道之极也。"② 焦竑此说，排除了惧谗说，但同样将其视为一首与君臣关系密切的诗作。

---

① 曾枣庄、刘琳主编《全宋文》卷六〇四三，上海辞书出版社、安徽教育出版社，2006，第70页。

② （明）焦竑撰《焦氏笔乘》，李剑雄点校，中华书局，2008，第31页。下引此书皆同此版本。

三 "男女情爱"说

朱熹《诗集传》卷四说:"采葛,所以为缔绤,盖淫奔者托以行也。故因以指其人,而言思念之深,未久而似久也。"朱熹从理学家的角度,称男女恋爱之诗为"淫诗"。此用语虽不当,但指出此诗为男女爱恋之诗,较接近事实。程俊英先生说:"这是一首思念情人的诗。这位情人可能是一位采集植物的姑娘,因为采葛织夏布、采蒿供祭祀、采艾以疗疾,这些在当时都是女子的工作。"余冠英先生认为:"这是怀人的诗,诗人想象他所怀的人正在采葛、采萧。这类的采集通常是女子的事,那被怀者似乎是女性。怀者是男是女虽然不能确知,但不妨假定为男,因为歌谣多半是歌唱两性爱情的。"将此诗解释为男女爱恋之诗,至少从字面上看是比较贴切的。

四 "怀友"说

清代黄中松《诗疑辨证》说:"朱子初亦从《序》,《辨说》以为此淫奔之诗。今玩经文,并未见有淫奔之意。窃意此朋友相慕之诗尔。常情,于素心之人朝夕共处,欢然自得,不觉其久。一旦别离,两地相思,诚有未久而似久者,不必私情也。"姚际恒则批判朱熹将此诗解为"淫诗",尤为可恨,并从"岁""月"等字中,认定此诗为"怀友之诗",他在《诗经通论》中说:"《小序》谓'惧谗',无据。且谓一日不见于君,便如三月,以至三岁,夫人君远处深宫,而人臣各有职事,不得常见君者亦多矣。必欲日日见君,方免于谗,则人臣之不被谗者几何!岂为通论?《集传》谓'淫奔',尤可恨!即谓妇人思夫,亦奚不可,何必淫奔?然终非义之正,当作怀友之诗可也。"又说:"'岁''月',一定字样,四时而独言秋,秋风萧瑟,最易怀人,亦见诗人之善言也。"方玉润赞同姚说,亦认为"此诗明明千古怀友佳章"。

怀友说一派批评惧谗说,理由非常充分,因为在中国古代,君臣关系即使再密切,也不可能每日相见,一日不见,就可能被人谗害,那这样的君臣关系也太险恶了。但是，将此诗解释为男人之间的友爱关系，也并不妥帖。因为采葛等事，确实是女人所做的工作，男人一般不介入此事。所以说此诗为怀友之作，也很牵强。

五 "爱妇"说

近年上海博物馆战国楚竹书出土的《孔子诗论》解此诗为"《采葛》之爱妇"（"爱妇"之后是一残字，很可能是"深"字），孔子认为此诗是描写一位丈夫爱恋自己妻子的诗。现代学者晁福林顺着《孔子诗论》的意思，认为此诗的诗旨是"远戍的将士对于妻子的思念"。他认为，在这位诗人的想象中，妻子正在采葛、采萧或采艾，总之是忙碌于家庭事务。他对于妻子的思念与日俱增，故而有"一日不见，如三月兮"之类的慨叹。《诗·王风》诸篇颇多久戍盼归之主题，如《君子于役》写妻盼夫归，《扬之水》写久戍不归的怨恨，此篇写久戍将士思妇，都是此类作品。晁先生的观点可备一说，但这种理解也有偏差，此诗反复讲"一日不见"，一个人外出采葛、采艾或是采萧，时间上应是较短的，而远戍的将士，往往是久戍不归，远不止"一日不见"。

笔者的意见是偏重于此诗是男女爱恋之诗。根据诗中的文字，大家不妨想象主人公为一对新婚不久的夫妇，丈夫心中怀着对妻子的爱恋，哪怕是外出采葛、采萧、采艾，一日不见，都感觉时间那么漫长。

此诗出自《王风》，我们可以将之理解为东周之地的民间歌谣。上述几种说法当中，为什么要采取男子爱恋妻子之说呢？其主要原因就在于孔子所说的"《采葛》之爱妇"。孔子是第一个对《诗经》进行全面整理的人，他的理解是当时士大夫的一种共识。丈夫爱妻子，是合情合理的，因此不能将之视为"淫诗"，朱熹的说法显然欠妥当。既然是夫妻爱恋之诗，那么毛诗的"惧谗说"也不免过于穿凿附会。

后人援引此诗，大多将它当作情诗，如司马相如《凤求凰》："一日不见兮，思之如狂。"江总《长相思》："长相思，久离别，征夫去远芳音灭，愁思三秋结。"等等。我们将此诗理解为情诗，既合历史事实，也符合人性之本然。此诗"一日不见，如三秋兮"一句，成为后世描写男女恋爱之情的经典之语。后世情诗与《采葛》相似的甚多，如李冠《蝶恋花》，"一寸相思千万绪"；温庭筠《更漏子·玉炉香》，"梧桐树，三更雨，不道离情正苦。一叶叶，一声声，空阶滴到明"；李白《长相思》，"天长地远魂飞苦，梦魂不到关山难。长相思，摧心肝"等。

郑 风

大叔于田

【原文】

大叔于田，乘乘马。执辔如组，两骖如舞。叔在薮，火烈具举。袒裼暴虎，献于公所。将叔无狃，戒其伤女。

叔于田，乘乘黄。两服上襄，两骖雁行。叔在薮，火烈具扬。叔善射忌，又良御忌。抑磬控忌，抑纵送忌。

叔于田，乘乘鸨。两服齐首，两骖如手。叔在薮，火烈具阜。叔马慢忌，叔发罕忌。抑释掤忌，抑鬯弓忌。

【字义】

1. 叔：古人以伯、仲、叔、季为兄弟的排行，并将这种排行用于名字之中。2. 田：围猎。3. 乘（chéng）乘（shèng）马：前一乘字为动词，驾的意思；后一乘字为名词，古时四马一车称"一乘"。4. 辔（pèi）：驾驭牲口的缰绳。古时一车四马，内侧两马称"服马"，各一根缰绳；外侧两马称"骖马"，各两根缰绳。5. 如组：御马人手执的缰绳很整齐。6. 两骖（cān）：一车四马的外侧两匹。7. 如舞：像舞蹈一样符合节律。8. 薮（sǒu）：水浅草茂的沼泽。9. 烈：通"列"，行列；一说"烈"通"迾"，遮的意思。10. 袒（tǎn）裼（xī）：脱衣袒身。11. 暴虎：空手伏虎。12. 将（qiāng）：请。13. 狃（niǔ）：习惯、熟习。14. 女（rǔ）：汝，指叔。15. 乘乘黄：驾四匹黄马。16. 两服：一车四马的内侧两匹。17. 襄：同"骧"，昂起，举起。18. 雁行：如飞雁的行列。19. 忌：语助词。20. 抑：发语词。21. 良御：驾驭车马很在行。22. 磬控：勒马不让它前进。23. 纵送：放纵马使它奔跑。24. 鸨（bǎo）：毛色黑白相杂的马。25. 齐首：两服马齐头并进。26. 如手：外侧两马如同人的双手能互相配合。27. 阜：旺盛。28. 发：将箭射出。29. 罕：不多。30. 掤（bīng）：箭筒盖。31. 鬯（chàng）：通"韔"，将弓装入弓袋。

【解析】

按传统说法，这是一首赞美郑庄公的弟弟共叔段围猎的诗。

《毛诗序》说："《大叔于田》，刺庄公也。叔多才而好勇，不义而得众也。"孔颖达《疏》说："叔负才恃众，必为乱阶，而公不之禁，故刺之。"此诗收录于《郑风》之中。关于郑庄公与弟弟共叔段（又称太叔）之间的恩怨，《春秋左传·隐公元年》有详细记载，这就是历史上"郑伯克段于鄢"的故事。后世儒者不喜欢郑庄公，从人伦的角度，认为他做人不地道，明知弟弟共叔段有异心，却不及时加以制止与劝说，反而欲擒故纵，最终令其自取灭亡，所以《毛诗序》说此诗讽刺郑庄公。但学者对《左传》郑伯克段于鄢之事有不同理解，如南宋杨简就认为共叔段虽然无道，但郑庄公仍存"不忍杀其弟之意"，反映了人的本心之善。而清人陈澧认为，共叔段最后并未被郑庄公所杀，《左传·隐公元年》云："太叔出奔共。"（所以太叔被称为共叔段）十年之后（隐公十一年），郑庄公还谈及此事曰："寡人有弟，不能和协，而使糊其口于四方。"所以《毛诗序》虽然正确地指出此诗所说的是共叔段之事，但他认为是讽刺郑庄公，这是不正确的。

朱熹《诗集传》说："叔，亦段也。……公，庄公也。狃，习也。国人戒之曰：请叔无习此事，恐其或伤汝也。盖谓叔多材好勇，而郑人爱之。"朱熹认为，此诗是赞美共叔段，但说是"郑人爱之"，是不正确的。因为"戒其伤女"的话是共叔段把虎"献于公所"后说的，虽然主语不明，但将之看成郑庄公较合乎情理。郑庄公告诫共叔段，以后不要再冒险空手搏虎，以免受到虎的伤害，这显然是郑庄公爱护弟弟的表现。

方玉润赞同毛诗一派说："刺庄公纵弟恃勇而胜众也。"接着他又细致入微地分析诗意："'袒裼暴虎，献于公所'暴虎危事，太叔至亲，而叔以此骄其兄，则恃勇无君之心已可概见。庄公时不惟不怒其无礼，而且劳而慰之曰：'将叔无狃，戒其伤女。'岂真爱之耶？实纵之以蹈于危耳！诗人窥破此隐，故特咏之，以为诛心之论。如《春秋》书法，微意所在也。"方玉润认为共叔段赤手空拳捉住老虎并将它献于郑庄公寓所，是对兄长的傲慢，倚仗其勇猛而目无君王。而郑庄公心中明知弟弟有反心，却不怒形于色，适时制止，反而慰劳他，最终致使他野心日益膨胀，最终遭祸。他甚至认为，诗人用的是春秋笔法，对郑庄公的处心积虑、老谋深算，秘而不宣，隐而不书。方玉润完全从"阴谋论"的角度来评价郑庄公的居心险恶，脱离了历史事实，有失公允。

下面稍略分析一下诗意。

诗首章说，共叔段驾着四马之车围猎。他一出场，就表现出高超的驾车技术。只见他，手中控驭着一组缰绳，两匹骖马配合两匹服马，像舞蹈一样符合节律，一幅精彩而生动的田猎图就出现在我们眼前了。共叔段来到沼泽地，命令众人举火烧荒，赶出野兽，进行围猎。共叔段赤手空拳与虎搏斗，将虎制服之后，献给郑庄公。郑庄公对他说："请不要再做此事，提防老虎伤害你！"

诗二章说，共叔段驾着四匹黄马之车围猎，两匹服马高昂着头，两匹骖马像飞雁排成一行随行。沼泽上的荒草烈火熊熊，野兽无处藏身。共叔段善于射箭，也善于驭马。你看他一会儿勒马停止不前，一会儿又纵马奔腾，行止很有分寸，拿捏得很准。

诗三章说，共叔段驾着四匹黑白杂色的马真威武，两匹服马齐头并进，两匹骖马如同人的双手那样能互相配合。围猎的马车慢了下来，箭也越射越少，最后他打开弓箭袋，将弓箭收了起来，打猎进入尾声。

"执辔如组，两骖如舞"成为名句，用以形容政治家治国有术。

《吕氏春秋·季春纪》说："《诗》曰：'执辔如组。'孔子曰：'审此言也，可以为天下。'"孔子认为，理解了《诗经》中"执辔如组"的义涵，就可以治理好天下。《孔丛子·刑论》记载孔子与文子的对话说："孔子曰：'以礼齐民，譬之于御则辔也。以刑齐民，譬之于御则鞭也。执辔于此，而动于彼，御之良也。无辔而用策，则马失道矣。'文子曰：'以御言之，左手执辔，右手运策，不亦速乎？若徒辔无策，马何惧哉？'孔子曰：'吾闻古之善御者，"执辔如组，两骖如舞"，非策之助也。是以先王盛于礼而薄于刑，故民从命令也；废礼而尚刑，故民弥暴。'""辔"指缰绳，引申为治国以礼。"策"指带刺的马鞭，引申为治国以刑。文子认为，左手执"辔"，右手执"策"，马会更容易驯服，跑得更快。意思是说治国要礼、刑并用。孔子认为，好的驭手，主要依靠缰绳来驾驭马，并不需要马鞭的辅助。意思是说，治国要重礼而轻刑。

关于"执辔如组，两骖如舞"的政治意涵，历史上有两则典故，可以加深我们对此句的理解。

《韩诗外传》卷二记载了这样一个典故：孔子评价颜无父、颜沦、颜夷三人驾驭马车的技能说："美哉！颜无父之御也，马知后有舆而轻之，知上有人而爱之。马亲其正而爱其事，如使马能言，彼将必曰：'乐哉，今日之驷也！'至于颜沦，少衰矣。马知后有舆而轻之，知上有人而敬之。马亲其正而敬其事，如使马能言，彼将必曰：'驷来！其人之使我也。'至于颜夷而衰焉。马知后有舆而重之，知上有人而畏之。马亲其正而畏其事，如使马能言，彼将必曰：'驷来！驷来！女不驷，彼将杀女。'故御马有法矣，御民有道矣，法得则马和而欢，道得则民安而集。《诗》曰：'执辔如组，两骖如舞。'此之谓也。"其意是说，马有灵性，驭者要善于与马进行情感沟通。马知道主人爱护自己，则能欢愉地载车前行；马知道主人敬重自己，则能尽力完成驾车之事；马知道主人胁迫自己，便会畏惧主人。治国之道，也是如此，君主要爱护人民，而不是要人民畏惧他。君主若胁迫人民，人民就会畏惧他。如此，便不能达到君民和谐的境界。

刘向的《新序》卷五也讲了一个典故。

东野毕在台下表演驭马之术，鲁定公对其精彩的表演赞叹不已。而坐在一旁的颜渊却断言，他的马最终会走散。鲁定公惊问其故，颜渊回答说："臣以政知之。昔者舜工于使人，造父工于使马。舜不穷其民，造父不极其马。是以舜无佚民，造父无佚马。今东野毕之上车执辔，御体正矣；周旋步骤，朝礼毕矣；历险致远，马力殚矣。然犹策之不已，所以知佚也。"颜渊依据凡事要恰如其分的道理，预见东野毕驭马将要失败。驭人与驭马的道理是相通的，舜治天下，不穷尽民力，故无逃亡之人；造父驾马，不使马尽全力，故无脱缰之马；而东野毕驭马，使马的力气耗尽，还要马不停向前奔跑，所以颜渊断定马最后会跑散。鲁定公非常赞赏他，颜渊又说："野兽被逼到尽头就到处乱撞，鸟被逼到尽头就会啄人，人被逼到尽头就会变得狡诈。从古到今，竭尽民力自己却没有危险的，我从未听说过。《诗》说'执辔如组，两骖如舞'说的就是要善于驾驭啊！"

羔裘

【原文】

羔裘如濡，洵直且侯。彼其之子，舍命不渝。
羔裘豹饰，孔武有力。彼其之子，邦之司直。
羔裘晏兮，三英粲兮。彼其之子，邦之彦兮。

【字义】

1. 羔裘：羔羊皮裘，诸侯之朝服。2. 濡：润泽。3. 洵：确实。4. 侯：美好。5. 豹饰：羔裘袖口的豹皮装饰。6. 孔：甚，很。7. 司直：负责劝谏君主过失的官。8. 晏：鲜明、鲜艳。9. 三英：装饰袖口的三排豹皮镶边。10. 粲：鲜明。11. 彦：《毛诗传》："士之美称。"

【解析】

羔裘是古代卿大夫上朝时所穿的朝服。此诗通过描写朝服来刻画官吏的形象。不单是此篇,《召南·羔羊》《唐风·羔裘》《桧风·羔裘》三篇也类此。此诗以衣喻人,从羊羔皮所制朝服柔软而润泽的质地,袖口三排豹皮镶边的装饰,联想到穿朝服官员的品德、才能。诗人先描述羔裘的皮毛质地如何润泽光滑,袖口上的装饰如何鲜艳美丽,然后赞美穿着此羔裘的朝臣舍命为公(舍命不渝),刚直不阿(邦之司直),为人表率(邦之彦兮)。外在威仪美与内在德行美相得益彰,以此方式表彰官员们不愧是国家贤俊。

历史上,学者对此诗主旨有两种不同的看法:一是认为它是讽刺朝廷官吏之诗,一是认为它是赞美正直官吏之诗。但两种说法又不矛盾,这是为什么呢?前一种说法承认这是赞美"古之在朝君子",用以讽刺"今之在朝君子",是一种反用赞美的手法。

一 讽刺说

《毛诗序》:"刺朝也。言古之君子,以风(讽)其朝焉。"郑玄《笺》:"郑自庄公而贤者陵迟,朝无忠正之臣,故刺之。"孔颖达《正义》进一步解释说:"作《羔裘》诗者,刺朝也。以庄公之朝无正直之臣,故作此诗道古之在朝君子有德有力,故以风(讽)刺其今朝廷之人焉。经之所陈,皆古之君子之事也。此主刺朝廷之臣,朝无贤臣,是君之不明,亦所以刺君也。"又说:"以桓、武之世,朝多贤者,陵迟自庄公为始,故言自也。"意思是说,当郑桓公、郑武公时,朝中贤臣众多。诗中所赞美的是桓、武时代的贤德之臣,用来对比和讥讽当代(郑庄公之后)的朝臣。根据孔颖达的话,此诗作于郑庄公或稍后的时代。孔颖达《正义》先肯定了此诗是赞美前朝贤臣的诗,用以讥讽郑庄公时代朝无贤臣,这种可能性并非没有。但所有的赞美诗,都有可能对后世的朝政混乱起到一种针砭讽刺作用。所以毛诗一派如此解诗,反而绕了一个弯子,使人费解。因为诗中明明是赞美之意,解诗者却非说是讽刺之诗，这样就混乱了美刺说的界限。

二　赞美说

朱熹《诗集传》说："言此羔裘润泽，毛顺而美。彼服此者，当生死之际，又能以身居其所受之理，而不可夺。盖美其大夫之辞。然不知其所指矣。"姚际恒持同样的观点："此郑人美其大夫之诗，不知何指也。"朱熹与姚际恒的观点与此诗的字面意思较为贴近。方玉润说："《羔裘》，美郑大夫也。"并认为此诗是赞美郑国一批以德配位的大夫，他们的服饰配得上相应的德行，"谓此诗非专美一人，必当时盈廷硕彦。济美一时，或则顺命以持躬，或则忠鲠而事上，或则儒雅以声称，皆能正己以正人，不愧朝服以章身。故诗人即其服饰之盛，以想其德谊经济文章之美，而咏叹之如此"。这里，方玉润说得更为具体而准确。

现代学者程俊英先生说："这是赞美郑国一位官吏的诗。"又说："子皮、子产相继执政，使郑国数十年对外免除了战争之患。对内由于实行'丘赋'①，国家也渐趋富强，所以人民对执政的官员比较满意。"言下之意，此诗应是赞美子皮或子产的诗。程先生的说法值得商榷，据《春秋左传·昭公十六年》载，郑国六卿在郊外给韩宣子（韩起）饯行。韩宣子说，请诸位赋诗吧，让我知道你们的志向。子产当时赋郑国的《羔裘》一诗，所要表达的意思是：韩宣子作为郑国的盟主国晋国的执政大臣，具有《羔裘》一诗中所赞颂的高尚品德与出色才能，堪称"邦之彦兮"。韩宣子自谦回答说："起不堪也。"《春秋左传》杜预注："取'彼己之子，舍命不渝，邦之彦兮'，以美韩子。'起不堪者'，不堪国之司直。"既然此诗由子产援引并朗诵，说明此诗在子产之时，已被士大夫们广泛用于政治外交场合，所以此诗理应不是赞美子产的，也不作于子产所处时代。

---

① 春秋郑国军赋制度。《左传·昭公四年》："郑子产作丘赋。"杜预注："丘，十六井，当出马一匹、牛三头。今子产别赋其田，如鲁之田赋。"范文澜、蔡美彪等《中国通史》第一编第四章第六节："丘赋是领主按丘征发军赋，丘内新垦土田愈多，分摊军赋愈轻。"

那么，诗人到底在赞美当时朝中的哪位大夫呢？王先谦根据郑玄《笺》所说，认为"古衣此羔裘之君子，即诸侯入为王朝之卿士者，意谓如郑先君之等"。王先谦的看法有其合理之处，他所说的"郑先君"，实际是指郑桓公或郑武公，诗中所歌颂的就是郑桓公或郑武公本人。实质上，《郑风·缁衣》也是歌颂他们的。

此诗通过朝臣的衣饰来歌颂其德行，它带给我们的教诫意义是：人要以德配位，穿着官服，就应有与此职位相应的道德品质与处世能力。

分析完诗意之后，接下来谈谈韩诗与鲁诗后人是怎样理解"舍命不渝""邦之司直""邦之彦兮"的。

一　关于"舍命不渝"

刘向《列女传》卷五《节义传》讲了一个楚成王夫人郑瞀以生命进献忠言的故事。

楚成王夫人郑瞀，本是随秦国嬴姓女子嫁到楚国的郑国媵妾。因她懂礼仪，识大体，被楚成王立为夫人。楚成王想立公子商臣为太子，先征求令尹子上的看法。子上认为商臣为人残忍，不可立为太子。成王又问郑瞀，郑瞀说令尹讲的是实情，可以听从。但楚成王并未听取二人的意见，立了商臣为太子。此后，商臣便找借口除掉了令尹子上。郑瞀听说后，对其傅母说："昔日令尹说不可立商臣为太子，太子怀恨在心，后将其杀害。而大王不能明察，黑白颠倒。大王子嗣众多，都想为王。太子为人残忍，我担心他日后失位。一旦失位，诸子相争，必然生祸端。"

后来，楚成王又想立商臣的弟弟公子职为太子。郑瞀对其傅母说："而今大王想用公子职取代太子，我担心出现祸乱，所以劝谏大王，而大王不听。难道大王觉得太子非我亲生，就怀疑我进谗言吗？众人谁能了解真相呢？与其被视为无义而活着，不如用死来表明我的心迹。何况大王若听说我死了，就会醒悟过来，明白太子商臣不能废。"于是自杀身亡。傅母将郑瞀的话转告给成王，但为时已晚。太子商臣已经知道自己将要被废，就领兵作乱，围住了成王宫。成王请求吃一块熊掌后再死，未得到太子的允许。成王无奈，只好上吊自杀。君子说："若没有极大的仁德，谁会用性命来劝诫他人呢？"《诗经》说"舍命不渝"，说的就是郑督这种情况。

二 关于"邦之司直"

刘向《新序》卷七讲了一个石奢正直无私的故事。

楚昭王当政之时，有一士人名叫石奢，为人公正耿直，楚昭王任命他做掌管刑法的官。当他发现道路上有人杀人，便前去追捕，结果发现杀人犯竟是自己的父亲。于是，石奢回到朝廷报告："杀人的是我父亲。让父亲伏法以维护国家法令，是不孝；不执行国家法令，是不忠。释放罪犯，无视法令，然后承担罪责，就是我该做的事了。"于是他伏在刑具上等待受刑。昭王说："追捕不到罪犯，你有什么罪？你去做自己的事吧！"石奢说："不偏袒自己父亲，是不孝；不执行国家法令，是不忠；犯了死罪，还苟且活着，是不清廉。赦免我，是君王的恩德；我不敢违背法令，是我的品行。"于是，石奢自杀于廷中。君子听闻后说："坚贞的人，真是奉法如山啊！"《诗经》所言"彼其之子，邦之司直"说的就是石奢呀！

三 关于"邦之彦兮"

《韩诗外传》高度评价了蘧伯玉的为人。

对外宽厚而内心正直，把自己置于道德规范之中，自身守正不阿却不苛求他人，善于处理失意的情绪而不是愁闷不乐，这就是蘧伯玉的为人。所以做父亲的，希望他成为自己的儿子；做儿子的，希望他成为自己的父亲；做国君的，希望他成为自己的大臣。他扬名于诸侯，天下的人都希望他成为自己的人。《诗经》说："彼其之子，邦之彦兮。"君子的为人就应当是这样的。蘧伯玉作为卫国大夫，能深谙为臣之道、为父之道与为子之道，使国人都希望他成为自己的人，实是德行所致。孔子曾表彰卫国大夫蘧伯玉是君子，说：蘧伯玉是君子啊！国家政治清明时，他就出来为官；国家政治黑暗时，他则隐居不仕。

女曰鸡鸣

【原文】

女曰鸡鸣，士曰昧旦。子兴视夜，明星有烂。将翱将翔，弋凫与雁。

弋言加之，与子宜之。宜言饮酒，与子偕老。琴瑟在御，莫不静好。

知子之来之，杂佩以赠之。知子之顺之，杂佩以问之。知子之好之，杂佩以报之。

【字义】

1. 昧旦：古代，从夜半到天亮一般分为三个时辰："鸡鸣""昧旦""平旦"。"昧旦"是天将亮而未亮之时。2. 兴：起身。3. 明星：即金星。金星是近日之星，也是天空最亮的一颗行星。傍晚随日落出现在西方，称长庚星。凌晨，众星逐渐隐退，金星见于东方，称启明星。民间常以此星出现的位置来判断时辰。4. 有烂：灿烂。5. 弋（yì）：系有细绳的箭。6. 凫：野鸭。7. 加：射中。8. 宜：烹调菜肴。《尔雅·释言》："宜，肴也。"9. 御：在侧。《毛诗传》："君子无故不彻（撤）琴瑟。"10. 静好：和睦安好。11. 来：孔颖达《正义》："古者相谓恩勤为'来'，此言'来之'，下言'顺之''好之'，义相因也。"12. 杂佩：古人身上的佩饰。13. 问：赠送。

【解析】

此诗是描述古代中原地区一对隐士夫妇生活的诗歌。二人隐居在山林之中，湖泊之旁，过着一种惬意自在的生活。杨简《慈湖诗传》卷六说："诗言'翱翔、弋凫雁'，盖贤者隐处野外之诗也。"诗歌以对话形式展开，描写他们夙兴夜寐的勤劳一生。在那样的生活环境中，他们的饮食起居等一切活动都顺应着自然界的规律。半夜过后，雄鸡报晓。一般人都以为鸡鸣是在天刚亮之时，其实有农村生活经验的人都知道，每天夜里，雄鸡要鸣叫三遍才会天亮。头遍鸡鸣大约在凌晨两点，然后大约每隔一个半小时再鸣叫第二遍、第三遍，此时天就放亮了。在古时候，人们将鸡鸣头遍称为"鸡鸣"时分，将鸡鸣第二遍称为"昧旦"，将鸡鸣第三遍称为"平旦"。而勤劳的人们一般是在鸡叫头遍时就准备起来劳作，唯恐错过劳作的时辰。

诗中的对话内容是夫妻之间的相互提醒。当鸡叫头遍的时候，妻子就提醒丈夫已是"鸡鸣"时分。过了一些时间，丈夫提醒妻子"昧旦"时分到了。后来妻子又提醒丈夫，你起来看看夜空，启明星是否在东方出现？他们的生活以弋猎为主，所以妻子要提醒丈夫，在野鸭与大雁离开宿巢到湖边觅食之时，进行弋猎活动，以满足二人一日的用餐所需。诗中说"将翱将翔"，是说树巢中的大雁与野鸭将要起飞了，不能错过弋猎的最佳时间。

弋猎有了收获，便有了食物来源。两人一边吃着野味，一边喝着小酒，过着一种滋润惬意的生活。而且，两人并非一般的匹夫匹妇，他们有良好的文化素养与精神境界。诗中说"琴瑟在御"，是说两人除了三餐一宿，平日还会抚琴鼓瑟。郑丰《南山》诗说："琴瑟在御，永爱缠绵。"严粲《诗缉》卷八说："期于子以偕老，饮酒之时，琴瑟在于侍御，莫不安静而和好，言夫妇相爱之意也。"如此的精神交流与慰藉，使生活安静而和美。我们今日所言的"岁月静好"，就是由此诗而来。后来，"琴瑟和鸣"，用来比喻两人之间情意融洽和谐，在精神上互相欣赏与喜爱，此意也是从《诗经》而来。现在我们的新婚祝福语仍会用到"琴瑟友之""琴瑟在御""琴瑟和鸣"等，比喻夫妻之间的和睦、和美与和乐。

夫妻两人虽然过着现世隐居、红尘无扰的生活，但两人的生活并非平淡无奇。他们时常有一些小惊喜，如丈夫会送给妻子一些佩玉之类的小礼物。"杂佩以赠之""杂佩以问之""杂佩以报之"，诗中反复强调的这种小情调，给恬静的生活增添了几分乐趣。野外弋猎、烹饪佳肴、温酒对饮、弹琴鼓瑟、偶赠杂佩，两人之间相爱无间，彼此永远不会厌烦。正如苏辙《诗集传》所说："夫妇相戒以夙兴，妇人勉其君子曰：'鸡既鸣，明星见矣。'可以起从外事，弋取凫雁归以为肴，相与饮酒、偕老而不厌。"钱澄之《田间诗学》卷三也说："士有射弋之伎，足以自给；女任中馈之事，足以召宾。是亦可以偕老，无外求矣。而况娱情适性，又有琴瑟之静好乎！'在御'者，谓其在所常御之处；'静好'，言时时拂徽调弦，以待其用也。女之意，盖极欲乐士之志与终老耳。"

关于此诗的诗旨，有如下几种意见。

一　刺德说

《毛诗序》说："刺不说（悦）德也。陈古义以刺今，不说（悦）德而好色也。"《毛诗李黄集解》卷十说："此诗言古之贤大夫于其妻不悦其色，而贤妇之于其夫又不以色取爱，皆相勉励以悦有德而刺当时之不然也。"宋代陈旸《乐书》卷三十六说："荀卿曰：'琴瑟以乐心，盖静能胜欲，好能胜恶。静好在德，欲恶在色。君子以道制欲，则悦德而不好色；小人以欲忘道，则好色而不悦德。郑音好滥淫志，淫于色而害于德。是以郑人因时之不悦德而好色，故作《女曰鸡鸣》，陈古义以刺之。'孔子曰'吾未见好德如好色者'，盖有为而言也。"《论语》载孔子之言："吾未见好德如好色者。"后世解诗者从《毛诗序》开始，将此诗解为"君子好德而不好色"。一般认为，郑卫之诗多为淫诗，但此诗恰好相反，是一首好德之诗。所以解诗者又将此诗解释为先秦时期人们好德之诗，用来讥讽郑国现实社会荒淫成风。事实上，即使一个社会荒淫成风，也未必没有好德之君子存在。

二　夫妇相警戒之词

欧阳修《诗本义》卷四说："女曰'鸡鸣'，士曰'昧旦'，是诗

90

人述夫妇相与语尔。其终篇皆是夫妇相语之事，盖言古之贤夫妇相语者如此。所以见其妻之不以色取爱于其夫，而夫之于其妻不说（悦）其色而内相勉励，以成其贤也。"

朱熹《诗集传》认为"此诗人述贤夫妇相警戒之词。言'女曰鸡鸣'，以警其夫，而士曰'昧旦'，则不止于'鸡鸣'矣。妇人又语其夫曰：'若是，则子可以起而视夜之如何。'意者明星已出烂然，则当翱翔而往，弋取凫雁而归矣。其相与警戒之言如此，则不当于宴昵之私，可知矣"。

袁燮《絜斋毛诗经筵讲义》卷四说："观《女曰鸡鸣》之诗，何其相警戒之切也！女以为'鸡鸣'而士以为'昧旦'。鸡鸣之时，天犹未明也，昧旦则在晦明之间矣。女又曰'明星有烂'，则又'未旦'也，子其弋凫雁以供饮食乎？'加'者，射而中，男子之事也；'宜'者，烹饪不失其节，妇人之职也。衽席之上，人情之所易安。而古之为夫妇者，皆不以是为乐。未旦而兴勤，于生理而不敢懈，此心清明不为人欲所蔽，可不谓贤乎？"

方玉润《诗经原始》卷五说："此诗人述贤夫妇相警戒之辞。……首章勉夫以勤劳，次章宜家以和乐，三章则佐夫以亲贤乐善而成其德。妇人之职于是乎尽，而可不谓之为贤乎？"

以上几家将此诗视为夫妇警戒之辞，是较为恰当的。其实，在中国传统社会中，普通家庭的夫妇就是共同劳作，创造生活。夫妇相互警戒，相互扶持，取长补短，是再正常不过的事情。《郑风》之诗，一谈到夫妻男女，后世诸多文人就将之解释为淫逸之诗，这是过度解释，未免显得牵强附会。

三　闺房贤妇诗

清代郝懿行、王照圆《诗问》卷二说："《女曰鸡鸣》，美贤妇也。家道兴于徽勤，妇职成于和敬，德业资于仁贤。兹三善也，又皆出妇人之意，述以美之。凡男子游惰，皆女子逸欲导之尔。周宣晏起，姜后脱簪。诗以'女曰'发端，篇内凡言子者，皆女谓男之辞。教戒而成德，女良友也。又不自功而欲益友以成之，贤矣。"①郝懿行、王照圆赞美诗中妇人勤劳贤惠，提醒丈夫早起弋猎，不要怠惰，并将之与"姜后脱簪"的故事联系在一起。据刘向《列女传·周宣姜后》载，周宣王曾经流连后宫，荒于政事。姜后摘去发簪、首饰，在宫中之永巷待罪，并让傅母转告周宣王说："我无才德，使君王失礼而晚朝，使百官觉得君王好色而忘德。君王若爱女色，必定追求奢侈，无止境地追求私欲，祸乱就会出现。祸乱的根源，起源于我，今特向君王请罪。"周宣王反躬自省，认为过错起于自己，而非姜后，并从此勤于政事，终成中兴大业。郝懿行、王照圆认为，男子优游怠惰，多半是由女子的逸欲而导致的，诗中女子能"教戒而成德"，并不自以为有功绩，可谓贤矣！姚际恒《诗经通论》卷五也赞同说："只是夫妇帏房之诗，然而见此士、女之贤矣。"

接下来谈谈此诗的写作手法。

此诗在写法上采用了对话形式。诗的首章，写夫妻对话。通过描写对话，不仅展现了人物的活动，推动了情节的发展，使读者知道了人物在干什么（鸡鸣了，妻子提醒丈夫起床打猎），接下来会发生什么（丈夫起床了，整理弓箭，然后往芦苇荡去，开始了一天的工作。但这项内容诗中并未写出来，而是做了留白，让读者自己去想象），而且塑造了人物的性格（妻子没有直接叫丈夫起床，而是委婉地说公鸡打鸣了，言辞中蕴含着对丈夫的温柔体贴，表现出温婉的性格特点。丈夫的回答却很直白：天还没亮，不信你去看看天，启明星还亮着呢。表现出直爽的个性）。诗中还有诗人的旁白，"琴瑟在御，莫不静好"，这是诗人情不自禁发出的感叹。你看，这对夫妻的生活多么有情趣，多么和谐美满！这短短的旁白，点明了此诗的主题，增添了诗作的情趣。对于此诗的写作手法，现代学者程俊英评价说："诗中有男词，有女词，还有诗

---

① （清）郝懿行、王照圆：《诗问》，中华经典古籍库影印本。下引此书皆同此版本。

人的旁白，参差错落，很有情趣。"认为此诗"为后人联句之祖"。西方剧作家也有类似的写作手法，如莎士比亚写情人欢会，就用了联句的写作手法。《罗密欧与朱丽叶》第三幕第五场所载男女的对话，就与此诗相类，只是"士曰"改为了"男曰"。

女曰："天尚未明，此夜莺啼，非云雀鸣也。"

男曰："云雀报曙，东方云开透日矣。"

女曰："此非晨光，乃流星耳。"

风 雨

【原文】

风雨凄凄，鸡鸣喈喈。既见君子，云胡不夷。

风雨潇潇，鸡鸣胶胶。既见君子，云胡不瘳。

风雨如晦，鸡鸣不已。既见君子，云胡不喜。

【字义】

1. 喈喈（jiē）：鸡鸣声。2. 云：语助词。3. 胡：为何。4. 夷：喜悦。5. 胶胶：鸡鸣声。6. 瘳（chōu）：病愈。7. 晦：昏暗。

【解析】

这是一首描写乱世思君子不改其气节的诗。

此诗三章，每章开篇都描写风雨交加、天气寒凉而又昏暗的情景，比喻所处环境之恶劣。但是，即便在这样的环境下，雄鸡仍像往常一样"喈喈""胶胶"守时打鸣，歌唱不已。比喻君子虽处于昏乱之世，仍然能坚守其节操，丝毫不减昔日之正气。诗每章都说"既见君子"，表达诗人心中对守节君子的期盼之情——若能遇到如此不改其节的君子，心中怎会不高兴呢？

下面谈谈历代各家对此诗的注解。

《毛诗序》说："《风雨》，思君子也。乱世则思君子不改其度焉。"郑玄《笺》："兴者，喻君子虽居乱世，不变改其节度。"孔颖达《疏》："此鸡虽逢风雨，不变其鸣，喻君子虽居乱世，不改其节。今日时世无复有此人。若既得见此不改其度之君子，云何而不悦？言其必大悦也。"在毛诗一派看来，"风雨"象征乱世，"鸡鸣"则象征君子不改气节，将"风雨如晦"的自然之景，理解为险恶的人生处境或动荡的社会环境。后世许多士人君子，处"风雨如晦"之境时，常以"鸡鸣不已"自我激励。

朱熹《诗集传》卷四说："风雨晦暝，盖淫奔之时。'君子'，指所期之男子也……淫奔之女言当此之时，见所期之人而心悦也。"又说："言积思之病，至此而愈也。"朱熹则将此诗视为"淫诗"，以为是怀春之女思念情人。在主张"存天理，灭人欲"的理学家心中，女子夜不能寐，辗转反侧，思念男子，是"淫"的表现，故将此诗理解为"淫奔之诗"。朱熹从道德评判角度，提出《诗经》中有24篇"淫诗"，而《郑风》中的"淫诗"，占15篇之多，《风雨》便是其中一篇。[1]《论语·卫灵公》载孔子之语说："放郑声……郑声淫。"孔子认为郑国的音乐淫荡，所以应当禁绝。朱熹援引孔子之言说："'郑声淫'，所以郑诗多是淫佚之辞。"在朱熹看来，郑国不只是音乐淫荡，其诗也多是"淫佚之辞"。

姚际恒在《诗经通论》卷五中说："'喈'为众声和。初鸣声尚微，但觉其众和耳。再鸣则声渐高，'胶胶'，同声高大也。三号以后，天将晓，相续不已矣……诗意之妙如此，无人领会，可与语而心赏者，如何如何。"姚际恒解释此诗细致入微，将诗首章至诗三章"鸡鸣声"的变化分析出一种层次感，这是细心观察生活的表现。

方玉润认为此诗是"怀友"，他在《诗经原始》卷五中说："风雨晦冥，独处无聊，此时最易怀人。况故友良朋，一朝聚会，则尤可以促

---

① 参见（元）马端临《文献通考》卷一百七十八，影印文渊阁四库全书本。

膝谈心。虽有无限愁怀，郁结莫解，亦皆化尽，如险初夷，如病初瘳，何乐如之！此诗人善于言情，又善于即景以抒怀，故千秋绝调也。"

现代学者余冠英认为此诗所描述的应为："在风雨交加、天色昏暗、群鸡乱叫的时候，一个女子正想念她的'君子'，像久病望愈似的。就在这时候，她所盼的人来到了。这怎能不高兴呢?"

程俊英则认为"这是一首写妻子和丈夫久别重逢的诗歌。它和其他民歌一样，都因在民间广泛歌唱流传而得以保存"。

毛诗一派将此诗理解为乱世当中志士不改其节，朱熹将此诗理解为"淫女"思念情人，方玉润将此诗理解为士人思念良朋，而现代余、程二位学者则将此诗理解为女子思念丈夫。当然，除毛诗一派，后者虽说皆是"怀人"，但其指谓是不一样的。朱熹认为思念情人，方玉润认为思念友人，余、程认为思念丈夫。所谓"诗无达诂"，即此可见一斑。

"风雨如晦，鸡鸣不已"成了千古名句，后人对此八字的理解，基本上是根据《毛诗序》的解释。此句按字面意思是风雨交加，天气昏暗，雄鸡不停报晓之意。后世以之比喻环境黑暗，前途艰难，君子应坚定自己的志向，不改其节。后世的许多仁人志士，正是在这个意义上来理解与践行此诗的。

司马光《资治通鉴》说："自三代既亡，风化之美，未有若东汉之盛者也。"[①] 清代顾炎武亦认为，历史上的仁人志士最多的时期是东汉时期。东汉末期，宦官专权，迫害朝中的正直之士，但当朝的大臣多能以清高自守，保持气节，敢于抨击宦官势力，如李膺、陈蕃、杜密、张俭、范滂等人。故清代《皇朝经世文编》卷八说："（汉）至其末造，朝政昏浊，国事日非，而党锢之流，独行之辈，依仁蹈义，舍命不渝，'风雨如晦，鸡鸣不已'，三代以下风俗之美，无尚于东京者。"[②] 在这

---

① 司马光编著，（元）胡三省音注《资治通鉴》，中华书局，1956，第 2173 页。（下引皆同此版本）
② （清）顾炎武著，黄汝成集释《日知录集释》，栾保群、吕宗力点校，上海古籍出版社，2006，第 752 页。

里，"风雨如晦，鸡鸣不已"就大致成为士人保持气节的代名词了。

五胡十六国时期，后凉的建立者吕光（337~399）在致杨轨的书信中说："陵霜不凋者，松柏也；临难不移者，君子也。何图松柏凋于微霜，而鸡鸣已于风雨。"吕光将"风雨如晦，鸡鸣不已"与《论语》中孔子所说的"岁寒，然后知松柏之后凋也"联系在一起：在风雨如晦的环境中，雄鸡不停报晓；在岁寒、严霜时节，松柏挺立不凋。以二者一同比喻志士所应有的气节。

李延寿《南史》卷二十六《袁粲传》说："愍孙峻于仪范，废帝倮之，迫使走，愍孙雅步如常，顾而言曰：'风雨如晦，鸡鸣不已。'"①袁粲（420~477，又名愍孙，字景倩）是南朝宋的吏部尚书，平时言行严守礼仪规范。宋前废帝荒淫无道，使人脱下他的衣服，强迫他行走，想让他出丑。袁粲虽然光着身体，但仍然"雅步如常"，高声朗诵"风雨如晦，鸡鸣不已"。即使在受到人身侮辱的情况下，仍然不改变气节。

《梁书》卷四载："南朝梁简文帝萧纲（字世缵，550~551在位）时，侯景自封相国加宇宙大将军，废梁简文帝，将其幽禁于永福省。此时，梁简文帝于幽禁中作《幽絷题壁自序》云：'有梁正士兰陵萧世缵立身行道，终始如一，风雨如晦，鸡鸣不已。弗欺暗室，岂况三光？数至于此，命也如何！'"②作为皇帝的萧纲，在生死荣辱面前，仍然能保持气节。

宋代阳枋《字溪集》卷十二《有宋朝散大夫字溪先生阳公行状》载阳枋语门人曰："时事虽搅扰，不可以此止进学之心。只管理会自家功夫，风雨如晦，鸡鸣不已，正看人操守。"③阳枋的意思是说，无论时局怎样动荡不安，作为学人，都不能停止求实闻道的脚步，要守志不移。

康有为在《论语注》卷十四中说："至临利害，遇事变，然后君子之所守乃见也。盖不经盘根错节，不足以别利器；不经变故患难，不足

---

① 《南史》，中华书局，1975，第703页。
② 《梁书》，中华书局，1973，第108页。
③ 曾枣庄、刘琳主编《全宋文》卷八一五四，上海辞书出版社、安徽教育出版社，2006，第351页。

以识忠良。《诗》不云乎，'风雨如晦，鸡鸣不已'。"① 又在《孟子微》卷七中说："治生之家必有深藏储蓄，有德之士必能守死善道。《春秋》之义，天下虽乱，而己独治。《诗》曰：'风雨如晦，鸡鸣不已。'《易》曰：'独立不惧，遁世无闷。'劲节贞操，岁寒不改，斯为强立不反之成德矣。"② 直到清代康有为之时，学人所理解的"风雨如晦，鸡鸣不已"都是表示不改气节的意思。这说明在中国传统文化的传承中，对此句都是按《毛诗序》的观点来理解。所以后世的"淫诗说""怀友说"，以及"妻子思丈夫说"，虽然也可备一说，但从文化传承的意义上看，还是应当认同《毛诗序》的说法，否则这两千多年的文化传统就无法接续。

近代革命志士则将"风雨如晦"解释为黎明前的黑暗，将"鸡鸣不已"解释为呼唤新时代的到来。如蔡元培先生就曾亲笔题写"风雨如晦，鸡鸣不已"，以激励在国难当头之时仍有序进行工作的殷墟考古发掘团队。

出其东门

【原文】

出其东门，有女如云。虽则如云，匪我思存。缟衣綦巾，聊乐我员。出其闉闍，有女如荼。虽则如荼，匪我思且。缟衣茹藘，聊可与娱。

【字义】

1. 东门：王先谦："郑城西南门为溱、洧二水所经，故以东门为游人所集。"2. 如云：众多。3. 匪：非。4. 存：存想。5. 缟（gǎo）：白色。6. 綦（qí）：青灰色。7. 员：通"云"，言说之意。此处是语助词。孔颖达《疏》："员、云古今字，助句辞。"8. 闉（yīn）：曲城。9. 闍（dū）：

---

① （清）康有为：《论语注》，楼宇烈整理，中华书局，1984，第140页。
② （清）康有为：《孟子微》，楼宇烈整理，中华书局，1987，第155页。

城台。10.荼：茅草、芦苇等开的白花。郑玄《笺》曰："荼，茅秀物之轻者，飞行无常。"11.且（cú）：通"徂"，往的意思。12.茹（rú）藘（lú）：茜草，其根可作绛色染料，此处代指头巾。王先谦："诗言茹藘，不言巾者，省文以成句。"

【解析】

此诗的难点在于对"缟衣"一词的解释，学者对缟衣的解释多有歧义。一说"缟衣"为男人之服，如《毛诗传》卷七所说："'缟衣綦巾，聊乐我员。''缟衣'，白色，男服也；綦巾，苍艾色，女服也。"苏辙《诗集传》与李樗、黄櫄《毛诗李黄集解》皆持其说。按此说之意，"缟衣綦巾"是指夫妻二人的装束。二说"缟衣綦巾"为妇人之装束。如范处义《诗补传》卷七："白色之缟衣，苍色之綦巾，茹藘所染之服，乃我室家所服者。"① 又如杨简《慈湖诗传》卷六："吾妻缟衣茹芦为饰，虽芳丽不如东门之女，而亦聊可与娱。"三说"缟衣"为丧服，如王质《诗总闻》卷四："缟衣，妇丧夫者也。綦，苍艾色。茹藘，绛色。以色包首出游，不肯全缟，男见此动念，知其无所主者也。"

对缟衣綦巾的不同解释，导致对此诗的理解大相径庭。将"缟衣綦巾"解释为昔日夫妇两人的穿着，而今昔日之夫妇因战乱而分离，所以存思念之意。如将"缟衣綦巾"解释为妇女的装束，此诗的意思就是，虽然东门美女如云，此男子只爱家中妇人，对其他女子不屑一顾。如将"缟衣"理解为丧服，那么妇女身穿白色衣服，头裹有色彩的头巾，有刻意引诱男子之嫌。所谓"女要俏，一身孝"，此诗便被视为"淫诗"。那么何种解释才是正确的呢？

林之奇《尚书全解》卷八说："有虞氏缟衣而养老，则知缟又所以为燕服。""燕服"即是朝服。《礼记·王制》说："殷人冔而祭，缟衣而养老。"殷商之人尚白，朝服为白色，养老之服亦用白色。宋人是殷

---

① （宋）范处义：《诗补传》，影印文渊阁四库全书本。下引此书皆同此版本。

商后裔，仍遵循殷商旧制。卫湜《礼记集说》称："鲁季康子朝服以缟，僭宋之礼也。"又，《左传·昭公八年》：季札"聘于郑，见子产，如旧相识，与之缟带"。意思是说，季札以白色的绸带为礼品，赠予子产。凡此种种，都说明当时之人并不以白色为丧服之色，白色并不为当时所忌讳。所以王质所论，并不准确。

此诗共两章，每一章前面所述，皆是女人，后面所述，则是思念中的女人。所以，"缟衣綦巾"应为女子一人，这是一首男子表示对家中妻室专一不二的诗。

在宋代理学兴起之前，中国社会男女之防并不甚严，《周礼·地官·媒氏》载："仲春之月，令会男女，奔者不禁。"意思是说，在西周乃至春秋时期，普通男女是可以自由恋爱的。《周南·汉广》描述的是在汉江大堤上，一位青年男子爱慕女子而不能如愿之事。《郑风·溱洧》则描述的是女子主动约男子去溱水与洧水河畔游玩之事。那么此诗所写"出其东门，有女如云"的情形，与宋代以后富贵家庭女子"大门不出，二门不迈"的情况迥然不同。《论语》载孔子之言说："放郑声……郑声淫。"孔子的意思是说郑国地区的音乐多为靡靡之音，并非说郑国的诗歌都是淫诗。所以《郑风》诸诗当中即使描绘的有男女约会的情景，也多被作为规讽之诗对待，并不直接被视为"淫诗"。只是到了南宋朱熹之时，才将《诗经》305篇当中的24篇诗视为"淫诗"。然而，在朱熹看来，《郑风·出其东门》并不在淫诗之列，相反，他还赞美诗中男子是少有的忠贞之士。朱熹在《诗集传》中说："以为此女虽美且众，而非我思之所存，不如己之室家，虽贫且陋，而聊可以自乐也。是时淫风大行，而其间乃有如此之人，亦可谓能自好而不为习俗所移矣。"《朱子语类》也载朱熹之言说："《出其东门》却是个识道理底人做。""如《郑诗》虽淫乱，然《出其东门》一诗却如此好。"[1] 连朱熹都这样说，王质将此诗视为淫诗，更是没有道理。

---

[1] （宋）黎靖德撰《朱子语类》，王星贤点校，中华书局，1986。

下面谈谈此诗的大意。

诗首章说，走到东门，看到有众多美女。虽然美女众多，但都不是我心中所想的那一个。我心中所想的，是居家穿着白衣裳，头戴青灰色头巾的妻子。只有看到她，才能使我心中快乐。

诗二章说，走到曲城城台上，看到许多年轻女子，虽然她们轻盈美丽，但都不是我心中向往的。我心中所向往的，是我家中穿着白衣裳，头戴彩色头巾的妻子。见到她，才能使我欢乐。

诗歌很短，意境很美，思想很正。当郑国男子走到城东门的那一刻，眼前呈现的是一幅众多美女游春之景，他不禁感到惊讶并发出赞叹。此乃人之常情，所谓"爱美之心人皆有之"。然而，诗人笔锋一转，虽然眼前美女众多，但她们都不是我心中所想念的，她们都比不上我家中的妻子。只要两情相悦，又何论美丑贫富？这是世间多么珍贵的真挚爱情！

关于此诗的诗旨，学界主要有如下意见。

一　闵乱说

《毛诗序》："闵乱也，公子五争，兵革不息，男女相弃，民人思保其室家焉。"孔颖达《疏》："作《出其东门》诗者，闵乱也。以忽立之后，公子五度争国，兵革不得休息，下民穷困，男女相弃，民人迫于兵革，室家相离，思得保其室家也。"这是将此诗放在了郑国的内乱大背景下来解读的。郑国国君诸子在继承君位问题上存在争执，公子之间相互杀戮，造成了严重的政治内乱和社会动荡，人民流离失所，妻离子散。所以，《毛诗传》有意将"缟衣綦巾"解释为夫妇两人分离。但是，从此诗的文字上来看，丝毫看不到政治动乱的意思。毛诗一派的解释不免太附会于政治，所以不为后世朱熹等人所采纳。

二　淫乱说

王质《诗总闻》释"缟衣"为"妇丧夫者也"，认为此女用"綦""茹藘"等颜色的佩巾裹头出游，"不肯全缟，男见此动念，知其无所主者也"。因而释此诗为"此妇人不纯丧服，且居丧而出游，男子之无似者所动心也"。这是将诗中的女子"缟衣綦巾"的装束解释为故意引诱男子的打扮。清代姚际恒既批判了毛诗的"闵乱说"，也批判了王质的"淫乱说"，他在《诗经通论》中说："《小序》谓'闵乱'，诗绝无此意。按郑国春月，士女出游，士人见之，自言无所系思，而室家聊足娱乐也。男固贞矣，女不必淫。以'如云''如荼'之女而皆谓之淫，罪过罪过。人孰无母、妻、女哉！"

三 夫妇相爱说

《毛诗李黄集解》卷十一说："'虽则如云，匪我思存'，言虽有女如是之多，然非我思之所存。我思之所存者，欲昔日夫妇相得矣。'缟衣綦巾'，言昔日夫妇之服也，惟得昔日夫妇之服，且可以乐我心也。"

方玉润认为"此诗亦贫士风流自赏，不屑与人寻芳逐艳。一旦出游，睹此繁华，不觉有慨于心。以为人生自有伉俪，虽荆钗布裙自足为乐，何必妖娆艳冶，徒乱人心乎？故东门一游，女则如云，而又如荼，终无一人系我心怀，岂矫情乎？色不可以非礼动耳"。

现代学者陈子展认为此诗是："诗人自述安于其耐勤守俭之室家，而不二三其德之作。"程俊英持同一意见说："这是一位男子表示对妻子忠贞不贰的诗。"

笔者认为，第三种意见较为合理。

古诗中描写爱情忠贞的诗有很多，《郑风·出其东门》描写的是男子对女子爱情忠贞的代表作，而汉乐府诗中的《上邪》描写的是女子对男子爱情忠贞的代表作。"我欲与君相知，长命无绝衰。山无陵，江水为竭。冬雷震震，夏雨雪。天地合，乃敢与君绝。"女子连用五件不可能发生的事来表明自己对爱情的至死不渝：除非高山变成平地，长江水全部干涸，寒冬雷声隆隆，夏日天降大雪，天与地合而为一，我才敢同你相决绝！可以说是充满了磐石一般的坚定信念，此诗也成为坚贞爱情的千古绝唱。

齐 风

猗 嗟

【原文】

猗嗟昌兮，颀而长兮。抑若扬兮。美目扬兮，巧趋跄兮，射则臧兮。

猗嗟名兮，美目清兮。仪既成兮。终日射侯，不出正兮。展我甥兮。

猗嗟娈兮，清扬婉兮。舞则选兮。射则贯兮，四矢反兮，以御乱兮。

【字义】

1. 猗（yī）嗟：赞叹声。2. 昌：郑玄《笺》："昌，佼好貌。"3. 颀：身材修长。4. 趋：快步。5. 跄：行有节奏貌。6. 臧：好、善。7. 名：朱熹："名，犹称也。言其威仪技艺之可名也。"8. 仪：射仪。射手在正式射箭前先表演射法的各种姿势。9. 侯：箭靶。10. 正（zhēng）：箭靶的中心，也称"的"或"鹄"。11. 娈：壮美。12. 清扬：眉目清秀。13. 婉：美好。14. 选：齐整。15. 贯：射中。16. 四矢：古代礼射每发四支箭。17. 反：返回。18. 御乱：抗御战乱。

【解析】

此诗出于《齐风》，写的是齐国所发生的事情。诗中有"展我甥兮"之语，"甥"，说的应是齐襄公的外甥鲁庄公，鲁庄公是鲁桓公与

102

文姜所生嫡长子。《毛诗》认为此诗是讽刺鲁庄公虽年轻英俊，射技精湛，但不能"防闲其母"。此诗从字面意义看，是纯粹赞美年轻射手的，并没有讥讽之意。齐襄公与鲁庄公这种舅甥关系，是一种较为亲近的关系。齐襄公对鲁庄公年轻英俊、射艺超人的特质，是感到欣慰的。但是，因为鲁庄公的父亲鲁桓公死于齐襄公宴请之后，人们自然联想到齐襄公与其同父异母的妹妹文姜有私通之嫌。

当鲁庄公继位三年之后，访问齐国，在展示其高超的射艺之时，齐侯以及齐国民众对其赞美之情，都是发自内心的，并没有讽刺之意。所谓讽刺之意，都是后世经学家们的推想。正如清代方玉润说："此齐人初见庄公而叹其威仪技艺之美，不失名门子，而又可以为战乱材。诚哉！其为齐侯之甥也，意本赞美；以其母不贤，故自后人观之而以为刺耳。于是纷纷议论，并谓'展我甥兮'一句以为微词，将诗人忠厚待人本意尽情说坏，是皆后儒深文苛刻之论有以启之也。愚于是诗，不以为刺而以为美，非好立异，原诗人作诗本意盖如是耳。"方玉润认为此诗是赞美鲁庄公才艺之美，后人在"展我甥兮"一句上做文章，因鲁庄公是齐襄公的外甥，而齐襄公又被怀疑与鲁庄公母亲文姜有私情，所以赞美就变成讽刺了，这是后世儒者的"深文苛刻"之论。方玉润之言，甚有道理。诗中说"巧趋跄兮，射则臧兮"，"终日射侯，不出正兮"，"射则贯兮，四矢反兮"，诗人通过这些精彩而又细腻的描绘，使主人公高大俊美的形象、自强不息的精神、百发百中的高超射技跃然纸上，栩栩如生。诗人由此推断，具有这种高超射技的青年，可以防御国家的战乱，所以诗人赞美他。

下面谈谈此诗的大意。

此诗三章十八句，除"终日射侯"一句之外，其余十七句，每句结尾都有一"兮"字。此诗可以说是句句赞美。这三章虽然都以"兮"字结尾，但其韵都押在"兮"字的前一字。每一章换一韵，这是此诗最为突出的特点。

诗首章"猗嗟昌兮"，"猗嗟"是一个感叹词，"昌"在此诗中是光华的意思,意谓鲁庄公风华正茂。"颀而长兮",身材高大修长。齐鲁之人普遍身材高大修长,古人也以高大修长为美。"抑若扬兮",即抑而若扬,意思是即使他不想表现自己,也掩盖不住其风采。"美目扬兮",眼睛明亮,炯炯有神。"巧趋跄兮",走路的动作刚健而优美。"射则臧兮",参与射事,则成绩优异。

诗二章"猗嗟名兮",描写鲁庄公各种射箭考核的名目都很出色,"美目清兮",美丽的眼睛是那么清朗,"仪既成兮"射仪的完成是那样的利落。"终日射侯,不出正兮。展我甥兮",终日习射箭靶,箭箭射在靶心上,展现了其出色才艺。

诗末章"猗嗟娈兮,清扬婉兮",是说鲁庄公相貌英俊,气质清朗,"舞则选兮",是说他起舞齐整而有节奏感,"射则贯兮",描写他每箭都能射穿靶心,说明其臂力大,"四矢反兮,以御乱兮",描写他连射四箭,射中的四支箭都返回来了,因为古人在射箭比赛中,凡射中靶心的箭,要返回放在身边。如此精湛的射箭技艺,可以防御战乱。

下面谈谈此诗的历史解释。

关于此诗的最早解释,是上海博物馆所藏的战国楚竹书《孔子诗论》。孔子评论此诗说:"'四矢反''以御乱'吾喜之。"业师姜广辉先生主编的《中国经学思想史》第一卷第十六章说:"《猗嗟》诗中有'射则贯兮,四矢反兮,以御乱兮'之句,按照射礼规则,每人射四支箭,射中靶子的箭要返回原处。此诗句的含义是:射出的四支箭都返回来,可见射箭人射艺之精。这种精湛的射艺,可以防御寇乱。'射'是孔子所倡导的'六艺'之一,孔子说:'吾喜之',表示他喜欢这种文明竞技精神。"①

从孔子对此诗的评论来看,绝无嘲讽鲁庄公之意,但他也并未说此诗就是赞美鲁庄公个人的射艺。齐襄公与其同父异母的妹妹文姜及鲁桓公之事,出自《左传》,而《左传》大约成书于战国中期,此书在先秦

---

① 姜广辉主编《中国经学思想史》(第1卷),中国社会科学出版社,2003,第495~496页。

时期并未流传，直到西汉中期才开始问世。所以，至少在春秋至西汉中期的民众心目中，并没有鲁桓公死于非命的看法。直到西汉《毛诗》盛行之后，学人才将此诗视作刺鲁庄公之诗，这可以说是经学家们对此诗诠释的一种意见，但并不符合此诗的原意。

接下来谈谈齐襄公与文姜及鲁桓公的这段历史原委。

历史的真相，我们很难还原。《春秋左传·桓公十八年》有一段这样的记载："公会齐侯于泺，遂及文姜如齐。齐侯通焉，公谪之，以告。夏四月丙子，享公。使公子彭生乘公，公薨于车。"根据《左传》记载，事情大致是这样的：鲁桓公访问齐国，偕夫人文姜同行。齐襄公与文姜私通，鲁桓公责备文姜，文姜将此事告诉了齐襄公。齐襄公宴请鲁桓公，宴会散后，让公子彭生驾车送鲁桓公回寓所，结果鲁桓公死于车上。此事本来牵扯的只是齐襄公、文姜以及鲁桓公，并不牵扯鲁庄公，那为什么《毛诗序》说刺鲁庄公呢？按《毛诗》作者的理解，认为鲁庄公明知其母与齐襄公有私情而不加以阻止，还在访问齐国之时表演射技，有失人子之道。《毛诗序》说："《猗嗟》，刺鲁庄公也。齐人伤鲁庄公有威仪技艺，然而不能以礼防闲其母，失子之道。"但事实是，鲁庄公访问齐国之时，还是一位翩翩少年，即使其母与齐襄公有私情，他也不一定知晓。况且齐国是文姜的母国，在鲁桓公去世之后，文姜归宁齐国，也在情理之中。既然经学家们已将齐襄公与文姜私通当作了一个既定的历史事实，这就引出了一个新的议题，即儿子是否可以防闲以纠正父母所犯的错误？

下面我们来看看秦王嬴政是怎么做的。

秦王嬴政之母赵姬，身为太后，与假宦官嫪毐私通，还生下两个儿子。从儒家伦理来说，也是于礼相悖。统一六国的秦王嬴政，除去嫪毐及其两个孩子之后，将自己的母亲幽禁起来，大臣们谁求情就杀谁。结果有27位替赵姬求情的官员被杀了。后来，第28位来劝说嬴政的茅焦，以"六国还未统一，此举会大失民心"的利害关系进谏，最终不仅保全了性命，还使嬴政释放了母亲赵姬。《周易·蛊卦》初六爻辞说："干父之蛊，有子，考无咎。"大意是说，匡正父辈的弊乱，使父亲可以在历史上无咎过。九二爻辞说："干母之蛊，不可贞。"大意是说，匡正母亲的弊乱，情势难行时不可强行，而要守正以待时机。作为群经之首的《周易》教给我们一个道理：父母有弊端，需加以匡正，这样可以使他们的过错得到补救。但是，要等待时机，注意匡正的方法。

有鉴于此，我们解诗要按照孟子所说的"知其人，论其世"的方法来处理，即解诗不能脱离一定的历史背景。虽然此诗可能确指鲁庄公其人，但应将此诗作为赞美而非讽刺鲁庄公之诗来对待。至于齐襄公与文姜之事，宜尽可能淡化处理。

魏　风

汾沮洳

【原文】

彼汾沮洳，言采其莫。彼其之子，美无度。美无度，殊异乎公路。

彼汾一方，言采其桑。彼其之子，美如英。美如英，殊异乎公行。

彼汾一曲，言采其藚。彼其之子，美如玉。美如玉，殊异乎公族。

【字义】

1. 汾：水名，在今山西省中部，为黄河支流。2. 沮（jù）洳（rù）：水边低湿之处。3. 莫：菜。陆玑《毛诗草木鸟兽虫鱼疏》："'莫'，茎大如箸，赤节。节一叶，似柳叶，厚而长，有毛刺，今人缲以取茧绪。其味酢而滑，始生可以为羹，又可生食。五方通谓之'酸迷'，冀州人谓之'干绛'，河汾之间谓之'莫'。"4. 无度：没有什么可以相比。5. 公路：官名。二章中的"公行"、三章中的"公族"，都是当时的官名。朱熹《诗集传》说："公路者，掌公之路车，晋以卿大夫之庶子为之"；"公行，即公路也，以其主兵车之行列"；"公族，掌公之宗族，晋以卿大夫之适（嫡）子为之"。6. 英：花。7. 曲：水流转弯处。8. 藚（xù）：一种中药草，即"泽泻"，根茎入药。

【解析】

从此诗的字面意义看，这是一首赞扬美男子的诗，诗人赞美他美得像花，美得像宝玉，美得无法形容。这个男子是什么人呢？诗人将他与

"公路""公行""公族"等卿士官员相比较，认为他远超过了那些人。是什么超过了那些人呢？是美貌吗？如果单纯从美貌而言，民间社会与贵族阶层都有美貌男子，单纯的美貌是不可比的，因为美没有一定的标准，这种比较应该还包括文化素养、道德品行等综合因素。这位男子虽然参与了"采莫""采桑""采藚"等园林劳作，但他并不同于一般的劳动人民，而应是脱离上层社会，居住于林下的高隐之士。正如清代魏源《诗古微》所说："彼《汾沮洳》之诗，则是叹沮泽之间有贤人隐居在下者，然其才德实高出乎在位之人，故其释'殊异乎公行''公族'，云虽在下位而自尊，又云超乎其有殊于世。大抵'公路''公行''公族'，皆世族子弟，无材在位。贤者不得用，而用者不必贤，此诗人激扬之旨也。"① 诗中极力赞扬其"美无度""美如英""美如玉"，表现了诗人对此人容貌、仪态、才德的高度欣赏。

被欣赏者弄清楚了，那么，欣赏者（诗人）是男性还是女性呢？从自然人性的角度来看，此诗应是从女性的审美角度来写的。因为一个男子即使再美貌，一般也不会引起其他男子如此赞叹，而只有异性才会有这种"发乎情，止乎礼"的审美情趣。故近代《诗经》学者闻一多先生在《风诗类钞》中指出此诗是"女子思慕男子的诗"，这是有见地的。

此诗牵涉人性的审美情趣问题。人对美的感受与生俱来，而不是通过后天教育获得的。从人们的经验来看，孩子从小就有关于美丑的感受，并不是他人教给的。从人类发展的历史来看，早期人类的审美情趣更多的是发乎自然的人性。当然不同的文化之间，也有所区别。像古希腊、古罗马时代，人们特别崇尚人体美。从西方流传至今的雕塑与绘画来看，那时的艺术家所塑造的裸体男女造型，具有跨时代与跨文化的美学意义。而中国文化早在周公制礼作乐之时，就限制了人体的暴露。但这并不意味着中国古人没有审美感受，这种审美感受就体现在诗歌当

---

① （清）魏源：《诗古微》，中华经典古籍库影印本。下引此书皆同此版本。

中。最早的《诗经》就有较为充分的体现，如《邶风·简兮》描写女子观看舞师表演万舞并对他产生爱慕之情，诗二章描写其表演武舞时的勇猛雄健之美，诗三章则描写其表演文舞时的雍容优雅之美；《卫风·淇奥》旧说是赞美卫武公的诗，诗赞美他的文才、仪容与德行，"有匪君子，如切如磋，如琢如磨""有匪君子，如金如锡，如圭如璧"；《郑风·叔于田》是一首赞美青年猎人的诗，此诗赞美这位青年猎人善于驭马，豪放好饮，英俊威武且有仁德；等等。此篇《魏风·汾沮洳》也是其例。这些诗歌都展现了一种文化样貌，就是不吝夸赞之辞来赞扬男子的美貌与风度，由此形成了与传统赞扬美女文学相对的另一种文学——赞扬美男的文学。这一文学特征在中国古代前期比较显著，而在中国古代后期，这种文化就渐渐衰亡了。所以此诗使我们有机会来探讨中国古代早期社会的美男文学，并从一种文学欣赏的审美情趣角度来欣赏此诗。

在人们通常的印象中，中国文学作品比较喜欢描写女人的美貌，而吝啬于描写男子的仪容之美。这也就是说，至少自宋代以来，关于赞扬男子美貌的文化是被忽略的。然而较早的中国文化并不如此，笔者略举几例来说明这一新看法：《齐风·猗嗟》赞美鲁庄公仪容之美与射艺之精，诗首章赞扬他的仪容与身材之美，"猗嗟昌兮，颀而长兮"；诗二、三章反复描写他的眼睛之美，"美目扬兮""美目清兮""清扬婉兮"。《郑风·山有扶苏》说："山有扶苏，隰有荷华。不见子都，乃见狂且。"在春秋战国时期，子都乃是美男子的代名词，因而《孟子·告子上》说："至于子都，天下莫不知其姣也。不知子都之姣者，无目者也。"孟子认为，作为美男子的子都，是天下人都应知道的。

近些年来，中国文化出现了一个特殊现象，即人们普遍重视"颜值"，不仅男性重视女性的"颜值"，女性也同样重视男性的"颜值"。人们认为这是一种颇为时尚的新思潮，殊不知这在中国先秦时期就已经很流行了。

在中国历史上，魏晋时期尤其讲求美男文化。刘义庆《世说新语·容止》中有大量关于男子容貌的记载。

对何晏仪容的描写："何平叔美姿仪，面至白，魏明帝疑其傅粉。"后人因以"面如傅粉"来形容男子的美貌。

对裴楷仪容的描写："裴令公有俊容仪，脱冠冕，粗服乱头皆好。时人以为'玉人'。见者曰：'见裴叔则，如玉山上行，光映照人。'"裴楷仪容不加修饰，依然光彩照人。

对嵇康仪容的描写："'嵇康身长七尺八寸，风姿特秀。'见者叹曰：'萧萧肃肃，爽朗清举。'或云：'肃肃如松下风，高而徐引。'山公（涛）曰：'嵇叔夜之为人也，岩岩若孤松之独立；其醉也，傀俄若玉山之将崩。'"看来，嵇康是相貌堂堂、肤白如玉的美男子，而且性情孤傲。

对潘岳仪容的描写："妙有姿容，好神情。少时挟弹出洛阳道，妇人遇者，莫不连手共萦之。"潘岳优游于洛阳道上，妇人牵着手把他围起来，可见美到何等程度！

对王衍仪容的描写："王夷甫容貌整丽，妙于谈玄，恒捉白玉柄麈尾，与手都无分别。"作为一个男子，王衍的肤色竟如白玉一般白净晶莹。

"潘安仁、夏侯湛并有美容，喜同行，时人谓之'连璧'。"两个长得很美的人常在一起，人们赞其两璧相连，才貌并美。

"王右军见杜弘治，叹曰：'面如凝脂，眼如点漆，此神仙中人。'"王羲之赞叹杜乂面容丰腴白嫩如"凝脂"，瞳仁又黑又亮如"点漆"，称之为"神仙"。[①]

可以说，在宋代之前，男女都比较开放，没有那么多束缚，因此美男文化能顺其自然地存在与发展，在中国文学史上占有一席之地。宋代以来，程朱理学倡导"存天理，灭人欲"，在一定程度上禁锢了男女的情感，美男文化失去了生存的土壤而逐渐衰竭。

现在我们再回过头来看看《汾沮洳》这首诗的内容。

---

① 参见鄢先觉、赵振铎注译《世说新语》，岳麓书社，2022，第314~317页。

　　全诗三章，分别以采植物起兴，介绍男子在汾水岸边低湿之处采野菜，在汾水的"一方"采桑叶，在汾水的"一曲"采药草。通过几个地点的变化，描绘了男子劳作的不同内容。接着诗人用"美无度""美如英""美如玉"来赞美他的仪容。看到"美无度"，使人情不自禁地想起宋玉的《登徒子好色赋》中所描绘的"东家之子"，"东家之子，增之一分则太长，减之一分则太短；著粉则太白，施朱则太赤……"东家这个女子，美得恰到好处，美得无法形容。此诗中的这个男子，也是美无可比。再接下来，诗人笔锋一转，将他与"公路""公行""公族"等卿士贵胄相比，赞美他远远超过了这些人。通过对这位男子的"美"的描写与赞颂，表达了女诗人对这位美男子深深的爱慕之情。

　　反观《毛诗序》《诗集传》的意见，都认为此诗的主旨是"刺俭"，理由是认为此诗的主人公是贵族，过于俭朴，吝啬。《毛诗序》说："《汾沮洳》，刺俭也。其君子俭以能勤，刺不得礼也。"朱熹《诗集传》说："此亦刺俭不中礼之诗，言若此人者，美则美矣，然其俭啬褊急之态，殊不似贵人也。"在他们看来，贵族不应该俭朴、吝啬到亲自参加劳动的地步。魏在今山西一带，在古代是唐尧、大禹故地。此地民风简朴，提倡俭省，一直到近代皆如此，故山西人"抠门"名声在外。按理说，勤俭节省是不应被讽刺的，可见《毛诗序》《诗集传》有失公允。

　　现代学者程俊英认为："这是一首赞美劳动者才德的诗。春秋时代劳动人民地位极低，有的仍然是农奴。诗人将这位从事采摘的'贱者'与'公路'等达官贵族相比，而且褒前者而抑后者，这是颇不寻常的。只有劳动人民的口头歌唱，才会有这样热爱同类的诗句。"陈子展也认为："《汾沮洳》，言采莫、采桑、采藚一类之劳动人民具有美材，殊异于公路、公行、公族一类之贵族世禄子弟。"

　　此诗所用"美无度""美如玉"等形容人容颜美的词语，后世诗歌多有效仿，如谢朓《游后园赋》："仰微尘兮美无度。"枚乘《杂诗》："美者颜如玉。"谢朓《郡内高斋闲望答吕法曹》："非君美无度，孰为劳寸心。"梁武帝《东飞伯劳歌》："窈窕无双美如玉。"吴均《酬闻人侍郎别》："思君美如玉。"等等。

前面说到，近些年来，中国出现了人们普遍重视"颜值"的现象，这是社会发展到一定程度之后回归人类早期文化的结果，是一种否定之否定，在审美情趣上有其进步意义。他（她）们看重"颜值"，相比现代一部分将婚嫁与门第、金钱、权势联系在一起的人，少了许多功利性目的。一个国家，一个社会，人们的审美只有排除功利之心，才是自然正常的。从这种意义上来说，此诗对现代社会仍有其可贵的借鉴意义。

园有桃

【原文】

园有桃，其实之殽。心之忧矣，我歌且谣。不知我者，谓我士也骄。彼人是哉，子曰何其？心之忧矣，其谁知之？其谁知之，盖亦勿思。

园有棘，其实之食。心之忧矣，聊以行国。不我知者，谓我士也罔极。彼人是哉，子曰何其？心之忧矣，其谁知之？其谁知之，盖亦勿思。

【字义】

1. 殽：通"肴"，食物。2. 彼人：执政者。3. 何其：何为，想做什么。4. 棘：酸枣树。5. 聊：姑且。6. 行国：周游国中。7. 罔极：无常。

【解析】

此诗反映的是魏国国困民穷的现状与有识之士的忧心。这里所说的魏国，是西周时期分封的姬姓诸侯国，为春秋时期的晋献公所灭，而不是指战国时期的魏国。清人陈奂云："魏在商为芮国地，与虞争田，质成于文王。至武王克商，封姬姓之国，改号曰魏。春秋闵公二年，周惠王之十七年也，晋献公灭魏，今山西解州芮城县是其地。"[①] 魏国常年

---

① 转引自（清）王先谦《诗三家义集疏》，中华书局，1987，第398页。

干旱，是一个贫困地区，民风俭省吝啬。不仅百姓如此，国家的执政者也如此。这看似是一种美德，但作为执政者，不能使国强民富，便是失职。所以本诗的作者忧心忡忡，认为执政者不懂治国方略。这便引出一个重大问题，即如何对待士人的问题。

从历史经验来说，齐桓公用管仲，称霸诸侯；秦孝公用商鞅，秦国迅速崛起。管仲和商鞅都属于士阶层，士在一个国家中属于很关键的人群，选好士、用好士，是一个国家由穷到富、由弱到强的重要因素。

何谓"士"呢？在尧舜之时，"士"是一个官名，即狱官之长，掌管全国的司法，如《尚书·舜典》说："皋陶，蛮夷猾夏，寇贼奸宄，汝作士，五刑有服……"又如《周礼·地官·大司徒》说："凡万民之不服教而有狱讼者，与有地治者听而断之，其附于刑者，归于士。"

西周时期，"士"是贵族男子的通称，卿大夫都可以称为"士"。西周实行宗法制，实即嫡长子继承制。嫡长子继宗主位，其余兄弟称"余子"，其地位世代递降。数代之后，原来上层贵族的"余子"便可能降为普通之"士"。所以，那时最多的是没有做官的普通之"士"，但他们仍拥有贵族的身份。此时，"士"为低级贵族，享有接受贵族文化教育的资格，也有执干戈以卫社稷的义务。东周以降，群雄争霸，各诸侯国君需要优秀的士人出谋划策，士阶层开始活跃于政治舞台上。后来，由于"学术下移"，庶人有了通过教育上升为"士"的机会，因而"士"阶层就成为一个上下流动、非有定职的知识阶层。

春秋时期，自上而下由"余子"变成一般士人的贵族，仍然留恋旧时的荣光，千方百计往政治舞台上挤；自下而上由平民上升为士人者，也想跻身政坛，因而士阶层与政治有着天然的不解之缘。孟子针对当时"士无定主"的情形，激励"士"要有道义担当精神，要"从道"。所谓"道义担负"，就是无论自身穷达贵贱，都要站在社会正义、社会良心的立场上。所谓"从道"，即伸张正义，成为社会良心的代表者，不为金钱、权势折腰，要有"富贵不能淫，贫贱不能移，威武不能屈"的大丈夫品格。

宋代姚勉在《雪坡集》卷三十三深入阐释孟子这一精神说："为政以得人心为本，然而得吏心易，得军心难；得军心易，得民心难；得民心易，得士心难。得吏心者最下，吏可为奸耳。得军民心者次之，谓犹可以惠致士。心境善恶，口衔臧否，不可威怵利诱。众论所归谓之公。是至难得者士心。"① 姚勉认为，对于执政者而言，"得人心"由易到难可分四类：最易得的是官吏之心，因为官吏违命可能被免职，所以他们会最先对主子表示拥戴。其次易得的是军心，对于军队而言，只要给予官兵们恩惠，比如改善官兵的生活，提高官兵的待遇，优待官兵的家属等，就能使其为己所用。较难得的是民心，但只要减轻他们的赋役，给他们以实惠，就能得到他们的拥护。最难得的是"士心"。士人阶层的特点，在于它是一个具有相对独立性的精英阶层。士人阶层中的优秀者，有信仰，怀抱高远的理想，有自己的人生追求，犹如今人所说的"有理想的公众知识分子"。②

介绍了"士"的相关知识之后，下面再来说说此诗的大意。

此诗分为两章。上章说，"园有桃，其实之殽"，果园中有桃树，其果实可以食用。影射国中有民众，为政者却不懂得正确使用民力的方法。正如《毛诗李黄集解》卷三十二所说："园有桃，可取以食。国有民，反不能使之以道，至使过为俭啬乎？""心之忧矣，我歌且谣"，我满怀忧心，无法排解，只能用歌谣来排遣心中的忧愁。"不知我者，谓我士也骄"，不知晓我的人，会说我自高自大，看不起别人。"彼人是哉，子曰何其"，如果说执政者的治国方略是正确的，那么就会有人对我说，"尔将何为"？这里的"子"，不是指执政者，也不是指士人自己，而是指第三者。"心之忧矣，其谁知之？"可是谁知道我心中的忧愁呢？"其谁知之，盖亦勿思"，没有人能理解我，是因为大家都不思考治国的方略问题。

---

① 曾枣庄、刘琳主编《全宋文》卷八一三九，上海辞书出版社、安徽教育出版社，2006，第78页。

② 参见姜广辉《新经学讲演录》，中国社会科学出版社，2020，第193~194页。

下章与上章意思大抵相同。"园有棘，其实之食"，果园中有酸枣树，其果实可以食用。同样影射国中有民众，执政者用之却不得其道。"心之忧矣，聊以行国"，只能通过行游国中排遣这种忧愁。"不我知者，谓我士也罔极"，不知晓我的人，会说我行为不正常。后几句与上章完全相同。

下面来看看各家的解释。

《毛诗序》说："《园有桃》，刺时也。大夫忧其君国小而迫，而俭以啬，不能用其民，而无德教，日以侵削，故作是诗也。"李樗、黄櫄《毛诗李黄集解》卷十二说："毛氏之意，盖谓园有桃，可取以食。国有民，反不能使之以道，至使过为俭啬乎？"朱熹《诗集传》认为"诗人忧其国小而无政"，只有以唱起歌谣、行游国中的方式来抒发内心的忧愤。上述分析，颇得其诗旨。

姚际恒《诗经通论》认为此诗以桃、棘起兴，喻国中无人："桃、棘，果实之贱者。园有之，犹可以为食，兴国人之无人也。故直接以'心之忧矣'云云。"马瑞辰《毛诗传笺通释》则认为是国中有民而不得用，"诗盖以园之有桃、棘，必待人树之，以喻国有民，必待君能用之"。

清代汪梧凤《诗学女为》说："桃为果之下品，棘则枣之小者，均非美材，而实殽登俎，喻所用之非人也。魏小而逼于晋，又以下材当国，危亡在旦夕。君相不知忧，而士忧之，忽而歌谣，忽而行国，悲歌往复，冀闻者之少勤其思。其犹《离骚》之意也与？"① 汪梧凤所说"所用之非人"，诗中并没有体现，但其所说君相不以为然，唯有担负道义的"士"忧心忡忡，挂念国家安危存亡，并认为此诗与屈原为表达自己的心志而作的《离骚》如出一辙，言之在理。

现代学者陈子展说："园有桃，一骄慢躁进之大夫，好议论当世，而遭遇挫折，忧谗畏讥，心灰意懒，而作是诗也。"认为是一位骄矜傲慢的士大夫所作。当他面对国势日颓的困境，不是力挽狂澜，奋勇当

---

① 转引自陈子展《诗经直解》，复旦大学出版社，2015，第207页。

先，而是心存怠惰，推卸肩上本应担负的责任。程俊英赞同说："这是一首没落贵族忧贫畏饥的诗，人家称他为'士'，可能是一位知识分子。他没落了，穷得没有饭吃，只好摘园中的桃、枣充饥。春秋时候，魏国实行勤俭政策，这对士的生活来说，不免也受到了影响，因而引起了他的伤感，便歌唱起来。他讥刺时政，不满现实，别人指责他骄傲反常，自以为是。他觉得无人能理解自己，精神上异常痛苦，只能用丢开一切，什么都不想的办法来寻找解脱。诗反映了当时魏国'士'的经济地位和思想情况。"

陈子展与程俊英认为诗中所说的"士人"，是一个骄矜傲慢、不满现实的颓废之士。近现代学者为打破传统观点的所谓封建意识的禁锢，往往刻意标新立异。本来《毛诗》的观点，是将此诗中的主人公视为具有家国情怀与道义担当的典型人物，这是一种正解。陈、程二人却将之当作一位骄矜傲慢、好发牢骚的颓废士人。当然二人的意见，也可备一说。当出现这种意见分歧之时，我们应当怎样选择呢？在笔者看来，孔子当年整理《诗经》，必然有其取舍，即以积极进取、担负道义为标准。孔子所推崇的，应是一种具有正能量的价值观，而不会宣传一种颓废的精神，所以陈、程二人的说法失之偏颇。

唐 风

山有枢

【原文】

山有枢，隰有榆。子有衣裳，弗曳弗娄。子有车马，弗驰弗驱。宛其死矣，他人是愉。

山有栲，隰有杻。子有廷内，弗洒弗埽。子有钟鼓，弗鼓弗考。宛其死矣，他人是保。

山有漆，隰有栗。子有酒食，何不日鼓瑟？且以喜乐，且以永日。宛其死矣，他人入室。

【字义】

1. 枢：有刺的榆树。2. 隰（xí）：低湿的地方。3. 曳（yè）：拖。4. 娄：即"搂"，用手将衣服提起。孔颖达《疏》："曳、娄俱是着衣之事。"5. 栲（kǎo）：树名。亦称山樗（chū），木质坚硬，可制车辐。6. 杻（niǔ）：树名，也叫"檍"。7. 埽：通"扫"。8. 考：敲、击。9. 保：郑玄《笺》："保，居也。"10. 永日：长久。

【解析】

这是一首讽刺晋地贵族生活过于俭省的诗，诗中主人公可谓十足的守财奴。此诗收录在《唐风》之中。周成王封其弟叔虞于唐，唐地有晋水，后来国号改称晋，《唐风》实际就是《晋风》。唐地在今山西中部太原一带，朱熹在《诗集传》中说："其地土瘠民贫，勤俭质朴，忧深思远。"此语道出了唐风的特点。

此诗共三章，诗首章说，山坡上面有刺榆，低湿洼地有白榆。你有上衣和下裳，却不穿着。你有车来又有马，却不骑乘。如若有朝离人世，他人愉快来享受。诗二章说，山坡上面有栲树，低湿洼地有檍树。你有庭院和房屋，却不洒水不扫除。你有钟来又有鼓，却不敲击不鸣奏。如若有朝离人世，他人全据为己有。诗三章说，山坡上面有漆树，低湿洼地有栗树。你有美酒和佳肴，何不奏乐来享宴？姑且用它来寻乐，姑且用它来度日。如若有朝离人世，他人就要入你室。

魏源《诗古微》说："既以忧勤为有陶唐风，则诗当为美俭，而皆谓刺俭者何？"依常理来说，俭省应当是美德，值得提倡，又如何会被讽刺呢？清代方玉润评此诗说："刺唐人俭不中礼也。"所谓"俭不中礼"，即太俭省，违背了礼制，不合乎财富用度的中道，所以诗人加以讽刺。

那么，什么是财富用度的中道呢？就是在钱财的花费上无过无不及，也就是说要合理消费。《论语·述而》说："奢则不孙（逊），俭则固。与其不孙也，宁固。"孔子认为，奢侈了就会显得不恭顺，节俭了就会显得简陋。与其不恭顺，宁可简陋。可见儒家并不主张奢侈。儒家又认为节俭要合乎"礼"，儒家所倡导的礼是有等级的，通过什么来表现礼的等级呢？吃穿住行，养生送死，礼以不同的物质形式来呈现。从儒家的角度看，只要其用度合乎中道，就不算奢侈。但是，墨家反对儒家的礼乐与丧葬，认为太奢靡浪费。墨子批评儒家礼乐形式奢侈，礼数繁杂，徒耗社会财富，对儒家倡导的"厚葬久丧，守孝三年"提出强烈批评，认为这将会靡费社会资源，导致国家贫穷。然而，生不歌、死不服、父母去世草草埋葬的墨家之俭，绝不符合儒家的礼，儒家是断然反对的。

关于消费问题，无论古代还是现代，大多数人都会反对奢侈，但战国时期的管仲却有与众不同的见解。管仲在齐国辅佐齐桓公，齐国很快民富国强。朱熹《诗集传》说："太公……既封于齐，通工商之业，便鱼盐之利，民多归之，故为大国。"齐国为何能很快成为强国呢？这得力于管仲制定的一系列正确国策，其中很重要的一项国策就是经济政策。

《管子》一书，未必是管仲本人所作，但反映了管仲基本的经济思想。《管子·侈靡篇》鼓励消费，提倡通过消费带动整个社会的经济发展。管子甚至提倡富人可以过奢靡的生活，他将富人过侈靡生活当作调剂贫富、解决下层生计的经济杠杆。在《管子》看来，当富者拥有大量财富，而穷者谋生艰难时，就要考虑实施"侈靡理论"，即"积者立余食而侈，美车马而驰，多酒醴而靡"。"巨瘗（yì）培（yìn），所以使贫民也；美垄墓，所以使文明也；巨棺椁，所以起木工也；多衣衾，所以起女工也。"通过富人的厚葬行为，农民、各类工匠、女工借机都有事可做。此外，还建议富人在丧葬时加上各种祭奠包袱、仪仗与殉葬品。其目的很明确：通过富人的侈靡消费，使贫者能维持生活，使人民获利。[①] 但这绝不意味着管仲提倡无条件的奢侈，他所谓的奢侈是有条件的，一是限于富人，二是指穷人连基本生活都有困难的时候。

中国古代的生产力不发达，这与当时人们的消费观念有很大的关系。我们再回过头来看《山有枢》这首诗，诗中的主人公过于俭省，将所有的财产都尘封起来，是典型的守财奴的表现。而诸家学者却将此诗理解为劝导"及时行乐"，如朱熹《诗集传》："子有衣裳车马，而不服不乘，则一旦宛然以死，而他人取之以为己乐矣。盖言不可不及时为乐。"傅斯年："及时行乐，而多含悲痛之意。"钱钟书："此诗亦教人及时行乐，而以身后危言恫之。"如果说将此诗的意思理解为鼓励富人合理消费，而不应过于俭省，那此诗就有积极的指导意义，无论对富人本身还是社会都是有好处的。但如果将之理解为只是鼓励富人及时行乐，而没有考虑到富人消费对于贫富的调剂作用，那显然是片面的。并且单纯鼓励富人及时行乐，就不免有负面意义。所以，朱熹、傅斯年、

---

① 参见耿振东《〈管子〉学史》，商务印书馆，2018，第40页。

钱钟书的意见并不可取。正如清代《御纂诗义折中》卷七所说："昔先王之教人勤俭以致富者，非徒备物，盖将以用之也。因所有而善用之，则所以厚生者，即所以正德。……此则所谓国奢示俭，国俭示礼，乃富而教之之实功，岂徒曰'及时行乐'已哉！"[1] 这种见解显然比上述三人的意见更为全面合理。

那么，诗中讽刺的究竟是谁呢？《毛诗序》认为是"刺晋昭公（前531年~前526年在位）有财不能用，有钟鼓不能以自乐，有朝廷不能洒扫。政荒民散，将以危亡，四邻谋取其国家而不知，国人作诗以刺之也。"王先谦说："《史记·晋世家》：'当周公、召公共和之时，成侯曾孙僖侯（前840年~前823年在位）甚啬爱物，俭不中礼，国人闵之，唐之变风始作。'"至于诗中主人公是晋昭公还是更早的晋僖侯，已无法考证，也无须考证。此诗所描写的，应是晋国贵族的一种普遍现象。无论是古代还是现代，如果人们过于俭省，只是创造，而不消费，就会出现生产过剩的现象，且创造力也会逐渐衰减。

此篇留给后人的启示是：我们要树立合理的消费观念，做到合理消费。所谓合理消费，一方面要量力而行，不要搞超越生产能力的过度消费、超前消费，寅吃卯粮；另一方面，不要做守财奴。我们生产出来的产品是用来使用的，创造的财富是用来消费的，如果将这些物质尘封起来，实际上是最大的浪费，如此诗中所描写的。如果人们只是聚敛财富，且聚集越多越快乐，但是一直不消费，就是典型的守财奴的表现，于自己、于国家都是负面的、消极的。经济学中有流通规律，产品与货币如果不能流通，国家的经济就不能发展。

此诗可算得上是描写"守财奴"的源头。后世文学作品中并不缺乏守财奴的形象，如竹林七贤之一的王戎，他虽富有，却甚为抠门。他想要卖李子，又担心人家买了李子后，培育出同样好的李树，于是他在卖李之前，先将其中的核钻孔取出。王戎的侄子结婚时，他送的礼物竟

---

① 《御纂诗义折中》，吉林出版集团有限责任公司，2005。下引此书皆同此版本。

是一件单衣，而在完婚之后，王戎还将衣服要了回去。王戎女儿结婚时，女儿向他借了一笔钱，后来女儿回娘家，王戎板着脸，直至女儿将钱还了回去，王戎才有了笑脸。又如《儒林外史》里吝啬到极致的严监生，临终之际，他伸着两根指头就是不肯断气，直至赵氏挑掉一根灯草，他方才点头咽了气。

英国莎士比亚笔下的夏洛克，贪婪、吝啬而又心狠，虽家财万贯，却舍不得用，一心想着放高利贷。他无情地虐待和克扣仆人，甚至连饭也不让其吃饱。法国巴尔扎克笔下的葛朗台，是一个贪婪的吝啬鬼。为挣大钱，他盘剥外人；为省小钱，他刻薄家人。临死最后一句话，是叫女儿看守财产，将来到另一个世界向他交账。

看来，古今中外的社会生活中，都有守财奴的典型，而《诗经·唐风·山有枢》一诗中的主人公，可谓守财奴的"老祖宗"。

葛 生

【原文】

葛生蒙楚，蔹蔓于野。予美亡此，谁与独处。
葛生蒙棘，蔹蔓于域。予美亡此，谁与独息。
角枕粲兮，锦衾烂兮。予美亡此，谁与独旦。
夏之日，冬之夜。百岁之后，归于其居。
冬之夜，夏之日。百岁之后，归于其室。

【字义】

1. 葛：藤本植物，茎皮纤维可织布，根含淀粉，即葛根粉，可供食用及入药。2. 蒙：蔓草加于草木之上曰"蒙"，即缠绕。3. 楚：木名，亦名牡荆。4. 蔹（liǎn）：多年生蔓草。5. 予美：朱熹《诗集传》谓："妇人指其夫也。"6. 亡：失却。7. 棘：木名，酸枣树，枝有刺，实小而酸。8. 域：乡域。9. 角枕：兽骨做装饰的枕头。10. 粲：华美鲜明。

11. 锦衾：锦缎做的被子。12. 旦：天亮。

【解析】

王应麟《困学纪闻》卷三说："风俗，世道之元气也。观《葛生》之诗，尧之遗风，变为北方之强矣。"① 意思是说，读《葛生》之诗，从诗中女主人公身上可以看到唐尧以来坚贞、朴厚的遗风。正是这样的风俗，使得晋国成为北方的强国。当被征为士卒的丈夫音讯全无之时，女主人公表现出一种坚贞不二的品德。

关于这首诗的主旨，学者观点分歧较大，大致有如下几种观点：刺好战说，征妇怨说，悼亡诗说，思夫归说，美思妇说。

一 刺好战说、征妇怨说

《毛诗序》："刺晋献公也。好攻战，则国人多丧。"郑玄《笺》："夫从征役，弃亡不反，则其妻居家而怨思。"孔颖达《疏》："数攻他国，数与敌战，其国人或死行陈（阵），或见囚虏，是以国人多丧，其妻独处于室。故陈妻怨之辞以刺君也。"

《春秋左传》载，鲁庄公二十八年，晋伐骊戎；闵公元年，晋侯灭耿、灭霍、灭魏；闵公二年，使太子申生伐东山皋落氏；僖公二年，晋师灭下阳；僖公五年八月，晋侯围上阳；僖公五年冬，灭虢，又执虞公；僖公八年冬，晋里克败狄于采桑。晋国本是春秋强国，又是诸侯霸主，在当时诸侯争霸的客观形势下，晋国参与战事较多，确为事实。但是，以当时的时代而论，弱肉强食是其时代特点，国不强，必丧亡。于士卒而言，本来就有执干戈以卫社稷的责任。以当时晋国百姓而论，应当没有反战或厌战的心理。

所以，对于"刺好战说"与"征妇怨说"，清代陈廷敬持反对意见，他在《午亭文编》卷二十八专列《唐风》一条说："《前汉志》

---

① （宋）王应麟著，（清）翁元圻辑注《困学纪闻注》，孙通海点校，中华书局，2016，第497页。

曰:'河东本唐尧所居,有先王遗教,君子深思,小人俭啬。'《集传》
曰:'其地土瘠民贫,勤俭质朴,忧深思远,有尧之遗风。'……然自
汉以来,解者多所淆乱,如《蟋蟀》《山有枢》《绸缪》《杕杜》《葛
生》《采苓》诸篇序概指为讥刺时君之诗。得朱子辨说而圣经之本指
(旨)以明,于是益叹大贤与人为善,其是非取舍一准乎义理之公,不
惑于穿凿傅会之说。而后晋风之厚、民俗之淳益粲然明著于后世。"①
意思是说,《葛生》等诗所体现的,是"晋风之厚,民俗之淳",而非
"讥刺时君之诗"。这种说法是有道理的,因为诗的女主人公只是民间
的普通妇女,并不了解政治之事。国家征兵打仗,作为民间妇女,只会
认为这是国人应尽的责任,并不会因此讥刺当时的国君,也不会有幽怨
之情,而只是在心里期望丈夫早日归来。汉唐经学家所谓的"刺好战
说""征妇怨说",只是汉唐儒者的观点,不应将这种观点强加于春秋
时期晋国的妇女身上。所以,这两种说法有牵强附会之嫌。

二 思夫归说

宋代朱熹、范处义,元代刘玉汝、梁寅,清代姚际恒、方玉润等人
对此诗持"思夫归"观点。

朱熹《诗集传》说:"妇人以其夫久从征役而不归,故言葛生而蒙
于楚,蔹生而蔓于野,各有所依托。而予之所美者,独不在是,则谁而
独处于此乎?"

范处义《诗补传》说:"国人多丧,非死亡也,谓遭乱离,夫妇相
失,诗人之辞可见也。"

刘玉汝《诗缵绪》说:"称'亡此',愚谓出奔之谓'亡'。……
意者此篇之作,妇人以其夫出亡在外而未得归,故思之切如此。……二
章言归无期而不可得见,则要死以相从。盖惟出亡则归无期,故言其居
其室,有从一之意焉。"②

---

① (清)陈廷敬:《陈廷敬集》卷二十八,张建伟点校,三晋出版社,2015,第506页。
② (元)刘玉汝:《诗缵绪》,影印文渊阁四库全书本。下引此书皆同此版本。

梁寅《诗演义》说："妇人以其夫久从征役而不归，思而赋之也。"①

姚际恒《诗经通论》说："此诗或谓'思存'，或谓'悼亡'，据'思存'为是。末章'百岁之后'，谓此时不得共处，百岁之后，同归于九泉之居。矢其志之守义无他也。云'百岁'者，即偕老之意。"

方玉润《诗经原始》则说："征妇思夫，久役于外，或存或亡，均不可知，其归与否，更不能必。于是日夜悲思，冬夏难已。暇则展其衾枕，物犹粲烂，人是孤栖，不禁伤心，发为浩叹。以为此生无复见理，惟有百岁后返其遗骸，或与吾同归一穴而已，他何望耶？"

三　美思妇说

宋代李樗、黄櫄《毛诗李黄集解》与清代《御纂诗义折中》持"美思妇"的观点。

《毛诗李黄集解》卷十三说："献公惟好攻战，则国人多丧。故妇人思其夫之切，思而不可得，则以死自誓，可谓义妇矣。晋国当兵戈扰攘，而孝子贞妇有如《鸨羽》《葛生》之诗者，帝尧之风化盛矣哉。"

《御纂诗义折中》卷七说："《葛生》，美思妇也，性情纯笃而又不过于激烈。此妇人苦节守志，从一而终之正道。故圣人有取焉。"

"思夫归说"与"美思妇说"这两种说法都有其道理，且相辅相成，并不矛盾。

四　悼亡诗说

宋代严粲《诗缉》说："昼夜长时，忧思者难度。百岁之后，死乃同归于丘，犹后山。所谓百年，何当穷也。亦誓死无他志，见唐风之厚矣。旧说以为思存者，味'百岁之后，归于其居'之辞，及上章言'茔墓'，知为悼亡矣。"

---

① （元）梁寅：《诗演义》，影印文渊阁四库全书本。下引此书皆同此版本。

明代何楷《诗经世本古义》："此死者之妇悼亡之诗，采诗者录之。"又说："篇中'蔹蔓于域'及'百岁之后，归于其居'等语，其为悼亡之诗，无可疑者。"①

清代郝懿行、王照圆《诗说》卷上："试问'蔹蔓于野''蔹蔓于域'及'归于其居''归于其室'等语，岂施于生者之言哉？即'角枕''锦衾'，触景伤心，自非车过腹痛，孰肯为此言？"

其实，是否为悼亡诗，关键在于女主人公的丈夫此时是否已经战殁。如果她确知丈夫已经战殁，那么将此诗视为"悼亡诗"，并无不妥；如果她不能确知丈夫已经战殁，而将此诗视为"悼亡诗"，那就不妥了。综观古今学者的解释，以"悼亡说"为主流，其原因是他们一般将诗中的"亡"作死亡解，将"域"作坟墓解，将"角枕"作尸枕解，等等。这些解释，都以丈夫已经死亡为前提，理由很充分。但这些文字只可以这样解释吗？这需要进一步仔细讨论。

先秦时期的"亡"字，除了有"死亡"之义，还有"出走""消失""失掉""不在""没有"等义，如"歧路亡羊"，"亡"即失掉之义。"域"主要是"地域"之义，如果表示"坟茔"之义，通常作"兆域"。"角枕"通常是指用兽骨做装饰的枕头，不特指"尸枕"。

根据上面对这些字词的多种含义进行分析，所谓"悼亡诗说"，未必准确。接下来分析一下此诗的诗意。

诗首章说，藤葛生而附托于楚木（牡荆），蔓草蔓延于野地之上，我亲爱的丈夫音讯全无，谁与我相伴？我只好独守空房。

诗二章说，藤葛生而附托于棘木（酸枣树），蔓草蔓延及乡域，我亲爱的丈夫音讯全无，谁与我相伴？我只好独自歇息。

诗三章说，我闲暇的时候，展示新婚衾枕，物犹粲烂，然而此时我一个人孤栖空房，不禁伤心，发出感叹，谁人陪伴我到天亮？

后两章说"夏之日，冬之夜"，"冬之夜，夏之日"，这并非诗句的

---

① （明）何楷：《诗经世本古义》，影印文渊阁四库全书本。下引此书皆同此版本。

随意颠倒，而是诗人刻意为之。这颠倒的两句，彰显了诗中妇人日复一日、年复一年的深切怀念。后两章皆有"百岁之后"之句，正如姚际恒所说："谓此时不得共处，百岁之后，同归于九泉之居。矢其志之守义无他。"

采　苓

【原文】

采苓采苓，首阳之巅。人之为言，苟亦无信。舍旃舍旃，苟亦无然。人之为言，胡得焉。

采苦采苦，首阳之下。人之为言，苟亦无与。舍旃舍旃，苟亦无然。人之为言，胡得焉。

采葑采葑，首阳之东。人之为言，苟亦无从。舍旃舍旃，苟亦无然。人之为言，胡得焉。

【字义】

1. 苓（líng）：王质《诗总闻》："苓，茯苓也。" 2. 首阳：山名，在今山西省永济市南，又名雷首山。3. 为言：即"伪言"。4. 苟：姑且。5. 舍：舍弃。6. 旃（zhān）：代词，之焉的合音字。7. 无然：不要以为然。然：是，对。8. 胡：何，什么。9. 苦：苦菜。10. 无与：不要理会。与：许可，赞许。11. 葑（fēng）：芜菁，又名蔓菁。

【解析】

这是一首劝诫世人勿听信伪言、谗言的诗。

此诗共三章。每一章的章首分别以"采苓"于"首阳之巅"、"采苦"于"首阳之下"、"采葑"于"首阳之东"起兴，引出下文"人之为（伪）言"，且勿听信。可是，采苓与"为言"能扯上什么关系呢？清代马瑞辰《毛诗传笺通释》说："三者（苓、苦、葑）皆非首阳山所宜有，

126

而诗言采于首阳者，盖故设为不可信之言，以证谗言之不可听，即下所谓'人之为言'也。"后四句是劝诫之言，"舍旃舍旃，苟亦无然"，意思是说勿予理睬，暂不回答。"人之为言，胡得焉"，这些伪言、谗言，又何以能得逞呢？此诗告诫人们对待伪言、谗言的三种态度，即"无信""无与""无从"。对于伪言、谗言，我们要认识其内容的虚假，不要听信，不要理会，也不要轻易听从。

关于此诗的诗旨，学界较为统一，即大多认为此诗是戒谗之诗。古代学者大多将信谗之人坐实为晋献公，这是有道理的。第一，此诗收录在《唐风》之中，写的是晋国之事。第二，晋献公可以说是春秋时期最为典型的信谗者，并由此造成了晋国最沉痛的历史悲剧。晋献公听信骊姬谗言，逼死太子申生，致使公子夷吾、重耳逃亡他国，晋国此后十几年不得安宁。

关于晋献公听谗杀子之事，《国语·晋语二》《左传·僖公四年》《史记·晋世家》皆有记载。晋献公（公元前677年~前651年在位）战胜骊戎，虏获骊姬，立为夫人。骊姬生子奚齐，其妹生子卓子。晋献公准备废除太子申生而立奚齐。骊姬贿赂献公宠臣，让太子驻扎曲沃，让公子重耳驻守蒲城，又让公子夷吾驻守屈。公元前657年，骊姬以献公的名义对申生说："君王昨晚梦见你的母亲齐姜，你应立即去祭祀你的母亲，并将祭祀的酒肉送来。"于是申生在曲沃祭祀母亲，把祭祀的酒肉送到都城。献公当时外出打猎了，骊姬收下酒肉后，派人在酒肉中下毒。过了几天，献公打猎回宫，召申生进献酒肉。献公以酒祭地，地面突然凸起。骊姬拿祭肉给狗吃，狗吃后立即死去。拿酒给小臣喝，小臣饮后也倒地身亡。献公下令杀申生的师傅，申生逃奔回曲沃新城。有人劝逃离晋国，申生拒绝说："逃往他国虽可脱罪，但怨归于君主，这是怨君啊！彰显父亲的罪恶，被诸侯取笑，我能往哪儿逃呢？"于是申生在新城之庙自杀身亡。骊姬谗杀太子申生之后，又诬陷二位公子参与申生谋害君父之事。献公命人杀重耳，重耳逃奔狄国；献公又命人擒夷吾，夷吾逃奔梁国。献公于是立奚齐为太子，献公死后，太子奚齐继位。奚齐在位不到一年，被大臣杀死。四年后，夷吾即位，成为晋惠公。

下面谈谈历代学者对此诗的解释。

一 刺晋献公听谗

《毛诗序》："《采苓》，刺晋献公也。献公好听谗焉。"郑玄《笺》说："采苓采苓者，言采苓之人众多非一也。皆云采此苓于首阳山之上，首阳山之上信有苓矣。然而今之采者，未必于此山然，而人必信之。兴者，喻事有似而非。"郑玄认为，首阳山确实有苓，采苓者皆谓采自首阳山巅，是标榜所采之苓更为珍贵，但其实未必采自首阳山巅。就如同今日，卖茶者皆称其茶乃正宗西湖龙井，实际上却未必产自西湖一样。

欧阳修《诗本义》说："采苓者，积少成多，如谗言渐积以成。……戒献公闻人之言，且勿听信，置之且勿以为然。"欧阳修将"采苓采苓"解释为积少成多，以此为进谗言的方式和特点。正如民谚所谓"毛毛细雨，打湿衣裳"，一点一滴地进谗言，天长日久，使听信谗言者，对被谗者产生厌恶之感。由此告诫执政者，要警惕与防范小人进谗。

范处义《诗补传》卷十说："晋献公好听谗，惟骊姬之事为最著。由诗人之言考之，正指其事也。"范处义更是将此诗的信谗者坐实为晋献公。这是让人不忘历史悲剧，牢记历史教训。

二 劝人勿信谗

朱熹《诗集传》说："此刺听谗之诗。言子欲采苓于首阳之巅乎？然人之为是言，以告子者，未可遽以为信也。姑舍置之，而无遽以为然，得察而审听之，则造言者无所得而谗止矣。"朱熹的意思是说，对于自我吹嘘的话，应当采取姑妄听之的态度，不要轻信。

清代《御纂诗义折中》卷七说："人之为言，未尝目睹，则姑勿遽信。即使其言近理可信，亦姑置之，勿遽以为然。而徐察之，则谗言胡得行哉？……无稽之言，且勿信之。即信其言，勿许其事。即使许之，且勿行之。但姑舍之置之，不议不论，则情伪自见矣。"《御纂诗义折中》作者教人采取"听其言，观其行"的态度，不遽信其言，以免上当受骗，可谓金玉良言。

方玉润说："《采苓》，刺听谗也。"又说："自古人君听谗多矣，其始由于心之多疑而好察，数数访刺外事于左右，故小人得乘机而进谗，势至顺而机又易投也。若夫明哲圣主，未尝不察迩而兼听，但其心虚，故人之为言，未敢遽信为然，必审焉而后听。其心公，故人之进言亦必姑舍其然，详察焉而后信。造言者既有所惮而难入，则谗不远而自息矣。诗意若此，所包甚广，所指亦非一端，安见其必为骊姬发哉？"方玉润认为：对于别人说的话，要仔细考察，不要立即听信。进谗、信谗之事非常普遍，此诗未必专指晋献公、骊姬之事。

现代学者陈子展说："《采苓》，刺听谗言之诗。"程俊英也认为："这是劝人不要听信谗言的诗。"

在人类社会中，进谗、信谗之事非常普遍，这反映了人性幽暗的一面。从历史文献来看，导致朝政大坏的原因，总与进谗、信谗有关。有时即使是明君，也往往陷入进谗者的陷阱。下面笔者略举历史上一些进谗、信谗之事。

战国时期，赵国谗臣郭开先以重金收买赵国使者，让其在赵悼襄王面前说廉颇已老，无法再披挂铠甲，攻城陷阵。赵悼襄王因此不再起用廉颇，致使赵国无法抵挡秦国大军的进攻。而后，郭开又收受秦将王翦的重金，并散布流言，污蔑李牧、司马尚谋反。赵王迁听信郭开谗言，罢免李牧、司马尚之职，且将李牧就地斩杀，直接导致了赵国的灭亡。

汉武帝信任谗臣江充。江充自以为与太子及皇后有嫌隙，见武帝年老，担心武帝去世后自己被太子诛杀，便定下奸谋，说武帝的病是因为有巫术作祟。江充查巫蛊案，从京师长安、三辅地区一直查到各郡、国，因此而死之人数万。江充又入宫中挖地找蛊，一直挖到皇后宫与太子宫中。不仅造成了人伦惨剧，且直接影响到王位继承的大事。

历史上朝廷中进谗、信谗之事，数不胜数，而民间与职场之中，进谗、信谗之事，就更不用说了。《采苓》一诗给人们防范谗言，敲响了警钟。

秦 风

晨 风

【原文】

鴥彼晨风，郁彼北林。未见君子，忧心钦钦。如何如何，忘我实多。

山有苞栎，隰有六驳。未见君子，忧心靡乐。如何如何，忘我实多。

山有苞棣，隰有树檖。未见君子，忧心如醉。如何如何，忘我实多。

【字义】

1. 鴥（yù）：鸟疾飞貌。2. 晨风：鸟名，即鸇（zhān）鸟。3. 郁：茂盛。4. 钦钦：忧思难忘貌。5. 苞：丛生貌。6. 栎：木名，亦称麻栎或柞栎，落叶乔木。幼叶可饲柞蚕，果实叫橡子。7. 六驳：木名，即梓榆。晋崔豹《古今注》卷下《草木》说："六驳，山中有木，叶似豫章，皮多癬驳。"8. 棣：也称棠棣、常棣。子如樱桃，可食。9. 檖：山梨。

【解析】

这是一首念旧的诗。在中国古代的人伦关系中，君臣、父子、夫妇、兄弟、朋友的五伦关系是被人们特别看重的。五伦关系皆有情义的成分在内，但在一些特殊的情况下，这些关系可能被淡化，甚至被忘怀，因而弱势的一方希望强势的一方能够顾念旧时的情义。若强势的一方能够念旧，彼此就会恢复旧时的情义，这在中国古代的文化中被视为一种美德。因而，念旧的题材也反映了人性的另一面。

关于此诗，历史上有多种不同的解读，最主要的有三种：一是"父忘子说"，二是"君忘臣说"，三是"夫忘妻说"。谁是谁非，很难判断，正如方玉润《诗经原始》所说："男女情与君臣义原本相通，诗既不露其旨，人固难以意测。"说得很圆通，让读者自己去领会。又如戴震所说："诗之说无从定矣，苟非大远乎义，兼收而并存之可也。"这种解释是可取的，诗中有"君子"之词，"君子"既可理解为君，又可理解为父，也可理解为夫。诗中又有"忘我实多"之句，无论是君臣、父子相忘，还是夫妇相忘，皆可通。

下面来分析一下这三种意见。

一 父忘子说

《韩诗外传》认为此诗的诗旨是父亲忘记儿子。《韩诗外传》卷八记载了这样一个故事。魏文侯封子击在中山之地，三年以来，文侯与子击没有来往。子击的傅相赵苍唐说："做儿子的不可以忘记父亲，何不派人去探望呢？"于是子击派遣苍唐带上父亲喜欢的北犬与晨雁前往。魏文侯先问起子击的身体情况，然后问子击有何爱好，苍唐说他喜爱读《诗》。文侯又问子击喜爱哪一篇，苍唐说他喜欢《黍离》与《晨风》。文侯又问起这两篇的内容，仓唐回答说："鴥彼晨风，郁彼北林。未见君子，忧心钦钦。如何如何，忘我实多。"文侯高兴地说："要想了解儿子，观察其母即可。要想了解君主，观察其使者即可。子击若不贤能，又怎能得到贤臣？"于是召子击从中山之地回王城，立为太子。

上述故事，是说赵苍唐引用《晨风》一诗暗喻儿子想念父亲，并忧心父亲是否已经忘记儿子。但《晨风》的本义是否就指父亲忘记儿子，我们不得而知。《韩诗外传》想用这个故事来解释此诗的宗旨是暗喻父亲忘记儿子，鲁诗传人刘向所著《说苑》（卷十二《奉使》）也有同样的见解。

二 君忘臣说

《毛诗序》说:"刺康公也。忘穆公之业,始弃其贤臣焉。"意思是说秦穆公善于招贤纳士,而秦康公即位之后,放弃了父亲秦穆公的为政方略,遗弃旧臣,引起怨望。孔颖达《疏》说:"欤然而疾飞者,彼晨风之鸟也。郁积而茂盛者,彼北林之木也。北林由郁茂之故,故晨风飞疾而入之。以兴疾归于秦朝者,是彼贤人。能招者,是彼穆公。穆公由能招贤之故,故贤者疾往而归之。……穆公未见君子之时,思望之,其忧在心,钦钦然唯恐不见,故贤者乐往。今康公乃弃其贤臣,故以穆公之意责之云:'汝康公如何乎忘我之功业实大多也。'"毛诗一派认为此诗是讽刺秦康公遗弃贤臣,忘了祖业。

王质《诗总闻》卷六说:"此贤人居北林者也,当是有旧劳以间见弃,而遂相忘者也,欲见其君吐其情,又不得见,所以怀忧久而至于如醉者也。"认为是贤人有功不被重用而居北林之下,忧心如醉。

杨简《慈湖诗传》卷九说:"喻秦国人材皆可用,昔先君'未见君子,忧心靡乐'……而今不然也,忘我旧臣,盖亦甚矣。故曰'忘我实多'。"认为此诗阐述秦之先君惜才、爱才,而诗人所处之朝,其君全无先君之风,将旧臣遗忘殆尽。

严粲《诗缉》卷十二说:"此穆公旧臣所作,言晨风之鸟欤然疾飞,入于郁积茂盛之北林,喻己初慕秦国之盛大而趋赴之也。今穆公死而康公立,我旧臣废弃不用,不得亲近进见,拳拳之忠,日望君之召己。"

现代学者陈子展说:"《晨风》,刺秦康公忘父业,弃贤臣之诗。"

严粲与陈子展的观点,与毛诗一派意见相近。

三 夫忘妻说

朱熹《诗集传》说:"妇人以夫不在,而言欤彼晨风,则归于郁然之北林矣,故我未见君子,而忧心钦钦也。"朱熹认为此诗以晨风之鸟起兴，写妇人朝思暮想，忧心忡忡，在等待自己的丈夫，她担心丈夫已将自己遗忘。朱熹在《诗集传》卷六中举例证说："此与《厬厬》（yǎn yí）之歌同意，盖秦俗也。"所谓"厬厬"，即今日所说的"门闩"。相传秦缪（穆）公闻百里奚之贤，以五羊之皮赎之，擢为秦相。后来，百里奚故妻于相府为佣，堂上作乐，妇自言知音，因援琴抚弦而歌曰："百里奚，五羊皮，忆别时，烹伏雌，炊厬厬。今日富贵忘我为！"[①] 百里奚听后询问，方知是故妻，于是夫妻团圆。朱熹以为"秦人劲悍而染戎俗，故轻室家而寡情义"。

元代朱公迁《诗经疏义会通》赞同朱熹之意说："彼君子者，如之何而忘我之多乎，此与《厬厬》之歌同。"

梁寅《诗演义》卷六说："妇人以夫而赋也。"

现代学者程俊英说："这是一位妇女疑心丈夫遗弃她的诗。"

以上三种说法，韩诗与鲁诗较为牵强。魏文侯是贤君，他让子击驻守中山之地，乃是付以重托，带有考验之意。况且此诗并非为魏文侯之事而作，固不能认为此诗的本义就是"父忘子"。而且，从整个中国文化而言，父辈特别重视子嗣，明白将来的家业必定会付予子嗣，并希望其能壮大家业，又怎会将子嗣忘却呢？所以，将此诗理解为父忘子，显然不理解中国文化的父子情深之意涵。

毛诗一派的"君忘臣说"，也有可讨论之处。如果先君是贤明之君，先君之臣固应受到尊重，但尊重不等于重用。这要看新君是什么样的君，旧臣是什么样的臣。如果新君是勇于改革创新、锐意进取之君，而旧臣子是故步自封、因循守旧之臣，这样的旧臣不被重用又何尝没有道理呢？至于先君是昏庸之君，其臣不受新君重视或被弃用，也是理所应当的。所以，旧时就有"一朝天子一朝臣"之说，故不能仅仅用"念旧"的感情来束缚君主的政治思维。

朱熹等人所说的"夫忘妻说"，比较合乎人情事理。丈夫在外求功

---

① 参见（汉）应劭撰《风俗通义校注》，王利器校注，中华书局，2010，第592页。

名，有了事业成就之后，容易忘记糟糠之妻，这在旧时与今日都是比较普遍的。京剧《铡美案》中的陈世美就是一个家喻户晓的典型。所以，朱熹等人所持的"夫忘妻说"似乎更有说服力。

最后谈谈此诗中的两个典型句例。

一 "未见君子，……"

本诗中，有"未见君子，忧心钦钦""未见君子，忧心靡乐""未见君子，忧心如醉"等句子。《诗经》中关于女子思念丈夫的表达，多用"未见君子，……"的句式。除此诗外，还有《周南·汝坟》"未见君子，惄如调饥"；《召南·草虫》"未见君子，忧心忡忡"，"未见君子，忧心惙惙"，"未见君子，我心伤悲"；《秦风·车邻》"未见君子，寺人之令"；《小雅·頍弁》"未见君子，忧心弈弈"……了解《诗经》中这种句子样式，可以帮助我们理解此诗的具体含义。根据这个特点，本诗中"未见君子，忧心钦钦"，"未见君子，忧心靡乐"，"未见君子，忧心如醉"等句也应是写女子怀念丈夫。所以，将此诗理解为妻子担心丈夫忘记自己（"夫忘妻"之说），比理解为"父忘子"之说或"君忘臣"之说更接近诗的原意。当然，"父忘子""君忘臣"两说也不必决然废置。

二 "山有……隰有……"

本诗有"山有苞栎，隰有六驳"，"山有苞棣，隰有树檖"等句。"山有……隰有……"是《诗经》中常出现的起兴之句。诗人通过托喻，将君子隐喻为自然环境中的山与隰，而将自己喻作依附山或隰的适宜生长的植物。除此诗外，还有《邶风·简兮》"山有榛，隰有苓"；《郑风·山有扶苏》"山有扶苏，隰有荷华""山有乔松，隰有游龙"；《唐风·山有枢》"山有枢，隰有榆""山有栲，隰有杻""山有漆，隰有栗"；《秦风·车邻》"阪有漆，隰有栗""阪有桑，隰有杨"；《小雅·四月》"山有蕨薇，隰有杞桋"；等等。"山有……隰有……"这样的句型，我们现在读起来比较别扭。但是，如果将它理解为现代诗歌中的

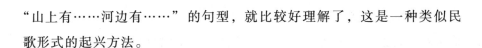

"山上有……河边有……"的句型，就比较好理解了，这是一种类似民歌形式的起兴方法。

无 衣

【原文】

岂曰无衣？与子同袍。王于兴师，修我戈矛。与子同仇。

岂曰无衣？与子同泽。王于兴师，修我矛戟。与子偕作。

岂曰无衣？与子同裳。王于兴师，修我甲兵。与子偕行。

【字义】

1. 袍：长外衣。2. 王：指周王。3. 兴师：起兵。4. 同仇：对敌人表示共同愤慨。5. 泽：通"襗"，内衣。6. 甲兵：铠甲与兵器。

【解析】

秦风的风格特点是尚武，内容大抵是车马田猎之事，如《驷铁》《小戎》等。《无衣》是一首激昂慷慨、同仇敌忾的军中战歌。正如现代学者余冠英先生所说："这诗是兵士相语的口吻，当是军中的歌谣。史书说秦俗尚武，这诗反映出战士友爱和慷慨从军的精神。"

此诗三章，采用了问答式与重章叠句的写作手法。每章首句以"岂曰无衣"开头，意思是说，没有衣裳算什么？三章依次回答"与子同袍""与子同泽（襗）""与子同裳"。没有衣裳，我与你同穿一件袍、一件泽（襗）、一件裳。军装不齐备，并不影响我们坚定的战斗意志。这几句似有一种号召力，把将士们的心凝聚在一起。诗人反复强调"王于兴师"，以周天子之命兴师，是一场为抵抗外族入侵的正义战争。接下来，将士们的具体行动是"修我戈矛""修我矛戟""修我甲兵"。他们磨戈擦戟，准备奔赴战场杀敌，情绪高昂。将士们为何如此义无反顾呢？这是因为此前周平王将岐山以西之地赐予秦，秦毗邻西戎，与西戎交战，既是为周王室而战，也是为本国而战，故将士们同仇敌忾，慷慨激昂。

关于此诗的主旨，学界有以下几种观点。

一　秦人勤王之诗

朱熹《诗集传》卷六说："秦俗强悍，乐于战斗，故其人平居而相谓曰：'岂以子之无衣，而与子同袍乎？'盖以王于兴师，则将修我戈矛，而与子同仇也。其欢爱之心，足以相死如此。"又引苏辙之言说："秦本周地，故其民犹思周之盛时而称先王焉。"又说："秦人之俗，大抵尚气概，先勇力，忘生轻死，故其见于《诗》如此。然本其初而论之，岐丰之地，文王用之以兴；《二南》之化，如彼其忠且厚也。秦人用之未几，而一变其俗至于如此，则已悍然有招八州而朝同列之气矣。何哉？雍州土厚水深，其民厚重质直，无郑、卫骄惰浮靡之习。以善导之，则易以兴起而笃于仁义；以猛驱之，则其强毅果敢之资，亦足以强兵力农而成富强之业。非山东诸国所及也。呜呼！后世欲为定都立国之计者，诚不可不监乎此。而凡为国者，其于导民之路，尤不可不审其所之也。"朱熹在评秦人强悍好战的同时，认为此诗反映了秦人的尚武精神，大敌当前，将士们以大局为重，与周王室保持一致，积极响应"王于兴师"的号召，一呼百应，协同作战，彰显了一种崇高无私的英雄气概。

方玉润《诗经原始》卷七说："秦人乐为王复仇也。""夫秦地为周地，则秦人固周人。周之民苦戎久矣，逮秦始以御戎有功，其父老子弟欲修敌忾，同仇怨于戎，以报周天子者，岂待言而后见哉？而无如周王之绝意西征也。"

王先谦《诗三家义集疏》卷九说："王于兴师，于，往也。秦自襄公以来，受平王之命以伐戎。""西戎杀幽王，于是周室诸侯为不共戴天之仇，秦民敌王所忾，故曰同仇也。"王先谦指出了此诗的背景与年代，并断定为"秦民"所作。

笔者认为，朱熹、方玉润、王先谦等人的观点比较符合诗的本义。

二　刺秦君穷兵黩武、崇尚武力

《毛诗序》说:"《无衣》,刺用兵也。秦人刺其君好攻战,亟用兵,而不与民同欲焉。"

苏辙《诗集传》说:"《无衣》,刺用兵也。""古者,君与民同其甘苦,非谓其无衣也。然有是袍也,愿与之同之,故于王之兴师也,民皆修其戈矛,而与之同仇矣。伤今无恩于民,而用其死也。秦本周地,故其民犹思周之盛时,而称先王焉。"

李樗、黄櫄《毛诗李黄集解》卷十四说:"秦人刺其君好攻战,亟用兵,而不与民同欲。秦康公以文公七年立,十二年卒。按:《春秋》文公七年,晋人、秦人战于令狐。十年,秦伯伐晋。又十二年,晋人、秦人战于河曲。十六年,楚人、秦人灭庸。见于《春秋传》者如此,此足以见其好攻战也。惟其好战,不能与民同欲。夫驱民以战,民亦有忘其死者,今康公徒然好攻战,不能与民同欲,此民之所以怨也。"又说:"秦为诸侯之国,而曰'王于兴师'者,何也?盖此诗言秦君好攻战而不与民同欲,故诗人思古之王者能与民同安逸,故能与民同忧患。若平居不能恤民而临难责其死节,其将孰从乎?"

范处义《诗补传》卷十一说:"康公征伐之事,见于《春秋》经传者如此。所谓'好攻战而亟用兵',为可考矣。然襄公征伐不休,则诗人美之,谓其有王命而复世仇,是民之所同欲也。康公征伐,出于修怨逞忿,且无王命,岂民所欲哉?诗人再三以'王于兴师',言之深,讥其征伐不自天子出也。《序》言刺其君子,盖指其君臣皆好战也。"

儒家学者多持反战立场,尤其是秦亡之后,儒者对秦人好战用狠深恶痛绝,称秦军为"虎狼之师",因此在解此诗时唯恐有鼓励好战之嫌。此诗从字面看,明明是赞美秦人的尚武精神,并无讥刺之意。但解诗者认为此诗赞扬秦襄公当年勤王之举,正是为了讥讽秦康公好用兵之实。在这个意义上,解诗者认为这虽是赞美之诗,但诗人写这首赞美之诗，正是为了讽刺秦康公好用兵的错误之举。这种解释未免过于迂曲，解诗者告诫后世君主不要穷兵黩武，其用意可嘉，但不合诗义。

三　此诗为秦哀公出兵救楚而作

此种说法是将秦哀公视为《秦风·无衣》的作者，事情的起因是这样的：据《左传·定公四年》载，吴军攻陷楚国都城郢，楚臣申包胥赴秦向秦哀公求援。起先，哀公敷衍他说"子姑就馆，将图而告"，申包胥"立，依于庭墙而哭，日夜不绝声，勺饮不入口"。秦哀公感动，"为之赋《无衣》。九顿首而坐。秦师乃出"。一举击退了吴兵。

但此处"赋《无衣》"之"赋"，一般理解为"朗诵"之意，《左传》中多有此例。然而王夫之《诗经稗疏》辩驳说："春秋申包胥乞师，秦哀公为之赋《无衣》。刘向《新序》亦云然。《吴越春秋》亦曰柏（哀）为赋《无衣》之诗，曰'岂曰无衣'云云，'为之赋'云者，与卫人为之赋《硕人》，郑人为之赋《清人》，义例正同，则此诗哀公为申包胥作也。若所赋为古诗，如子展赋《草虫》之类，但云'赋'，不言'为之赋'也。"① 现代学者陈子展《诗经直解》也赞同此意见说："《无衣》，哀公应楚臣申包胥之请，出兵救楚拒吴而作。"

王夫之与陈子展之说，有几处待商榷。

（一）如何理解秦哀公为之"赋《无衣》"

古代作诗、诵诗都称为"赋"，秦哀公"为之赋《无衣》"，当理解为秦哀公诵《无衣》之诗。

据《左传·定公四年》载，秦哀公应楚臣申包胥之请，出兵救楚抗吴。鲁定公四年，即公元前506年。此事发生在孔子（公元前551年~前479年）45岁之时。事实上，在孔子之前，乃至吴公子季札（公元前576年~前484年）之前，《诗经》已基本编定。公元前544年，吴公子季札至鲁国观乐，鲁国乐工为他所奏的《风》诗次序与今本《诗经》

---

① 转引自陈子展《诗经直解》，复旦大学出版社，2015，第247页。

基本相同，说明《诗经》在那时已编定。季札对《诗经》做了一个评论，他评《秦风》说："此之谓夏声。夫能夏则大，大之至也，其周之旧乎！"而秦哀公为申包胥赋《无衣》是在公元前 506 年，《诗经》的编定距此时已经过去至少 38 年之久。《史记·孔子世家》叙述孔子在晚年时期整理《诗经》，孔子断不可能将秦哀公所作《秦风·无衣》穿插在《诗经》之中。故秦哀公当时是诵《无衣》之诗，而非作此诗。

（二）"王于兴师"之"王"指谁

秦哀公为申包胥赋《无衣》之事，牵涉周天子、楚国和秦国，那《无衣》诗中的"王于兴师"所指为何王呢？在春秋以前，天下定于一，那时天下只有一个王，即周天子。诸侯称王者首先是楚国，当初周武王封楚国熊绎为侯，爵位是子爵。三百年后楚国强大，其后世子孙熊通于公元前 704 年自称"楚武王"，开诸侯僭号称王之先河。楚武王之后，楚国国君继续使用王号。秦哀公既然是抗吴救楚，当然不会称楚王兴师。秦国在秦哀公（前 536 年～前 501 年在位）之后一百多年开始称王。公元前 325 年，秦惠文王（前 337 年～前 311 年在位）改"公"称"王"，成为秦国第一位王。所以此诗中之"王"，并非指秦王，当指周王无疑。

"王于兴师"之"王"指谁弄清楚了，那么此诗的诗旨也随之而明了——此诗为"秦人勤王之诗"。

《秦风·无衣》的风格反映了秦人尚武的强悍民风，这种民风与后世秦统一六国不无关系。故钟惺评论此诗说："有吞六国气象。"陈继揆《读诗臆补》也说："开口便有吞吐六国之气，其笔锋凌厉，亦正如岳将军直捣黄龙。"程俊英先生说，《秦风·无衣》为后世边塞诗之祖，不无道理。如鲍照《代出自蓟北门行》："羽檄起边亭，烽火入咸阳。征师屯广武，分兵救朔方……"通过对边塞紧急战事和边境恶劣环境的渲染，表现了将士们从军卫国、英勇赴难的壮志豪情。又如岑参《轮台歌奉送封大夫出师西征》："戍楼西望烟尘黑，汉兵屯在轮台北。

上将拥旄西出征，平明吹笛大军行。四边伐鼓雪海涌，三军大呼阴山动。虏塞兵气连云屯，战场白骨缠草根。剑河风急雪片阔，沙口石冻马蹄脱……"描写边境战争的严酷与凶险，彰显了唐军的高昂士气与豪迈气概。从这些诗中，我们可以看出《秦风·无衣》对后世边塞诗的影响。

陈　风

月　出

【原文】

月出皎兮，佼人僚兮。舒窈纠兮，劳心悄兮。

月出皓兮，佼人懰兮。舒慢受兮，劳心慅兮。

月出照兮，佼人燎兮。舒夭绍兮，劳心惨兮。

【字义】

1. 皎：洁白。2. 佼（jiǎo）人：美人。3. 僚：美好貌。4. 窈纠（jiǎo）：女子体态苗条。5. 悄：忧愁。6. 懰（liǔ）：美好，娇媚。7. 慢受：女子步态优美。8. 慅（cǎo）：忧愁不安。9. 燎：明。10. 夭绍：女子体态轻盈。11. 惨：又作"懆"，焦躁不安。

【解析】

这是一首月下怀人的诗。

全诗分三章，每章前三句皆以月出起兴，诗人从望月联想到心上人美丽的面容，婀娜的身姿，轻盈的体态。末句则分别用"悄""慅""惨"三字直抒胸臆。诗人思而不见，思而不得，愁肠百结，不能自宁。月夜的优美，美人的绰约，构成了一幅唯美画面。

此诗虚写，其意境是朦胧而优美的，它与《秦风·蒹葭》的意境有相似之处。《秦风·蒹葭》的景色、人物都写得很虚，让人感觉到"伊人"的虚幻朦胧，神秘莫测。此诗亦是如此，正如方玉润所说：

"从男意虚想，活现出一月下美人。并非实有所遇，盖巫山、洛水之滥觞也。"全诗只见"月""人""心"，我们无从得知诗人所思念的人的真实面貌，只能从"僚""懰""燎""窈纠""懮受""夭绍"等词语中，想象她是一位体态轻盈而容貌美丽的女子。

中国古人说，"诗无达诂"，"仁者见仁，智者见智"。英国莎士比亚说："一千个观众眼中就有一千个哈姆雷特。"自古以来，对于《诗经》各篇的解释，有各种不同见解，我们如何从中选择一种正解，受到两个因素的制约：一是受时代审美情趣的支配，二是受个人观感因素的影响。从整个《诗经》诠释史来看，自汉唐经宋明到清代，随着时代的变迁，《诗经》的解释由政治道德层面逐渐向文学情感层面转化。因为《国风》描述的是当时诸侯国地区的风土民情，大多是采用民歌形式来表现的，不见得每一首民歌都有政治与道德的意涵。一首意境优美的诗歌，如果生硬地加入政治道德因素，便会变得味同嚼蜡，兴味索然。所以对于此诗，应当从一种文学情感的意涵的角度来解释。事实上，这种解释的维度从宋代朱熹之时就有了，他在《诗集传》卷三说："此亦男女相悦而相念之辞。言月出则皎然矣，佼人则僚然矣，安得见之而舒窈纠之情乎？是以为之劳心而悄然也。"朱熹认为此诗是男女相悦，月下怀人。连主张"存天理，灭人欲"的道学家都能这样理解，更何况生活在当今社会的读者呢？为何非要加入政治道德的因素呢？

自朱熹之后，学者们也纷纷从这一角度来解释此诗。

严粲《诗缉》卷十三说："当月出皎洁之时，感其所见，兴佼好之人，颜色僚然而好，其明艳白皙，如月之初出而皎洁。……然姿态之美也，思而不可得，则劳心悄然，忧愁而静默也。宋玉《神女赋》云：'其少进也，皎若明月舒其光。'正用此诗也。"

元代刘玉汝《诗缵绪》卷七说："因月出而感兴，思美人而不见，为之劳心而不自已。"

明代焦竑《焦氏笔乘》说："《月出》，见月怀人，能道意中事。"

现代学者陈子展说："《月出》，盖诗人期会月下美人，自道其相慕之诚，相思之劳而作。诗写美人只从幻想虚神著笔，所用动、状词，多不经见，义蕴含蓄。但觉其仙姿摇曳，若隐若现，不可端倪。即此已活描出一月下美人之形象。"

程俊英说："这是一首月下怀人的诗。"

上述解诗者都认为此诗是月下怀人之诗。

以上是大家较为赞同的解释，但是对于汉代人的解释也不应弃而不顾。汉代学者从一种政治道德的角度，认为此诗是讽刺陈灵公爱夏姬的美色，失了德行。因《月出》收录在《陈风》当中，学者们很容易联想到《株林》一诗。《株林》是描写陈国人民讽刺其国君陈灵公与夏姬（陈国大夫夏御舒之妻，生子夏徵舒）淫乱的诗。据《春秋左传》载，陈灵公与孔宁、仪行父私通于夏姬，大夫洩冶劝谏灵公说："国君与卿淫乱，民众就无所效法了。"灵公不听，反而将此话告诉孔宁、仪行义，二人因此杀洩冶。三人在夏御舒家喝酒，灵公与仪行父互相戏谑，彼此说夏徵舒长得像对方。夏徵舒非常愤怒，射杀灵公，孔宁、仪行父逃到了楚国。《毛诗序》将此视为理解《陈风·月出》的历史背景，认为此诗的主旨是"刺好色也。在位不好德，而说（悦）美色焉"。苏辙赞同毛诗的观点，他在《诗集传》卷七说："《月出》，刺好色也。……妇人之美盛，如月出之光。僚、懰，皆好也。燎，明也。舒，迟也。窈纠、懮受、夭绍，皆舒之姿也。悄、慅、惨，皆忧也。思而不见，则忧矣。"但他们皆未指出"好色"之人是谁。

李樗、黄櫄《毛诗李黄集解》卷十五说："夫当时在位之臣，闻其妇人颜貌之美好，又闻其容止之舒迟，思而见之不得，其心则忧，好色如此，安能好德哉！德之与色不两立也，未有好色而能好德者，亦未有好德而能好色者。陈大夫于佼好之妇人，其思之也如此，则其惑于色者甚矣，必不能好德也。"范处义《诗补传》卷十二说："月之始出，皎洁皓白，光照万物。在位之君子能于此时思其政，则为好德矣。今乃思佼好之人，欲舒我之忧思而不可得。至于我心之劳，则好德不如好色，诚有愧于月之象矣。"以上两家也指出此诗描述的是在位之人"好色不好德"。

《论语·卫灵公》载孔子之言说:"吾未见好德如好色者也。"当时,孔子游历于卫国,卫灵公与夫人南子同乘一车,而让孔子乘次车随后,孔子遂发此言。孔子的意思是说,天下没有一个男人好德能像好色一样笃诚。孔子将好色作为人的天性,但是他要求政治人物应将好德放之于前。汉代及其以后的儒者正是将好德与好色作为标准来评价此诗,才认为陈灵公作为国君,孔宁、仪行义作为大臣,本应为国人树立好的榜样,但相反却树立了一个荒淫的形象,这些儒者将《月出》一诗当作陈灵公三人的心灵写照。但是,一件荒淫无道的丑事,怎会被写得如此美妙,并得以传之后世呢?所以毛诗一派的解释,是不能成立的。

毛诗一派认为此诗是讽刺陈灵公,此后一些《诗经》学学者进一步推展了这一解释,将诗中的人物与事实描述得更为具体。他们坐实诗中的女人就是夏姬,而"舒窈纠兮"之"舒"指的是夏姬之子夏徵舒。如宋代王质《诗总闻》卷七说:"'舒',谓徵舒也;'佼人',谓夏姬也。当是灵公、孔宁、仪行父与夏姬宣淫至夜,徵舒不无所惭,内扰不安。病行父'似君'之言,可见僚、懰、燎皆是姬妍美貌。……'佼人'以为灵公、孔宁、仪行父亦可,妇人慕男子,亦犹男子慕妇人,圣人存之者,著徵舒君臣之分虽恶,母子之义甚正也。"明代何楷《诗经世本古义》说:"《月出》,陈灵公淫于夏姬,姬子徵舒将弑公,国人作此诗以讽。"清代《御纂诗义折中》卷八说:"《月出》,忧灵公也。淫之为祸烈矣,淫人之女,如其父何?淫人之妻,如其夫何?淫人之母,如其子何?当其月皎人僚,色授魂予之时,而环伺而欲刃之者,已不可胜计矣。圣人录《月出》,使淫乱之人知欢爱愈甚,则祸机愈烈,庶几有畏而中止,非徒播灵公之恶于众也。"魏源《诗古微》:"《月出》,刺灵公淫夏姬也。'舒',徵舒也。诗人知徵舒之怼而危之也,故列于《株林》之前。"诸家意思是说,陈灵公君臣虽然荒淫无道,但从传统的伦理道德而言,陈灵公与夏徵舒有君臣关系。射杀陈灵公,自立为君，是一种弑君反叛行为，这件事成为春秋历史上的一个重大事件。但夏徵舒对其母夏姬而言，从传统的伦理道德上来说，并无瑕疵。学者之所以将此事坐实在夏徵舒身上，是因为此诗收录于《陈风》，与陈灵公、夏姬之事有相应之处。而此诗中又恰好三次出现"舒"字，而这个"舒"字在本诗中又没有较为明朗的解释，学者遂将之坐实在夏徵舒身上，也有其合理的成分。所以笔者保留此一说法，以供大家参酌。

此诗的一个突出特点是，其用语并不常见，以至于宋代吕祖谦说："用字聱牙，其方言与？"清代姚际恒也说："似方言之聱牙，又似乱辞之急促，尤妙在三章一韵。此真风之变体，愈出愈奇者。"此诗三章的后三句，所用之字词，不仅前无所见，即使后世也多不沿用。吕、姚二人说其用字佶屈聱牙，猜测这是一种方言，这是有可能的，不过现在已无法确切考证了。但是，还可以有另一种解释，就是从近年出土的战国竹简来看，其中有许多生僻字，或许此诗中的有些字就是从竹简本转录下来的。如果是这样，出现一些佶屈聱牙的字，也就不足为怪了。从写作手法来看，每章先写"月"，后写"佼人"，再写怀人者的心理变化。诗句虽少，却意蕴无穷，朦胧而优美，佳作天成，以至于后人难以企及，这也是《诗经》之为经典的原因所在。

桧　风

匪　风

【原文】

匪风发兮，匪车偈兮。顾瞻周道，中心怛兮。

匪风飘兮，匪车嘌兮。顾瞻周道，中心吊兮。

谁能亨鱼？溉之釜鬵。谁将西归？怀之好音。

【字义】

1. 匪（bǐ）：《广雅》："匪，彼也。" 2. 发：扬起貌。 3. 偈（jié）：疾驰貌。 4. 周道：通往西周的道路，朱熹："适周之路也。" 5. 怛（dá）：悲痛。 6. 嘌（piāo）：《说文解字》："嘌，疾也。" 7. 吊：伤怀往事。 8. 亨：通"烹"，煮。 9. 溉：洗涤。 10. 釜：古代炊具。似锅，上可置甑。 11. 鬵（xín）：一种像釜的炊器。 12. 怀：带给。

【解析】

这是一首桧国士人的怀旧之诗，诗的大意是说：那边风尘扬起啊，那车飞驰而过。看到通往西周的道路，心中无比感伤。那边风尘飘起啊，那车疾驰而过。看到通往西周的道路，心中无比悲哀。有谁会烹鱼呢？我愿给他打下手帮他洗锅。有谁将要回到西方去？带上我怀念文武之道的"好音"。虽然此诗的字面意思并不难理解，但其中有深沉的意涵。

关于此诗的解读，学者的意见比较一致，这在对《诗经》的解释上，是比较少有的现象。学界大致分为古今两种意见，古代学者一般认为此诗是桧国士人的怀旧之作，现代学者则认为此诗是游子思归之诗。

我们先来看古代学者的说法。

《毛诗序》说："《匪风》，思周道也。国小政乱，忧及祸难，而思周道焉。"孔颖达《疏》说："作《匪风》诗者，言思周道也。以其桧国既小，政教又乱，君子之人忧其将及祸难而思周道焉。若使周道明盛，必无丧亡之忧，故思之。"

宋代范处义《诗补传》卷十三说："周之盛时，众建诸侯，使小事大，大庇小。有相侵伐者，命方伯连帅以正之。故诸国不失分地，庶民保其生业。今桧小国也，政乱而民不安其居，惴惴然惟恐大国之吞并，故思周建国亲侯之道，而赋是诗。案：桧在幽王之世为郑所灭，此其将亡之诗乎？"

毛、郑之说与范处义《诗补传》之说，是认为此诗作于桧国将亡而未亡之时，桧国君子寄希望于周王朝的庇护，以免亡国。

明代何楷《诗经世本古义》卷十八说："《匪风》，桧之君子行役适周，见周道衰微，归而感伤之作。"周宣王之前，周厉王致政治坏乱，国势衰微。何氏认为，桧国当时未亡，桧国君子见周道衰微，有感而作。

清代《御纂诗义折中》卷八说："《匪风》，思西周也。郑桓公寄孥于虢、桧之间，武公继桓公为平王司徒，乃得虢、桧之地而徙封焉。是东迁之初，虢、桧犹在也（公元前767年，郑武公灭桧）。桧之君子睹平王之政令，非复文武之旧，是以中心怛吊而思西归也。夫其思西归者，非直为河山之固也。盖为惠鲜怀保，西周之所以抚其民者，东周不复见矣；礼乐征伐，西周之所以经其世者，东周不复存矣。故慨然兴怀，欲以文武之道治之也。己不能归而思能归之人，则其所怀之好音，必天下之至计，而惜乎当日，未有闻之者也。"此观点也认为当时桧国未亡，桧国君子见周平王不施行文武之道，伤怀往事而思西归，并将此诗中的"怀之好音"之"好音"解释为复归文武之道的天下大计。

方玉润《诗经原始》评此诗说："伤周道不能复桧也。""郑桓公之谋伐虢与桧也久矣，然未几而旋亡。使周辙不东，桧亦未必受迫于郑。其或王纲再振，郑必不敢加兵于桧。而今已矣，悔无及矣，不能不顾瞻周道而自伤也。"

方氏认为，此诗作于桧国已亡之后，桧亡的原因是周平王东迁之后，王纲不振，不能控驭诸侯，诸侯各逞野心，吞并他国。

再谈现代学者的看法。

以程俊英、余冠英为代表的现代学者，将此诗解释为游子思归。程俊英说："这是一位游子思乡的诗。"余冠英说："旅客怀乡的诗，诗人离国东去，仆仆道路，看到官道上车马疾驰，风起扬尘，想到自己有家未得归，甚至离家日趋远，不免伤感起来。这时，他希望遇着一个西归的故人，好托他捎个平安家报。"现代《诗经》学学者解经，有意去除传统的政治意涵，而从纯粹的人情角度解读，将此诗泛化为游子思归。但是，此诗中反复讲到"顾瞻周道""谁将西归"，已然是有所特指。这里的"周道"，就是从东方之国的视角来看通往西周的道路。诗中并没有说"谁将东归"，而是说"谁将西归"，并且与周道联系起来，当然是指通往西周的道路。另外，如果此诗纯粹是游子思归的意涵，那么"谁能亨鱼？溉之釜鬵"就无从解释了。此处烹鱼的意思，与老子"治大国若烹小鲜"的意思是一致的，以"烹鱼"比喻治国不能勤折腾。如果是指游子思归，就很难与这一句联系起来。程、余二人对此诗的解读，并未比传统《诗经》学学者解读得更妥当。所以，将此诗解读为作于桧亡之后的一首桧国故人的怀旧之诗，更贴近诗的原意。

这里，笔者要补充说一下历史上对"谁能烹鱼？溉之釜鬵"一句的理解。

《毛诗传》释此句说："烹鱼烦则碎，治民烦则散。知烹鱼则知治民矣。"将之理解为治国之道。北宋侍读学士丁度（990~1053）曾为宋仁宗（1010~1063）讲《匪风》篇，当讲到"谁能烹鱼？溉之釜鬵"一句时，宋仁宗说："老子谓治大国若烹小鲜，义与此同。"丁度说："烹鱼烦则碎，治民烦则散，非圣学深远，何以见古人求治之意乎？"

宋仁宗对老子的"无为而治"应该深有体会，故他立即将《匪风》此语与《老子》的"治大国若烹小鲜"联系在一起。《老子》此语深得治国之道。1987年，美国总统里根在《国情咨文》中引用了《老子》第六十章"治大国若烹小鲜"来阐述他的治国理念。中国历史上，早在汉初就实行过"无为而治""休养生息"的治国方略。宋仁宗执政期间，虽然养兵百万，其实只为守卫疆土，防范不虞。宋仁宗并未利用其军队发动战争，攻城略地。因此维持了数十年的天下太平。宋仁宗之所以能做到这一点，是因为他深谙这样一个道理：治理大国，不能瞎折腾，"治民烦则散"。

其后，苏辙《诗集传》卷七释末章说："亨鱼烦则碎，治民烦则散。善亨鱼者，亦洁其釜鬶，安以待其熟耳？周之先王其所以治民者，亦犹是也，安用慓疾之政为哉？诚有能复为周家之安靖民，皆以好音归之矣。"苏辙也是将其理解为治国之道。

此诗的特点是痛悼故国之亡，反省政治得失。这一风格，对后世此类诗的创作具有潜移默化的影响，如屈原《离骚》："乘骐骥以驰骋兮，来吾道夫先路！昔三后之纯粹兮，固众芳之所在。……彼尧舜之耿介兮，既遵道而得路。何桀纣之昌披兮，夫惟捷径以窘步。惟夫党人之偷乐兮，路幽昧以险隘。岂余身之殚殃兮，恐皇舆之败绩。忽奔走以先后兮，及前王之踵武。"屈原此诗从精神上而言，与《桧风·匪风》一诗颇相类似。唐代杜甫于安史之乱后所作《春望》"国破山河在，城春草木深。感时花溅泪，恨别鸟惊心。烽火连三月，家书抵万金。白头搔更短，浑欲不胜簪"，在精神上也与此诗有相通之处。南宋赵鼎《鹧鸪天·建康上元作》"客路那知岁序移，忽惊春到小桃枝。天涯海角悲凉地，记得当年全盛时。花弄影，月流辉，水精宫殿五云飞。分明一觉华胥梦，回首东风泪满衣"，也与此诗的精神相似。此类诗词，不胜枚举。在这个意义上，也可以说《桧风·匪风》一诗是怀念故国，反省政治得失的先驱之作。

曹 风

候 人

【原文】

彼候人兮，何戈与祋。彼其之子，三百赤芾。

维鹈在梁，不濡其翼。彼其之子，不称其服。

维鹈在梁，不濡其咮。彼其之子，不遂其媾。

荟兮蔚兮，南山朝隮。婉兮娈兮，季女斯饥。

【字义】

1. 候人：官名。看守边境、迎送宾客的小官。2. 何（hè）：通"荷"，扛。3. 戈：古代兵器。长柄横刃。3. 祋（duì）：古兵器，即殳。竹制，长一丈二尺，头上八棱而尖。4. 赤芾（fú）：红色皮革蔽膝，为大夫以上的官员所服。5. 鹈（tí）：即鹈鹕（hú），水鸟名。嘴长，下有皮囊，善捕鱼。6. 梁：拦水捕鱼的堰。7. 濡（rú）：浸湿。8. 称：符合。9. 咮（zhòu）：鸟喙。10. 遂：遂意。11. 媾（gòu）：厚爱。12. 荟：草木茂盛。13. 蔚：云彩兴起。13. 朝隮（jī）：早上的虹。14. 娈（luán）：天真美好。15. 季女：少女。此处指候人的小女儿。

【解析】

这是一首政治讽刺诗。曹国东北邻鲁国，南邻宋国，西邻郑国，西北邻卫国，可以说是五国交汇之地。这样的地理环境，使得曹国外交方面的事务较为繁多。曹国比较重视外交的体面与排场，这些体面与排场会体现在国家的仪仗与官员的服饰上，比较壮观华美。

诗的大意是，你看那威严的候人，他们持着"戈"与"祋"等仪仗，辛苦地等待贵宾莅临。再看那头，三百官员穿着红色的华美礼服。这些人好比是站在拦鱼堰上的鹈鹕，只需颈一伸，喙一啄，便可吃到鲜美的鱼，且不必担心浸湿鸟喙和羽翼。这三百官员不需要特别的才能，很容易得到俸禄。他们完全不称其职位，不应当有这样优厚的待遇。再放眼看那南山早晨，茂盛的草木与亮丽的彩虹，蔚为壮观。在这样赏心悦目的良辰美景下，父亲（指"候人"）出现在风光体面的外交场合，而他的天真美好、需要倍加呵护的小女儿，却在家中忍饥挨饿。这是一种多么令人感到辛酸的情景，又是一幅多么辛辣的讽刺画面！

从意境上说，此诗写得相当优美而有技巧，政治讽刺意味含蓄而高妙，可称得上是"大手笔"，正体现《诗经》所谓"怨而不怒""哀而不伤"的风格。诗人将官职甚小的"候人"与身着"赤芾"的官员两种截然不同的人生待遇做鲜明的对比：前者一动不动地持着"戈"与"祋"的沉重仪仗，我们可以通过文字想象他们在道路上辛勤守望及其送往迎来的劳苦；而后者，则是身穿红色皮革制服的达官显贵。诗人并无一字叙述这些达官显贵的功劳与贡献，而是写他们无功受禄，无劳显荣，且数量达"三百"之多。

此诗的巧妙之处在于，他并没有直接描述这"三百"官员，而是转写鹈鹕站在拦鱼坝上，张着大大的喙，垂喙即得鲜鱼。影射官员们无才无德，于国家无任何贡献，却被国人供养，且享有种种特权，这与鹈鹕站在拦鱼堰上伸脖子吃鱼是相类似的。故诗人深刻地讽刺这些人"不称其服""不遂其媾"，认为他们不配享受这样优渥的待遇。谴责之意，溢于言表。

关于此诗的解释，学界意见比较一致，都认为这是一首政治讽刺诗。表达下层官吏对高层人物尸位素餐、德不称位的不满。

西周以降，实行世卿世禄制度，公卿之位都是世袭的。但一些大国如晋国，实行六卿制度，公卿、世家之间相互以才能竞争。他们大多受过良好的教育，因此出现了不少贤能之士。而一些小国，如曹国等国的公卿、世家之间少有竞争，缺少贤能之士，官员们无功受禄，享受很好的待遇，衣来伸手，饭来张口。由于实行这种任人唯亲的世卿世禄制度，西周政治衰落，那些与周王朝政治制度相同的小诸侯国，也具有同样的政治命运。后起的秦国实行军功爵制，以战功大小论爵位的赏赐，国势反而越来越强。

此诗虽然写的是小小仪仗队的情景，但实际控诉的是用人制度的弊端。这不仅控诉了当时任人唯亲制度的不合理，也为后世推行新的取人、用人制度提出了警示。

接下来谈谈历代学者对此诗的解释。

《毛诗序》说："《候人》，刺近小人也。（曹）共公远君子而好近小人焉。"毛公提供的佐证是《国语》与《春秋左传》的记载，这也是此诗写作的大背景。

《国语·晋语》载："（重耳）自卫过曹，曹共公亦不礼焉。闻其骈胁，欲观其状，止其舍，谍其将浴，设微薄而观之。僖负羁之妻言于负羁曰：'吾观晋公子贤人也，其从者皆国相也。以相一人，必得晋国。得晋国而讨无礼，曹其首诛也。子盍蚤自贰焉？'僖负羁馈飧，置璧焉。公子受飧反璧。"《左传·僖公二十八年》载："（晋军）入曹，数之，以其不用僖负羁而乘轩者三百人也。……令无入僖负羁之宫而免其族，报施也。"这是说重耳流亡曹国时，曹共公不以礼相待，他听人说重耳的肋骨连成一片，想看个究竟，于是趁重耳洗澡时，于帘后偷窥。这当然是一种极为轻薄无礼的行为。曹国大夫僖负羁的妻子对丈夫说："我看晋公子是个贤人，他的随从都是国相之才。有他们的辅佐，将来晋公子必定能得到晋国的政权。到时他会讨伐无礼之国，曹国会首当其冲，你应当尽早表示自己与国君不同的态度。"僖负羁便馈赠熟食给重耳一行，盘底下还放了一块玉璧。重耳接受了食品，退回了玉璧。后来，晋军攻入曹国，列举罪状责备曹共公，说他不重用僖负羁，乘轩车①的大夫

---

① 杜预注："轩，大夫车。言其无德居位者多。"

却有三百人之多。命令部下不得进入僖负羁的家，并赦免他的族人，这是为报答他昔日礼遇的恩惠。

乘轩、赤芾是同一级别的待遇，乘轩者三百，即三百赤芾也。而晋文公入曹，正值曹共公时期，因此《毛诗序》认为此诗是讽刺曹共公疏远僖负羁这样的君子，而亲近才不配位的小人。宋代苏辙《诗集传》，李樗、黄櫄《毛诗李黄集解》，范处义《诗补传》，朱熹《诗集传》，元代刘玉汝《诗缵绪》，清代方玉润《诗经原始》等皆持相同意见。

宋代王质《诗总闻》卷七说："鹈梁、南山，皆候人迎送之路所见者也，旁观必有不平之心，故有不堪之辞。"慨叹候人命运不幸，也是从另一角度批判庸才小人不配其职。

清代《御纂诗义折中》卷九说："国家之爵禄原以待君子，非以予小人。一予小人，则爵禄不足以为劝矣。且小人进，则君子必退。小人之进者愈多，则君子之退者愈困。朝廷之用舍尽与草野之好恶相反，则其国可知矣。魏之《伐檀》，君子有其功而无其禄，小人有其禄而无其功。曹之《候人》，小人居其位而无其德，君子有其德而无其位。二国之政令相同，而其危亡亦相似。观于此者，可以鉴矣。"意思是说，检验一个国家的盛衰，只要看君主是任用君子还是小人，就可以大致明了。

王先谦《诗三家义集疏》说："《传》析'季女'为二，诚所不安。《笺》泛言'幼弱者饥'，'下民困病'，亦与经'季女'未合。详味诗义，'季女'，即候人之女也。盖诗人稔知此贤者沉抑下僚，身丁困阨，家有幼女，不免恒饥，故深叹之。而其时群枉盈庭，国家昏乱，篇中皆刺其君之近小人，致君子未由自伸。作诗本意，止于首尾一见，不著迹象，斯为立言之妙。"王先谦将"季女"坐实为候人的女儿，认为此诗首章言"候人"，末章言"季女"，前后呼应。

现代学者余冠英《诗经选》说："这首诗写的是对一位清寒劳苦的候人的同情和对于一些'不称其服'的朝贵的讥刺。"[①]与诸家意见一致。

---

① 余冠英：《诗经选》，中华书局，2012，第150页。

　　这首诗在德与位的问题上，引起人们的反思。《论语·里仁》说："不患无位，患所以立。"不要忧虑没有职位，而应忧虑自己没有立德，说的就是要德位相称。凡德不配位，不论是国君还是臣子，必将败亡。此诗除了德位相称的问题，还有一个冗官冗吏的问题。朝廷官吏队伍过于庞大，空耗俸禄而不作为，必然导致整个朝政效率低下。这些冗官冗吏都是靠着底层人民的辛勤劳动来供养的，这就造成了底层人民的赋税负担过重，由此带来一连串的社会政治问题。孔子整理此诗，将之留在《诗经》之中，当有多重意涵：一是劝诫君主要近贤者，远小人；二是警示用人要本着德位相称的原则；三是暗喻要裁撤冗官冗员，减少底层人民的负担。

　　上面谈到僖负羁之妻能"慧眼识人"，这是怎么一回事呢？

　　重耳在成为晋国君主之前，曾带着随从赵衰、狐偃、舅犯一行数十人，流亡各国达十几年之久。作为落难公子，重耳一行在卫国、郑国皆不受礼遇。当他们流亡到曹国时，僖负羁之妻通过观察，看出重耳是个人才，其随从也个个是良相之才，颇有一种政治家的预见性。所以，她让丈夫以礼待重耳一行，以至于后来能保全自身与族人，可谓智矣。

　　无独有偶，魏晋竹林七贤之一的山涛之妻曾效法僖负羁之妻，夜窥嵇康与阮籍，"夜穿墉以视之，达旦忘反"。后来山涛问她觉得二人怎么样，妻子回答说："君才致殊不如，正当以识度相友耳。"意思是说，你的才智情趣比他们差得太远了，只能以你的见识气度和他们交朋友。事实如此，嵇康与阮籍个性独特，才华横溢，作为竹林七贤的核心人物，为魏晋玄学增添了厚重的一笔。山涛之妻从二人的气度，看出他们的与众不同，可谓独具慧眼。

豳 风

鸱 鸮

【原文】

鸱鸮鸱鸮！既取我子，无毁我室。恩斯勤斯，鬻子之闵斯。

迨天之未阴雨，彻彼桑土，绸缪牖户。今女下民，或敢侮予！

予手拮据，予所捋荼，予所蓄租，予口卒瘏，曰予未有室家。

予羽谯谯，予尾翛翛，予室翘翘。风雨所漂摇，予维音哓哓！

【字义】

1. 鸱（chī）鸮（xiāo）：朱熹《诗集传》："鸱鸮，鹠鹠，恶鸟，攫鸟子而食者也。" 2. 室：鸟窝。 3. 鬻（yù）：育。 4. 闵：忧虑。 5. 彻：剥取。 6. 桑土：桑树根皮。 7. 绸缪（móu）：缠绕。 8. 牖（yǒu）：《说文》："穿壁以木为交窗也。"段玉裁注："在墙曰牖，在屋曰窗。" 9. 女：通"汝"。 10. 下民：指殷商旧族。 11. 予："我"，指母鸟。 12. 拮（jié）据（jū）：韩诗说："口足为事曰'拮据'。"意即手与口共同劳作。 13. 捋（luō）荼：捋，摘取；荼，萑（huán）苕，即荻草和芦苇花。"捋荼"即摘取萑苕用以筑巢。 14. 租：积聚。 15. 卒：通"悴"，病。 16. 瘏（tú）：疲病。 17. 谯（qiáo）谯：羽毛稀疏脱落。 18. 翛（xiāo）翛：羽毛干枯凋敝。 19. 翘翘（qiáo）：危惧。 20. 哓哓：郑玄《笺》："音哓哓然，恐惧告诉之意。"

【解析】

解读此诗，应结合《尚书·金縢》。《尚书·金縢》是汉代伏胜所传的 29 篇今文《尚书》中的重要篇章，是历代学者不曾怀疑的西周历史文献。《尚书·金縢》载："武王既丧，管叔及其群弟乃流言于国曰：'公将不利于孺子。'周公乃告二公曰：'我之弗辟，我无以告我先王。'周公居东二年，则罪人斯得。于后，公乃为诗以贻王，名之曰《鸱鸮》。王亦未敢诮公。"这是周王朝建立之初发生的重大政治事件。相传周文王有多个儿子，大儿子伯邑考早逝。文王死后，二儿子姬发即位，是为武王。武王伐纣之后不久去世，成王立。因成王年幼，周公摄政。周公是文王的第四子，而文王的第三子管叔及其弟蔡叔、霍叔，认为周公会取代成王，自立为君，便与商纣王之子武庚勾结起来，在东方发动叛乱。此时，成王对管叔等人的流言将信将疑。在国家处于这种危机之时，周公取得召公与姜太公的支持，做出艰难的决定，发起东征平叛，杀武庚与管叔，流放蔡叔，废霍叔。这就是"周公居东二年，则罪人斯得"的实际意涵。但是，周公所杀，毕竟是自己的亲兄弟，这对于成王以及朝中诸臣而言，难以接受。周成王对于周公的疑虑，仍然未消减。在这种情况下，周公作《鸱鸮》，以明东征的意义。

因为此诗牵涉周公兄弟之间的关系，不便直接表达，所以周公就以一种寓言的形式来述说此事。鸱鸮是一种恶鸟，即我们通常所说的猫头鹰。它发出的声音极为难听，被称为"恶声"，用以比喻管叔、蔡叔的流言。

这里的鸱鸮，有人说是比喻管叔、蔡叔，也有人说是比喻武庚。笔者认为，以鸱鸮比喻武庚更为合理。武庚是商纣王之子，当初武王伐纣之后，并没有赶尽杀绝，而是封武庚以东方之国，使之管理殷商遗民。武庚趁着武王去世，周王朝政治动荡之际，发动战争，诱使管叔、蔡叔参与进来。"既取我子"的意思，就是指毁了管叔、蔡叔等人的前途。非但如此，他还想要覆灭周王室，这就是"无毁我室"之意。"恩斯勤斯，鬻子之闵斯"意思是说母鸟筑巢育子不易。接下来所描写的，是母鸟在旧巢被毁坏的情况下，重新修复新巢的决心。"今女下民，或敢侮予"一句，实际是警告殷商旧族，不要再妄图复辟。同时，也告诫新兴的周王朝，还将经历"风雨所漂摇"的挑战。

以上所述，是周公作《鸱鸮》一诗的政治背景与思想寓意，周公完全通过一种文学的形式来表达其政治意涵。所以从字面上看，这纯粹是一只母鸟对于鸱鸮这种恶鸟进行顽强抗争的表达。

下面谈谈此诗的大意。

诗首章、二章说，鸱鸮这种恶鸟攫杀了母鸟的孩子，还要毁损它辛苦筑造的鸟巢。母鸟仰对上天，发出有力的声音：不要再毁坏我的家，我日日夜夜操劳费心，养育幼儿多辛苦。母鸟看似孤弱，但有强大的生存能力与勇气，它并未沉浸在丧子破巢的哀伤之中，而是一刻也不耽搁重建家园。"迨天之未阴雨，彻彼桑土，绸缪牖户"，它趁着天晴之际，啄剥着桑皮根须，口衔着桑皮根须缠绕窠巢，赶紧修复破巢。

诗三章、末章主要描写母鸟修补窠巢的具体细节。"予手拮据，予所捋荼，予所蓄租，予口卒瘏，曰予未有室家。予羽谯谯，予尾翛翛，予室翘翘……予维音哓哓"，诗人连用九个"予"字，铺陈排比，突出了修补巢窠的艰难困苦。在修补的过程中，母鸟的爪子因劳累而酸痛，为了采获草和芦苇花，为了贮存干茅草，它的喙角受伤了。它身上的羽毛以及羽尾，失去了往日的细密柔润，变得稀疏干枯了。母鸟历千辛万苦，终于将旧巢修复。全诗以"予维音哓哓"结束，意思是说，自己所以哓哓不休地诉说此事，就是告诫周成王以及朝臣，周王室创业之艰难。所以，对于王室的基业，要辛勤守护，不能掉以轻心。

以下是学界对此诗的主流解释。

《毛诗序》谓："《鸱鸮》，周公救乱也。成王未知周公之志，公乃为诗以遗王，名之曰《鸱鸮》焉。"孔颖达《疏》："此《鸱鸮》诗者，周公所以救乱。毛以为，武王既崩，周公摄政，管、蔡流言以毁周公，又导武庚与淮夷叛而作乱，将危周室。周公东征而灭之，以救周室之乱也。于是之时，成王仍惑管、蔡之言，未知周公之志，疑其将篡，心益不悦。故公乃作诗，言不得不诛管、蔡之意，以贻遗成王，名之曰《鸱鸮》焉。经四章，皆言不得不诛管、蔡之意。"

欧阳修《诗本义》卷五说："周公既诛管、蔡，惧成王疑己戮其兄弟，乃作诗以晓谕成王。云有鸟之爱其巢者，呼彼鸱鸮而告之曰：'鸱鸮鸱鸮，尔宁取我子，无毁我室'，我之生育是子，非无仁恩，非不勤劳，然未若我作巢之难，至于口手羽尾皆病弊，积日累功，乃得成此室。以譬宁诛管蔡，无使乱我周室也。我祖宗积德累仁，造此周室，以成王业甚艰难。其再言鸱鸮者，丁宁而告之也。又云'予室翘翘，惧为风雨所漂摇，故予维音哓哓'者，喻王室不安，惧有动摇倾覆。"

朱熹《朱子语类》载："问：'《鸱鸮》诗，其词艰苦深奥，不知当时成王如何便即理会得？'曰：'当时事变在前，故读其诗者便知其命意所在。自今读之，既不及见当时事，所以谓其诗难晓。然成王虽得此诗，亦只是未敢诮公，其心未必能遂无疑。及至雷风之变，启《金縢》之书后，方始释然开悟。'"意思是说，周成王真正消除对周公的疑虑，不是在得到周公《鸱鸮》一诗之时，而是在"启《金縢》之书"之后。又说："诗词多是出于当时乡谈，杂而为之。如鸱鸮、拮据、捋荼之语，皆此类也。"意思是说《鸱鸮》一诗中，有诸如"拮据""捋荼"等生僻词杂在诗中，应是周人先祖所居豳地的乡间方言。

清代姚际恒《诗经通论》说："按'于后'之辞，是既诛管、蔡而作，恐成王犹疑其杀二叔，故作诗贻之。"郝懿行、王照圆《诗问》卷二说："《鸱鸮》，恶声鸟，喻流言人也。"马瑞辰《毛诗传笺通释》卷十六说："孟子言'管叔以殷畔'，而诗以鸱鸮取子，喻武庚诱管、蔡者，所以末减管、蔡倡乱之罪，而不忍尽其词，亲亲之道也。'既取我子，无毁我室'，言其既诱管、蔡，无更伤毁周室，以鸟室喻周室也。《传》云'宁亡二子，不可以毁我周室'是也。"魏源《诗古微》说："周公戒成王也。成王未知为君之难，故公作诗以贻王。"

现代学者陈子展《诗经直解》说："《鸱鸮》，盖周公救乱居东初年之作，旨在暗喻现实，借明心迹。东征顺利以后，贻诗成王，旨在痛定思痛，居安思危。"

以上笔者所录诸家材料，可以作为上述论点的根据。

另外，也有现代学者认为这是一首禽言诗。如程俊英《诗经注析》说："这是一首禽言诗。全诗以一只母鸟的口气，诉说她过去被猫头鹰抓走了小鸟，但仍经营巢窝，抵御外侮，并抒写她育子修窝的辛苦劳瘁和目前处境的困苦危险。"余冠英《诗经选》说："这是一首禽言诗。"程、余二人的观点，并不如传统观点更有依据。传统观点的依据是《尚书·金縢》的明确记载，而《金縢》一篇是无可怀疑的西周文献。程、余二人孤立地谈《豳风·鸱鸮》，而未能联系《尚书·金縢》，无论从方法上还是观点上，都是不可取的。

东 山

【原文】

我徂东山，慆慆不归。我来自东，零雨其蒙。我东曰归，我心西悲。制彼裳衣，勿士行枚。蜎蜎者蠋，烝在桑野。敦彼独宿，亦在车下。

我徂东山，慆慆不归。我来自东，零雨其蒙。果臝之实，亦施于宇。伊威在室，蟏蛸在户。町畽鹿场，熠耀宵行。不可畏也，伊可怀也。

我徂东山，慆慆不归。我来自东，零雨其蒙。鹳鸣于垤，妇叹于室。洒扫穹窒，我征聿至。有敦瓜苦，烝在栗薪。自我不见，于今三年。

我徂东山，慆慆不归。我来自东，零雨其蒙。仓庚于飞，熠耀其羽。之子于归，皇驳其马。亲结其缡，九十其仪。其新孔嘉，其旧如之何？

【字义】

1. 徂（cú）：往、到。2. 东山：在今山东曲阜。3. 慆（tāo）慆：长时期。4. 蒙：细雨的样子。5. 士：从事。6. 裳衣：归途所服之衣，非谓兵服。7. 行枚：郑玄注："枚如箸，衔之有缲结项中，以止语也。"即古人行军时衔在口中的箸状物，以避免出声。8. 蜎蜎（yuān）：昆虫蠕

160

动爬行貌。9. 蠋（zhú）：蝶、蛾类的幼虫。10. 烝（zhēng）：久，长久。11. 敦：蜷缩貌。一说独处貌。12. 果裸：《尔雅》："植物名。蔓生，果实名栝（guā）楼，呈黄色，圆形，大如拳。亦称瓜蒌，可供药用。"13. 施（yì）：蔓延。14. 伊威：《本草纲目》作"蛜蝛"，生活于阴暗潮湿处的虫子。15. 蟏蛸（xiāo shāo）：长脚蜘蛛。16. 町畽（tǐng tuǎn）：田舍旁空地。17. 熠（yì）耀：《毛传》："明不定貌。"18. 宵行：萤火虫。19. 鹳（guàn）：水鸟名。似鹤，嘴长脚赤，短尾翼大。20. 垤（dié）：小土丘。21. 穹窒：王质《诗总闻》："穹窒：炕也，西北人非此不可寝。"22. 聿：语气助词。23. 敦（duī）：《毛诗传》："敦，犹专专也。"即用心专一。24. 栗：通"裂"。裂开。25. 仓庚：黄莺。26. 皇驳：毛色黄白错杂的马称"皇"，毛色红白错杂的马称"驳"。27. 缡（lí）：女子系在身前的佩巾。28. 九十其仪：繁多的结婚礼节。29. 其新孔嘉：新婚美满。30. 旧：久别。

【解析】

《豳风·东山》是一首出色的军队凯旋诗，写的是周公东征胜利之后，班师回朝途中将士们的心理活动。

关于此诗的作者，大抵有如下三种说法。

一，认为此诗是西周朝中大夫所作，为的是慰劳班师回朝的军士。

《毛诗序》说："《东山》，周公东征也。周公东征三年而归。劳归士，大夫美之，故作是诗也。"然而，一般朝中大夫所写的劳军之诗，免不了要歌颂周公的功绩。但此诗并没有这样的内容，况且诗中对将士心理写得如此细腻，应不是朝中大夫所能体会。正如南宋朱熹《诗序辨说》① 所说："此周公劳归士之词，非大夫美之而作。"清代王先谦也说："诗为周公劳归士作，毛云大夫美之，殆非。以《序》代归士述室家想望之情，大夫不能如此立言也。"崔述《丰镐考信录》也说："此

---

① （宋）朱熹：《诗序辨说》，影印文渊阁四库全书本。下引皆同此版本。

篇毫无称美周公一语，其非大夫所作显然。"朱熹、王先谦、崔述三人皆否认此诗为朝中大夫所作。

二，认为此诗为军中武士（士卒）所作。

崔述《丰镐考信录》否认此诗为朝中大夫所作，却说"细玩其词，乃归士自叙其离合之情耳"。[①] 现代学者程俊英与陈子展皆赞同此说。程俊英《诗经注析》说："这是一个远征士卒归途中思家的诗。他渴望早日回家，又担心可能发生的种种情况，表现了复杂细腻的感情。"陈子展《诗经直解》说："《东山》，周公东征三年而归，归士中诗人途中有感之作，诗义自明。此归士自是武士，属于士之一阶层，至卑亦属于自由农民而自有田园者。"但军中是否有具此才华之士，不能不值得怀疑。

三，认为此诗为周公所作。

朱熹《诗序辨说》："此周公劳归士之词。"王先谦："诗为周公劳归士作。"方玉润也认为此诗是"周公劳归士"所作，并做了令人较为信服的论证："诗中所述，皆归士与其家室互相思念，及归而得遂其生还之词，无所谓美也。盖（周）公与士卒同甘共苦者有年，故一旦归来，作此诗以慰劳之。因代述其归思之切如此，不啻出自征人肺腑，使劳者闻之，莫不泣下，则平日之能得士心而致其死力者，盖可想见。"方玉润所言，合乎情理。

通过分析与比对，此诗为周公所作的说法更为合理。下面我们来分析一下诗意。

此诗四章，每一章的第一句都是相同的，"我徂东山，慆慆不归。我来自东，零雨其蒙"。意思是说，我从军征战东山，久久未归。今我自东凯旋，天降蒙蒙细雨。为何这几句话重复了四次之多呢？清代才女王照圆解释说："《东山》诗何故四章俱云'零雨其蒙'？盖行者思家，惟雨、雪之际最难为怀。所以《东山》劳归士则言雨，《采薇》遣戍役则言雪，《出车》之劳还师亦言雪。《七月》诗中有画，《东山》亦然。

---

① （清）崔述著，顾颉刚编订《崔东壁遗书》，上海古籍出版社，2013，第 207 页。

古人文字不可及处在一真字。如《东山》诗言情写景，亦止是真处不可及耳。"此一评论深得诗人旨趣。

诗首章写战后回家路途中将士们悲喜交集的复杂情绪。诗人描写在细雨蒙蒙的归途中，将士们不禁想念起家中的温暖。他们幻想着回到了家乡，做一件平时的衣服穿上。口中再也无须衔枚不能出声，心情得到了放松。可是他们还在归途中，归途中风餐露宿，自嘲蜷缩在车下，像蚕蛹一样地蠕动。虽然条件艰苦，但他们的心情是愉快的、充满希望的。

诗二章写将士在途中想象家园中瓜果累累，已长满木架屋宇。因为自身在外，家中妇人难以顾及，或者屋内已有昆虫出没，蜘蛛结网，屋外田地变成野鹿场，入夜萤火闪烁其间。这种情形，并不可怕，倒是愈发值得思念。觉得自己没有承担做丈夫的责任，亏欠了妻子，此正如唐人宋之问诗中所说的"近乡情更怯"。

诗三章写将士对分别多年的妻子的思念。诗人以鹳鸟鸣叫于小土丘，联想分别之后妻子独自在房中嗟叹。进而想象妻子已洒扫所卧之炕，以待出征凯旋的丈夫。妻子在家中专心等待自己，她心中之苦尤甚。像劈柴那种男人做的重活，她也要做，更是辛苦。正如郑玄《笺》所说："此又言妇人思其君子之居处，专专如瓜之系缀焉。瓜之瓣有苦者，以喻其心苦也。……使析薪于事尤苦也。"这样的孤苦生活，于今已有三年，此时丈夫更觉得亏欠了妻子。

诗末章以黄莺煽动鲜亮的羽毛起兴，描写将士回忆多年前夫妻二人结婚的情景：迎亲的马有黄白色、红白色，妻子的母亲为女儿缔结佩巾，告知她婚礼上繁多的礼仪。新婚时如此美好，分别多年后重逢，应是怎样一番情景呢？

关于此诗的写作手法与技巧，后世多加赞美。如王士祯（1634～1711）《渔洋诗话》所说："写闺阁之致、远归之情，遂为六朝唐人之祖。"① 实际上，这并不是一首闺阁之诗，而是一首从军之诗。在从军

---

① 参见申骏编《中国历代诗话词话选粹》，光明日报出版社，1999，第27页。

之诗中，描写大量的闺阁之情，这正是一种人性与人情的表达。出征的战士，虽是铁血男儿，但也是有妻室的丈夫，在前线为国家征战，心中时时牵挂家中妻室。这种写法深深影响于后世，正如姚际恒（1647~1715）《诗经通论》所说："后人作从军诗，必描画闺情，全祖之。不深察乎此，泛然依人谓《三百篇》为诗之祖，奚当也？""凯旋诗乃作此香艳幽情之语，妙绝！"姚际恒的意思是说，《诗经》是中国诗赋之祖，不应泛泛而谈，而应有确切的证据。如《东山》一诗，正是后世从军诗之祖。而后世从军之诗，多有战士思念妻室的情节。虽然此诗是从军诗之祖，但在写作技巧以及感动人心方面，全然不输后人。这正如牛运震（1706~1758）《诗志》所说："此诗曲体人情，无隐不透，直从三军肺腑扪摅一过，而温挚婉恻，感激动人。"[1]崔述（1740~1816）《读风偶识》也说："《东山》一诗叙室家离合之情，沉挚真切，最足感人，而绝无怨尤之意，尤足以见盛世风俗之美。"战士从军，常在生死之间，虽然不免常常思念家人，但又没有儿女情长那种幽怨之心，而体现出一种男人应有的壮美的家国情怀，而这正是古代从军之诗的一种优良传统。

---

[1]　参见张洪海辑《诗经汇评》，凤凰出版社，2016，第380页。

小雅

鹿鸣之什

常　棣

【原文】

常棣之华，鄂不韡韡。凡今之人，莫如兄弟。

死丧之威，兄弟孔怀。原隰裒矣，兄弟求矣。

脊令在原，兄弟急难。每有良朋，况也永叹。

兄弟阋于墙，外御其务。每有良朋，烝也无戎。

丧乱既平，既安且宁。虽有兄弟，不如友生。

傧尔笾豆，饮酒之饫。兄弟既具，和乐且孺。

妻子好合，如鼓瑟琴。兄弟既翕，和乐且湛。

宜尔家室，乐尔妻帑。是究是图，亶其然乎？

【字义】

1. 常棣：《尔雅》：“棠棣，棣。”果实像樱桃，可食。2. 鄂：韩诗作“萼”，花萼。3. 不：郑玄以为当作“柎”，花萼之足。4. 韡（wěi）韡：光明貌。5. 威：可怕之事，祸患。6. 孔：甚，很。7. 怀：顾念。8. 原：高平之地。9. 隰（xí）：低湿之地。10. 裒（póu）：聚集。11. 脊令：即鹡鸰，水鸟名。12. 每有：郑玄《笺》：“每有，虽也。”13. 况：只是。14. 永叹：长叹。15. 阋（xì）：争斗，争吵。16. 御：抵抗。17. 务：通“侮”，《春秋左传》作“外御其侮”。18. 烝：久。19. 戎：《尔雅》：“戎，助也。”20. 友生：友人。21. 傧：陈列。22. 笾（biān）豆：古代祭祀或宴会时所用食器。笾用竹制成，豆用木制成。23. 饫

167

（yù）：私家聚宴，与公朝宴享相对。24. 孺：此处指兄弟的家属，包括妇女与孩子。25. 翕（xì）：和睦。26. 湛（dān）：《释文》："湛，乐之甚也。"27. 帑（nú）：通"孥"，指妻室儿女。28. 究：深思熟虑。29. 图：谋划。30. 亶（dǎn）：确实。

【解析】

这是一首阐述兄弟亲情关系的诗。

此诗首章先以常棣的花与萼拊的关系起兴。常棣之花之所以光艳照人，是因为花下有萼，萼下有拊相托。"喻弟以敬事兄，兄以荣覆弟"，由此引出下文。接下来说今世之人，兄弟最为亲近，点明了此诗的主旨。西周是宗法社会，非常强调血缘关系，并以血缘关系为维护周人统治的政治纽带。血缘关系是社会的基本关系，是社会组织的基石，兄弟关系是这个基石中的重要一环。儒家提倡的君臣、父子、兄弟、夫妇、朋友五种伦理关系中，兄弟关系是其中一种。在"孝悌忠信礼义廉耻"八德的中国传统道德中，"悌"是其中一德。"悌"，即兄弟之间相亲相爱，和睦相处。

诗二章说死丧之事，甚是可怕，只有兄弟之间，才会真正顾念。正如今人所说"打虎亲兄弟，上阵父子兵"，在关键的时候能舍身相救。下文接着说，高平之地与低湿之地虽有区别，但又紧邻在一起。兄弟如手足，兄弟之间互相关心，互相帮助，荣辱与共，是天经地义的。

诗三章说，鹡鸰本是水鸟，飞向高地，失其常处，则发出悲鸣，以求同类。比喻兄弟之间一方遇到急难的时候，另一方会尽心竭力相助。这个时候，那些平时亲近的朋友，反倒只是长叹一声以表同情而已，不能像兄弟那样倾心相助。

诗四章说兄弟之间可能有矛盾，在家族、家庭之内或有争斗，但若有他人侵侮，则能齐心协力抵御外侮。当遇到这种危难的时候，即便是相交甚久、关系密切的好朋友，也很难出手相助。由此可见，兄弟之情重于朋友之情。

　　诗五章说当死丧祸乱平息下来，一切都归于安宁、平静，这时兄弟之间往往因为一时的怨忿或私见而产生纠纷。当此之时，兄弟关系反而不如朋友关系。但做人岂能于安乐之时忘记兄弟，而于急难之时寄希望于兄弟？

　　诗六章说平时兄弟之间应当怎样相处呢？最好是经常用笾豆陈列食物，一起聚宴。这种聚宴是私家形式，即使是君王或朝臣招待兄弟，也可以不用公朝宴享的形式，而用私家聚餐的形式，以示"亲亲"之义。男人在堂上用餐，妇女与孩子也可以在堂后同时用餐，这是一种兄弟之间和乐相聚的形式。此处的关键是一个"饫"字，《毛诗传》解释说："不脱屦升堂谓之饫。"意思是私家之宴可以不拘束于公朝之礼。

　　诗七章说兄弟的妻子，在一起相处的时间多了，其间的关系就如同琴瑟一样和谐，这样就使得兄弟之间更加和睦。平时兄弟及其家属之间和和乐乐，感情深厚，就很难出现纷争。

　　诗末章说这样的办法对你的家室有好处，也使你的妻子与孩子获得快乐。所以，对于加深兄弟关系的问题，应当深思远虑，你确信是这样吗？

　　分析完诗意之后，我们接下来看看此诗为何人所作。关于此诗的作者，学界有两种意见：一，认为是成王时周公所作；二，认为是周厉王时召穆公所作。

　　其实，这两种说法最早皆出自一人，即周襄王时期的大夫富辰，但文献的记载有所不同。《国语·周语》载："襄王十三年，郑人伐滑。王使游孙伯请滑，郑人执之。王怒，将以翟伐郑。富辰谏曰：'不可。'古人有言曰：'兄弟谗阋，侮人百里。'周文公之诗曰：'兄弟阋于墙，外御其侮。'若是则阋乃内侮，而虽阋不败亲也。郑在天子，兄弟也。郑武、庄有大勋力于平、桓。凡我周之东迁，晋、郑是依。""周文公"是周公旦的谥号，按《国语》所载，富辰认为《常棣》一诗是周公所作。《左传·僖公二十四年》载："郑之入滑也，滑人听命。师还，又即卫。郑公子士、泄堵俞弥帅师伐滑。王使伯服、游孙伯如郑请盟。郑伯怨……襄王之与卫、滑也，故不听王命而执二子。王怒，将以狄伐郑。富辰谏曰："不可。……昔周公吊二叔之不咸，故封建亲戚以蕃屏周。……召穆公思周德之不类，故纠合宗族于成周而作诗曰：'常棣之华，鄂不韡韡。凡今之人，莫如兄弟。'其四章曰：'兄弟阋于墙，外御其侮。'"按《左传》记载，富辰认为《常棣》是召穆公所作。

因为文献记载不同，所以学者分为两派。一派以《国语》为根据，认为《常棣》为周公所作，以毛诗派为代表。《毛诗序》说："《常棣》，燕兄弟也。闵管、蔡之失道，故作《常棣》。"另一派则以《左传》为根据，认为《常棣》为召穆公所作，以郑玄为代表。郑玄《笺》说："周公吊二叔之不咸，而使兄弟之恩疏，召公为作此诗而歌之以亲之。"那么如何判断两者孰是孰非呢？

从文献材料的可信程度来说，当以《国语》为依据。《国语》有《周语》上、中、下三篇，其原始材料来源于周王室的史官。《周语》记载富辰（周襄王大夫）之言甚详，而未提及召穆公之事。召穆公生活在西周末年，与周襄王（东周第六位王，前 651 年~前 619 年在位）时代相距甚远。《国语·周语》三篇关于召穆公之事，记载甚少。而《左传》杂采春秋各国史事，材料庞杂，相比之下，不如《国语·周语》那样可信。三国时期韦昭为《国语》作注说："文公之诗者，周公旦之所作《常棣》之篇是也。所以闵管、蔡而亲兄弟……其后周室既衰，厉王无道，骨肉恩阙，亲亲礼废，宴兄弟之乐绝。故召穆公思周德之不类，而合其宗族于成周，复循《常棣》之歌以亲之。郑、唐二君以为《常棣》穆公所作，失之矣。……穆公，召康公之后，穆公虎也，去周公历九王矣。"韦昭之注，已纠正了郑玄之误。

杜预为《春秋左传》作注说："召穆公，周卿士，名虎……周厉王之时，周德衰微，兄弟道缺，召穆公于东都收会宗族，特作此周公之乐，歌《常棣》诗，属《小雅》。"其意是说，召穆公为周公《常棣》之诗作乐歌，并非作歌词。由韦昭为《国语》所作注、杜预为《春秋左传》所作注可见，他们二人对《常棣》作者的意见是一致的。后世大多数学者，从毛诗以下，大多认为此诗为周公所作。

宋代苏辙《诗集传》卷九："《春秋外传》曰：'周文公之诗也，盖伤管、蔡之失道而作之，以亲兄弟。'"

元代刘瑾《诗传通释》载胡庭芳说："王氏（安石）云：'文武以来，宴兄弟，亦必有诗。然《鹿鸣》《四牡》等篇，词多和平。唯《常棣》一篇，词多激切，意若有所惩创。则周公因管、蔡之事，其后更为此诗无疑。'"

明代何楷《诗经世本古义》卷十："此诗乃周公所作，其后因以为燕兄弟之诗耳。"

那么，周公为何要作此诗来专门讲兄弟之情呢？

孔颖达为此诗作的疏回答得很明白："序又说所以作此燕兄弟之诗者，周公闵伤管叔、蔡叔失兄弟相承顺之道，不能和睦，以乱王室，至于被诛，使己兄弟之恩疏，恐天下见在上既然皆疏兄弟，故作此《常棣》之诗，言兄弟不可不亲，以敦天下之俗焉。此序序其由管、蔡而作诗意，直言兄弟至亲，须加燕饫，以示王者之法，不论管、蔡之事，以管、蔡已缺，不须论之，且所以为隐也。"孔颖达的意思是说，周公东征诛杀管叔，流放蔡叔，担心此事对当时和后世产生负面影响，于是特作此诗来强调兄弟之情不可以不亲，以厚天下风俗。因为管、蔡叛乱，只是特例，人们应淡忘此事。

钱澄之《田间诗学》卷六说："郝氏（敬）云，诵《常棣》而周公无杀管、蔡之事明矣。盖二叔得罪王室与天下，虽有可杀之罪，而公终无杀兄之心。天下以讨罪人为大义，而公终以不能全兄为不仁。故于《康诰》曰：'弟弗克恭厥兄，兄亦不念鞠子哀，大不友于弟。'此诗亦云'虽有兄弟，不如友生'，自怨之情惨然，盖伤管叔之死，而恨己之不能救也。"叛乱之罪，罪不容诛。周公居执政者之位，也不敢枉法徇私。从这个意义上来说，管叔被杀，是为国法所不容，并非周公有心为之。

此诗最有名的一句是"兄弟阋于墙，外御其务（侮）"，这是教诫一个民族或个人如何处理家国内部的矛盾与外敌入侵的矛盾。当两种矛盾同时存在的时候，应当暂时抛开家国的内部矛盾，共同抵御外敌的侵入。这是衡量一个民族或个人是否具有民族与国家大义的标准，是一个大是大非的问题。"兄弟阋于墙，外御其务（侮）"，具有深厚的历史智慧，即使到了今日，也有不可磨灭的光辉。

伐 木

【原文】

伐木丁丁，鸟鸣嘤嘤。出自幽谷，迁于乔木。嘤其鸣矣，求其友声。相彼鸟矣，犹求友声。矧伊人矣，不求友生？神之听之，终和且平。

伐木许许，酾酒有藇。既有肥羜，以速诸父。宁适不来，微我弗顾。於粲洒扫，陈馈八簋。既有肥牡，以速诸舅。宁适不来，微我有咎。

伐木于阪，酾酒有衍。笾豆有践，兄弟无远。民之失德，干糇以愆。有酒湑我，无酒酤我。坎坎鼓我，蹲蹲舞我。迨我暇矣，饮此湑矣。

【字义】

1. 丁丁（zhēng）：伐木声。2. 嘤嘤：鸟鸣声。3. 乔木：高大的树木。4. 相：观察、察看。5. 矧（shěn）：何况，况且。6. 伊人：那个人。7. 友生：朋友。8. 许（hǔ）许：朱熹《诗集传》谓："许许，众人共力之声。"9. 酾（shī）：过滤。10. 藇（xù）：酒味甘美。11. 羜（zhù）：小羊羔。12. 速：邀请。13. "诸父"：天子称同姓诸侯为"诸父"，此诗可将"诸父"理解为同姓长辈。14. 适：恰巧。15. 微：非。16. 弗顾：不顾念。17. 於（wū）：叹词。18. 粲：鲜明。19. 馈（kuì）：食物。20. 簋（guǐ）：古时盛放食物的器皿。21. 牡：雄性小羊。22. 诸舅：天子称异姓诸侯为"诸舅"，此诗可将"诸舅"理解为异姓长辈。

23. 咎：过错。24. 阪（bǎn）：山坡。25. 衍：满溢。26. 践：陈列整齐。
27. 远：疏远。28. 干糇（hóu）：干粮。29. 愆（qiān）：过错。30. 湑
（xǔ）：过滤使清。31. 酤：买酒。32. 坎坎：击鼓声。33. 蹲蹲（cún）：
舞貌。34. 迨：趁着。

【解析】

这是一首宴享故旧亲友的诗。

诗首章讲交友的意义。诗以伐木声起兴，引出鸟鸣之声。幽幽山谷
之中，是鸟的栖居之所。伐木之人，砍伐幽谷之木，丁丁斧斫之声，搅
扰了幽谷的安宁，也搅扰了小鸟的生活，小鸟嘤嘤然相呼飞出幽谷而迁
乔木。诗人见此情景，想到鸟是不堪惊扰而去寻求朋友帮助。一般人听
到鸟鸣未必会联想到鸟在求友，但诗人能联想至此，这是诗人思维的独
到之处。反过来说，当有人写诗要陈述交友的重要意义之时，也未必会
以鸟鸣来起兴，而诗人能做到这一点，是因为他的思想能与大自然进行
沟通。接下来，由鸟联想到人，"相彼鸟矣，犹求友声。矧伊人矣，不
求友生？"鸟遇到困难尚且寻求朋友帮助，何况聪明的人类呢？人生在
世，不可能一辈子一帆风顺，会遭遇坎坷，也会经历风雨。我们不仅在
遭遇变故之时需要朋友的帮助，即使是在平时，也要有朋友相帮。人
怎能不交友呢？有友是正常的人生，无友是不正常的人生。《荀子·
大略》说："友者，所以相有者也。"朋友平时在道义上互相资益，
在困难时互相资助，这便是交友之义。"神之听之，终和且平"，用你
的心神去倾听大自然的声音，就会启沃既和又平的聪慧心灵。诗人正
是受到大自然的启发与开导，才会有由鸟及人的感悟。这里"终和且
平"的句式，清代王念孙训"终"为"既"。照他所说，那么"终和
且平"即为"终……且……"的意思，相当于后世所说的"既……
又……"。

诗二章讲宴享长辈。"伐木许许，酾酒有藇"，伐木之人发出相互
吆喝呼告之声，称"许许"，这是起兴之语，下句意为备好清纯甘甜的

美酒。"既有肥羜，以速诸父"与"既有肥牡，以速诸舅"互文。[①] 意思是说，将房子打扫得干干净净，将器物擦拭得纤尘不染。备好清纯甘甜的美酒，陈列丰盛美味的菜肴。肥嫩的羊羔肉味道鲜美，可口的食物摆满桌。"宁适不来，微我弗顾"与"宁适不来，微我有咎"也是互文。意思是说，将同姓长辈请过来，将异姓长辈也请过来。即使他们有事不能来，也不会说我不顾念他们，也不会怪我有何怠慢之处而对我有怨言。这里要注意理解这几个词："八簋""诸父""诸舅"。"八簋"，《毛诗传》说："圆曰簋，天子八簋。"意思是说"八簋"是天子宴请的规格。我们不要据此就认为这首诗讲的是天子宴请，可将"八簋"理解为高规格的礼遇。"诸父"，按照周代的礼仪，天子称同姓诸侯为"诸父"，称异姓诸侯为"诸舅"。这里，可将"诸父"理解为同姓长辈，将"诸舅"理解为异姓长辈。中国是一个讲究亲情的国度，从上到下都讲究尊重长辈，这样的族群才有凝聚力与向心力，否则，就会如同一盘散沙。

诗末章讲宴享同辈。"伐木于坂"，伐木于山坡上，这是起兴之语。"酾酒有衍""笾豆有践"，将酒斟得满满的，食物陈列整齐。这是讲招待宾客要慷慨大方，不要吝啬。"兄弟无远"，是说只要是兄弟，不管远的近的，一律同等招待，不厚此薄彼。"民之失德，干糇以愆"，民间有失德之人，拿干粮一类的饮食招待朋友，这是不对的。那么应当怎样做呢？那就是"有酒湑我，无酒酤我"，有酒时不要藏着掖着，要拿出来与朋友共享。没酒时就去买酒，不要吝啬金钱。"坎坎鼓我，蹲蹲舞我。迨我暇矣，饮此湑矣"，打起鼓来吧，跳起舞来吧，大家趁着闲暇不醉不归。这才是好的交友、处友之道。

下面来谈谈历代诗家对此诗的理解。

---

① "互文"是古诗文中常用的一种修辞手法。所谓"互文"，古人对它的解释是"参互成文，含而见文"，用现在的话来说，它是这样一种修辞形式：上下两句或一句话中的两个部分，看似各说一件事，实际上是互相呼应，互相阐发，互相补充，说的是一件事。由上下文义互相交错、互相渗透、互相补充来表达一个完整句子的意思。

首先，三家诗中《鲁诗序》认为："周德始衰，《伐木》有鸟鸣之刺。"意思是说，周王朝自周幽王以后，统治者道德衰败，已不能顾及诸侯的感受，等于没有了朋友，诗人故作此诗以讽喻之。而三家诗中的《韩诗序》则认为："《伐木》废，朋友之道缺。劳者歌其事，诗人伐木自苦其事，故以为文。"以为此诗是伐木劳动者所作，讲述自己的辛苦，而无人同情。

三家诗之外，《毛诗序》则认为："《伐木》，燕朋友故旧也。自天子至于庶人，未有不须友以成者。亲亲以睦，友贤不弃，不遗故旧，则民德归厚矣。"《毛诗序》所言，比较符合诗意。但孔颖达将《毛诗序》所说的天子解释为周文王，他在《毛诗正义》中说："《经》以主美文王'不遗故旧'为重。"孔颖达的意思是说此诗具体写的是周文王之事，周文王曾经有过伐木的劳动。此说遭到了欧阳修《诗本义》的驳斥，欧阳修认为周文王以贵公子之尊，不可能从事庶人伐木之事，他说：

> 论曰："《伐木》，文王之《雅》也。其诗曰：'以速诸父。'毛谓：天子谓同姓诸侯曰父，'陈馈八簋'，又以为天子之簋，则此诗文王之诗也。伐木，庶人之贱事，不宜为文王之诗，作《序》者自觉其非，故曰'自天子至于庶人，未有不须友以成者'，且文王之诗虽欲泛言'凡人须友以成'，犹当以天子诸侯之事为主，因而及于庶人贱事可矣。今诗每以伐木为言，是以庶人贱事为主，岂得为文王之诗？郑氏云'昔日未居位，在农时与友生为伐木勤苦之事者'，亦非也。且文王未居位，未尝在农也。古者四民异业，其他诸侯至于卿大夫士未居位时，皆不为农，亦不必自伐木。庶人当伐木者，又无位可居，以此知郑说为缪也。"

欧阳修否定了孔颖达的过度解释。清代焦循的观点与欧阳修较为一致，他在《毛诗补疏》中说："文王幼时何曾为农？又何伐木之有？"

　　清末王先谦《诗三家义集疏》卷十四说："文王未履位之时，亲自伐木，容有其事。其志在求贤，不惮艰险，登山伐木，特其借端。迨后身为国君，怀周行而陟崔嵬，求干城而举罝网，皆出自少年物色之人。昔日之朋友，已为今日之故旧。此所谓宴饮作歌，或即此诗之本义与？"又说："诗是周公所作，故依文王尊为天子之后称之曰'父''舅'。文王微时朋友皆是后来内外大臣，故有'父''舅'之名。而《伐木》求友之事，非周公亦无由知而述之也。"王先谦之意是说，文王作为公子之时有心求贤，借伐木之事，到山岩、林下访贤。后来，文王所用之人，都是他当年访求到的贤人。故王先谦同时又认为此诗是周公所作，写的是其父文王当年之事，所以称文王访求的贤人故旧为"诸父""诸舅"。

　　王先谦这种说法比较牵强，因为在中国古代宗法社会中，非常重视血缘关系。所谓"诸父"，是从父系的血缘关系而来；所谓"诸舅"，则是从母系的血缘关系而来。所以西周初年分封，只有两大类人，一类是同姓子弟，一类是功臣。而功臣多与周族姬姓建立婚姻关系，比如姬姓公子娶姜姓公主，所以异姓诸侯也多是一种"诸舅"关系。除此之外，不能随便称他人为"诸父""诸舅"。

　　从此诗的字面上看，《毛诗序》所说比较有分寸，是相对准确的。《毛诗序》并没有说此诗所写一定是周文王之事，而说此诗的主旨是讲"燕朋友故旧"，这是符合实际的。因为《小雅》中的前六首诗①常用于诸侯燕享宾客的宴会，《伐木》是其中的第五首诗。孔颖达以及王先谦所说，都不免有过度解释之嫌。欧阳修对孔颖达论点的批评，还是有道理的。

　　此诗有"伐木丁丁，鸟鸣嘤嘤"之句，郑玄《笺》说："丁丁、嘤嘤，相切直也，言昔日未居位在农之时，与友生于山岩伐木为勤苦之事，犹以道德相切正也。嘤嘤，两鸟声也，其鸣之志似于有友道然，故连言之。"意思是说，以"鸟鸣嘤嘤"比喻朋友之间互相切磋道义之事，

---

　　① 《小雅》前六首诗：《鹿鸣》《四牡》《皇皇者华》《常棣》《伐木》《天保》。

所以"鸟鸣嘤嘤"就被解释为两只鸟相互鸣叫。这种解释也有过度诠释之嫌——解诗者以为《诗经》每字皆有寓意，皆可比附实事。他们说得越细，离诗旨愈远，以致连平时喜过度诠释的孔颖达也不能接受了。他矫正郑玄说："言'嘤嘤两鸟'者，以相切直。若一鸟，不得有相切。故郭璞曰'嘤嘤'两鸟鸣，以喻朋友切磋相正。是以义势便为两鸟，其实一鸟之鸣亦嘤嘤也，故知'嘤其鸣矣'是一鸟也。"

《伐木》一诗中"嘤其鸣矣，求其友声"成为千古名句，讲的是交友之道在人们生活中的重要意义。"朋友"是儒家所倡导的"五伦"（君臣、父子、兄弟、夫妇、朋友）中的其中一伦，五伦思想可以说是儒家经典中的核心内容。南宋喻樗说："六经数十万言，只十个字能尽其义。要之，不出乎君臣、父子、夫妇、长幼、朋友而已。"[①]清代谭嗣同认为，五伦之中前四伦皆有不平等之义，唯有朋友一伦是平等的，他说："五伦中于人生最无弊而有益，无纤毫之苦，有淡水之乐，其惟朋友乎？"[②]谭嗣同此一思想具有新时代的意义。但回顾《伐木》一诗，虽然讲的是求友之义，但所举之例，却是"诸父""诸舅""兄弟"之例，这些都是有血缘关系的，并未言及无血缘关系的"朋友"，其意是将与"诸父、诸舅、兄弟"的关系不仅当作一种血缘关系，还应当作一种平等的朋友关系。"诸父、诸舅、兄弟"是以朋友的视角来对待的，从这种意义上来说，此一思想与儒家一贯强调的"爱有差等"的伦常理念有所区别，这是此诗的亮点所在。

清代《御纂诗义折中》卷十说："《伐木》，燕朋友也。天下之道，五伦而已，下之人非此无以为学，上之人非此无以为治。君臣与父子并重，故不以私恩缓公义，亦不以公义废私恩，此《鹿鸣》《四牡》《皇华》之义也。兄弟与朋友相衡，故不可忘天合之恩，而等兄弟于朋友，又欲其尽人合之义，而待朋友如兄弟，此《常棣》《伐木》之义也。"

这里所说的"私恩"是指诸父、诸舅、兄弟之间的血缘恩义关系，

---

① 参见《宋元学案》卷二十五《龟山学案》，中华书局，1986，第34页。
② （清）谭嗣同：《仁学》，何执校点，岳麓书社，2012，第87页。

"公义"是以朋友关系来对待，不强调"私恩"。"私恩"与"公义"对举，显然又以表彰"公义"为主，这种诠释是有见地的。清代方玉润也赞同这种观点，他在《诗经原始》中说："此朋友通用之乐歌也。中间兼言亲戚兄弟，而诸父、诸舅与兄弟，皆言燕享之事，唯朋友反不之及。岂笃于内者，必疏于外乎？曰，非也，盖兄弟亲戚中，皆有友道在也。朋友不离乎兄弟亲戚，亲戚兄弟自可以为朋友。所贵乎朋友者，心性相投，道义相交耳。"这里方玉润也强调了朋友之义更重道义相交。如果说谭嗣同关于朋友一伦的见解具有新时代的意义的话，那么方玉润的见解可以说发其先声。

天　保

【原文】

天保定尔，亦孔之固。俾尔单厚，何福不除？俾尔多益，以莫不庶。

天保定尔，俾尔戬谷。罄无不宜，受天百禄。降尔遐福，维日不足。

天保定尔，以莫不兴。如山如阜，如冈如陵。如川之方至，以莫不增。

吉蠲为饎，是用孝享。禴祠烝尝，于公先王。君曰卜尔，万寿无疆。

神之吊矣，诒尔多福。民之质矣，日用饮食。群黎百姓，遍为尔德。

如月之恒，如日之升。如南山之寿，不骞不崩。如松柏之茂，无不尔或承。

【字义】

1. 保定：使……安定。2. 尔：代词，表第二人称"您"，这里指

君主。3. 俾（bǐ）：使。4. 单：通"亶"，诚，厚。5. 除（zhù）：开
启。6. 庶：众多。7. 戬（jiǎn）谷：福禄、幸福。8. 罄：尽。11. 遐：
远。9. 维：通"惟"，只。10. 阜（fù）：土山。11. 蠲（juān）：洁净。
12. 饎（chì）：酒食。13. 是用：用此。14. 禴（yuè）祠烝尝：一年四
季在宗庙里举行的祭祀的名称，春祭谓"祠"，夏祭谓"禴"，秋祭谓
"尝"，冬祭谓"烝"。15. 公：先公。19. 君：祭祀中由活人扮演的"尸
嘏主人"16. 吊：至，来。17. 诒（yí）：赠送。18. 为：感化。19. 骞
（qiān）：因风雨剥蚀而亏缺。

【解析】

《天保》是一首祝福诗，既是对君王的祝福，也是对君主所代表的
国家与民众的祝福。

《孔子诗论》说："《天保》，其得禄蔑疆矣，巽（逊）寡德故也。"
其中"巽（逊）寡德故也"一句，学者训释不一，如马承源先生训为
"馈寡，德故也"，刘信芳先生赞同其说；李零先生训为"选寡德故
也"；周凤五先生训为"赞寡德故也"；杨泽生先生训为"践顾德故
也"；何琳仪先生训为"遵路，德故也"。这里涉及中国古代的宴乐礼
制问题。《天保》一诗为祝颂诗，是《诗经·小雅》中的第六首诗。传
统《诗》学认为，《诗经·小雅》前六诗为宴享之乐。春秋时期，人君
宴其臣，乐工歌《小雅》中《鹿鸣》以下五诗，臣受其赐，歌《天保》
以答谢，祝颂其君"天降百禄""万寿无疆"，以示君臣相与，以礼相
待。"《天保》其得禄蔑疆矣，巽寡德故也"，"巽"通"逊"。……
《字汇》："巽，与逊同。"《尚书·尧典》："汝能庸命巽朕位。"蔡沈
《书集传》："巽、逊古通用。""寡德"为谦辞，《论语·季氏》："邦君
之妻……称诸异邦曰'寡小君'。"《集注》："寡，寡德，谦辞。"此句
是说，人君之所以得禄无疆，由其处高位而能逊以寡德的缘故。[①]

① 参见姜广辉《上博藏简整理与孔门诗教》，（台北）学生书局，2007，第205页。

《毛诗序》说："《天保》，下报上也。君能下下以成其政，臣能归美以报其上焉。"郑玄《笺》："下下谓《鹿鸣》至《伐木》，皆君所以下臣也，臣亦宜归美于王，以崇君之尊而福禄之，以答其歌。"

朱熹《诗集传》说："人君以《鹿鸣》以下五诗燕其臣，臣受赐者，歌此诗以答其君，言天之安定我君，使之获福如此也。"

严粲《诗缉》卷十七说："天下无德外之福，故诗人祝君以福，必本之以德。言天安定尔位，亦甚坚固矣，使尔每事尽厚，则何等福不消受也！使尔多行利益，则民物无不蕃庶也。"

以上诸家观点较为接近，都是说《小雅》前五首诗是君主宴请臣下、宾客的歌乐，第六首诗是臣下与宾客感谢君主盛情款待的祝福之诗。读此《小雅》六首诗，读者会感觉到当时朝廷君臣之间其乐融融的和谐场面。于此，我们不能将之简单理解为古代君臣崇尚吃喝宴乐，而应将之理解为君臣之间增强凝聚力的方法。就像我们当代社会的国宴一样，宴请国内重要人物与国外重要宾客，这种仪式是必不可少的。即使在现在的国宴上，也有歌乐的演奏与演唱。这些歌乐的曲目是经过精心选择的，由此我们可以理解上古时期诸侯们宴享活动的意义所在。

但是，《天保》一诗，臣下与宾客对国君的祝颂之辞似乎给人一种阿谀奉承的感觉，如清代方玉润《诗经原始》说："全诗大意，前三章皆天之福君，后三章皆神之福君。其祝颂且多复笔，亦略无规讽意，不已近于谀乎？岂知臣之祝君，非但君也，实为民耳。盖君之福即民之福，君一人受天地神祇之福，即天下臣民亿万众同享天地神祇之福，其所系不綦重欤？"这种解释是要使读者避免误解此诗是对君主的阿谀奉承。虽有此一解，但不能完全消解读者对此诗"谀上"的疑虑。

王质《诗总闻》说："此诗第一、第二章导天情；至第三章天隐而不可凭，则以物之大者喻之；第四、第五章导神情；至第六章神亦凭而不可凭，则又以物之极大者喻之。前七'尔'、后四'尔'，皆天神下辞达其君也；前五'如'、后六'如'，皆天神指物喻其君也，大率皆借天神为辞。"王质之说，与诸家的诠释有很大不同，他将此诗看作上天和神明对于君主乃至君主所代表的臣民的赐福，其解释颇为新颖。王质这样解释，不仅可以消除读者对此诗"谀上"的疑虑，而且增加了此诗在宴享场合的仪式感，可使宴享活动达到高潮。

接下来具体分析一下此诗的内容。

全诗六章，首章说"天保定尔，亦孔之固。俾尔单厚，何福不除？俾尔多益，以莫不庶"。意思是说，上天表示要保证你的君主之位甚为巩固，使你尽其所能厚待下民。下民效智效力，何福不能开启？使国家得到的各种收益莫不众多。

诗二章说："天保定尔，俾尔戬谷。罄无不宜，受天百禄。降尔遐福，维日不足。"意思是说，上天表示要保证你的君主之位甚为巩固，使你福禄无边，无所不宜。享受上天降下的百般福禄，无所不足。

诗三章说："天保定尔，以莫不兴。如山如阜，如冈如陵。如川之方至，以莫不增。"意思是说，上天表示要保证你的君主之位甚为巩固，使你的国家日益兴盛。像山阜冈陵一样高大坚固，像江河水流一样不停汇集，日益强盛。

诗四章说："吉蠲为饎，是用孝享。禴祠烝尝，于公先王。君曰卜尔，万寿无疆。"意思是说，神明表示，你占询好良辰吉日，清洁祭器，备好酒食供品，用此孝敬众神。春祭、夏祭、秋祭、冬祭，对本族的先公、先王按四时敬献供品。尸嘏主人会转告先公、先王对你的祝福，赐你长寿。

诗五章说："神之吊矣，诒尔多福。民之质矣，日用饮食。群黎百姓，遍为尔德。"意思是说，众神被你的德孝所感化，赐予你众多福禄。你质朴的人民因为你而丰衣足食，黎民百姓的优良作为，也都是缘于你的道德感化。

诗末章说："如月之恒，如日之升。如南山之寿，不骞不崩。如松柏之茂，无不尔或承。"意思是说，你的事业像满月一样常盈而不亏，像初升的太阳光芒万丈，又如南山一样福寿绵长，不亏不崩。也如常青的松柏一样茂盛，你的盛德，使万众获承大福大禄。

以上的解释，是笔者受王质与方玉润两家的启示所得，即认为此诗不仅是对君主的祝福，也是对君主所代表的国家与民众的祝福，这种祝福是以上天与神明的口气表述的。诗中出现的"君曰卜尔"，已透露是由活人扮演的"尸嘏主人"来转达上天和神明的祝福之语，我们可以从诗中透视古人的精神世界。

最后谈谈此诗的写作手法。

此诗在写作手法上运用了一些新奇的比喻，"如山如阜""如冈如陵""如川之方至""如月之恒""如日之升""如南山之寿"等，既体现了作者对君王的美好祝愿，又使全诗在语言风格上产生了融热情奔放于深刻含蓄之中的独特效果，此正如钟惺所说："前后九'如'字，笔端鼓舞，奇妙。"

诗中"万寿无疆"一词，《诗经》中共出现6次。一是《豳风·七月》："陟彼公堂，称彼兕觥，万寿无疆。"二是此篇《小雅·天保》："君曰卜尔，万寿无疆。"三是《小雅·南山有台》："乐只君子，万寿无疆。"四是《小雅·楚茨》："孝孙有庆，报以介福，万寿无疆。"五是《小雅·信南山》："先祖是皇，报以介福，万寿无疆。"六是《小雅·甫田》："报以介福，万寿无疆。"它既可用来祝福国祚的绵长，也可用来祝贺人长寿，后世多用之。如唐代杨巨源《春日奉献圣寿无疆词十首》之一："永保无疆寿，长怀不战心。"宋代赵彦卫《云麓漫钞》："范围天地，幽赞神明。保合太和，万寿无疆。"明代张居正《贺瑞谷表二》："适当圣诞之期，此诚万寿无疆之征。"

《诗经》中"万寿无疆"四字出现频次如此之高，在儒家经典中是最为独特和突出的，这也可以说《诗经》是"万寿无疆"一词的语源所在。

采 薇

【原文】

采薇采薇，薇亦作止。曰归曰归，岁亦莫止。靡室靡家，猃狁之故。不遑启居，猃狁之故。

采薇采薇，薇亦柔止。曰归曰归，心亦忧止。忧心烈烈，载饥载渴。我戍未定，靡使归聘。

采薇采薇，薇亦刚止。曰归曰归，岁亦阳止。王事靡盬，不遑启处。忧心孔疚，我行不来。

彼尔维何？维常之华。彼路斯何？君子之车。戎车既驾，四牡业业。岂敢定居？一月三捷。

驾彼四牡，四牡骙骙。君子所依，小人所腓。四牡翼翼，象弭鱼服。岂不日戒？猃狁孔棘。

昔我往矣，杨柳依依。今我来思，雨雪霏霏。行道迟迟，载渴载饥。我心伤悲，莫知我哀。

【字义】

1. 薇：野豌豆，嫩茎、叶可作蔬菜。2. 作：初生。3. 莫："暮"的古字，时间将尽。4. 靡：无。5. 猃狁（xiǎn yǔn）：亦作"猃狁"。西周时北方游牧民族，又称荤粥（xūn yù）、荤允、严允、熏育、犬戎等，汉代以后称匈奴。6. 遑：闲暇。7. 启：通"跽"，古人平时习惯跪坐之姿。8. 戍：驻守。9. 聘：探问。10. 刚：坚硬。11. 阳：农历十月。12. 王事：王命差遣的公事。13. 盬（gǔ）：停息。14. 孔：甚。15. 疚：病。16. 来：朱熹："来，归也。"17. 尔：通"薾"，花盛貌。18. 维何：是什么。19. 常：木名，即棠棣。子如樱桃，可食。20. 路：戎车。21. 业业：郑玄《笺》："业业然，壮也。"22. 捷：胜利。23. 骙（kuí）骙：马健壮貌。24. 依：倚。25. 小人所腓（féi）：范处义《诗补传》："足之肉行，则随而动。"意谓步卒随车而动。26. 翼翼：朱熹："行列整治之状。"27. 象弭：用象牙装饰末梢的弓。28. 鱼服：鱼皮制的箭袋。29. 棘：通"急"，急迫，危急。30. 霏霏：雨雪盛貌。31. 迟迟：朱熹《诗集传》："迟迟，长远也。"

【解析】

关于此诗，传统学者认为是遣戍诗，即国家派遣将士的戍边之诗。按当时的制度，凡一定年龄的男子，都有为国戍边的义务，需轮流被派遣到边疆。此诗篇名为《采薇》，"薇"是指一种可以食用的野豌豆，其嫩叶可以吃。灾荒之年，穷人或以此充饥。《史记·周本纪》载伯夷、叔齐不食周粟，采薇而食，饿死于首阳山，说的就是这种野菜。此诗之所以用《采薇》作篇名，是因为戍边将士的生活极其艰苦，每日以薇菜为食，所以采薇之语在诗中多次被提及。如"薇亦作止""薇亦柔止""薇亦刚止"，从薇菜的嫩芽，写到长出嫩叶，再写到变成老叶，反映了将士们戍边的日常生活及其心理。

诗的首章说薇菜长出新芽了，戍卒们心里盘算着回家的日子，嘴上老是念叨着回家呀回家呀，眼看又到年末了。有家有室与没家没室一个样，没有天伦之乐，没有亲人的温暖，整天忙得没有空闲坐下来。将士们之所以会抛家舍业，是因为猃狁不断侵凌自己的家园。

诗二章说薇菜已经长出嫩叶了，戍卒们念叨着回家呀回家呀，内心充满忧愁。随着时间的推移，这忧愁越来越强烈，回家恐怕又是一句空话。戍边的生活实在艰苦，又饥又渴真是难熬。现在我的戍期还未曾确定，还不能探问音信。

诗三章说薇菜已经由嫩叶变成了老叶，士卒们依然盘算着回家的日子，这时已是冬历十月了。"王事靡盬，不遑启处"，这里所说的"王事"，是特指国家派遣的戍役之事。《诗经》中除了此诗出现"王事靡盬"，还有不少篇章也提到"王事靡盬"，如《唐风·鸨羽》"王事靡盬，不能艺稷黍"；《小雅·四牡》"王事靡盬，不遑将父"；《小雅·杕杜》"王事靡盬，继嗣我日"；《小雅·北山》"王事靡盬，忧我父母"；等等。都是说戍役之事无休无止，人们不得安宁。"忧心孔疚，我行不来"，士卒们心中甚是忧虑，生怕不能按时回家。

诗四章以棠棣之花起兴，那边盛开着的花是什么花？是棠棣之花。那高大的车是什么车？是将军乘坐的戎车。戎车在路上奔跑着，拉车的四匹公马甚是健壮。这一个月打了多次胜仗，我们不敢在征伐途中停下来，还要继续前行。

　　诗五章说由四匹公马拉着的戎车，显得强壮而又威武。"君子所依，小人所腓"，将帅坐在车上指挥，步卒随着车而动。威武雄壮的战车排列整齐，将士们佩戴着华美的雕弓和箭袋。每日都在戒备猃狁的寇犯，战事甚是紧张。

　　末章回应首章，春天出发，正是杨柳依依之时，冬天归来，则是雨雪霏霏。这不仅点出了遣戍时间与回归时间，也表达了戍边将士出发之时与回归之时的不同心情。"昔我往矣，杨柳依依。今我来思，雨雪霏霏"，被称为《诗经》的佳句。刘义庆《世说新语》载："谢公因子弟集聚，问：'《毛诗》何句最佳？'遏称曰：'昔我往矣，杨柳依依。今我来思，雨雪霏霏。'公曰：'此句偏有雅人深致。'"王夫之《姜斋诗话》卷一评此句说："以乐景写哀，以哀景写乐，倍增其哀乐。"此评语切中肯綮，妙哉！"行道迟迟，载渴载饥"，归家的路显得那样漫长，将士们路上又饥又渴。"我心伤悲，莫知我哀"，将士戍边归来，本来是一件很高兴的事情，但想起一年中所受的苦与罪，不免悲从中来。

　　关于此诗的写作时代，学者历来争议较大，迄无定论，以至晚清方玉润综合诸家观点说："作诗世代，或以为文王时，或以为宣王时，更或谓季历时，都不可考。《集传》、姚氏同驳《大序》谓文王时之非，而亦不能定其为何王。……诗言猃狁，而未及西戎。姚氏又谓文王无伐猃狁事，未知然否。大抵遣戍时世，难以臆断。"不过，还是可以对此问题做一番考证：诗中多次出现"猃狁"一词，"猃狁"是中国古代北方与西北方的游牧民族，主要分布在今陕西、甘肃北部及内蒙古西部，又称荤允、猃狁、严允、熏育等。这些词应是北方游牧民族的自称，是同一名称在华夏不同地区语言的音译，其发音都比较接近。中国古代北方的游牧民族，常以犬或狼为图腾，所以称谓都有一个"犭"偏旁，如"狄""猃狁"等。"猃"的本义是长嘴的狗，应是狼一类的品种。《小雅》之中，除《采薇》谈到了"猃狁"之外，还有3篇与"猃狁"

有关:《出车》"赫赫南仲,猃狁于襄";《六月》"薄伐猃狁,至于太原。文武吉甫,万邦为宪";《采芑》"征伐猃狁,蛮荆来胁"。在不同时期的中国文献中,它有相对固定的称谓。大约在周懿王至周宣王之时,方称"猃狁"(猃狁)。而周幽王之后,史书关于周王室与北方游牧民族冲突的记载,主要是"犬戎",而不再提"猃狁"一词。"犬戎"就是原来的"猃狁",秦汉时期称为"匈奴"。

历史文献中记载的"猃狁"一词,主要出现在记载周懿王时期与周宣王时期史料之中,《史记·周本纪》说:"懿王之时,王室遂衰,诗人作刺。"① 但司马迁并未指出《诗》的具体篇名。《汉书·匈奴传》引《小雅·采薇》之诗相证,断言此诗作于周懿王之时。《汉书·匈奴传》说:"至穆王之孙懿王时,王室遂衰,戎狄交侵,暴虐中国。中国被其苦,诗人始作,疾而歌之,曰:'靡室靡家,猃允之故';'岂不日戒,猃允孔棘'。至懿王曾孙宣王,兴师命将以征伐之,诗人美大其功,曰:'薄伐猃允,至于太原。'"② 那么此诗究竟是作于周懿王之时还是周宣王之时呢?

《史记》《汉书》都属于史书类,以事实为根据。史书不同于经书,经书的解经者,有时从诗的美刺角度立论,认为凡是刺诗,都是政治衰落时期诗人对时政的讽刺;凡是美诗,都是政治清明时期诗人对圣王的歌颂。如果将某诗视为刺诗,就一定是指向衰世的君王;如果某诗被视为美诗,就一定指向盛世的君王。而一首诗,往往有人称之为美诗,也有人称之为刺诗,由此影响学者对诗作年代的判断。根据现有资料,《汉书》认为此诗作于周懿王之时的说法,更有说服力。诗中有"一月三捷"之说,这意味着此时周王室虽然衰落,但周人在与猃狁抗衡之时,未必屡战屡败,也有胜利之时。正如宋代段昌武在《毛诗集解》卷十六中所说:"古人所谓战胜者与后世事不同,后世大率运奇百出以求胜,则胜负必至于难定。古人之治夷狄也,服则舍之而已矣,以是为

---

① 《史记》,中华书局,2003,第140页。
② 《汉书》,中华书局,1962,第3744页。

胜，亦宜三捷之可期哉。……曰三者，以赴敌休士之节约而言之也。"

　　而且在毛诗之前，鲁诗与齐诗皆认为此诗作于周懿王之时。如鲁诗说："懿王之时，王室遂衰，诗人作刺。"又曰："古者，师出不逾时者，为怨思也。天道一时生、一时养人者，天之贵物也。逾时则内有怨女，外有旷夫。《诗》曰：'昔我往矣，杨柳依依。今我来思，雨雪霏霏。'"齐诗说："周懿王时，王室遂衰，戎狄交侵，暴虐中国，中国被其苦，诗人始作疾而歌之曰：'靡室靡家，猃允之故'，'岂不日戒？猃允孔棘'。"

　　下面再谈周宣王伐猃狁之事。宣王中兴，曾派尹吉甫与南仲多次征伐猃狁，取得较好的战绩。如果此诗作于宣王之时，宣王为中兴之主，就不应再说"靡室靡家""王事靡盬"这一类话，所以鲁诗、齐诗、班固《汉书》将此诗定在周懿王之时，是有充分道理的。

　　至于《毛诗序》将此诗视为周文王时代的作品，是将此诗定义为"美诗"。然文王当时称为西伯，是殷商王朝的一方诸侯。所谓的"王事"，应是殷商王朝之事，即西伯奉王命征伐猃狁。而历史文献中从未见有关西伯伐猃狁的记载，《诗经·小雅》所讲的都是周王朝而非商朝之事。正因如此，《毛诗》一派的说法并不可取。

　　关于此诗"昔……今"对举的句式，后世文人多效法之。如曹植《朔风诗》："昔我初迁，朱华未希；今我旋止，素雪云飞。"陶渊明《答庞参军》："昔我云别，仓庚载鸣；今也遇之，霰雪飘零。"沈约《正阳堂宴凯旋》："昔往歌《采薇》，今来欢《枤杜》。"张华《劳还师歌》："昔往冒隆暑，今来白雪霏。征夫信勤瘁，自古咏《采薇》。"吴均《赠杜容成》："昔别缝罗衣，春风初入帏。今来夏欲晚，桑扈薄树飞。"贾岛《送李馀往湖南》："昔去侯温凉，秋山满楚乡。今来从辟命，春物遍浔阳。"元好问《御史张君墓表》："昔往矣，秉笔帝旁，蔼然粹温，如圭如璋。今来斯，微服裹粮，衡门栖迟，咏歌虞唐。"等等。

南有嘉鱼之什

南山有台

【原文】

南山有台，北山有莱。乐只君子，邦家之基。乐只君子，万寿无期。

南山有桑，北山有杨。乐只君子，邦家之光。乐只君子，万寿无疆。

南山有杞，北山有李。乐只君子，民之父母。乐只君子，德音不已。

南山有栲，北山有杻。乐只君子，遐不眉寿。乐只君子，德音是茂。

南山有枸，北山有楰。乐只君子，遐不黄耇。乐只君子，保艾尔后。

【解析】

1. 台：草名。《尔雅·释草》："台，夫须。" 2. 莱：草名，叶香可食。 3. 杞（qǐ）：木名。陆玑《毛诗草木鸟兽虫鱼疏》："其树如樗，一名狗骨。" 4. 德音：美名。 5. 栲（kǎo）：木名，亦称山樗。木质坚硬，可制车辐。 6. 杻（niǔ）：木名，即檍树。木质坚韧，可制车辋及弓材。 7. 遐：通"胡"，何故，为何。 8. 眉寿：长寿。 9. 茂：盛也。 10. 枸（jǔ）：木名，即枳椇，俗名拐枣。花梗肥大，味甜可食。 11. 楰（yú）：木名，楸树的一种，亦叫苦楸。 12. 黄耇（gǒu）：年老。 13. 艾：护养。14. 尔：代词，表第二人称"你"。

【解析】

这是一首宴享时的奏乐与演唱的曲目。持此看法的是朱熹《诗集传》："此亦燕飨通用之乐歌。故其辞曰：'南山则有台矣，北山则有莱矣。乐只君子，则邦家之基矣。乐只君子，则万寿无期矣。'"朱熹此说，根据是古代"燕礼"以及"乡饮酒礼"都歌唱《南山有台》一诗。《仪礼·燕礼》与《仪礼·乡饮酒礼》有相同的记载："乃间歌《鱼丽》，笙《由庚》；歌《南有嘉鱼》，笙《崇丘》；歌《南山有台》，笙《由仪》。"燕礼是国君宴请卿大夫与宾客之礼，乡饮酒礼是乡邑社会礼贤之礼。在宴会与聚餐的过程中，要有乐工演奏和歌唱这些曲目，以示君臣、主宾、老少之间其乐融融的气氛。我们通过现代社会的藏族、蒙古族在宴会聚餐之时载歌载舞的情景，可以想象中国古代至少在春秋时期之前，也有类似的情形。而汉代以后，这种传统在汉族中逐渐消失。

那时的宴会聚餐，体现一种君臣同乐、君民同乐、乡民同乐的欢乐情景，因而其歌词都是褒扬、祝福之类的话。这种情景大多发生在太平盛世，或社会政治相对安定的时代，也由此可以判断这首诗应形成于西周早期。

此诗的内容并不复杂，每一章开头都是以"南山有……北山有……"起兴，然后反复说"乐只君子"，如何如何。"邦家之基""邦家之光"应是歌颂国家贤人执政，"民之父母"应是歌颂国君慈爱贤明，"遐不眉寿""遐不黄耇"应是宾客祝福主人之辞。这首诗与《小雅·天保》有相似之处，《小雅·天保》一诗中有"受天百禄，降尔遐福""君曰卜尔，万寿无疆""如月之恒，如日之升。如南山之寿，不骞不崩"等语，苏辙《诗集传》卷九解释说："《天保》，下报上也。人君以《鹿鸣》之五诗宴其群臣，《天保》者，岂以答是五诗于其宴也皆用之欤？其言皆臣下所以愿其君。"《南山有台》是《小雅》中的第十二首，其诗意与《天保》大致相同，也应是宾客答谢主人之诗。正如清代《御

纂诗义折中》卷九说:"《南山有台》,下报上也。……此则宾乐主人
也。'乐只君子',即有酒之君子也。乐其燕而祝其寿,非谀也。民者,
天所生也;君者,治民者也。父母以养之,德音以教之,则民寿矣。"
认为这是"宾乐主人"之诗,可谓得其诗旨。

此诗的教诫意义是:在古代的宴享聚餐之时,奏乐歌诗,有着深刻
的文化意涵,这些文化意涵起着无形的凝聚力作用。而当今社会的宴会
聚餐,缺乏这种高雅的文化意涵,值得我们反思。

古今学者对于此诗的理解,大体有如下几种意见。

一 "宴享乐歌说"

朱熹《诗集传》卷九说:"此亦燕飨通用之乐歌。……所以道达主
人尊宾之意,美其德而祝其寿也。"此说法与上述观点大抵相合,只是
朱熹将此诗当作主人祝福宾客之诗,这与诗中"民之父母"等语不能
相协。细读此诗,这应是宴享之时宾客答谢与祝福主人之诗,正如上面
所引《御纂诗义折中》的意见,兹不赘述。

二 "乐得贤说"

《毛诗序》说:"《南山有台》,乐得贤也。得贤则能为邦家立太平
之基也。"郑玄《笺》:"人君得贤,则其德广大坚固,如南山之有基
趾。"《仪礼·乡饮酒礼》郑玄注:"《南山有台》,言太平之治,以贤者
为本。爱友贤者,为邦家之基。民之父母既欲其身之寿考,又欲其民德
之长也。"

毛诗的说法,应是依据《左传》对此篇"乐只君子,邦家之基"
一句的援引。《左传·昭公十三年》载孔子援引此句来赞美子产"足以
为国基",又说:"子产,君子之求乐者也。"考郑国历史,子产可谓国
家栋梁之材,他"使都鄙有章,上下有服,田有封洫,庐井有制"[①],

---

① 使城市与边境的事务有了规章,上下尊卑有了制度,田地有疆界与沟渠,村落房舍与水
井有了合理的安排。

"作丘赋"①，提议"不毁乡校"，又善于辞令，任人唯贤……司马迁评价子产说："为相一年，竖子不戏狎，斑白不提挈，僮子不犁畔。二年，市不预贾。三年，门不夜关，道不拾遗。四年，田器不归。五年，士无尺籍，丧期不令而治。"② 司马迁所言不虚，正如诗中所说"乐只君子，邦家之基"。

此外，《左传》还有两处关于援引此句的诸侯国外交活动的记载。

《左传·襄公二十年》载，季武子到宋国去，回报向戌的聘问。宋大夫褚师段迎接他，让他接受宋国国君的享礼。季武子先赋《小雅·常棣》的七章与末章③，表示鲁与宋为婚姻之国，要和睦相处。宋国人赠送他一份重礼，季武子回国复命，鲁襄公设礼慰劳他。季武子又赋《小雅·鱼丽》卒章④，赞颂襄公派遣使者及时。襄公则赋《小雅·南山有台》（杜预注说，襄公取其中"乐只君子，邦家之基"等语表彰季武子），季武子离开座席说："下臣不敢当。"

《左传·襄二十四年》载，范宣子为晋国的执政大臣，他要诸侯向盟主晋国纳税，郑国不堪重负。后来，郑简公到晋国去，子产写信给范宣子说："您是晋国的执政官，各国诸侯未曾听人传颂您的美德，只听闻您征收了贡品重税。我听说君子执掌国政，不担心财物不足，只担心没有好的声誉。若诸侯的财宝都入了晋国的宫室，诸侯就会对晋国产生叛离之心。若这些财宝入了您的私囊，国人就会对您产生叛离之心。诸侯有叛离之心，晋国就不能保全；晋人有叛离之心，您的家就不能保全。您为何如此糊涂呢？好的声誉可以传播美德，美德是一国的基础，有了好的基础，国家就不会衰亡，您为何不尽力去谋求这一切呢？《诗经》说'乐只君子，邦家之基'，这是称颂君子有美德。"范宣子认为

---

① 其主要内容是在改革土地制度的基础上，改革赋税制度，按田亩增粮税、服兵役，以充实国库，增强军备，削弱旧贵族势力，达到富国强兵的目的。
② 《史记》，中华书局，2003，第3101页。
③ 《小雅·常棣》七章："妻子好合，如鼓瑟琴。兄弟既翕，和乐且湛。"末章："宜尔家室，乐尔妻帑。是究是图，亶其然乎？"
④ 《小雅·鱼丽》卒章："物其有矣，维其时矣。"

子产说得很对，愉快地接受了他的建议。

以上所说郑国的子产、鲁国的季武子、晋国的范宣子，皆可称得上"邦家之基"，国家能得到这些贤能之士，是国家之幸，也是万民之福。这些材料应当是持"乐得贤说"的文献根据。毛诗之后，宋代欧阳修的《诗本义》，李樗、黄櫄的《毛诗李黄集解》，范处义的《诗补传》，严粲的《诗缉》等持同样的观点。

单纯从"邦家之基""邦家之光"之句来看，是有得贤人之意。但这只是宾客歌颂与赞美主人美德的一个方面，并非国君得贤人之时诗人为之所作的诗。因为君主得贤人之时，尚未见到贤人的执政业绩，于此时作诗歌颂，似乎为时过早，所以此说并不可取。

三 "颂天子说"

姚际恒《诗经通论》驳《毛诗序》"乐得贤"之说，又驳朱熹"燕飨通用之乐"，而以为此诗为"臣工颂天子之诗"。姚氏的理由是，见《燕礼》《乡饮酒礼》皆用此诗，于是质疑："岂作者预立其程，使上、下通用乎？"其意是说，诸侯的燕享之礼，与乡间的乡饮酒礼都不约而同地用《南山有台》之诗，其中应该有共通的心意要表达，即在下的诸侯以及臣民在宴饮之时，皆不忘颂赞在上的天子。按：西周是一个等级森严的宗法社会，天子之礼不可随意僭越，故当有人问及孔子等人关于天子之礼时，皆言不知，文献记载天子之礼往往付之阙如。况且，文献中更无臣工颂天子之诗的记载。故姚际恒此说，可能只是个人的臆度。

四 "祝宾客说"

方玉润认为此诗的主旨是"祝宾"，并说，既然《仪礼》中的《乡饮酒礼》及《燕礼》都歌唱此篇，则此篇就并非指专颂天子一人之诗。他引元代刘瑾《诗经通释》说"此诗上下通用之乐。当时宾客容有爵齿俱尊，足当之者。盖古人简质，如《士冠礼》祝辞亦云'眉寿万年'，又况古器物铭所谓'用薪（祈）万年'，'用薪眉寿'，'万年无疆'之类，皆为自祝之辞"。所以，他认为此诗以"万寿"二字来祝颂宾客，是合情合理的。

方玉润赞同朱熹所说此篇与《鱼丽》《南有嘉鱼》有其次序，他在《诗经原始》卷九说："《集传》于《鱼丽》曰'优宾'，于《嘉鱼》曰'乐宾'，于此曰'尊宾'，颇得燕乐次序。"但认为此三篇并非同出一时，而是后王用以入乐，其词义有先后与重轻之分。

上面已经说到，朱熹将此诗当作主人祝福宾客之诗，与诗中"民之父母"等语不能相协。主人不应将宾客当作"民之父母"，相反，此诗应是宾客答谢与祝福主人之语。方玉润观点与朱熹相近，故也是站不住脚的。

节南山之什

小 宛

【原文】

宛彼鸣鸠，翰飞戾天。我心忧伤，念昔先人。明发不寐，有怀二人。

人之齐圣，饮酒温克。彼昏不知，壹醉日富。各敬尔仪，天命不又。

中原有菽，庶民采之。螟蛉有子，蜾蠃负之。教诲尔子，式穀似之。

题彼脊令，载飞载鸣。我日斯迈，而月斯征。夙兴夜寐，毋忝尔所生。

交交桑扈，率场啄粟。哀我填寡，宜岸宜狱。握粟出卜，自何能谷？

温温恭人，如集于木。惴惴小心，如临于谷。战战兢兢，如履薄冰。

【字义】

1. 宛：宛如。2. 鸠：斑鸠、雉鸠一类鸟的统称。3. 翰：翅羽。4. 戾（lì）：至。5. 先人：周宣王。6. 明发：朱熹《诗集经传》："明发，谓将旦而光明开发也。"7. 二人：指周文王、武王。8. 齐：中正。9. 圣：智慧。10. 温克：温和恭敬。11. 富：甚。12. 仪：威仪。13. 又：再。14. 中原：即原野之中。15. 菽：大豆。16. 螟蛉（míng líng）：螟蛾幼虫。17. 蜾蠃

194

(guǒ luǒ)：细腰蜂，螟蛾幼虫常被细腰蜂捉去养育。18. 式：用。19. 穀：善。20. 似：继承。21. 题：本意是额头，这里引申为抬头看。22. 脊令：即鹡鸰，水鸟名。23. 迈、征：郑玄《笺》："皆行也。"24. 忝：辱没。25. 所生：父母。26. 交交：往来翻飞之貌。27. 桑扈：即食肉之青雀，又名窃脂。28. 率：沿着。29. 场：打谷场。30. 填：通"瘨"，病的意思。31. 岸：通"犴"，牢狱。32. 卜：问。33. 谷：粟，俗称小米。

【解析】

　　这是一首王族之间兄弟的规讽之诗，其作者是何人，为何而作，有较大争议。《毛诗序》说："《小宛》，大夫刺幽王也。"郑玄《笺》："亦当为刺厉王。"《毛诗》一派认为，《小宛》是一首规讽的刺诗，是卿大夫刺周幽王，郑玄则认为是刺周厉王。学者多认同毛公的意见。

　　朱熹不认同《毛诗》一派的意见，他在《诗集传》卷五中说："此大夫遭时之乱，而兄弟相戒以免祸之诗。故言彼宛然之小鸟，亦翰飞而至于天矣，则我心之忧伤，岂能不念昔之先人哉？是以明发不寐，而有怀乎父母也，言此以为相戒之端。"朱熹认为，此诗是卿大夫家庭兄弟之间，在乱世时相戒免祸之诗，将此诗中的"二人"解释为共同的父母。朱熹观点的合理之处在于将此诗解释为兄弟之间免祸之诗。值得商榷的地方在于，此诗所写并非一般家庭的兄弟，因为诗中有"人之齐圣""天命不又"的诗句，这并非一般家庭兄弟之间的语言，而应是王族家庭兄弟之间的语言。如果此诗是刺周幽王之诗，那此诗的作者应当是幽王的兄弟。幽王有兄弟吗？有的！周幽王有一个弟弟，名姬望（后世称姬余、姬余臣）。那么我们可以推测，当周幽王荒淫无道，朝廷出现政治危机之时，他的弟弟忧心如焚，担心先王之业从此毁灭而写下这首诗。毛诗一派与朱熹一派都只说对了一部分，但都未进一步推断作者其人。综合这两派的观点进一步推理，这是一首王族兄弟之间的规讽之诗，作者应是姬余臣。

　　在周幽王当政时，姬余臣只是一个不知名的兄弟，他在那时写下了这首诗。但是后来事态的发展，不幸被姬余臣言中。公元前771年，犬戎攻陷镐京，杀周幽王，西周王朝覆灭。太子宜臼在申侯等人的扶持下，继承王位，即为周平王。与此同时，虢公翰等人在携地拥立周幽王之弟姬余臣为王，史称周携王。孔颖达《左传正义》引《汲冢纪年》说："幽王既弑，申侯、鲁侯及许文公立太子宜臼于申，虢公翰立王子余臣于携，二王并立。二十一年，携王为晋文侯所杀"。

所以，此诗应是姬余臣在周幽王生前写下的劝诫之诗。当然，关于姬余臣为《小宛》作者之事，还应有进一步的详细考证。这里只是对毛诗一派和朱熹一派的意见加以综合，以作为一个比较合乎情理的推论。

关于此诗为何称为《小宛》，苏辙《诗集传》卷十一说："《小旻》《小宛》《小弁》《小明》四诗，皆以小名篇，所以别其为《小雅》也。其在《小雅》者，谓之小。故其在《大雅》者，谓之《召旻》《大明》，独《宛》《弁》阙焉，意者孔子删之矣。虽去其大，而其小者犹谓之小，盖即用其旧也。"《诗经》中的诗一般以首句命篇名，所以苏辙认为，可能在《大雅》中也有首句带"宛"字的诗题，后来其诗被孔子删去。但这只是推测之辞。"小宛"之"小"，可能还是与此诗入于《小雅》有关系。

下面逐句解释一下此诗。

诗首章说："宛彼鸣鸠，翰飞戾天。"宛，有人解释为"小弱貌"，也有人解释为"宛然""宛如"。"宛如"应是此字的本义。"翰"，有人解释为"高"，有人解释为"羽"。"翰"字从羽，其本义应是翅羽之意。"翰飞戾天"与常见的"鸢飞戾天"只差一字，"戾"是至之意。此句的意思是，就像那平时飞蹿于榆林之间的鸣鸠小鸟一样，它仍有志于高飞到天上。"我心忧伤，念昔先人。明发不寐，有怀二人。"想到此，我的心中很忧伤，这使我怀念昔时先人（周宣王）的作为。我从晚上到天明都难以入睡，缅怀两位尊敬的古人（周文王、周武王）。

诗二章说："人之齐圣，饮酒温克。"具有中正智慧的人，饮酒时能保持温和恭敬的仪态，能够克制自己，不至醉酒失态。"彼昏不知，壹醉日富。各敬尔仪，天命不又。"可是那昏昧无知的人，专务酗饮，日以增益，唯酒是务。对于这样的人（周幽王），应当告诫他，请保持仪态。因为天命只有一次，不会再次降给他。

诗三章说："中原有菽，庶民采之。"原野之中的野生大豆，因为无主，民众都可以去采，诗人以此比喻王位无常家，勤于德者则得之。"螟蛉有子，蜾蠃负之。"螟蛾幼虫常被细腰蜂捉去养育，比喻王者有民众却不能善待，就会被新起的王者取代。"教诲尔子，式穀似之。"用善道教诲你的子民，王位无常，要修德以巩固你的王位。

诗四章说："题彼脊令，载飞载鸣。"题，本意是额头，引申为抬头看的意思。"脊令"即是鹡鸰鸟，常相互伴行，诗人多用来比喻兄弟之情。《诗经·小雅》中有一首写兄弟之情的《常棣》之诗，其中说："常棣之华，鄂不韡韡。凡今之人，莫如兄弟。死丧之威，兄弟孔怀。原隰裒矣，兄弟求矣。脊令在原，兄弟急难。每有良朋，况也永叹。"范处义《诗补传》解释"脊令"说："脊令，雍渠也。飞则鸣，行则摇，首尾相应，亦喻兄弟也。"同样，此诗的第四章引出"脊令"，也是隐喻兄弟之情。前两句的意思是说，抬头看那两只脊令鸟，边飞边鸣，互相呼应。这是起兴，也是比喻。正如范处义《诗补传》卷十九所说："视脊令飞鸣，首尾相应，谓王有兄弟，宜知友爱。""我日斯迈，而月斯征。夙兴夜寐，无忝尔所生。"迈、征，郑玄《笺》释为"皆行也"。朱熹《诗集传》卷五说："我既日斯迈，则汝亦月斯征矣。言当各务努力，不可暇逸取祸，恐不及相救恤也。夙兴夜寐，各求无辱于父母而已。"依据他们的解释，笔者进一步推断，这应是姬余臣当时规劝兄长周幽王的话。

诗五章说："交交桑扈，率场啄粟。"往来的食肉青雀，沿着谷场啄粟，失去了居食之所。"哀我填寡，宜岸宜狱。"那些衰病孤寡之人，遭遇官司而下狱，真是令人悲哀。"握粟出卜，自何能穀？"把粟握在手中，试问如何才能长出谷子？这些事都是不合道理的。

诗末章说："温温恭人，如集于木。惴惴小心，如临于谷。战战兢兢，如履薄冰。"那些温顺恭敬的人们，就像站在树颠之上，怕摔下来。又像临于深谷之边，怕跌下去，因而惴惴小心。又好像走在薄冰之上，战战兢兢。

此诗末章与《小旻》"战战兢兢，如临深渊，如履薄冰"意思相同。而关于《小旻》一诗，《毛诗序》说"大夫刺幽王"，而郑玄《笺》认为"大夫刺厉王"。对于这两首诗，毛公与郑玄做了同样的评论，且这两首诗在《诗经》的顺序上是相接的。若如笔者所说，《小宛》是周幽王之弟姬余臣所作，那么《小旻》一诗也应是姬余臣所作。这是笔者的一个推断，以供读者参考。

分析完诗意之后，接下来谈谈诗中的"螟蛉有子，蜾蠃负之"之句。古人误以为是蜾蠃代螟蛾哺养幼虫，因而后世将收养义子说成"螟蛉义子"，但经南北朝时期医学家陶弘景观察，蜾蠃将螟蛉衔回窝中，用尾上的毒针刺入螟蛉体内，并在其身上产卵。所以，螟蛉并不是义子，而是蜾蠃幼虫的食物。

诗中"我日斯迈，而月斯征"在后世凝练为成语"日迈月征"，意思是日月不停地运转，比喻时间不断推移。"夙兴夜寐"一词，不单在《小宛》一诗中出现，也见于《卫风·氓》《大雅·抑》之诗，意思是早起晚睡，形容非常勤奋。"夙兴夜寐"作为成语，经常被后世引用，如李斯《泰山刻石》："皇帝躬圣，既平天下，不懈于治，夙兴夜寐，建设长利，专隆教诲，训经宣达。"康熙帝给《日讲易经解义》作序说："朕夙兴夜寐，惟日孜孜，勤求治理，思古帝王立政之要，必本经学。"

谷风之什

北 山

【原文】

陟彼北山,言采其杞。偕偕士子,朝夕从事。王事靡盬,忧我父母。

溥天之下,莫非王土。率土之滨,莫非王臣。大夫不均,我从事独贤。

四牡彭彭,王事傍傍。嘉我未老,鲜我方将。旅力方刚,经营四方。

或燕燕居息,或尽瘁事国。或息偃在床,或不已于行。

或不知叫号,或惨惨劬劳。或栖迟偃仰,或王事鞅掌。

或湛乐饮酒,或惨惨畏咎。或出入风议,或靡事不为。

【字义】

1. 陟:登。2. 偕偕:强壮貌。3. 靡(mǐ)盬(gǔ):没有休止。4. 溥(pǔ):通"普"。5. 率:循着。6. 不均:处事不公正。7. 贤:此诗指劳累。马瑞辰《毛诗传笺通释》:"贤之本义为多……事多者必劳,故贤为多,即为劳。"8. 彭彭、傍傍:《毛诗传》谓:"彭彭然不得息,傍傍然不得已。"得不到休息,忙于应付之意。9. 鲜:好,善。10. 将:壮,大。11. 旅力:旅通"膂",体力。《广雅》:"膂,力也。"12. 经营:奔走劳作。13. 燕燕:安逸自得。14. 息偃:安息,休息。15. 行(háng):道路。16. 惨惨:忧闷,忧愁。17. 栖迟:游息。18. 偃仰:

安居。19. 鞅掌：事多繁忙。钱澄之《田间诗学》："鞅掌，即指勤于驰驱，掌不离鞅，犹言身不离鞍马耳。"20. 湛（dān）：同"耽"，沉湎。21. 咎：罪过，过失。22. 风议：发议论。《御纂诗义折中》："或出入风议，则己不任劳，而转持劳者之短长。"

【解析】

这是一首发牢骚抒发心中怨恨之诗。此诗的作者属于士人阶层，是从属于大夫的小臣。然而，就是这样一位小臣，却写出了"溥天之下，莫非王土。率土之滨，莫非王臣"这样的千古名句。此句的大意是为国家与君主效力尽责，本是臣子的职分，大家都应当尽职尽责，努力而为。然而现实却是士人小臣劳累不堪，而大夫阶层却优哉游哉，闲得要命，这实在是太不公平了！其实这位小臣说的现象，并非当时这个时代所特有的，历朝历代官场之中，乃至现在的职场之中，都有类似的情景。所以，这位小臣的牢骚与抱怨，又具有一种历史和现实的普遍性。

先谈谈这首诗的历史背景。这首诗的内容全是对高层（大夫们）的抱怨，按照经学家们的解释，诗人凡对国君有怨言，皆不明说，而降下一级指斥某些大夫，如南宋王质《诗总闻》卷十三说："大率诗人于君多婉。"这个说法是有道理的。

综观西周历史，最有名的昏君便是周厉王与周幽王。凡是反映政治黑暗的诗篇，往往被归结为作于这两个时代，因而此诗便被经学家们坐实为作于周幽王时代。如《毛诗序》说："《北山》，大夫刺幽王也。役使不均，己劳于从事而不得养其父母也。"《毛诗李黄集解》卷二十六说："言幽王之时役使臣下不均，《北山》之大夫独劳于从事，不得休息，其他大夫未必尔。《北山》之大夫所以怀怨，不得养其父母，而作此诗也。"方玉润《诗经原始》说："幽王之时，役赋不均，岂独一士受其害？然此诗则实士者之作无疑。"

上述学者认为此诗作于周幽王之时，并未提出确凿的理由，而只是一种推理而已。官场中劳逸不均的社会现象，历来皆有，不只存在于周幽王执政的黑暗时代，即使在政治不甚黑暗之时，也常发生此类现象。所以，将一切不平之事都放在周幽王时代，未必符合历史事实。

接下来谈谈此诗的作者。

《毛诗序》与《毛诗李黄集解》都认为是大夫所作，认为是此等大夫怨彼等大夫。南宋朱熹也有类似的看法，他在《诗集传》卷五中说："大夫行役而作此诗。"这种见解是不准确的，因为此诗明言"偕偕士子，朝夕从事"，定非大夫所作。清代姚际恒《诗经通论》纠正此谬说："此为为士者所作，以怨大夫也，故曰'偕偕士子'，曰'大夫不均'，有明文矣。"郝懿行、王照圆《诗问》卷四说："《北山》，刺不均也。余问：'《序》云大夫刺幽王也。臣任劳，辄怨不均，非大臣之体。'瑞玉曰：'小臣尔。《经》言偕偕士子。士者，大夫属臣，故怨大夫不均；子者，有父母之称，故言'忧我父母'。大臣虽劳不怨，怨则不忠；小臣役不均，怨自其宜。'"上面已引方玉润之言说"此诗则实士者之作无疑"，姚际恒亦说此诗为士所作，《诗问》作者更是详细地分析了大夫与士的不同处境与心态。大臣不可以怨上，怨上则不忠，因为大臣有优渥的地位和待遇，且是统治阶级的一员。小臣则不然，因为他们是底层士人，受压迫甚深，所谓"不平则鸣"，有怨愤之言，发泄内心的不满，是能为人们所理解的。

前面讨论了作者的时代与身份，接下来分析一下诗意。

诗首章说："陟彼北山，言采其杞。"此处的"北山"，宋代范处义《诗补传》卷二十分析说："凡诗人言南北，虽或指所见，大概南言其明，北言其不明。……故人多采之喻王。"这种说法虽然新颖，但未必符合事实。如《齐风·南山》《小雅·节南山》都是写黑暗不明之事，所以南北二字未必各含暗喻。其实此诗首二句与《召南·草虫》中的"陟彼南山，言采其薇"的句式相同，在这里应是起兴之句，是为了后两句押韵，并无特别的意义。下句说："偕偕士子，朝夕从事。"这是此诗的主题。后面又紧接着引出"王事靡盬，忧我父母"，"王事"可理解为公事，主人公忙于公务不已，无暇照顾家中父母，心怀忧思。这是对"偕偕士子,朝夕从事"的补充说明,进一步点出主题思想。

诗二章说:"溥天之下,莫非王土。率土之滨,莫非王臣。大夫不均,我从事独贤。"普天之下,都是国君的土地。四海之内,都是国君的臣民。可是,大夫们分配劳役不公,什么事情都差遣我去做,使我不堪劳累,这太不公平了!

前四句,如果孤立地、抽象地去看的话,一般会理解为君主具有独一无二的地位,享有至高无上的权势。后世许多人也是这样理解与引用的,其实这是一种错误的理解。当年,咸丘蒙向孟子提出这个问题,说:"《诗》云:'溥天之下,莫非王土。率土之滨,莫非王臣。'而舜既为天子矣,敢问瞽瞍之非臣如何?曰:'是诗也,非是之谓也。劳于王事而不得养父母也。'曰:'此莫非王事,我独贤劳也。'故说诗者不以文害辞,不以辞害志,以意逆志,是为得之。"孟子之意是说,《北山》之诗中这四句话,主要是为了说明作者劳于王事而不得养父母,自己与同僚从事公务,唯独自己太过于辛劳,并非要表达君臣的归属关系。他告诫说诗者不应脱离语境,做望文生义、断章取义的理解。后两句"大夫不均,我从事独贤"意思是说下层士人与大夫之间的差别过大,自己太过于辛劳。这里的"贤",是辛劳之意。正如清代马瑞辰《毛诗传笺通释》所说:"贤之本义为多……事多者必劳,故贤为多,即为劳。"

诗三章说:"四牡彭彭,王事傍傍。嘉我未老,鲜我方将。旅力方刚,经营四方。"意思是说,马不停蹄,人不歇息,是因为上司觉得我不老吗,还是觉得我身体健壮,有使不完的力气,可以独任劳苦,役使经营四方?此章是对上一章的补充解释。

诗四章、五章、六章连续用十二个"或"字,分别描述大夫与士人的六种不同的生活现状。诗人将每两种现象做一对比,通过三组对比,描写了大夫与士人两种截然不同的人生状态。诗四章,大夫"燕燕居息""息偃在床",在家中安闲舒适,吃饱饭高枕无忧;士人则"尽瘁事国""不已于行",为国事尽心竭力,奔走不息。诗五章,大夫

"不知叫号""栖迟偃仰"，从来不知人民叫天喊地，生活那样悲惨；自己安享清福，悠闲自在，士人则"惨惨劬劳""王事鞅掌"，为国事忙碌累惨。诗六章，大夫"湛乐饮酒""出入风议"，沉迷于逸乐，啜饮着美酒，夸夸其谈地发表言论，评论士人的是非过错；士人则"惨惨畏咎""靡事不为"，提心吊胆，生怕自己做错了什么，不知何时要灾祸临头。各种事情都要自己动手，成天忙得不亦乐乎。两种鲜明对立的形象，用对比的方式表现出来，揭露了当时社会不平等的人与人之间的地位，以及极不合理的社会现象。诗在几组对比之后，戛然而止，诗人不做评论，也未发感慨。

姚际恒《诗经通论》评论说："'或'字作十二叠，甚奇；末句无收结，尤奇。"从写作手法上来说，这是一种极其高明的手法，引起后世文人的效仿。如唐代韩愈的五言诗《南山诗》其中两段，一段连用十九个"或"字，描写南山的形态各异："或连若相从，或蠥若相斗。或妥若弭伏，或竦若惊雊。或散若瓦解，或赴若辐凑。或翩若船游，或决若马骤。或背若相恶，或向若相佑。或乱若抽笋，或嵲若注灸。或错若绘画，或缭若篆籀。或罗若星离，或蓊若云逗。或浮若波涛，或碎若锄耨。或如贲育伦……"另一段则连用三十个"或"字，描写南山的千奇百状："或累若盆罂，或揭若甑豆。或覆若曝鳖，或颓若寝兽。或蜿若藏龙，或翼若搏鹫。或齐若友朋，或随若先后。或迸若流落，或顾若宿留。或戾若仇雠，或密若婚媾。或俨若峨冠，或翻若舞袖。或屹若战阵，或围若蒐狩。或靡然东注，或偃然北首。或如火熹焰，或若气饙馏。或行而不辍，或遗而不收。或斜而不倚，或弛而不彀。或赤若秃髯，或熏若柴槱。或如龟拆兆，或若卦分繇。或前横若剥，或后断若姤。"此诗与《小雅·北山》一样，皆两句一对比。而《北山》一诗在将士人与大夫的人生状态做对比之后，不加任何评论，让人感觉这实在是看不下去了，故不加任何评论，而实际超出了评论的效果，正所谓"此时无声胜有声"，这是作者写作手法的高明之处！

最后谈谈后世学者对此诗"大夫不均，我从事独贤"一句的理解：

　　"大夫不均，我从事独贤"，此句本是士人抱怨劳逸不均的话，但历史上也有不同的理解，如《左传》的作者则认为，此句的意思是不谦让，而谦让是礼的根本。他列举在治世与乱世中，"谦让"对国运盛衰的不同影响。《左传·襄公十三年》载："让，礼之主也……其《诗》曰：'大夫不均，我从事独贤。'言不让也。世之治也，君子尚能而让其下，小人农力以事其上，是以上下有礼，而谗慝黜远，由不争也，谓之懿德。及其乱也，君子称其功以加小人，小人伐其技以冯君子，是以上下无礼，乱虐并生，由争善也，谓之昏德。国家之敝，恒必由之。"在治世，君子崇尚贤能，对下谦让，下级努力劳作以事上级，因此上下有礼，奸邪被弃，不争成为美德。反之，在乱世，君子夸耀功劳，凌驾于民众之上，底层民众夸耀技艺欺凌君子，上下无礼，动乱残虐。国运的衰败，从不懂得谦让开始。笔者以为，《左传》的作者将是否谦让看作治世、乱世的根源之所在，是有一定道理的，但是他将此句从篇中抽出来，孤立地对其进行理解，则是不正确的。因为寻章摘句，只能对文句意思做出错误的理解。

甫田之什

裳裳者华

裳裳者华，其叶湑兮。我觏之子，我心写兮。我心写兮，是以有誉处兮。

裳裳者华，芸其黄矣。我觏之子，维其有章矣。维其有章矣，是以有庆矣。

裳裳者华，或黄或白。我觏之子，乘其四骆。乘其四骆，六辔沃若。

左之左之，君子宜之。右之右之，君子有之。维其有之，是以似之。

【字义】

1. 裳（cháng）裳：苏辙《诗集传》："裳裳，犹堂堂也。……君子内修其身，充满而发于外，人望见其容貌而知其君矣，譬如堂堂之华。" 2. 湑（xǔ）：茂盛貌。 3. 觏（gòu）：遇见。 4. 之子：此人，这里指诸侯即位新君。 5. 写：悦乐。吕祖谦《吕氏家塾读诗记》："丘氏曰'写'，喜而舒写也。" 6. 誉处：孔安国《疏》说："是以有声誉之美而处之兮。" 7. 芸、黄：苏辙《诗集传》："黄，色之正也；芸，黄之盛也。" 8. 章：文章、才华。 9. 骆：《说文解字》："马白色黑鬣尾。" 10. 辔（pèi）：驾驭马的缰绳。六辔：古时一车四马，内侧两马称"服马"，各一根缰绳，外侧两马称"骖马"，各两根缰绳。 11. 沃若：光润。12. 似：与父辈德行相似。

【解析】

这是一首周天子接见诸侯即位新君而感到欣慰喜悦的诗。

此诗共四章。诗首章开篇以"裳裳者华"起兴，"裳裳"即是"堂堂"之意。诗人赞美诸侯即位新君仪表堂堂，人望见其容貌威仪而知其为君主。"其叶湑兮"是说枝叶甚为繁盛，隐含之意是公室枝叶茂盛，可以庇护其本根。"本根"指即位新君，说明新君的地位甚是巩固。此处有一则《左传·文公七年》所记载的故事："（宋）昭公将去群公子，乐豫曰：'不可。公族，公室之枝叶也。若去之，则本根无所庇荫矣。葛藟犹能庇其本根，故君子以为比，况国君乎？'"这里强调"其叶湑兮"，即隐含"庇其本根"的意思。"我觏之子，我心写兮。我心写兮，是以有誉处兮。"意思是说，周天子见到即位新君而倾心，心情甚是喜悦。君臣相得，声誉益彰。

诗二章的意思与诗首章大致相同，"裳裳者华，芸其黄矣"，欧阳修《诗本义》解释说："言其华色光耀，喻有功之臣功烈显赫也。""我觏之子，维其有章矣。维其有章矣，是以有庆矣。"意思是说，这位新君文采斐然，所以能得庆于后世，世禄不绝。

诗三章说："裳裳者华，或黄或白。"吕祖谦《吕氏家塾读诗记》解释说："丘氏曰：'言白者，取韵便也。''骆'解见《四牡》，朱氏曰：'言其车马威仪之盛。'"此章中的"或黄或白"并无特别的意思，用"白"字，只是为了与后面的"骆""若"两字押韵。这一章主要描述诸侯即位新君的车马威仪之盛，从侧面衬托新君的威仪俊朗。

诗末章说："左之左之，君子宜之。右之右之，君子有之。"《毛诗传》释"左"为"阳道朝祀之事"，释"右"为阴道丧戎之事。意思是说，此即位新君在文治武功方面是全才。《老子》言"吉事尚左，凶事尚右"，其所透显的意思是：吉事即是指文治之事，凶事即是指战争之事。战争杀人众多，要带着悲痛的心情参加战争，战胜了也要用办理丧葬事的礼节去处理它。毛诗一派顺着老子的思路解此诗。此即位新君正因为有此文武之才，所以得到周天子的赞赏，认为他与父辈德行相似。古代非常重视子孙与父祖辈德行"相似"，若与父祖辈德行不相似，则会被称为"不肖子孙"。"不肖"，即不相似之意。

分析完诗意之后，接下来谈谈此诗的诗旨。

关于此诗的诗旨，新近出土的战国竹简《孔子诗论》说："《裳裳者华》，则【以人】贵也。"意思是说此诗写的是因人而贵。至于因何人而贵，孔子没有具体说。

《孔丛子》载孔子之言说："于《裳裳者华》，见古之贤者世保其禄也。"春秋时期，各诸侯国大多实行世禄制度，祖先有功德于世，受到君主封赏，世代可以享受禄位。当然，也需要后世子孙好善修德，才能保其禄位。同样，《孔丛子》也没有指明此诗的主人公是何身份。

此诗是写实之诗，所指必有其人。关于所指之人，历史上主要有以下几种说法。

第一种说法，指周天子见诸侯即位新君，而不特指某人。从诗中的文字看，是周天子初见诸侯即位新君，一见倾心。

朱熹《诗集传》说："此天子美诸侯之辞，盖以答《瞻彼洛矣》也。言裳裳者华，则其叶湑然而美盛矣。我觏之子，则其心倾写而悦乐之矣。夫能使见者悦乐之如此，则其有誉处宜矣。"

《御纂诗义折中》卷十四说："《裳裳者华》，天子会诸侯于东都而嘉美之也。……《裳华》之美诸侯也，兼嘉其右文。"

魏源《诗古微》说："《裳裳者华》，亦诸侯嗣位初朝见之诗……盖朝于东都所作。"又说："《裳裳者华》之诗，初说曰：'此美贤者功臣之后世，其德誉、文章、威仪似其先人，以见不可废绝之意。'盖周先王于国之子弟，尽其教养之方，故其成就若此。虽更幽、厉之衰，而不能忘也。末言其先世之君子，才全德备，左宜右有，是以其子孙肖似之，而如此也。"

上述学者的说法，比较接近诗旨。

第二种说法，将此诗所述之事坐实为周平王初见郑武公。

明代何楷《诗经世本古义》说："美同姓诸侯也。继世象贤，天子美之，意必为郑武公而作。"这是将诗中所赞美的诸侯坐实为郑武公。

清代姚际恒《诗经通论》卷十一说："终周之世，唯周公之后有鲁公，郑桓之后有郑武，足以当之。……观下文，单以'维其有之'为言，明是指武公帅师与复之事。"

当年，犬戎灭西周，杀周幽王，郑桓公为之战死。郑桓公之子郑武公即位，扶持周平王东迁洛邑。周平王与郑武公相识于患难之中，戎马倥偬，这与"我觏之子，我心写兮"这种初相遇而悦乐的情景不合。"乘其四骆，六辔沃若"这种排场，也与当时的情境不合。所以，此说并不可取。

第三种说法，"刺周幽王之说"。

《毛诗序》说："刺幽王也。古之仕者世禄，小人在位，则谗谄并进，弃贤者之类，绝功臣之世焉。"郑玄《笺》："华堂堂于上，喻君也；叶湑然于下，喻臣也。明王贤臣，以德相承而治道兴，则谗谄远矣。"细品此诗，其中并无讥刺之意，毛诗一派此解实为牵强。正如苏辙《诗集传》卷十三所说："至于小人谗谄，则是诗之所无。"

除上述三种说法之外，清代方玉润认为此诗诗旨"阙疑"。他在《诗经原始》卷十一中说："此诗与前篇互相酬答。上篇既无可考，则此亦当阙疑。唯末章似歌非歌，似谣非谣，理莹笔妙，自是名言，足垂不朽。"方玉润在释前篇《瞻彼洛矣》诗旨时，认为该诗"阙疑"，又认为此诗与《瞻彼洛矣》互相酬答。既是互相酬答，此诗诗旨亦"阙疑"。

分析完诗旨，最后谈谈后世学者对"左之左之，君子宜之。右之右之，君子有之"这一诗句的不同理解。

荀子认为，此句之意是君子能根据道义，屈伸有度，应对变化。《荀子·不苟》说："《诗》曰：'左之左之，君子宜之。右之右之，君子有之。'此言君子能以义屈信变应故也。"韩婴也认为此句之意是君子能权衡变化，应对世事。《韩诗外传》卷七载："孔子曰：'昔者，周公事文王，行无专制，事无由己，身若不胜衣，言若不出口。有奉持于前，洞洞焉若将失之，可谓子矣。武王崩，成王幼，周公承文武之业，履天子之位，听天下之政。征夷狄之乱，诛管蔡之罪，抱成王而朝诸侯。诛赏制断，无所顾问，威动天下，振恐海内，可谓能武矣。成王壮，周公致政，北面而事之，请然后行，无伐矜之色，可谓臣矣。故一人之身，能三变者，所以应时也。'《诗》曰：'左之左之，君子宜之。右之右之，君子有之。'"这种对"左之左之，君子宜之。右之右之，君子有之"的理解，不拘于老子"吉事尚左，凶事尚右"的传统解释。意思是说，君子处世，当左而左，当右而右，根据实际情况，灵活变通。有一种左右逢源、无往而不利的处世能力。此种解释，也可备一说。

车　辖

【原文】

间关车之辖兮，思娈季女逝兮。匪饥匪渴，德音来括。虽无好友，式燕且喜。

依彼平林，有集维鷮。辰彼硕女，令德来教。式燕且誉，好尔无射。

虽无旨酒，式饮庶几。虽无嘉肴，式食庶几。虽无德与女，式歌且舞。

陟彼高冈，析其柞薪。析其柞薪，其叶湑兮。鲜我觏尔，我心写兮。

高山仰止，景行行止。四牡骓骓，六辔如琴。觏尔新婚，以慰我心。

【字义】

1. 辖：车轴两端所设键钉，以防车轮脱落。2. 间关：车轴两端键钉插入之孔。《毛诗传》"间关，设辖貌"，不误。宋代戴溪《续吕氏家塾读诗记》卷二说："间关，车声。"误解也。3. 娈（luán）：美。4. 季女：少女。5. 逝：郑玄《笺》："逝，往也。大夫嫉褒姒之为恶，故严车设其辖，思得娈然美好之少女，有齐庄之德者，往迎之配幽王代褒姒也。"6. 括：约束之意。7. 式：用。8. 燕：通"宴"，宴会。9. 依：茂盛。10. 集：鸟栖息在树上。11. 鷮（jiāo）：长尾雉，古人认为是美丽、耿介之鸟。陆玑《毛诗鸟兽草木虫鱼疏》："鷮微小于翟，走而且鸣，曰鷮鷮。其尾长，肉甚美。"12. 辰：《毛诗传》："辰，时也。"13. 誉：古同"豫"，欢乐。14. 无射（yì）：不厌。15. 旨：美。16. 庶几：或许可以。17. 析薪：马瑞辰："今按《汉广》有刈薪之言，《南山》有析薪之句，《豳风》之《伐柯》与娶妻同喻，诗中以析薪喻昏姻者不一而足……以析薪喻娶妻为迎新也。"18. 湑（xǔ）：茂盛。19. 鲜：少。20. 觏（gòu）：遇见。21. 写：畅快。22. 仰：瞻望。23. 景行：大道。24. 骓（fēi）骓：马行不止貌。25. 六辔（pèi）：六条马缰绳。26. 如琴：像抚琴一样优美自如。

【解析】

关于此诗的主旨，学界主要有两种说法：一是以《毛诗序》为主的"刺幽王及褒姒说"。《毛诗序》说："《车辖》，大夫刺幽王也。褒姒嫉妒，无道并进，谗巧败国，德泽不加于民。周人思得贤女以配君子，故作是诗也。"二是以朱熹为代表的士人迎亲的"新婚说"。朱熹《诗集传》说："此燕乐其新昏之诗。故言间关然设此车辖者，盖思彼娈然之季女，故乘此车往而迎之也。"现代学者程俊英从朱熹之说，认为"这是一位诗人在迎娶新娘途中所赋之诗。他亲自驾着马车，没有仪仗和随从，可能是一位'士'。""新婚说"虽比较新颖，但从总体上说，还是《毛诗序》的解释更有历史合理性。

在中国古代的君主专制制度下，君主拥有至高无上的权力。君主是否英明，决定国家政治是否清明。如果君主勤政爱民，从善如流，那么政治必定会清明；如果君主昏庸残暴，荒淫腐朽，那么政治定然黑暗。然而，在尊王的情怀下，即使政治黑暗，君主昏暴，大臣乃至民众并不会认为是君主的过错，而是将一切的怨怼归结于君王的妻妾或佞臣，认为只要换上一位贤明的王后或除去佞臣，任用贤能，就能使君王回心转意，扭转颓坏的政治局面，进而呈现清明的政治气象。

以当今的视角来看，古人的思维不免愚蠢而可笑，但当时的政治大背景就是如此。所以此诗与其说是一首真实的娶亲迎新诗，不如说是一位士大夫在一种无奈的心态下所写的政治幻想诗。正如郝懿行、王照圆《诗问》所说："是时褒姒专昵，忠谏无路，诗人不得已，思得贤媛以为内助。"

下面来看看这首诗的大意。

诗首章的开头两句说："间关车之辖兮，思娈季女逝兮。"古代的车为木所制，车轴两端插着轮辐。为防车轮脱离车轴，车轴两端钻有木孔，叫"间关"，"间关"中插上三寸铁钉，叫"间关设辖"。所以后世有"关键""关辖"之词。

此诗以"间关车之辖兮"起兴，认为车之所以能正常运行，其关键在于在"间关"中插入键钉。由此引出下一句"思娈季女逝兮"，要使王朝政治清明，便要在君王身边安插一位贤德的美少女，以取代狐媚的褒姒。"匪饥匪渴，德音来括"，之所以要一位有贤德的美少女，不是因为国人渴望瞻望美色，而是希望有贤德的声音来约束君王。"虽无好友，式燕且喜"，古人与好友相聚，才会设宴，若真有一位贤德的美少女来到了君王的身边，虽然不是好友相聚，也要大摆宴席，欢天喜地地庆祝。

诗二章以"依彼平林，有集维鷮"起兴，意思是说，在那茂密的树林中，栖息着美丽耿介的长尾雉。由此引出下一句"辰彼硕女，令德来教"，希望能有一位美丽的女子，用她的美德来教导冥顽不灵的周幽王。此处用了"令德来教"四字，用语极为准确。试想，世上哪个男人娶妻是希望她"令德来教"呢？这显然是幽王朝中大夫们对冥顽不灵的君王失望之后所发出的愤懑之声,幻想一位有德的美少女来教导他。当然,这只是当时大夫们的一种幻想,历史上并没有发生这样的事情。"式燕且誉,好尔无射",仍然是幻想的延续,大夫们幻想贤女配君王之后,将来与君后一起宴饮时,大家一起称誉他们,对他们喜爱不厌。

诗三章说:"虽无旨酒,式饮庶几。虽无嘉肴,式食庶几。虽无德与女,式歌且舞。"意思是,虽然酒味不算美,希望你也喝几杯;虽无海味与山珍,希望你也尝尝;虽然我无美德与你相配,但我愿为你而载歌载舞。一连三个排比句,把大夫们对这位贤德的王后的敬爱之情表达得淋漓尽致。其后两章,是幻想的进一步升华。

诗四章首句以"陟彼高冈,析其柞薪"起兴。诗人登上高岗,砍柴取薪。"取薪"二字与"娶新"谐音,意谓他们的君王迎娶了有德的新人,抛弃了狐媚的褒姒。如清代马瑞辰《毛诗传笺通释》所说:"诗盖以取木喻取女,因而即以析薪喻娶妻为迎新也。此诗欲去褒姒而别求贤女,尤于迎义合。"后两句"析其柞薪,其叶湑兮。鲜我觏尔,我心写兮",意思是说新人亭亭玉立,姿容美丽。庆幸遇见了你,我们心中好畅快!

诗末章说"高山仰止,景行行止",这是幻想君王立了新的贤德王后,君王与王后成为人们仰慕的对象。他们的形象与威仪像高山一样为人们所仰望,他们的行为光明磊落,为人们所仿效。这里的"景行",意即光明的行为。"四牡骓骓,六辔如琴"意思是说,改邪归正的君王走向了政治清明的正轨。御使群臣,有礼有节,如驾驭四马,骓骓然持其教令。国家大事小事,轻重缓急,犹如御马之六辔在手,像抚琴一样优美自如。"觏尔新婚,以慰我心"写得甚是有趣——常言说"做梦娶媳妇,尽想好事",有意思的是,诗人并非做梦自己娶媳妇,而是做梦替君王娶媳妇,读之岂不让人觉得有趣?

以上笔者是顺着《毛诗序》的思路来解析此诗,下面再看看以朱熹为代表的"新婚说"。

朱熹《诗集传》说："此燕乐其新昏之诗。故言间关然设此车辖者，盖思彼娈然之季女，故乘此车往而迎之也。"后世学者顺着朱熹此说的有清代的毛奇龄、姚际恒、黄中松等人。毛奇龄《诗传诗说驳义》卷四说："《车辖》，乐亲（新）昏也。"姚际恒《诗经通论》按《左传·昭公二十五年》①之义，认为"固取此诗之得贤女为昏（婚）也，然不可知其为何人事矣。"黄中松《诗疑辩证》卷二说："（《有女同车》）此夫妇新昏而夸美之也，犹《雅》之有《车辖》尔。"《御纂诗义折中》卷十五说："此亲迎在道，而燕于所止宿之处也，言设此间关之辖者，为慕美好之少女，欲以车往迎之也。在道而如饥渴者，匪饥渴也，思季女之德音，更甚于饥渴也。"

对于以朱熹为代表的"新婚说"，清代方玉润提出质疑，认为诗中所说的"德音来括""令德来教，式燕且誉""高山仰止，景行行止"都与"新婚说"不合。在世俗之中，谁迎娶媳妇来教导自己？方玉润在《诗经原始》中说："试思女子无仪是式，而何德音之可誉？闺门以贞静是修，更何仰止之堪思？且令德既望其来教，式歌又乐其且舞，皆于事理有难通，即颂扬亦觉其弗类。"方玉润这一驳斥，合乎逻辑，故朱熹所代表的"新婚说"难以服人，并不比《毛诗序》的"刺幽王褒姒说"更为合理。

分析完诗意之后，最后谈谈"高山仰止，景行行止"这一千古名句。

此句的原意是幻想中的君王与王后的形象与威仪像高山一样为人们所仰望，他们光明磊落的行为，为人们所仿效，后来凸显于德才兼备的圣贤身上，如司马迁《史记·孔子世家》称颂孔子的德行与才学说："《诗》有之'高山仰止，景行行止'，虽不能至，然心乡（向）往之。余读孔氏书，想见其为人。适鲁，观仲尼庙堂车服礼器，诸生以时习礼其家，余祗回留之不能去云。天下君王至于贤人众矣，当时则荣，没则已焉。孔子布衣，传十余世，学者宗之。自天子王侯，中国言六艺者折

① 《春秋左传》载："昭公二十五年春，叔孙婼聘于宋……宋公享昭子，赋《新宫》，昭子赋《车辖》。"

中于夫子，可谓至圣矣！"① 司马迁的意思是说历史上诸多君王贤人，当时赫赫有名，死后渐为历史所遗忘。只有像孔子那样的至圣，千秋万代之后，仍然被人们视为"高山仰止，景行行止"的伟大人物。所以，《车辖》一诗，值得人们深思。

青 蝇

【原文】

营营青蝇，止于樊。岂弟君子，无信谗言。

营营青蝇，止于棘。谗人罔极，交乱四国。

营营青蝇，止于榛。谗人罔极，构我二人。

【字义】

1. 青蝇：绿色的大苍蝇，今北方人俗称为"绿豆蝇"。此诗将"青蝇"比喻为进谗小人。2. 营营：青蝇绕飞之声。朱熹《诗集传》："营营，往来飞声，乱人听也。"3. 樊：篱笆。4. 岂（kǎi）弟（tì）：同"恺悌"，和乐平易。"岂弟君子"，犹今人所说的"正人君子"。5. 棘：酸枣树，枝有刺，实小而酸。6. 罔极：无准则。7. 交乱：交相祸乱。8. 四国：四方诸侯之国。9. 榛（zhēn）：落叶灌木，果实球形。10. 构：诬陷。

【解析】

这是一首斥责谗言祸国的诗。《小雅》所载，多为周王朝乱离之世的诗篇。周王朝因为听信谗言而导致政乱国衰，莫如幽王时期。诗中有"构我二人"之语，此"二人"指的是申后与太子宜臼。所以历史上解此诗者大多认为是刺幽王之诗，而少有异议。如《国语·郑语》载史伯之言："夫虢石父，谗谄巧佞之人也，而立以为卿士，与剸同也。周

---

① 《史记》，中华书局，2003，第 1947 页。

法不昭，而妇言是行，用谗慝也。此诗刺王听谗，当为太子宜臼被谗而作。"《毛诗序》："《青蝇》，大夫刺幽王也。"苏辙《诗集传》："大夫刺幽王也。……青蝇能变乱白黑，故以比谗人焉。"何楷、王先谦根据焦延寿《易林·豫之困》"青蝇集藩，君子信谗，害贤伤忠，患生妇人"之语，认为此诗是刺幽王信褒姒之谗，而害忠良。所谓忠良，乃指太子宜臼等人。钱澄之《田间诗学》："厉之世，如蜩如螗，如沸如羹，国步蔑资，乱况有由然矣。然不若幽王信谗夺嫡为较然有据也。"郝懿行、王照圆《诗问》："幽王远失诸侯，近弃妻子，信谗言之效也。"魏源《诗古微》："《易林》云：'患生妇人，恭子离居。'夫幽王听谗，莫大于废后放子。而此曰'患生妇人'，则明指褒姒矣。'恭子离居'，用申生恭世子事，明指宜臼矣。故曰'谗人罔极，构我二人'，谓王与母后也。'谗人罔极，交乱四国'，谓戎、缯、申、吕也。"上举诸例皆认为此篇是讽刺周幽王听信褒姒谗言而废后放子，诗中的"谗人"指的是褒姒，"构我二人"则指周平王及其母后。

也有人认为此诗是刺卫武公信谗之作，如王应麟《困学纪闻》载："袁孝政释《刘子》曰：'魏武公信谗，《诗》刺之曰："营营青蝇，止于藩。岂弟君子，无信谗言。"① 此《小雅》也，谓之魏诗，可乎？'"此处的"魏"当为"卫"，卫武公当年曾协助周平王平息犬戎叛乱，并辅助周平王东迁洛邑。因勤王有功，擢升为公爵，并被任命为周王朝的卿士。查阅史书，并无关于卫武公信谗的记载。袁孝政是唐代播州的录事参军，曾为《刘子》一书作《序》。《刘子》一书作者何人，众说纷纭，或疑此书是袁孝政托名北齐刘昼而作，其言卫武公信谗，并无证据，应是将同时代的周幽王信谗栽于卫武公身上。正如王先谦《诗三家义集疏》所说："愚案：卫武公，王朝卿士。《诗》又为幽王信谗而刺之，所以列于《小雅》。若武公信谗而他人刺之，其诗当入《卫风》矣，即此可证明其误。"所以，有关卫武公信谗之说，只此一笔带过，

---

① （宋）王应麟著，（清）翁元圻辑注《困学纪闻注》，孙通海点校，中华书局，2016，第410页。

不加以深论。

弄清楚诗本事，接下来讨论一下此诗的内容。

诗首章说发出嗡嗡嘤嘤令人讨厌之声的绿苍蝇，落在了篱笆上。那种喜欢进谗的小人，就像这种绿苍蝇一样讨人嫌。和乐平易的君子啊，千万不要相信小人的谗言。

诗二章说发出嗡嗡嘤嘤令人讨厌之声的绿苍蝇，落在了酸枣树上。那种喜欢进谗的小人，全是胡言乱语，没有做人的底线，其结果只能扰乱视听，搅乱四方之国。

诗末章说发出嗡嗡嘤嘤令人讨厌之声的绿苍蝇，落在了榛树上。那种喜欢进谗的小人，竟然罗织罪名，诬陷我们二人。

这首诗的意思如此简单，为何要将它列在《小雅》之中？编撰《诗经》之人应有其深意，那就是在国家、社会或家庭之中，进谗、信谗所造成的悲剧，其危害之大，令人痛心。我们先来看周幽王信褒姒谗言所造成的历史悲剧：周幽王内宠褒姒，外信虢石父谗言，废申后与太子，立褒姒为后，导致申国联合犬戎犯周，西周王朝因而覆灭，并由此改写了西周王朝的历史走向。《小雅·青蝇》之诗，便是警示后人不要再发生同样的历史悲剧。但是这样的历史悲剧并没有就此停止，其后，晋献公信骊姬谗言而发生了逼死太子申生的悲剧，并导致晋国几十年的政治动乱。汉武帝信江充所进谗言，逼死皇后卫子夫与太子刘据……如此之类，不一而足，令人触目惊心，这些都是因为相信谗言而导致的历史悲剧。

那么如何防范进谗、信谗之事发生呢？一是要认识到世上常有宵小之人，为了一己之私利，不惜谗害他人。所以对于进人、用人要谨慎小心，提防小人近身。二是作为执政者，勿轻信身边人一面之词。正如《御纂诗义折中》卷十五所总结："《青蝇》，忧谗也。……夫谗言初起，其端甚微，但不信之，则其事止矣。……惟其信之，而使其罔极，于是始而生外难，继而造内衅，内衅成而外难愈不可息矣。……欲其不信，惟有'岂弟'，剀切而明于事，乐易而平其情。实而按之，徐而察之，逐青蝇于樊外，则天下永无事矣。"对待谗言，唯有以这样的态度和方式，才能将进谗言的小人逐出圈外。

在春秋时期，各诸侯国、卿大夫在外交场合经常通过引诗、赋诗以实现其政治目标。《青蝇》一诗，也曾在春秋时期的外交活动中被引用。据《左传·襄公十四年》载，晋国召集北方小国举行盟会，各国不敢怠慢，派出重要外交使者。姜戎是戎族中的重要部落，驹支是姜戎族的首领，被选派作为戎族代表赴会。就在驹支准备赴会时，晋国负责主持盟会的范宣子忽然宣布要拘捕他。范宣子亲自在朝堂上列举他的罪状说："姜戎之人听着：往昔秦人把你们的祖先吾离（人名）从瓜州赶走，你们的祖先吾离前来投靠我先君。我先君惠公当时只有很少的土地，却与你们平分。如今诸侯侍奉我君不如从前恭顺了，这是因为你们说话泄露了机密。明天的诸侯会议，你不必参与了。你若是参与，我就当场逮捕你。"面对这种突发情况，驹支非常镇定地说："从前秦国人倚仗武力，贪婪地掠夺土地，赶走我们戎人，是贵国惠公宽宏大量，认为我们戎族是四岳的后代，不应因此灭绝，将南部边界的田地赐予我们。那是个狐狸居住、豺狼号叫的地方，我们戎族不畏艰险，披荆斩棘，赶走了狐狸豺狼，从此成了你们先君不内侵也不外叛的好臣子，至今也没有生过二心。……晋国在上面抵抗秦军，我们戎人在下面配合攻击，使秦国全军覆没，我们戎人是出了大力的。这就好比捉鹿，晋人抓住鹿角，我们拽住鹿腿，一起将它拖倒。如今你们晋国将帅有过失，引起诸侯不满，却反来怪罪我们。我们与中原华夏使者不相往来，言语不相沟通，怎么能做出泄露机密的事？明天的盟会不让参加，我们也不会感到惭愧。"驹支于是赋《青蝇》之诗，影射有人进了谗言，然后退了下去。范宣子听后连忙道歉，敬请驹支参与盟会，成全了自己"岂悌君子，无信谗言"的美誉。

在这一外交场合中，虽然驹支是戎族人，但是他的语言艺术很高超。面对范宣子的指责，他不慌不忙，反驳有理有据。以捕鹿做比喻，生动形象地将晋国和戎族相互依存的关系表达出来。又恰当地赋《诗经·小雅·青蝇》，诱导范宣子自己维护"岂悌君子，无信谗言"的人格形象。在这里，《青蝇》一诗显示出其内涵所具有的语言力量。

鱼藻之什

都人士

【原文】

彼都人士，狐裘黄黄。其容不改，出言有章。行归于周，万民所望。

彼都人士，台笠缁撮。彼君子女，绸直如发。我不见兮，我心不说。

彼都人士，充耳琇实。彼君子女，谓之尹吉。我不见兮，我心苑结。

彼都人士，垂带而厉。彼君子女，卷发如虿。我不见兮，言从之迈。

匪伊垂之，带则有余。匪伊卷之，发则有旟。我不见兮，云何盱矣。

【字义】

1. 彼：那。2. 都：京都。3. 狐裘：狐皮袍子。4. 容：仪容风度。5. 章：文采。6. 周：忠信。7. 望：仰望。8. 台笠：沙草编的草帽。9. 缁（zī）撮（cuō）：黑布制成的束发小帽。10. 君子女：贵族家的女子。11. 说（yuè）：同"悦"。12. 充耳：耳饰。13. 琇（xiù）：美玉。14. 实：郑玄《笺》："以美石为填。填，塞耳。"意思是冠冕两侧下垂的美玉，用以塞耳。15. 尹吉：望族的姓氏。16. 苑（yùn）结：心中郁闷。17. 垂带：腰前所系下垂之带。18. 厉：指丝带下的结穗。

19. 卷（quán）：卷曲。20. 虿（chài）：蝎子。这里以蝎子尾钩比喻卷发状。21. 言：语助词。22. 迈：行。这里指跟踪观看。23. 匪：非。24. 伊：语助词。25. 有䰄（yú）：指头发翘扬之状。26. 盱（xū）：忧伤以致病。

【解析】

服饰文化是人类文化的一个重要组成部分，它随着人类社会的发展变化而不断变化。它既是人类物质文明发展的一种标志，也反映特定时空下人们的心理取向和审美情趣。服饰既有遮体、防寒与防暑的功用，也反映人们爱美、求美的自然人性。同时，在一个社会当中，由于当时的政治生活、礼仪生活以及时尚美学的需要，每个时期人们的服饰都有符合当时人们文化心理的表现。而儒家都将服饰视为一种礼仪的要求，正如《孔子集语》卷下载孔子之言所说："见人不可以不饰。不饰则无根，无根则失理，失理则不忠，不忠则失礼，失礼则不立。"[1] 汉代董仲舒提出"改正朔，易服色，制礼乐"的改制说[2]，将服饰及颜色看作一个时代的重要标志。唐代孔颖达甚至说："中国有礼义之大，故称夏；有服章之美，谓之华。华、夏，一也。"[3] 由此可知服饰美学在中国文化中的重要作用。时至今日，沈从文先生专门设立了一门中国服饰史的学问[4]，可见服饰文化越来越受到人们的重视。

《小雅·都人士》是一篇很特别的诗歌，它通篇描写都市士人和士女的穿着打扮。按照汉儒和宋儒诠释《诗经》的习惯和取向，这首诗也被赋予了一定的美刺意义。但以今人的观点来看，去掉这些美刺意义，纯从服饰美的角度去欣赏和解读，反而会使此诗更具有魅力与意义。正如方玉润《诗经原始》所说："诗全篇只咏服饰之美，而其人之

① （清）陈士珂辑《孔子家语疏证》，崔涛点校，凤凰出版社，2017，第55页。
② 参见（清）苏舆《春秋繁露义证》，钟哲点校，中华书局，1992，第185页。
③ （清）阮元校刻《十三经注疏》，中华书局，2009，第4664页。
④ 沈从文（1902~1988），中国著名作家，湖南凤凰人，著有《中国古代服饰研究》（商务印书馆，2011）、《中国服饰史》（中信出版集团，2018）等。

风度端凝、仪容秀美自见，即其人之品望优隆与世族之华贵，亦因之而见，故曰'万民所望'也。诗本无甚关系，然存之可以纪一时盛衰之感。"方玉润就是纯从服饰之美的角度解读此诗，反而比《毛诗序》和朱熹《诗集传》说得更为准确。

其实，此诗首句"彼都人士"就点明了诗的主题，此句应读为"彼都——人士"，而不应读成"彼——都人士"。"彼都——人士"，专指那个京都的人士。诗人从比较"老土"的视角来看比较时尚的京都人士，就像一个农民进城看到城市男女时尚的服饰，不由得发出艳羡之声。虽然这位诗人来自"老土"的地方，但他有足够的文化底蕴，从一种服饰美学的角度来欣赏京都人士。服饰美学与一般美学一样，自有其客观的美学价值，我们可以以一种比较客观的审美标准来评论。当然，人们的审美心理活动并非纯客观的，也有主观层面的，就像此诗各章的共同特点一样，在前几句评论服装、首饰与发式之后，都会加入诗作主体"我"的主观感受。由此让人感到此诗虽距今有近三千年的历史，但它所叙之事就像发生在自己身边一样。也由此使我们感觉到《诗经》就像一部百科全书一样，向人们展示了当时社会生活方方面面的样貌。

下面来详细解读一下这首诗。

此诗共五章，五章的内容都是形容京都人士的服装与容止的。每章后都有观看者的心理感受，前四章开头皆有"彼都人士"一句，每一章都介绍一种穿戴。虽然是一种服饰和装扮的展示，但作者并非在宣传或推销奢侈昂贵的服饰，而是推荐一种简朴优雅，重内涵而轻外饰的装扮。这种装扮既优雅又高贵。显然，这种服饰美学的理念是值得世人赞赏的。

诗首章说："彼都人士，狐裘黄黄。其容不改，出言有章。行归于周，万民所望。"意思是说，那个京都的人士，冬天穿着狐狸皮草服装。他仪容优雅，出言章法有度，行为符合忠信的准则，所以为众人所仰望。首章反映了贵族阶层的着装、礼仪与谈吐的样貌。在中国古代社会中，贵族阶层往往是礼仪文明的提倡者与践行者。因为在上层社会生活中，一个人的文化修养，礼仪风度，高雅的谈吐，是其在复杂的人际关系中能脱颖而出的必要素质，首章的六句恰好反映了这一点。读这一章，可以将之与《卫风·淇奥》一诗做对比。《卫风·淇奥》首章描写卫武公"有匪君子，如切如磋，如琢如磨"，这是贵族对着装、仪容与言谈方面的讲究，就像雕琢美玉，不断切磋琢磨，追求极致和完美。

诗第二章说："彼都人士，台笠缁撮。彼君子女，绸直如发。我不见兮，我心不说。"意思是说：那个京都的人士，头上戴着沙草编的草帽，草帽上又有用黑布制成的束发小帽。接下来诗人写到女士的发饰，"绸直如发"一句并不好理解，所以朱熹《诗集传》说："'绸直如发'，未详其义。"宋代戴溪《续吕氏家塾读诗记》解释得较为到位："彼为女者，绸直如发。绸，所以约发，其直垂下，与发一色，俭素若此，今不复若此矣。"此句解释毫无迂曲，比较符合字面意思，译成现代文即是那个京都的贵族女士，用黑色的绸带来束拢头发，绸带与头发一起垂下来，既简单又时髦。所谓"越简单越高级，越朴素越高贵"，其道理便是如此。女人们为了追求美，用各种花样来修饰头发，反而显得很俗气。诗人感叹道：现在见不到这种简单修饰的样式了，心里感到缺乏兴致。此章使笔者想起扬雄《法言·吾子》所说"女恶华丹之乱窈窕也"，[①] 意思是说，女人涂脂抹粉，打扮娇艳，花里胡哨，会使人厌恶，反而不如李白所说的"清水出芙蓉，天然去雕饰"的那种高贵清雅之美更好。这种思想其实在西方美学中也有反映，比如意大利著名画家米开朗琪罗也曾说"美就是净化过剩的过程"，这种审美观，正与中国现代的审美情趣相合。回想起三十年前，女人们都喜欢烫发，在做头发上花了许多时间和金钱。而现在的女人，更喜欢修长垂直的简单束发。大家是否认识到自然之美更好呢？

诗三章说："彼都人士，充耳琇实。彼君子女，谓之尹吉。我不见兮，我心苑结。""充耳琇实"一句与《卫风·淇奥》"充耳琇莹"大同小异，"充耳琇莹"描写的是卫武公的装饰，不过这种装饰究竟是怎

---

① 汪荣宝撰《法言义疏》，陈仲夫点校，中华书局，1987，第57页。

样的，今人已无法知晓。这里有几个关键的字词需要解释一下："充耳"，可理解为耳饰；"琇"是一种美石或美玉，这是当时公卿通常所佩戴的耳饰；"尹吉"，被后世经学家解释为两个望族的姓氏，就好像晋朝的王姓与谢姓，唐朝的崔姓与卢姓一样。其中的"吉"，有人解释为"姞"，但按宋代王质的说法，尹姓与吉姓，都是尹吉甫后代的两个分支。他在《诗总闻》卷十五中说："尹氏、吉氏，婚姻之著姓，旧说亦有此理，二姓同出尹吉甫，一以官为氏，一以字为氏，不必改作姞。"这两个姓氏的女子，皆为周王室结为婚姻的佳选。"彼君子女，谓之尹吉"，这个女子的名字叫尹吉。诗人在介绍这个女子时，并未介绍她的穿着打扮，这意味着这种高贵的、有着受人尊敬的身份的女子，当她们出现时，无论怎样装扮，都可以引领时尚。

诗四章说："彼都人士，垂带而厉。彼君子女，卷发如虿。我不见兮，言从之迈。"此章同前三章一样，都是展示穿戴的一部分。前三章展示的，要么是裘袍，要么是头冠，要么是耳饰，而此章所展示的，是男士的"垂带"和女士的"卷发"。"垂带而厉"一句，历来解释甚多，颇有争议。按顾炎武《日知录》的解释，"而"与"如"同义。"厉"是带的一种，但具体是什么样式，后世已不甚明白。诗末章对"垂带而厉"做了解释，即"匪伊垂之，带则有余"，孔颖达言："礼，大带垂三尺。"总之，这是一种系在腰上的宽带，并有较长的下垂部分，也叫"绅"。"带"往往通过样式和装饰来显示男人的身份与地位。过去常以"博衣大带"形容儒者的衣服，以显示其古朴。"卷发如虿"，说的是女士的鬓角像蝎子尾上的钩子一样卷曲着。"我不见兮，言从之迈"，意思是说这些贵族男女的装饰，引起了时人强烈的心理变化，人们也想亦步亦趋地效仿他（她）们的装扮。此章的言外之意是说：这些贵族男士与女士的装扮，不必通身珠光宝气，只要有一个小小的修饰变化，便可引起时人注目，引领时尚。

诗末章说："匪伊垂之，带则有余。匪伊卷之，发则有旟。我不见兮，云何盱矣。"这是对前四章的一种补充与解释，意思是说，这些贵

族的男士与女士，其实并未刻意打扮自己。衣带变宽、变长，不过是一
种小的变化；蝎尾状的卷发，也只不过是女士自然卷而已。此诗后四句
都有"我不见兮"一句，这里的"我"，实际是指他人，即那些崇拜京都
人士的人。"我不见兮"后面，分别是"我心不说""我心苑结""言从
之迈""云何盱矣"，意思分别是：不见他们啊，心里不痛快；不见他
们啊，心里闷得慌；不见他们啊，真想跟在他们身后瞧；不见他们啊，
心中忧伤以致成病。这四层意思，层层递进，表达了这些人对京城人士
的崇拜之情。

　　此诗从一种服饰美学的角度来解释，远比汉儒、宋儒将此诗赋予美
刺意义的说法，更有历史借鉴意义。

黍 苗

【原文】

芃芃黍苗，阴雨膏之。悠悠南行，召伯劳之。
我任我辇，我车我牛。我行既集，盖云归哉。
我徒我御，我师我旅。我行既集，盖云归处。
肃肃谢功，召伯营之。烈烈征师，召伯成之。
原隰既平，泉流既清。召伯有成，王心则宁。

【字义】

1. 芃（péng）芃：繁盛。2. 膏：滋润。3. 召伯：指封于召国的召
虎，人称召穆公。4. 任：抱着，与"负"（背着）相对。5. 辇（niǎn）：
小车。6. 车：大车。7. 徒：步行。8. 师、旅：率领一师一旅的军队。朱
熹《诗集传》："五百人为旅，五旅为师。"9. 肃肃：严正之貌。10. 谢：
邑名，申伯所封之国，在今河南信阳。11. 功：工程。12. 烈烈：威武
之貌。13. 原：高平之地。14. 隰（xí）：低湿之地。

【解析】

关于这首诗，学界一致认为是写周宣王时代的召穆公（召虎）在申国营造谢邑之事。

召穆公是召公奭次子的后代，召公奭的封国是召国，故其后人以召公的封地为姓氏，这是召虎姓名的由来。如不改姓氏，他应叫姬虎。召穆公一生颇具传奇色彩，是西周时期的名臣之一。西周的名臣，在周武王、成王之时，有周公旦和召公奭。此后，周公与召公的两大家族便成为西周时期的显盛家族。在周宣王之时，名臣有召穆公（召虎）和方叔。二人称得上周宣王时期的中流砥柱，常常被后世作为重臣名将的代表，合称"方召"。

当西周第十代君王周厉王主政时，因厉王贪财好利，暴虐无道，宠幸奸臣，以至于人民怨声载道。召穆公曾劝谏厉王不要征收重税，不要暴虐民众，不要堵塞民众的言路。厉王不听，最后导致国人暴动，厉王仓皇出逃。国人在王宫找不到周厉王，听说太子姬静藏匿于召穆公家中，于是围住召府，要召穆公交出太子。召穆公担心破坏嫡长子继承制，认为自己身为国家重臣，应保住王族血脉。于是，深明大义的召穆公，用自己的儿子冒充太子交给国人处置，太子得以脱险。

国人暴动之后，召穆公与周定公临时主政，史称"共和行政"。① "共和行政"对于西周王朝来说，无疑是挽狂澜于既倒，扶大厦之将倾，为后来的"宣王中兴"打下了坚实的基础。而且，在中国历史上自此便有了历史准确纪年。共和元年，即公元前 841 年，是中国现存史料中有确切纪年的开始。司马迁《史记》说："共和元年，岁次庚申。"② 在此之前，中国历史的纪年不能一年一年地排下来，只能通过文物考古

---

① 关于"共和行政"的执政者，学界有三种说法。第一种，《史记·周本纪》说是由王室重臣召公和周公二人联合，这是传统的说法。第二种，《史记索隐》和《汲冢纪年》均言"共伯干王位"。第三种，《庄子·让王》《吕氏春秋·开春》，以及《史记正义》引《鲁连子》都说是在厉王奔彘期间，共伯和执政。（见许倬云《西周史》，生活·读书·新知三联书店，2018，第 219 页。）

② 《史记》，中华书局，2003，第 140 页。

来推定大致的年代范围，缺乏精准性。

共和十四年（公元前 828 年），周厉王病死于彘地，太子姬静即位，是为周宣王。鉴于周厉王暴政的教训，召穆公与周定公一起辅佐年轻的周宣王，开启了"宣王中兴"的历史。

周宣王六年（公元前 822 年），召穆公受周宣王之命率军征伐淮夷，开疆拓土，功勋卓著。《大雅·江汉》载："王命召虎：'式辟四方，彻我疆土。匪疚匪棘，王国来极。于疆于理，至于南海。'"说的就是召穆公受周宣王之命征讨淮夷之事。除《江汉》一诗外，《诗经·大雅》中还有几篇与召穆公有关的诗：《大雅·民劳》《大雅·荡》都是召穆公所作，是劝谏、指斥周厉王之诗；《大雅·召旻》是诗人表彰召穆公的诗，其末章说："昔先王受命，有如召公，日辟国百里。"诗人怀念前朝功臣，希望出现像当初召穆公那样贤明的人，匡正周幽王的咎过，挽救西周王朝。

召穆公深具文韬武略，被后世视为国之重臣的榜样，如《晋书》卷七十一说："方召之臣，其力可得而宣；熊罴之士，其锐可得而奋。"[1] 唐代杜牧《上门下崔相公书》："如周有召穆公、仲山甫……文事武事，居中处外，固不是倚。"苏轼《听平戎操》："方叔召虎乃真将，卫青去病诚区区。"苏辙《贺文太师致仕启》："……兼方、召之壮猷，翼亮三朝，始终一节。"胡三省注《资治通鉴》："方叔、邵虎，周宣王用之以中兴。"[2] 通过上面这些材料，大家可以得知召穆公在中国历史上的地位。

下面来具体谈谈召穆公营建申国谢邑之事。

在先秦的文献中，此事只是在《黍苗》与《崧高》两诗中做过介绍，若无《黍苗》与《崧高》二诗，召穆公营建谢邑之事几乎无从得知。此事的背景是周宣王先派尹吉甫北伐猃狁，消除了周王室北方的威胁。接着宣王封其母舅于申，使申国成为藩维重镇，同时又命召穆公营建具有重要战略意义的申国国都谢邑。《黍苗》一诗就是在营建谢邑任

---

① 《晋书》，中华书局，1974，第 1890 页。

② 司马光编著，（元）胡三省音注《资治通鉴》，中华书局，1956，第 3054 页。

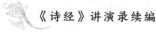

务完成的归途中由随行者所写的，诗中用热情洋溢的语言叙述了营建谢邑的全过程。正如元代刘玉汝《诗缵绪》所说："此行者归而作此诗。其曰'我'，故知为行者所作。曰'归哉、归处'，曰'成之、有成'，故知其归而作。《黍苗》为营谢方毕而归之诗。"

诗首章说："芃芃黍苗，阴雨膏之。"这首诗以此句起兴，意思是说黍苗生长，蓬勃茂盛，乃是如膏春雨滋润的结果。比喻召穆公就像那如膏的春雨一样，滋润着谢邑的民众。"悠悠南行，召伯劳之"，是说营建队伍的人数众多，他们陆续来到谢邑，而先到谢邑的召穆公对其进行慰劳，感谢他们一路辛苦来到这里。

诗二章说："我任我辇，我车我牛。我行既集，盖云归哉。"一路来到谢邑的队伍，带来了营建工具和营建材料，有抱着工具器材的，有拉着小车的，有扶着大车的，有牵着牛的。这里的"任"，是抱着的意思，与"负"（背着）是相对的。"辇"是指小车，需要拉着。"车"是指大车，需要多人推扶，而拉车的牛需要有人牵引。这两句用了四个"我"字，而不是用"或"字，给人以一种亲身经历的感觉，这是诗人遣词造句的精妙之处。"我行既集"，是说营建谢邑的队伍到了集合的目的地。而"盖云归哉"则生动地描写了一路辛苦的队伍的感叹：我们终于到地方了！

诗三章说："我徒我御，我师我旅。我行既集，盖云归处。"意思是说同行的还有军队编制的队伍：有徒步行走的，有驾车行驶的；有"师"一级的编制，也有"旅"一级的编制。"我行既集"，是说宣王派来驻扎申国的军队也到了目的地。"盖云归处"则生动地描写了一路辛苦的士兵的感叹：我们终于到驻扎地了！军队此行的任务应该是戍边和保护营建者的安全。

诗四章说："肃肃谢功，召伯营之。烈烈征师，召伯成之。"召穆公既是营建谢邑的设计者与管理者，也是威武之师的最高统帅。

诗末章说："原隰既平，泉流既清。召伯有成，王心则宁。"整个谢邑工程完工了，看上去非常满意。就连平时高高低低的山丘、洼地也都修整平坦了，泉水、河流都已疏通，清澈流淌，没有什么疏忽遗漏的地方。召穆公圆满地完成了宣王交给的任务，想象宣王心中欢喜又安宁。

接下来谈谈诸家对此诗的解释。

关于此诗的解释，学界有两说：一种是认为此诗是讥刺周幽王，另一种是认为此诗是赞美周宣王时期的召穆公。

《毛诗序》说："《黍苗》，刺幽王也。不能膏润天下，卿士不能行召伯之职焉。"《毛诗李黄集解》："此诗之言幽王不能如阴雨之润及天下者，以卿士不能行召伯之职故也。"对于毛诗一派的看法，前人多有辩驳，如朱熹《诗序辨说》说："此宣王时美召穆公之诗，非刺幽王也。"朱熹在《诗集传》中详细阐释了其诗的诗旨："宣王封申伯于谢，命召穆公往营城邑，故将徒役南行，而行者作此诗。""此宣王时诗，与《大雅·崧高》相表里。"两相比较，朱熹的观点更符合诗意。与朱熹同时代的范处义也持相近的观点，他在《诗补传》卷二十一中说："始终陈宣王之事，以刺幽王之不然。"

现代学者程俊英于《诗经注析》中说："这是随从召伯建设申国的人，于完成任务后在归途中的歌唱。周宣王封他的母舅于申，命召伯虎带领官兵、徒役，装载货物，经营申地，建筑谢城，作为国都，此诗即写这件事。"程俊英所言，颇为中肯。

最后谈谈后世学者对此诗诗句的援引情况。

《左传》与《国语》都有对此诗首句"芃芃黍苗，阴雨膏之"的援引。今录《左传·襄公十九年》中的一条材料：晋国的栾黡跟随卫国的孙文子讨伐齐国，鲁国的季武子到晋国感谢晋平公派兵讨齐，晋平公设宴招待季武子。席间，晋国执政大臣范宣子赋《黍苗》一诗，诗中说"芃芃黍苗，阴雨膏之"。季武子连忙起身，再拜叩首说："小国仰望大国，就如同百谷仰望滋润的雨水。如果能常得到滋润，天下皆会和睦安定，不止鲁国得到恩惠。"于是赋《六月》一诗（此诗赞美周宣王时期派尹吉甫北伐猃狁，获得胜利），将晋平公比喻为周宣王。文献对此诗的援引情况，也足以说明此诗是颂召穆公而非刺周幽王。

绵　蛮

【原文】

绵蛮黄鸟，止于丘阿。道之云远，我劳如何！

饮之食之，教之诲之。命彼后车，谓之载之。

绵蛮黄鸟，止于丘隅。岂敢惮行，畏不能趋。

饮之食之，教之诲之。命彼后车，谓之载之。

绵蛮黄鸟，止于丘侧。岂敢惮行，畏不能极。

饮之食之，教之诲之。命彼后车，谓之载之。

【字义】

1. 绵蛮：宋代朱鉴《诗传遗说》："'緜'，《诗》作'绵'。緜蛮，鸟声。" 2. 丘阿（ē）：山的弯曲处。 3. 后车：古代诸侯出行时的从车，又称"副车"。 4. 丘隅（yú）：山的一角。 5. 惮（dàn）：恐惧、害怕。 6. 趋：小步快走。 7. 极：犹"至"，指到达目的地。

【解析】

这是一首颇有深意、发人深思的诗歌，曾引起孔子的关注和评论。此诗共三章，每章八句，各章的后四句皆反复，就像一首歌曲的副歌。

中国的语言虽然很优美，但在语法上却不那么严谨，诗歌尤其如此。就像此诗每章的后四句，如果将它当作副歌来看，那它究竟是谁唱的呢？因为它没有主语，也没有时态，故难以判断。正因如此，学者们解诗有较大分歧。笔者的看法是，此诗后四句所表达的并非作者的现实情境，而是一种理想。现实很残酷，希冀却是美好的。诗中主人公是每日备尝艰辛的役夫，而他心里所思所想的，正是他在现实生活中所缺乏的。"饮之食之"，是吃喝不愁的一种希冀；"教之诲之"，是能像贵族子弟那样接受良好教育的一种希冀；"谓之载之"，是能像大官一样有专车乘坐的一种希冀。哪怕他自己不能做大官，也希望大官能命驾车的仆夫将他载上，让他坐在副车中。在那个等级森严、贵贱贫富悬殊的社会中，于役夫而言，这样的生活待遇，不啻是一种空想。也因此孔子在整理诗歌时，对此诗格外关注并加以评论。

下面先来谈谈历史上对于此诗的评论。

《大学》载："《诗曰》：'绵蛮黄鸟，止于丘隅。'子曰：'于止，知其所止，可以人而不如鸟乎？'《诗》云：'穆穆文王，于缉熙敬止。'为人君，止于仁；为人臣，止于敬；为人父，止于慈；为人子，止于孝；与国人交，止于信。"这段话并非专门解释《绵蛮》一诗，而是在解释"大学之道，在明明德，在亲民，在止于至善"时引用了它。这段话关键又在于解释"止"字的意义。孔子对这一句做了引申与发挥，意思是说连小鸟都能知止，人怎么能不知止呢？接着，《大学》对君、臣、父、子、朋友如何"知止"分别做了具体要求。《毛诗传》释"绵蛮黄鸟，止于丘隅"一句说："鸟止于阿，人止于仁。"毛诗的观点，本于孔子之言。李樗在《毛诗李黄集解》卷二十九中反驳说："盖古人断章取义，若用以解诗，则多龃龉（jǔ yǔ）而不合者。诗人之意，但言黄鸟之微，得其所止，小臣乃不得所止，曾黄鸟之不如也。《大学》所谓'可以人而不如鸟者'，故方可以为说。至于君止于仁，此非诗之本意也。"的确，此诗并未有君止于仁、臣止于义等之类的意思，这种解释不免有过度诠释的嫌疑，并非诗的本意。由于孔子对此诗的关注，《绵蛮》一诗变得重要起来了。

关于此诗的诗旨，学者大体有下几种说法。

一　附托、幻想说

朱熹《诗集传》："此微贱劳苦而思有所托者，为鸟言以自比也。盖曰：绵蛮之黄鸟自言，止于丘阿而不能前，盖道远而劳苦甚矣。当是时也，有能饮之食之、教之诲之，又命后车以载之乎？"

宋代林岊（jié）《毛诗讲义》卷六："绵蛮然，小鸟之声，止于丘之曲阿，静安之处而托息焉，喻有所依也。今不得其依，则'道之云远'，我之行役，其劳如何乎？'饮之食之，教之诲之。命彼后车，谓之载之'，此思古者大臣不弃微贱之处也。"

元代刘玉汝《诗缵绪》卷十二："饥乏而不能自给，故思有饮食之者，庶几有以养其生乎？孤陋而无以自修，故思有教诲之者，庶几有以进其德乎？微贱而无以自致，故思有命车载之，庶几有以达其道乎？……凡人处微贱劳苦之中，其所思不出于此三者，苟能有之，则得所托矣。"

梁寅《诗演义》卷十五："三章皆比也。黄鸟之鸣，止于丘阿，得其所也。而我之不得其所。欲依所亲，则道途甚远，未免劳苦，将如何哉！若得其饮食、教诲，而又得其日相亲近，载之后车，则诚得其所矣。然不可必也，则亦徒想而已。"

明姚舜牧《重订诗经疑问》卷七："凡家力之富厚者，必不思寄托于其外，微贱不能以自存，至思托于外，而又不禁其劳苦，则悲哀之情状可想见矣。曰：'道之云远，我劳如何。'度其势之不能也。曰：'饮之食之，教之诲之。命彼后车，谓之载之'，冀其人之或我怜也。而时安得此也哉！盖亦徒抱此想，觊之私而已矣。维爱我而怜其饥渴者，始畀之饮食；维爱我而哀其昏懵者，始予之教诲；维爱我而恤其劳苦者，始命之后车之载。保息之政衰也久矣，谁复爱怜而矜振之？……'绵蛮黄鸟'，思附托而不可得其事。"

现代学者陈子展《诗经直解》："全诗三章只是一个意思，反复咏叹。先自言其劳困之事，鸟犹得其所止，我行之艰，至于畏不能极，何以人而不如鸟乎？后托为在上者之言，实为幻想，徒自道其愿望。饮之食之，望其周恤也；教之诲之，望其指示也；谓之载之，望其提携也。"

以上诸家所论，比较接近此诗的本义。"饮之食之"，是希望衣食不愁；"教之诲之"，是希望获得教育机会；"谓之载之"，是希望有专车可以乘坐。正如元代刘玉汝所言："凡人处微贱劳苦之中，其所思不出于此三者。"的确，这是中国古代劳苦大众的心声。

二 微臣刺乱说

《毛诗序》曰："《绵蛮》，微臣刺乱也。大臣不用仁心，遗忘微贱，不肯饮食教载之，故作是诗也。"郑玄《笺》："'微臣'，谓'士'也。古者卿大夫出行，士为末介。士之禄薄，或困乏于资财，则当赒赡（zhōu shàn）之。幽王之时，国乱，礼废恩薄，大不念小，尊不恤贱，故本其乱而刺之。"

《毛诗李黄集解》卷二十九："此诗言当时公卿皆无仁爱之心，遗弃贫贱之臣，久役于外，不肯饮食教载之，微臣之劳则至矣。大臣恬然不之恤，以见当时国乱礼废，恩义之薄，一至于此。盖当是时，幽王不知臣下之勤劳，而其大夫又不知微臣之劳如此。……此诗所以刺之也。"

毛诗一派将此诗作为刺诗，认为周幽王乱世之时上层官员不体恤下层劳动人民的疾苦，所以诗人作此诗以讥刺之。毛诗一派之说所隐含的意思是在明君盛世之时，朝廷官员能体恤下层民众的疾苦，这种说法不免美化了所谓盛世之时的阶级关系。从这首诗的字面意思看，并无讥刺之意，是毛诗一派将此诗之义引申发挥了，正如朱熹《诗序辨说》所说："此诗未有刺大臣之意，盖方道其心之所欲耳。"

三 王命求贤、加惠远人说

清代姚际恒《诗经通论》："此疑王命大夫求贤，大夫为咏此诗。"
方玉润《诗经原始》："《绵蛮》，王者加惠远方人士也。"又说："'绵蛮黄鸟'，音虽可听，而所飞不远。极其所至，不过止于丘阿、丘隅、丘侧而已。以喻远方寒士，虽有令闻，无力观光，难宾于王者。故代为之设想曰'道之云远，我劳如何'，'岂敢惮行'，亦畏不能趋以极所至云耳。然则国家宜何如加惠而体恤之乎？夫亦曰'饮之食之'，使内无所忧；'教之诲之'，使学有所就；更命后车以载之，使其利用宾王者无所惮其劳，则野无遗贤，而国多俊士矣。"

这种说法，可以作为《绵蛮》一诗的别解。

四　行役人与大臣对唱说

高亨《诗经今注》说："这首诗叙写一个行役之人，疲劳不堪，又饥又渴，路上遇到阔人的车子，这个阔人给他饮食，教训他，让他坐上车子。全诗以对唱的形式写出。"

程俊英《诗经注析》说："这是一位行役的人道遇一位大臣，他们二人对唱的诗。历来对此诗的主旨说各不一，据王质《诗总闻》，细玩诗的内容，断为行役者和大臣对唱的诗。有人认为每章后四句是诗人愿望之词，说亦可通。"

细读其诗，并不能读出两人对唱之意，二人的说法缺乏根据。在当时那样等级森严的社会，高贵者怎么可能与贫贱者进行对唱？但程先生说"每章后四句是诗人愿望之词"，是有道理的。每章后四句是一个人的心声，是内在卑微的心灵的呼喊。

大雅

文王之什

旱 麓

【原文】

瞻彼旱麓，榛楛济济。岂弟君子，干禄岂弟。

瑟彼玉瓒，黄流在中。岂弟君子，福禄攸降。

鸢飞戾天，鱼跃于渊。岂弟君子，遐不作人。

清酒既载，骍牡既备。以享以祀，以介景福。

瑟彼柞棫，民所燎矣。岂弟君子，神所劳矣。

莫莫葛藟，施于条枚。岂弟君子，求福不回。

【字义】

1. 旱：干旱。2. 麓：山脚。3. 榛（zhēn）：木名。果实球形，可食用或榨油。4. 楛（hù）：木名，可制箭杆及其他器物。5. 济济：众多貌。6. 岂（kǎi）弟（tì）：即"恺悌"，和乐平易。7. 君子：指周文王之父王季。8. 干：求。9. 禄：上天赐予的福禄。10. 瑟：明净。11. 玉瓒（zàn）：宗庙祭祀时用的最高礼器之一。12. 黄流：马瑞辰《毛诗传笺通释》："以秬（黑黍）鬯（香草）之酒为金所照，其色黄，因名黄流。"13. 攸：所。14. 鸢（yuān）：老鹰。15. 戾（lì）：至，到。16. 遐："胡"，何故，为何。17. 作：作育、养护。18. 骍（xīn）牡：赤色的公牛。19. 介：祈求。20. 景福：大福。21. 瑟：茂盛。22. 柞（zuò）：木名。亦名冬青，有棘刺，木质坚硬。23. 棫（yù）：木名。即白桵（ruí），丛生而有刺。24. 燎：焚烧。25. 劳：慰劳。26. 莫莫：茂密。

27. 葛藟（léi）：葛藤的蔓儿。28. 施（yì）：蔓延，延续。29. 条枚：树枝与树干。30. 回：掉转、改变。

【解析】

这是一首赞美周文王之父王季的诗，此诗应当是周人祭祀先祖时所唱诵的。

《左传》说："国之大事，在祀与戎。"宗庙祭祀与战争，是国家最重要之事。前者的意义在于：通过宗庙祭祀，树立周族的宗教信仰，这是周民族凝聚力的根本所在，这是对周人本民族而言的。《诗经》中《大雅》和《颂》的若干诗篇，是歌颂周人先祖对于民众所做的伟大贡献。其意在说明周人之所以统治天下，在于列祖列宗的功德，受到天神的眷顾和福佑，由此来说明周人政权的合法性。这不仅是对周人本民族而言，也是对其他氏族，尤其是对殷商氏族而言的。只有在这种意义上，才能彰显《大雅》与《颂》若干诗篇的意义。

此诗的名称是《旱麓》，"麓"是山脚之意，解诗者由此推想"旱"是山名，将之理解为旱山脚下。其实中国古代并没有什么山被称为"旱山"的记载，所以宋代范处义对此提出质疑，认为"旱"应当作"干旱"解，并将"旱麓"理解为干旱的山脚下。他在《诗补传》卷二十二中说："说者以旱为山名，窃以为不然。夫山川之名虽出于俚俗，亦必因其实而命之。就使果有山名之曰'旱'，必其高燥不生草木，而后有是名也。诗人方美大（太）王、王季有德以受祖，乃有取于此山之名，可谓不类矣。不若先儒以为旱暵之山麓，为得诗人之意。"此说甚是。大王、王季治国有方，才使得原本干旱的山麓变得郁郁葱葱，以榛木、楛木为主的树木长势茂盛。

下面来分析一下诗意。

此诗共六章。诗首章说："瞻彼旱麓，榛楛济济。岂弟君子，干禄岂弟。"意思是说，你看那原本干旱的山麓，现在榛树、楛树成林，十分茂盛。为何会发生如此变化？是因为德行高尚的君王，懂得国家治理之道。有德的君王，求福得福，是因为他有和乐平易（岂弟）的品德。此处的"干"是求的意思，"禄"一般指官吏的俸禄，但此处并非此意，而是指上天赐予的福禄。官吏的俸禄属于"人爵"，上天赐给的福禄属于"天爵"，正如王质《诗总闻》卷十六所说："子张学干禄，非求人爵，盖求天爵也。"意思是说，子张学习求取爵禄，不是求取人为的爵禄，而是求取上天赐给的福禄。只有依靠自己的高尚品德，才能向上天求得福禄。

诗二章说："瑟彼玉瓒，黄流在中。岂弟君子，福禄攸降。"此章点出了这首诗所赞美的主人公王季。《孔丛子》载子夏之言说："殷帝乙之时，王季以九命作伯于西，受圭瓒秬鬯之赐。"此章就是表彰王季受赐之事。在殷商时期，爵赐分为九级，称为"九命"，同时最高级也被称为"九命"。王季因为战功赫赫，受到殷王帝乙"九命作伯"的最高爵赏，赏赐之物也是依循最高等级的"圭瓒秬鬯之赐"。诗中的玉瓒、黄流指的就是圭瓒秬鬯。玉瓒是宗庙祭祀时的最高礼器之一，其形质有似今之带长柄的杯子，由美玉制成，其中的勺子则是用黄金制成的。所谓"秬鬯"，是当时最高级的香酒，不是一般人所能享用的。此处的"瑟"是明净之意，形容玉器的通透润泽。金光灿灿的勺子，放在盛满香酒的通透润泽的玉瓒之中，香酒便有了一种"黄流"的感觉。此章的描写，彰显了周人所获得的极高荣耀。接着说"岂弟君子，福禄攸降"，有德的君子，才会获得上天所降下的福禄。正因有了此章的情节，所以可将此诗所赞美的主人公定位为王季。

诗三章说："鸢飞戾天，鱼跃于渊。岂弟君子，遐不作人。"此诗的高妙之处，在于未接着第二章继续描写王季的事迹，而是笔锋一转，描写天地人间的物象。雄鹰能上飞云天，鱼可潜跃于深渊之水，其隐含之意是说，自然万物各得其所，那么在有德君子的治理下，天地间的人们也终将能成为人才。这是从不同的侧面来歌颂王季治理周族社会的清明气象。

诗四章说："清酒既载，骍牡既备。以享以祀，以介景福。"这是周人在祭祀王季时所说的话。祭祀用的清酒已斟满，祭祀用的赤色公牛已备好，敬请先祖享用，以助我们求得更大的福佑。

诗五章说："瑟彼柞棫，民所燎矣。岂弟君子，神所劳矣。"此处的"瑟"是茂盛之意，与前文"瑟"的明净之意不同。此章在于说明王季的成功不完全是他个人的因素，而是因为有民众的拥戴与支持，有上天福佑的原因。柞树与棫树之所以长得茂密，是因为人民烧燎野草、荒草以培植柞树与棫树的根基。有德的君子，自然会得到天神的护佑与慰劳。

诗末章说："莫莫葛藟，施于条枚。岂弟君子，求福不回。"意思是说，周人的事业，就像葛藤的蔓儿一样，不断向前生长和延伸。有德君子所开辟的通向幸福的康庄大道，不会改变。

范处义《诗补传》对此诗六章大意分析说："是诗一章言有德以致周之盛，二章言有德以得商之赐，三章言有德以成人之材，四章言祭则受福以有德也，五章言神之所佑以有德也，六章言承祖之休以有德也。"范处义所言甚是。

接下来谈谈历代经学家关于此诗的解释。

《毛诗序》说："《旱麓》，受祖也。周之先祖世修后稷、公刘之业，大（太）王、王季申以百福干禄焉。"孔颖达《疏》解释"受祖"说："言文王受其祖之功业。"《毛诗序》所说，大体不差。然而，朱熹《诗序辨说》却以为《毛诗序》"大误"，他在《诗集传》卷六中说："此亦以咏歌文王之德。"认为此诗是歌咏周文王之诗。同时代的范处义不赞同朱熹之说，其《诗补传》卷二十二说："此诗美大王、王季，能以岂弟之德，受祖宗之福禄。而序诗者，既以受祖发之，又曰申以百福干禄。……说者或以'岂弟君子'为指文王，遂疑此篇为文王之诗。既与《序》不相应，且诗有'玉瓒''黄流'之咏，乃王季实受此赐于帝乙，则非文王明矣。"范处义所驳，颇中肯綮。现代学者程俊英则折中《毛诗序》与朱熹《诗集传》来做判断，认为此诗是"歌颂周文王祭祖得福。"

此诗多次言"岂弟君子"，认为君子要想向上天求福，在世间得福，应当自修平易和乐的品德。这一思想常为后世文献所援引，此处仅举一例，《左传·僖公十二年》载：

> 王以上卿之礼飨管仲，管仲辞曰："臣，贱有司也，有天子之二守国、高在。若节春、秋来承王命，何以礼焉？陪臣敢辞。"王曰："舅氏，余嘉乃勋，应乃懿德，谓督不忘。往践乃职，无逆朕命。"管仲受下卿之礼而还。君子曰："管氏之世祀也宜哉！让不忘其上。《诗》曰：'岂弟君子，神所劳矣。'"

以上所引，大意是说：周襄王当年曾以上卿的礼仪设宴招待管仲，管仲推辞说："臣子是卑微的小官，我国的上卿有天子任命的国子、高子在。如果他们在春、秋两季奉承王命，用什么礼节来招待他们呢？陪臣请求辞去这样的待遇。"襄王说："伯舅，我嘉美你的功勋，接受你的美德，这些美德深厚而令人难以忘记。去履行你的职务吧，不要违背我的命令。"管仲最终还是接受了招待下卿的礼节之后回国。君子说："管氏世代享受祭祀是十分恰当的，礼让而不忘记比自己爵位高的人。"《诗经》言："岂弟君子，神所劳矣。"管仲正是这样的君子。

思 齐

【原文】

思齐大任，文王之母。思媚周姜，京室之妇。大姒嗣徽音，则百斯男。

惠于宗公，神罔时怨，神罔时恫。刑于寡妻，至于兄弟，以御于家邦。

雍雍在宫，肃肃在庙。不显亦临，无射亦保。

肆戎疾不殄，烈假不瑕。不闻亦式，不谏亦入。

肆成人有德，小子有造。古之人无斁，誉髦斯士。

【字义】

1. 齐：通"斋"，端庄恭敬。2. 大任：即太任，王季之妻，文王之母。3. 媚：美好。4. 周姜：即太姜，古公亶父之妻，王季之母。5. 京室：周王室。6. 大姒（sì）：即太姒，文王之妻，武王之母。7. 嗣：继承。8. 徽：善，美好。9. 百：表示众多。10. 恫（tōng）：痛苦，哀伤。11. 刑：通"型"，型范之意。12. 寡妻：国君之妻谦辞。13. 御：统治，治理。14. 雍雍：和谐、和睦。15. 肃肃：恭敬，肃穆。16. 射（yì）：厌弃。17. 保：安。18. 殄（tiǎn）：灭绝。19. 烈：通"疠"，病。20. 瑕：同"遐"，远去。21. 式：合乎。22. 成人：大夫、士。23. 小子：弟子。24. 造：造就。25. 古之人：圣王明君。26. 髦：杰出。

【解析】

周人的政治是中国古代政治的典范，也是儒家所崇尚的政治典范。儒家的治国理念如《大学》一篇所描述："欲治其国者，先齐其家。欲齐其家者，先修其身。欲修其身者，先正其心……心正而后身修，身修而后家齐，家齐而后国治，国治而后天下平。"君王只要修身、齐家做好了，那么治国、平天下也就自然实现了。而现代国家治理更强调执政者在经济、政治、军事、外交等诸方面的能力，并不像古人那样特别重视修身、齐家的问题，这是古今国家治理的重要差别。所以，解读《思齐》一诗，不能脱离当时的历史背景。此诗强调了周文王成长的家庭背景，尤其强调一位贤德女性在家族中的重要作用。和睦的家族氛围，是贤才俊彦成长的重要根基。

下面先来谈谈此诗的大意。

诗首章歌颂了周族的三位圣母，前两句歌颂的是文王的母亲大（太）任，中间两句歌颂的是文王的祖母大（太）姜，末两句歌颂的是文王的妻子大（太）姒。"思齐大任，文王之母"，此处的"齐"字，是端庄恭敬的意思，此诗以"文王之母"开头，强调文王之母的教育对文王成长起了至为重要的作用，因为诗中并未提及文王之父王季对文王的教育情况。

接下来两句说"思媚周姜，京室之妇"，大任继承了婆婆大姜的美好德行。"大姒嗣徽音，则百斯男"，文王的妻子大姒又继承了婆婆大任的美德，使文王子孙众多。按照史书记载，大姒的最大美德，就是不嫉妒。而中国古代一夫多妻的婚姻制度，导致国君妻妾成群，会带来一系列难以避免的后宫矛盾，后宫妻妾之间相互争宠，极易引起宫斗。大姒能很好地处理后宫矛盾，减少了文王的后顾之忧，全身心投入国家治理。并且那个时代盛行多子多福的理念，尤其是君王之家，家庭兴旺，人才蔚起，是本族发展的重要条件。此章彰显了一位贤妻对家庭、家族所起的重要作用。

诗二章说："惠于宗公，神罔时怨，神罔时恫。刑于寡妻，至于兄弟，以御于家邦。"《毛诗传》说："宗公，宗神也。"郑玄《笺》说："宗公，大臣也。"从"惠于宗公"一句看，郑玄将之释为大臣较为合理。因为施惠的对象应当是实在的人，而不应是一个虚化的神。这句话的字面意思是施惠于大臣，郑玄解释说："惠，顺也。宗公，大臣也。文王为政，咨于大臣，顺而行之。"这应该是引申之义。后两句"神罔时怨，神罔时恫"，郑玄解释说："能当于神明，神明并无怨恚。其所行者，无是痛伤；其所为者，其将无有凶祸。"西周实行的是世袭制，不仅君王是世袭制，大臣也是世袭制。君王和大臣去世了，被认为成为天上的神明，而由他们的后代主持朝政。文王施惠于大臣们，那他们在天上的父祖的神明会感到欣慰，没有怨恚，没有伤痛。这是通过天上神明的态度来表彰世间文王的出色政绩。后三句"刑于寡妻，至于兄弟，以御于家邦"是常被后人引用的经典名句，意思是说，文王为他的妻子、兄弟树立了道德榜样，他就是通过这样的方法来齐家与治国的。此处的"刑"通"型"，是型范的意思。苏辙《诗集传》卷十五说"寡妻，犹言寡小君"，即国君妻子的谦称。

诗三章说："雍雍在宫，肃肃在庙。不显亦临，无射亦保。"意思是说文王的德行，在家庭与宫室中，表现出和睦的气象；在先祖庙堂中，表现出敬穆的态度。治家以和，事神以敬，文王之德如此显明。此处的"不显"，应作"丕显"来解，即大显。用这样的显德来治理民众，民众对其爱戴无厌，安而行之。

诗四章说："肆戎疾不殄，烈假不瑕。不闻亦式，不谏亦入。"《大雅·思齐》一诗的用字与今文《尚书》29篇有相近之处。按业师姜广辉先生的说法，今文《尚书》29篇属于"老古文"，而春秋时期的老子、孔子及其之后的文体都属于"今古文"。"老古文"与"今古文"的文字虽然区别不大，但意思相差甚远。"老古文"属于岐周地区的方言，在当时被称为雅言，即正言。但春秋时期之后，"老古文"渐渐失传，很少人能读懂。按老古文的用法，此章开头的"肆"字，是"故"之意，"戎"是大之意，"假"也是大之意。此章接前章之意，由于文王有这样好的品德，所以大的疾病与灾害不待灭绝而自灭，大的危害不待消除而自消。后两句"不闻亦式，不谏亦入"，是说文王有圣人的天性，不闻而合于理，不谏而入于善。

诗末章说："肆成人有德，小子有造。古之人无斁，誉髦斯士。"按郑玄《笺》的解释，"成人谓大夫、士也。小子，其弟子也"。文王有圣王之德，故其属下的大夫、士皆有德，大夫、士的子弟皆有所成就。"古之人"指的是昔日的圣王明君，他们不厌倦地培养造就了出类拔萃的人才，使这些人才名誉天下。

关于此诗的诗旨，历来注家少有异议，甚至可以说是出奇地一致。

《毛诗序》说："《思齐》，文王所以圣也。"孔颖达《疏》："作《思齐》诗者，言文王所以得圣由其贤母所生。文王自天性当圣，圣亦由母大贤，故歌咏其母，言文王之圣有所以而然也。"文王一直被称为圣王，虽然有天性如此的成分，但也与其母教导有关。

宋代严粲《诗缉》卷二十六说："此诗五章，皆言文王之所以为圣也。孔氏以为文王所以得圣，由其贤母所生，止是首章之意耳。"这里，严粲完全赞同《毛诗序》和孔颖达的意见。

明代薛瑄《读书录》："《思齐》一诗，修身、齐家、治国、平天下之道备焉。读之有以远想前王之盛。"① 这里所说的"前王",指文王。薛瑄指出此诗的内涵是讲文王的修身、齐家、治国、平天下之道。

现代学者陈子展《诗经直解》说:"《思齐》,亦可作为歌咏周初开国人物之史诗读。"程俊英《诗经注析》说:"这是歌颂文王善于修身、齐家、治国的诗。"二人的评论与前人的观点基本一致。

最后谈谈后世对"刑于寡妻,至于兄弟,以御于家邦"一句的引用。

《孟子·梁惠王上》说:"老吾老,以及人之老;幼吾幼,以及人之幼,天下可运于掌。《诗》云:'刑于寡妻,至于兄弟,以御于家邦。'言举斯心加诸彼而已。故推恩足以保四海,不推恩无以保妻子。"这里所引的诗句,便出自《思齐》一诗。《左传·僖公十九年》载:"宋人围曹,讨不服也。子鱼言于宋公曰:'文王闻崇德乱而伐之,军三旬而不降,退修教而复伐之,因垒而降。《诗》曰:"刑于寡妻,至于兄弟,以御于家邦。"今君德无乃犹有所阙,而以伐人,若之何?盍姑内省德乎?无阙而后动。'"所引诗句,也是出自《思齐》一诗。《孟子》与《左传》引此诗句的目的,正如《大学》所说:"古之欲明明德于天下者,先治其国;欲治其国者,先齐其家;欲齐其家者,先修其身。"《大雅·思齐》一诗,可与此言相为表里。

---

① （明）薛瑄撰《读书录 读书续录》,孙浦桓点校,凤凰出版社,2017,第262页。

生民之什

民 劳

【原文】

民亦劳止，汔可小康。惠此中国，以绥四方。无纵诡随，以谨无良。式遏寇虐，憯不畏明。柔远能迩，以定我王。

民亦劳止，汔可小休。惠此中国，以为民逑。无纵诡随，以谨惛恢。式遏寇虐，无俾民忧。无弃尔劳，以为王休。

民亦劳止，汔可小息。惠此京师，以绥四国。无纵诡随，以谨罔极。式遏寇虐，无俾作慝。敬慎威仪，以近有德。

民亦劳止，汔可小愒。惠此中国，俾民忧泄。无纵诡随，以谨丑厉。式遏寇虐，无俾正败。戎虽小子，而式弘大。

民亦劳止，汔可小安。惠此中国，国无有残。无纵诡随，以谨缱绻。式遏寇虐，无俾正反。王欲玉女，是用大谏。

【字义】

1. 汔（qì）：庶几。2. 小康：小安，可勉强度日。3. 惠：爱。4. 中国：西周京师。5. 绥：安。6. 纵：听从。7. 诡随：恶行，孔颖达《疏》："恶有大小，诡随，小恶。"8. 遏：制止。9. 寇虐：残贼凶暴之人的侵掠残害之行。孔颖达《疏》："寇虐，则大恶也。"10. 憯（cǎn）：《毛诗传》："憯，曾也。"11. 明：刑典。12. 柔：安抚。13. 能：亲善，和睦。14. 逑（qiú）：郑玄《笺》："逑，聚也。"15. 惛恢（hūn náo）：孔颖达《疏》说："惛恢者，其人好鄙争，惛惛恢恢然。"16. 俾：使。

17. 劳：郑玄《笺》："劳，犹功也。" 18. 休：《毛诗传》："休，美也。" 19. 罔极：无是非标准，全凭一己之私意。 20. 慝（tè）：邪恶。 21. 愒（qì）：休息。 22. 丑厉：无端地丑化、诋毁他人。 23. 正败：王引之《经义述闻》："正，当读为'政'。寇虐之徒，败坏国政，遏之则政不败矣。" 24. 戎：你。 25. 小子：少年。 26. 式：用。 27. 缱绻（qiǎn quǎn）：苏辙《诗集传》："缱绻，小人之固结其君者也。" 28. 玉女：即"玉汝于成"，使你像美玉一样无瑕。

【解析】

中国古代朝廷政治的兴衰治乱，往往归结于君子与小人孰在上位，《民劳》一诗是代表，具有政治教科书般的教诫意义。《民劳》一诗五章，每章十句，共五十句，是一首篇幅较长的诗，各章句式和大意基本相同。

关于此诗的性质，古今学者都认为是召穆公（召虎）劝谏周厉王之诗。古代以《毛诗序》为代表，认为此篇是"召穆公刺厉王也"之诗；现代则以程俊英为代表，其所著《诗经注析》一书说："这是一首劝告周厉王安民防奸的诗。……《民劳》诗所反映的，就是厉王暴政的一个侧面，但用谏戒的语气出之。"

关于召穆公与周厉王，乃至与周宣王的关系，史有明文，其梗概是：周厉王主政，暴虐无道，召穆公劝诫厉王，言其暴政已引起民怨，应加以匡正。周厉王非但不听，反而派卫巫"监谤"，以监视和杀戮来制止民怨。正如召穆公所说"防民之口，甚于防川"，用镇压的手段，只能激起更加强烈的反抗。周厉王继续施行暴虐政治，终于引起了国人暴动。愤怒的国人冲入王宫，周厉王狼狈出逃，一直逃奔到彘（今山西霍县）。太子姬静藏匿于召穆公家中，被国人包围，国人要其交出太子姬静，召穆公无奈，只得将自己的儿子冒充太子交给国人处置，才保全了太子。国人暴动发生之后，在没有天子主政的情况下，召穆公与周定公临时联合主政，这一时期称为"西周共和"（详情见《小雅·黍苗》页下注）。共和元年，即公元前 841 年，是中国现存史料中有确切纪年的开始。十四年后，周厉王病死于彘。其后，太子姬静即位，是为周宣王。召穆公辅佐周宣王开启了"宣王中兴"的历史。《民劳》一诗所讲的，是周厉王被推翻之前的一段历史，作者以此诗表达召穆公对周厉王的劝谏。

此诗五章。每章首句都是"民亦劳止"，意思是朝廷所推行的繁重赋税与劳役，已使人民劳苦不堪。正如宋代范处义《诗补传》卷二十四所说："君师之任，在宠绥四方而已。穆公首以'民劳'为言，可谓知言之要也。曰'民亦劳止'，则民之劳苦亦极矣。"

每章中第二句，前两字相同，而后两字"小康""小休""小息""小惕""小安"，意思大致相同，范处义《诗补传》卷二十四说："小康、小休、小息、小惕、小安，皆言当少安之。每章协韵，初无异训也。"此句的意思是要周厉王改变政策，使民众能得到小小的安歇。此处的"汔"字，《毛诗传》解释为"危"，郑玄以及大多数经学家解释为"几"，即"庶几"之意，《毛诗李黄集解》解释为"终"。几家相比较，将"汔"解释为"终"较为顺畅。意思是说周厉王只有终止这种暴虐的政策，民众才会得到喘息，可以小安度日。这里说到了"小康"一词，此处的"小康"与《礼记·礼运》中的"大同""小康"意思不同。《礼运》篇的"大同"是指尧舜之事，"小康"则是指夏禹、商汤、周文王、周武王之事。这样的小康等级是较高的，富有理想的色彩。而此诗中所说的"小康"，是小安、可勉强度日的意思，不具有理想社会的意义，两者不可混同。

除了诗三章外，其他各章的第三句都是"惠此中国"（诗三章为"惠此京师"）。在西周与春秋时期，"中国"一词有二义：一是相对"四方"而言，是京师之意；二是相对"夷狄"而言，是华夏诸侯国的总称。孔颖达《疏》说："中国之文与四方相对，故知中国谓京师，四方谓诸夏。若以中国对四夷，则诸夏亦为中国，言各有对，故不同也。"在此诗中，"中国"与"京师"是同义，之所以用不同的词，应当是避免重复用词。

每章的第四句，文句虽有不同，意思大体一致。"绥"是安之意，"迷"是聚合之意，"俾"是使之意，"残"是害之意。其意是说使四方的诸侯国及其民众能安居乐业，排除忧虑，避免遭到侵害。

每章的第五句，文句相同，都是"无纵诡随"四字。"诡随"意思是小人心地险恶，诡计多端，对君主阿谀奉承，即使君主明明有错，他们也会表示赞赏，长此以往，会导致君主错上加错。"无纵诡随"意即不要使这样的小人的阴谋得逞，不要让这样的小人上位。此句在全诗中显得格外重要，因为这是明君与昏君的界限。明君会一眼识破这种小人，将其驱离；而昏君则会将这样的小人视为心腹，并委以重任。孔颖达《疏》说："此诡随、无良、寇虐，俱是恶行。但恶有大小，诡随小恶，无良其次，寇虐则大恶也。诡随未为人害，故直云不得纵之，无良则为小恶已著，故谨敕之。寇虐则害加于民，故遏止之。""诡随"虽是小恶，却是执政者最应提防之事。正如明代朱朝瑛《读诗略记》卷五所载万时华之言："小人祸国只是一味诡随，大抵居高位者多喜软熟，恶刚方。小人欲进其身，必未命先唯，未令先诺，阳顺其意，阴匿其奸。上多不察而信之，故无良、惛怓、罔极、丑厉、缱绻、寇虐，种种诸恶，皆借诡随以济。随者不诡，不过臧获下贱奔走、承奉之徒；诡者不随，虽敦、懿、操、莽，亦无进身之路。合此二字，曲尽小人情态矣。"至于什么是"诡随"之人，下面的事例说得很清楚。《毛诗李黄集解》卷三十三载："唐太宗尝玩庭中树，宇文士及从而誉之不已，帝正色曰：'魏徵尝劝我远佞人，我不知佞人为谁，意疑是汝。'"古人云"玩物丧志"，唐太宗玩庭院中的树，而宇文士及对此大加赞美，可见其居心不良。唐太宗意识到宇文士及就是小人。这个小故事告诉我们，什么叫诡随之人，唐太宗能够识别并远离诡随之人。

每章的第六句，"以谨无良""以谨惛怓""以谨罔极""以谨丑厉""以谨缱绻"。前句讲"诡随"，尚是"小恶"，但不要放纵使"小恶"成"中恶"或"大恶"。"谨"是谨慎、提防之意。"无良""惛怓""罔极""丑厉""缱绻"属于"中恶"的范畴。所谓"无良",意为不善、不好。我们通常所说的无良之人、无良之辈就是指不善、不好的人。所谓"憸恢"是指将小事无限夸大,拉拢私党,制造舆论,以泄私愤,正如孔颖达《疏》说:"憸恢者,其人好鄙争,憸憸恢恢然。故《笺》以为犹谮哗,谓好争讼者,是其言语为大聒乱人。""极"指是非标准,所谓"罔极",就是所想、所说、所做完全凭一己之私意,没有中正、公正的立场。对待这样的人,要特别加以提防。所谓"丑厉",就是丑化、诋毁他人。这种人通过无端地丑化、诋毁他人来抬高自己。所谓"缱绻",本义是指情义相投,这里指小人投君主所好,与君主之间的关系固结不解。正如苏辙《诗集传》所说:"缱绻,小人之固结其君者也。"这五种表现,都是说小人之恶已达到较为严重的程度。

每章的第七句,都是"式遏寇虐"。"寇虐"已属于"大恶"的范畴,是指凶暴之人的侵掠残害之行。"式"是用以之意,"遏"是遏止之意。这一句强调要极力避免残恶凶暴的大恶后果。

诗首章的第八句为"憯不畏明"。此句孤立地理解较为困难,可将"式遏寇虐,憯不畏明"两句结合在一起来解。这两句的意思是说,要竭力遏止残恶凶暴之人,以及从不畏惧刑典、铤而走险的人。首章下各章的第八句分别为"无俾民忧""无俾作慝""无俾正败""无俾正反"。这四句的大意是说,遏止残恶凶暴之人,不要使民众为此担忧,不要使奸恶之人所行罪恶之事得逞,不要使政治走向失败,不要使好的事情向相反方向转化。以上五句,都是说要防止大恶之人的做恶后果。

每章的末两句,即第九句与第十句,反过来正面劝导同僚以及周厉王,告诉他们如何走修德的正道。诗首章的末两句"柔远能迩,以定我王",意思是说,怀柔远国之人、和睦近处的人才能安定君王大业。诗二章的末两句"无弃尔劳,以为王休",意思是说不要放弃你们曾经的功劳,要在原来功劳的基础上再接再厉,以共同成就君王的美誉。诗三章的最后两句"敬慎威仪,以近有德"应是对周厉王说的,意思是说要严肃、慎重地保持君王应有的威仪,多接近有德君子。诗四章的最后两句"戎虽小子，而式弘大"，意思是说君王您虽然现在还是少年，但您所系天下之事甚重，应建立宏大的事业。

诗末章的末两句"王欲玉女，是用大谏"，意思是要使你像美玉一样无瑕，所以我进献了如此深沉的进谏之言。此处的"王欲玉女"，"王"并非主语，而应读为"王，欲玉女"，这里隐去了"王，（吾）欲玉女"的"吾"。

荡之什

荡

【原文】

荡荡上帝，下民之辟。疾威上帝，其命多辟。天生烝民，其命匪谌。靡不有初，鲜克有终。

文王曰咨，咨汝殷商。曾是强御，曾是掊克，曾是在位，曾是在服。天降慆德，女兴是力。

文王曰咨，咨女殷商。而秉义类，强御多怼。流言以对，寇攘式内。侯作侯祝，靡届靡究。

文王曰咨，咨女殷商。女炰烋于中国，敛怨以为德。不明尔德，时无背无侧。尔德不明，以无陪无卿。

文王曰咨，咨女殷商。天不湎尔以酒，不义从式。既愆尔止，靡明靡晦。式号式呼，俾昼作夜。

文王曰咨，咨女殷商。如蜩如螗，如沸如羹。小大近丧，人尚乎由行。内奰于中国，覃及鬼方。

文王曰咨，咨女殷商。匪上帝不时，殷不用旧。虽无老成人，尚有典刑。曾是莫听，大命以倾。

文王曰咨，咨女殷商。人亦有言："颠沛之揭，枝叶未有害，本实先拨。"殷鉴不远，在夏后之世。

【字义】

1. 荡荡：广大无边。2. 辟（bì）：君王、主宰。3. 疾：有病。4. 威：

威风。5. 辟：邪僻。6. 烝：众。7. 谌（chén）：诚信。8. 鲜：少。9. 克：能。10. 咨：感叹。11. 女（rǔ）：你。12. 曾是：一直是这样。13. 强御：强梁。14. 掊（póu）克：搜括、克扣。15. 在服：任职。16. 慆（tāo）德："慆"是懈怠之意，"慆德"谓渎职不堪的人。17. 兴：助长。18. 力：出力。19. 而：通"尔"，你。20. 秉：任用。21. 义类：善类，此诗指强梁多怨的坏人。22. 怼（duì）：怨恨。23. 寇攘（rǎng）：盗寇掠取。24. 式内：占据朝廷内部重要位置。25. 侯：唯，只是。26. 作：通"诅"，向神祝告，请加祸于人。27. 祝：通"咒"，诅咒。28. 届、究：穷尽。29. 炰（páo）烋（xiāo）：同"咆哮"。30. 中国：国内。31. 背：背后。32. 侧：旁侧。33. 陪：辅佐。34. 湎：沉湎。35. 式：法，正事。36. 愆（qiān）：过错，丧失。37. 止：容止。38. 蜩（tiáo）：蝉。39. 螗（táng）：小蝉。40. 丧：丧心病狂。41. 由行：由而行之。42. 癙（bì）：怨怒。43. 覃：延及。44. 鬼方：泛指外夷之人。45. 时：好的时运。46. 旧：旧政。47. 典刑：旧法。48. 颠沛：此处指大树倒伏。49. 揭：连根拔起。50. 拨：断绝。

【解析】

　　此诗与《民劳》一样，也是言召穆公指斥周厉王之诗，应是接着《民劳》一诗写的。但《民劳》一诗所写的是周厉王主政的早期阶段，暴虐政治仅是开始，而《荡》这首诗所反映的是周厉王执政后期，民众已经不堪忍受，召穆公也表现出极端的愤怒。但他仍不敢直呼其名指责周厉王，而是假托周人的祖先——文王，痛斥商纣王，以警示周厉王。《毛诗序》说："《荡》，召穆公伤周室大坏也。厉王无道，天下荡荡，无纲纪文章，故作是诗也。"认为此诗是召穆公指斥周厉王的诗，观点正确。但是，《毛诗序》将此诗篇名《荡》解释为周厉王政事毁坏，"无纲纪文章"，似乎欠妥。周厉王的政事确实"无纲纪文章"，但并没有表现在《荡》的篇名上。此诗首句"荡荡上帝"，说的是天上的上帝无所不在，法力无边，而不是指人间的周厉王。当时人们对上帝存在一种敬畏之心，不会用上帝来影射人间的无道昏君。此诗以首字名篇，这是古人为篇章命名的基本方法。这里的"荡"字本身并没有毁坏的意思，但《毛诗序》将之解释为纲纪毁坏，脱离了诗的本义。所以宋代程大昌（1123~1162）驳《毛诗序》说："《荡》之诗以'荡荡上帝'发语……盖采《诗》者摘其首章要语，以识篇第，本无深义，今《序》因其名篇以'荡'，乃曰'天下荡荡，无纲纪文章'，则与'荡荡上帝'了无附着。"[①] 程大昌所言甚是。

此诗首章前四句说："荡荡上帝，下民之辟。疾威上帝，其命多辟。"意思是说，广大无边的上帝啊！你是天下人的主宰。"脑子有病"而又威风凛凛的上帝啊！你也做了很多邪僻的决定。第一个"辟"字，是君王、主宰之意；第二个"辟"字，是邪僻之意。这两句既包含了尊天之意，也包含了怨天之意，是尊天与怨天的统一，是老百姓在痛苦不堪、备受煎熬、赴诉无门时的呼告之语。"疾威上帝"的"疾威"二字，"疾"是有病之意，"威"是威风之意，笔者将其解释为"脑子有病"而又威风凛凛，这样较符合此诗的字面意思。而传统学者认为"上帝"二字是影射周厉王，这在字面上是说不通的。

后四句"天生烝民，其命匪谌。靡不有初，鲜克有终"指出上天做出邪僻决定的具体内容。意思是说，天生众民，难道不是让他们具有诚信始终如一的品性吗？为什么一开始时都做得很好，到后来却做得如此不堪呢？比如说，夏朝初兴，禹为王，夏末则出现了夏桀这种不堪的人来做王；商朝初兴，汤为王，商末则出现了商纣这种不堪的人来做王；周朝初兴，文王、武王为王，到现在却出现了厉王这种不堪的人为王。这是"靡不有初，鲜克有终"本来的意思，引申为个人初心甚好，却不能终始如一。

以下七章，开头两句文字相同，即"文王曰咨，咨女殷商"。"咨"是"咨嗟"之意，其中含有感叹、非议、控诉的意思。这两句可译为

---

① （宋）程大昌：《考古编 续考古编》，中华经典古籍库影印本。

"文王感叹，控诉殷商"。七章皆如此开头，然后分别从七个方面控诉商纣王的罪恶。

诗二章的中间四句"曾是强御，曾是掊克，曾是在位，曾是在服"用了四个"曾是"，"曾是"可理解为"一直是"。意思是说，你们殷商之人，一直在做强梁，一直在搜刮克扣，你们一直在位，一直任职，国家的坏乱就应当由你们来负责。末两句"天降慆德，女兴是力"是说老天降下这种渎职不堪之人，你却让他们任职，为你出力。

诗三章的中间四句"而秉义类，强御多怼。流言以对，寇攘式内"，其意是说，你所谓的"善类"，其实都是强梁多怨的坏人，用流言、谣言来面对世人，制造舆论，以强盗抢夺的方式占据朝廷内部的要位。末两句"侯作侯祝，靡届靡究"，意思是说商纣王的朝廷中，群臣之间无忠信可言，诅咒贤臣、陷害忠良之事，周而复始、无穷无尽，可见其政治的坏乱程度！

诗四章的中间四句"女炰烋于中国，敛怨以为德。不明尔德，时无背无侧"意思是说：你在国内京城咆哮发令，将聚怨之人当作有德之人；你不辨忠奸美丑，没有知人之明，故你背后无贤臣，旁侧无公卿。末两句"尔德不明，以无陪无卿"，意思是说，因为你不能清楚地辨别有德或无德之人，因而你身边没有贤人陪伴。

诗五章中间四句"天不湎尔以酒，不义从式。既愆尔止，靡明靡晦"，意思是说上天立君以为民，不是让你沉湎于酒。而你将凡是不义的事都当作正事来做。你在仪容举止上多有过错，甚至是放纵，又不分公开与私下场合。末两句"式号式呼，俾昼作夜"意思是说，酗酒发疯，叫号欢呼，将白天当作黑夜，荒乱不堪。

诗六章中间四句"如蜩如螗，如沸如羹。小大近丧，人尚乎由行"，意思是说饮酒号呼之声有如大蝉小蝉鸣叫，此起彼伏。座中笑语沓沓，如热汤沸腾，羹之方熟。君臣上下，没大没小，都近乎丧心病狂，而世人以为时尚，由而行之。末两句"内奰于中国，覃及鬼方"，意思是说，以上商纣王的行为引起国内民众的怨怒，乃至延及外夷之人。

诗七章中间四句"匪上帝不时，殷不用旧。虽无老成人，尚有典刑"，意思是说并非上帝不给你好的时运，是商纣王不用旧的典章制度。虽然朝中没有老成的旧臣，但尚有旧的法规可以循守。末两句"曾是莫听，大命以倾"，意思是说你不循守这样的法规，国之命运因而倾衰。

诗末章中间四句"人亦有言：'颠沛之揭，枝叶未有害，本实先拨'"，意思是说人们常言大树倒伏，连根拔起，并非由于枝叶有病害，而是树根先腐烂断了。引申之意则指殷商的衰落的原因，即商纣王不仁不义，以自绝于天下，莫可救赎。末两句"殷鉴不远，在夏后之世"，点明殷商的前车之鉴在夏桀，而周王朝的前车之鉴在商纣。这是召穆公假托文王指责商纣王之语，用以警示周厉王。

此诗的文学技巧在于借古以讽今，钱澄之（1612～1693）《田间诗学》说："托为文王叹纣之词。言出于祖先，虽不肖子孙不敢以为非也；过指夫前代，虽至暴之主不得以为谤也。其斯为言之无罪，而听之足以戒乎？"陆奎勋（1663～1738）《诗序集义》说："文王曰咨，咨汝殷商，初无一语显斥厉王。结撰之奇，在《雅》诗亦不多觏。"吴闿生（1877～1950）《诗义会通》说："此诗格局最奇，本是伤时之作，而忽幻作文王咨殷之语。通篇无一语及于当世，但于末二语微词见意，而仍纳入文王界中。词意超妙，旷古所无。陆奎勋云：'文王以下七章，初无一语显斥厉王，结撰之奇，在《雅》诗亦不多觏。'信矣。然尤妙者，在首章先凌空发议，末以'殷鉴不远'二句结之，尤极帏灯匣剑之奇。否则真成论古之作矣，人安知其为借喻哉？"此三家所论甚是，道出了此诗写法上的奇特巧妙之处，其技巧之高超，在《诗经》中确乎少有。

此诗中的"靡不有初，鲜克有终"已成为千古名句，意思是说一个人初心甚好，却不能终始如一。

北宋欧阳澈在《欧阳修撰集》卷七中说："诗曰：'靡不有初，鲜克有终'，故唐有天下，传世二十，所可称者三君。玄宗、宪宗皆不克其终。惟太宗以文武之才，高出前古，驱策英雄，网罗俊彦，故能除隋之乱。比迹汤武，致治之美，庶几成康，由汉以来，未之有也；玄宗以功成治定，无有后艰，侈心一动，穷天下之欲，不足为其乐，溺所爱而忘可戒，至于窜身失国而不悔；宪宗晚节信用非人，怠于防微不终其身而变生肘腋，悲夫！臣尝即是而知人君之忧勤恭俭，未足以为难。惟终始不变所守，至于持盈守成。"① 在欧阳澈看来，唐代诸多君王之中，只有太宗在政事方面能做到终始如一，故他将唐太宗比肩商汤与周武王，将其"贞观之治"比肩西周初年的"成康之治"，并认为由汉至唐，无人可与太宗相提并论，这可谓对唐太宗的最高赞誉。而唐玄宗与唐宪宗虽在历史上也被世人称颂，但二人因一己之私欲或用人不当，或导致政变失国，或不能保全自身性命。所以欧阳氏感叹道：君王励精图治不难，但要做到有始有终却实在太难！

　　然而，不同时代的人，对政治人物的评价也有所不同。元代李简则认为唐太宗对待政事不能做到终始如一，他在《学易记》卷五中说："盖'靡不有初，鲜克有终'者，人情之常也。故曰'行百里者半九十里'；言其晚节末路之难也。周宣王，中兴之贤君，《鸿雁》之后，诗人有《黄鸟》之刺；唐太宗，创业之英主，贞观之末，魏徵有《十渐》之讥。况其下者乎？有始有卒，惟圣人能之。故孔子以'永终知敝'为戒，'知敝'者，知不克终之敝也。"这里李简谈到了两个人物，一是西周的宣王，一是唐太宗。周宣王早年执政时期，广纳谏言，任用贤臣，使衰落的周王室得以重振，四夷咸服，因而享有"宣王中兴"的美誉。所以，《诗经》中有赞美周宣王的《鸿雁》之诗，在诗学传统上，《小雅·鸿雁》被认为是赞美周宣王复兴先王之道、安集众民的诗。但周宣王晚年独断专行，不纳忠言，滥杀大臣，终失中兴美名。② 所以在《鸿

① 曾枣庄、刘琳主编《全宋文》卷四〇〇四，上海辞书出版社、安徽教育出版社，2006，第366~367页。
② 《明世宗实录》："虽然周宣王云汉之侧身，常武之平淮，内有山甫，外有申伯，非不赫然称盛。然乐色而忘德，失礼而晏起。不籍千亩，南国丧师，料太原，杀杜伯，以致虢公谏不听，山甫谏又不听，所以中兴之美未尽焉。"

雁》诗之后,又有《黄鸟》之诗以讽刺周宣王。[①] 唐太宗在贞观初年,吸取隋朝灭亡的教训,留心治世之道,知人善任,政治清明。然而晚年时期他却刚愎自用,好大喜功,于朝政有所怠惰,所以魏徵作《十渐》之文,列举太宗从执政初期至晚年时期为政态度的十点变化,指出他不能善始善终的缺点,希望他能加以改正,继续保持贞观之初励精图治的优良作风。李简认为,周宣王和唐太宗作为一国之君,尚且不能做到有始有终,更何况普通百姓呢?唯有圣人能做到!李氏举出孔子能以"永终知敝"为戒之例,认为天下之事莫不有终有敝,告诫君子要远虑其终,防患其敝坏之日。也许正是因为孔子行事能终始如一,所以被后世称为圣人!其实,李简认为唐太宗不能善始善终,似乎有失公允。综观贞观(627~649)年间,政治清明,社会安定,经济繁盛,民族关系融洽,国力显著增强,所以史家誉之为"贞观之治"。唐太宗晚年虽有奢纵之心,喜欢田猎,求贤之心也有所衰减,但他终能听取魏徵及其他大臣的劝谏,未酿成大祸,在政事上也不失为一位有始有终的君王。

---

① 《毛诗序》:"《黄鸟》,刺宣王也。"

周　颂

闵予小子之什

小 毖

【原文】

予其惩而毖后患。

莫予荓蜂，自求辛螫。

肇允彼桃虫，拼飞维鸟。

未堪家多难，予又集于蓼。

【字义】

1. 惩：鉴戒、警惕。2. 毖：苏辙《诗集传》："毖，慎也。慎之于小，则大患无由至矣。"3. 荓（pīng）：使。4. 蜂：昆虫名。有膜翅、毒刺，多群居。5. 辛螫（shì）：毒虫刺咬的辛辣的痛感。6. 肇：开始。7. 允：相信。8. 桃虫：指鹪鹩（jiāo liáo）小鸟。《毛诗传》："桃虫，鹪也，鸟之始小终大者。"9. 拼：通"翻"，上下飞翔。10. 鸟：朱熹《诗集传》："鸟，大鸟也。鹪鹩之雏化而为雕也。"11. 蓼（liǎo）：蓼国，淮夷所在地。

【解析】

《周颂·小毖》一诗是周成王在"三监"叛乱、周公东征之后反省与悔过之诗。

我们先来谈谈此诗的大意。

此诗共七句，不分章。首句"予其惩而毖后患"，苏辙释此句为：

"成王始信二叔，以疑周公，既而悟其奸，故曰：'予其惩是，以毖后患，群臣勿使予者矣。'"此句大意是：我要惩前而毖后，再也不听信往日那种流言蜚语了。

第二、三句"莫予荓蜂，自求辛螫"。"莫予荓蜂"是一个倒装句，正句应是"莫荓予蜂"，苏辙《诗集传》释此二句为："予犹蜂耳，苟使予，予将螫女。"此二句大意是：不要再使我变成有刺的黄蜂，（过去有人将我当作黄蜂刺伤了周公），现在若再有人这样做，我就要先刺伤你们，这是你们自找的。

第四、五句"肇允彼桃虫，拚飞维鸟"。郑玄《笺》说："始者，信以彼管、蔡之属虽有流言之罪，如鹪鸟之小，不登诛之，后反叛而作乱，犹鹪之翻飞为大鸟也。"此二句大意是：开始我以为那"流言"不过是像小小的桃虫而已，但是桃虫一样小的鹪鹩最后变成了在天上翻飞的大雕（比喻当初轻视了管、蔡流言，最后酿成了巨大的政治危机）。

第六、七句"未堪家多难，予又集于蓼"。关于"蓼"字之义，朱熹《诗集传》说："蓼，辛苦之物也。"方玉润《诗经原始》说："偏又集于辛苦之地，如尝蓼而不堪其味也。"都是从"蓼"字的植物含义取意。郑玄《笺》说："集，会也。……我又会于辛苦，遇三监及淮夷之难也。"既取"蓼"的"辛苦"之义，又暗指"淮夷之难"。王质《诗总闻》曰："蓼，地名也。见《春秋》楚公子灭蓼，一在寿州霍邱县，唐所谓蓼州也；一在唐州湖阳县，杜氏所谓二国者也。《书》'成王黜殷命，灭淮夷，还归在丰'，当时淮夷不宾，成王盖自征之。所谓'抚万邦，巡侯、甸，四征弗庭'者也。言'又集于蓼'，盖征淮之时也。"王质所言甚是，蓼地就是古代所称的淮夷地区。成王将要亲征蓼地淮夷，这远比将"蓼"解释为"辛苦"之意更有实质性的意义，对周成王而言肩上的责任重大。此二句大意是：当时我（成王）尚年少，不堪担当家国多难之秋的历史重任。今仍是多难之秋，蓼地淮夷又起叛乱，我将集合兵力亲征。

全诗虽仅七句，但意义深刻，可作为后世的重要借鉴。

周武王灭商，分封纣王之子武庚管理殷商故都。因担心武庚及殷商旧贵族有复辟的企图，武王又命弟弟管叔鲜、蔡叔度、霍叔处监视武庚及殷商贵族，史称"三监"。武王不久因病去世，其子成王即位。因成王年少，朝政便由武王的弟弟周公旦摄理。此时被分封在外的管叔、蔡叔、霍叔散布流言，称周公"将不利于孺子（指成王）"。年少的周成王相信了这一流言，对周公起了疑心。武庚趁着武王去世，成王年少，周公被疑，发起叛乱。而作为周文王之子、周武王之弟的管叔、蔡叔和霍叔竟然与武庚站在一起，共同发动叛乱，从而给新兴的周王朝造成严重的政治危机。危急关头，周公毅然挺身而出，力挽狂澜，以成王的名义发兵东征，历经三年之久，方将叛乱平定，挽救了周王朝。在这场殊死斗争中，周成王因为年少，毫无政治经验，听信流言，一直怀疑周公的动机，后来才幡然悔悟，于是写下了《小毖》一诗，宣之于宗庙，向列祖列宗告语，以表示痛改前非、惩前毖后的诚恳态度。

按传统诗经学的解释，此诗的创作时间是周公东征凯旋归政于成王之后，并说此诗表达了周成王求助群臣之意。笔者认为，此说值得商榷。

一　关于此诗的创作时间问题

关于此诗的创作时间，传统意见认为作于周公东征凯旋归政成王之后。如郑玄《毛诗传笺》说："始者，管叔及其群弟流言于国，成王信之而疑周公。至后三监叛而作乱，周公以王命举兵诛之，历年乃已。故今周公归政，成王受之而求贤臣以自辅助也。"郑玄的意思是说，此诗作于周公东征凯旋归政成王之后。

然而，郑玄此说受到清代儒者质疑，如胡承珙《毛诗后笺》说："《小毖》之作，似正值东征之时。……毛意（指《毛诗序》）未必如郑（玄），以此为归政后之诗也。"又如魏源《诗序集义》说："《小毖》，成王即政……（作于）周公居东未归时。"胡承珙、魏源均不赞成郑玄的观点，认为此诗不是周公归政成王以后之诗，而是周公正在东征时所作。清末王先谦《诗三家义集疏》也曾质疑郑玄的观点，他说："（郑玄）《笺》谓诗作于周公归政之后，非也。"但未明说究竟作于何时。

笔者认为，郑玄之说与胡、魏之说都缺乏佐证，值得商榷。据《尚书·金縢》说，成王由于听信管叔及其诸弟"公将不利于孺子"的流言，一直怀疑周公将对自己不利（即可能取代自己，自立为王）。直到周公东征胜利之后，作《鸱鸮》一诗，上呈成王之时，成王仍然怀疑周公，只是不敢指责他而已。这正如《尚书·金縢》所说："周公居东二年，则罪人（武庚、管、蔡等）斯得。于后，公乃为诗以贻王，名之曰《鸱鸮》，王亦未敢诮公。"

而正是在此时，镐京出现了前所未有的"天变"事件。《尚书·金縢》接着说："秋大熟未获，天大雷电以风，禾尽偃，大木斯拔，邦人大恐。王与大夫尽弁以启金縢之书，乃得周公所自以为功代武王之说。"当时周都镐京忽起大风，大树拔起，庄稼倒伏，国人震恐，成王以为上天示警。当时有大臣谏言：当初周武王病重时，周公曾向上天祈祷，祈祷之文后来被锁在金縢箱中。成王命人打开金縢箱，发现里面的祈祷之文，其文意是武王患重病时，周公向上天祈祷让自己代替武王去死。成王读后，认识到周公的耿耿忠心，自己的疑虑实在太愚昧。《尚书·金縢》叙述此情景说："王执书以泣曰：……昔公勤劳王家，惟予冲人弗及知，今天动威，以彰周公之德。"笔者认为，成王正是在读《金縢》悔悟之后，作了《小毖》之诗。这也就是说，将作此诗的时间理解为成王开启金縢箱读了祈祷之文而悔悟之后且周公尚在归途中比较合理。虽然《尚书·金縢》并未述及《小毖》作于何时，但可做一合理的推想：周成王被后世称作明王，当他明白事情的真相之后，一定是痛心疾首，悔恨不已，定会迫不及待地向大臣们表达自己的悔恨之意，并警示群臣，而不会等到周公凯旋之后。如果等到周公凯旋之后才有此举的话，则显得成王过于被动，缺乏诚意，似乎是迫不得已才这样做，这不是明王所为。

二 关于周成王是否有求助群臣之意

《毛诗序》说："《小毖》，嗣王求助也。"后世信《毛诗序》此说的人甚多，如苏辙《诗集传》称成王："予方未堪多难，而又集于辛苦之地，其奈何舍我而弗助哉！"又如李樗、黄櫄《毛诗李黄集解》说："《小毖》之诗乃成王惩戒往日之事，自此欲戒慎几微之事，亦欲群臣助己，而以知祸乱之机也。"再如宋代张耒《柯山集》说："成王以当时群臣无有能助己者，故惩后患，而首之以求助。"[1] 然而钱澄之《田间诗学》直接质疑张耒之言，认为"此皆言外推测之词"。从《小毖》一诗的七句话当中，根本看不出成王有求助于群臣之意，这不过是毛诗一派解诗者的推测之词。而在钱澄之之前，明代朱谋㙔《诗故》则说："（《毛诗序》称）'《小毖》，嗣王求助也。'非求助也，盖成王悔听流言，而迎复周公，赋此以答《鸱鸮》也。"朱氏准确理解了此诗"悔听流言"而非"嗣王求助"的主旨，也准确理解了此诗创作的时间，即在周公作《鸱鸮》一诗之后，周公东征凯旋，成王准备迎复周公之时。

笔者认为，朱谋㙔、钱澄之二人的意见是正确的，其实此诗并未表示出有"求助于群臣"的含义，这确实是解经者的推测之词。理由有如下两点。

其一，此诗第二、三句"莫予荓蜂，自求辛螫"是对群臣非常严厉的警告之语，上文解释诗意时已说到此句的意思。这样的语境，如何能表示求助于群臣之意？谁见过求助人而用严厉之语的呢？

其二，周公是当时品德最高、能力最强的辅臣。既然周公即将归来，成王何必舍近求远呢？因此，笔者将此诗定位为成王表示悔改之意，兼对群臣的警告之语，这样理解较符合成王当时的心境。因为成王之所以一直对周公存有疑心与戒心，与当时群臣普遍疑虑周公的看法是有关系的。此时，成王除了自我悔恨之外，也在很大程度上对群臣以往的表现感到失望与不满。在这种悔恨交加的心境和情绪下，成王哪还有心情去求助群臣呢？

对这首诗的整体评价，明代钟惺评论说："创巨痛深，伤弓之鸣。"

---

[1] （宋）张耒撰《张耒集》，李逸安等点校，中华书局，2005，第726页。

近人吴闿生《诗义会通》引旧评说："哀音动人。"二人都感受到了诗中所表现出来的痛彻心扉的哀伤。

"予其惩而毖后患"，后来凝练成为"惩前毖后"的成语。意思是指认识以前所犯的错误，吸取教训，以后谨慎防范，不致再犯。

商 颂

玄 鸟

【原文】

天命玄鸟，降而生商，宅殷土芒芒。

古帝命武汤，正域彼四方。

方命厥后，奄有九有。

商之先后，受命不殆，在武丁孙子。

武丁孙子，武王靡不胜。

龙旂十乘，大糦是承。

邦畿千里，维民所止，肇域彼四海。

四海来假，来假祁祁。

景员维河，殷受命咸宜，百禄是何。

【字义】

1. 玄：黑色。2. 宅：居住。3. 古：昔时。4. 武汤：商汤自号为武王。5. 正：统治。6. 域：疆域。7. 方命：遍告。8. 后：君王。此处指四方诸侯。9. 奄：覆盖、包括。10. 九有：九州。11. 先后：先王。12. 殆：懈怠。13. 武丁孙子：殷高宗，此句即孙子武丁之倒文，指商汤的后代武丁。14. 旂：旗。15. 糦（chì）：黍稷。16. 承：供奉，此诗指助祭。17. 畿（jī）：古代帝王所辖之地。18. 止：居。19. 肇：始。20. 四海：《尔雅》："九夷、八狄、七戎、六蛮，谓之四海。"21. 假（gé）：通"格"，至、到。22. 祁祁：众多貌。23. 景：大。24. 员：通"云"。25. 何：通"荷"，承担，承受。

【解析】

《诗经》具有史诗的性质，讲到商、周两族在远古时期的起源及其后世先王创业的历史。周族的历史最早可见于《大雅·生民》，此诗讲到周人始祖姜嫄踩到天帝的脚印怀孕而生后稷。商族的历史最早可见于《商颂·玄鸟》，此诗讲到商族的始祖简狄吞食了玄鸟（黑色燕子）蛋怀孕而生契，而玄鸟遗卵乃是奉上帝之命（天命玄鸟）。这些虽然都是神话传说，但无论是商族还是周族，都将之视为本族带有神圣光环的历史。这种神话传说反映了远古的历史，即那时是"只知其母不知其父"的原始母系氏族社会向父系氏族社会转化的时代。至于有文献说姜嫄是帝喾的元妃，简狄是帝喾的次妃，这应是后来文献的附会。

《玄鸟》一诗不仅谈及契，也谈及盘庚，谈到了商汤王、武丁这些先王。《玄鸟》与《商颂》其他四首诗①之所以能在春秋时期流传，与宋国的祭祀有直接关系。商朝灭亡后，周武王分封商纣王的儿子武庚于商都朝歌。后来武庚联合三监叛乱，周公平叛之后，周成王又将商纣王的哥哥微子启分封于商的旧都商丘，建立宋国。此商地便是契的受封之地，可以说是商族的发祥地。宋国享受封国的最高待遇，即公爵待遇，特准其用天子礼乐奉商朝宗祀，于周为宾而非臣，作为殷商后裔仍可以按照自己的习俗生活，守护自己的文化传统。既然此诗中隐含了始祖契、盘庚，提到了商汤王和武丁，那应属于宗庙祫（xiá）祭（将本族的先祖先王的神主合在太庙中一起祭祀）之诗。

下面来逐句解释一下此诗。

"天命玄鸟，降而生商，宅殷土芒芒。"前两句叙述了商族起源的神话：上天命令玄鸟（黑色燕子）飞降人间，遗留下鸟卵，简狄吞下鸟卵怀孕而生契，契长大后被尧帝分封在商丘。"商"实际指的是契及其商族后人。"宅殷土芒芒"隐含着盘庚迁殷一事，商族曾多次迁徙，最后迁于殷地，商族人居于殷地的广阔土地上。故商朝也称殷朝，或连

---

① 即《那》《烈祖》《长发》《殷武》。

称殷商，正如钱澄之《田间诗学》所说："契为受封之祖，故谓生契为'生商'，然才叙'生商'，便接以'宅殷'，殷、商并举，以明汤由商兴，武丁以殷兴也。"

关于简狄吞鸟卵之事，司马迁《史记》中有这样的记载："殷契，母曰简狄，有娀氏之女，为帝喾次妃。三人行浴，见玄鸟堕其卵，简狄取吞之，因孕生契。"刘向《列女传》说得更为细致："契母简狄者，有娀氏之长女也。当尧之时，与其妹娣浴于玄邱之水。有玄鸟衔卵过而坠。五色甚好，简狄与其妹娣竞往取之。简狄得而含之，误而吞之，遂生契焉。"有人指此说甚为荒诞，但世界各民族的早期记载多有神话传说的成分，自古相传便是这样。司马迁、刘向摘取而记录，未必相信这些即是历史事实，只是记录殷商本族的历史传说而已。孰是孰非，由读者自己分辨。

另一方面，秦汉之际方士之说盛行，喜作祥瑞神异之说，有些材料未必是自古所传，而是纬书所载。欧阳修《诗本义》卷十三曾对此提出质疑：

> 秦汉之间，学者喜为异说，谓高辛氏（帝喾）之妃，陈锋氏女（庆都），感赤龙精而生尧。简狄吞鳦（yǐ）卵而生契，姜嫄履大人迹而生后稷。高辛四妃，其三皆以神异而生子。盖尧有盛德，契、稷后世皆王天下数百年。学者喜为之称述，欲神其事，故务为奇说也。……郑（玄）学博而不知统，又特喜谶纬诸书，故于怪说尤笃信，由是言之，义当从毛。

意思是说，《毛诗序》不信神怪之说，但郑玄解经，喜引纬书祥瑞神异之说，故二者解经有差异。但今人读经，应理解"感生帝"之说是当时文化的特色，也是当时政治的需要。

"古帝命武汤，正域彼四方"，是说昔时上帝命商汤统治四方疆域。

"方命厥后，奄有九有"，意思是遍告四方诸侯，自己已是九州之王。

　　"商之先后，受命不殆，在武丁孙子"，是说商朝的诸位先王，承受天命不懈怠，传至子孙武丁。这里的"武丁孙子"，不是武丁的孙子，而是指子孙武丁，正如《毛诗李黄集解》卷四十二所说："《诗》言：'在武丁之孙子'，非谓武丁之孙子也，但指武丁一人也。"

　　"武丁孙子，武王靡不胜"，是说商高宗武丁有武功、有王德，威服天下，无往不胜。

　　"龙旂十乘，大糦是承"，这两句说的是各地诸侯对于殷商中心王朝的尊奉。在古代，宗主国祭祀先王、先公之时，各诸侯国有提供祭祀物品以助祭的义务。郑玄《笺》说："交龙为旂。糦，黍稷也。高宗之孙子有武功、有王德于天下者，无所不胜服。乃有诸侯建龙旂者十乘，奉承黍稷而进者，亦言得诸侯之欢心。'十乘'者，二王后，八州之大国。"孔颖达《毛诗注疏》卷三十说："解诸侯众多，独言十乘之意，谓二王之后，与八州之大国，故十也。八州大国谓州牧也。诸侯当以服数来朝而得十乘，并至者举其有十乘耳，未必同时至也。"关于"龙旂""十乘"，这里需特别解释一下。当时东方各部族以"鸟"为图腾，中原各部族以"龙"为图腾。殷商兴起，控制了中原地区，中原各部族奉其为宗主。所以殷商大祭之时，中原各部族车插龙旂，承载黍稷进贡助祭，这应当是"龙旂"的意涵。"十乘"并非一国之车数，而是表示十方诸侯并至京师助祭，以言其事之盛。郑玄、孔颖达所谓"二王之后"，是指商代前两朝的开国之君虞舜、夏禹的后裔，他们的封国也前来进贡。所谓"八州之大国"是指殷商之外的其他八州中的大国，这些大国也来助祭，两者加在一起称为"十乘"。所以"龙旂十乘"四字虽简短，却足以显示当时众邦来朝的盛况。"大糦是承"，意思是说这些大国满载黍稷来助祭。为什么上古之人如此重视"祭祀"呢？在中国古人看来，"国之大事，唯祀与戎"，重大的祭祀与重大的军事行动，是需要其他大邦来襄助的，这也是显示中心王朝的号召力与统合力的表现。

　　"邦畿千里，维民所止，肇域彼四海"，前两句是说商朝在当时可以称得上是"大邦殷"，疆域有千里之广。殷商之族有这么广阔的疆域，足以使人民归赴，正如宋代曾巩所说："人于其所归赴则止焉，商之盛时，邦畿千里，民所归赴也。""肇域彼四海"，意思是说四海之内都是封疆，隐言殷高宗武丁的伟大功绩。孔颖达《正义》说："'肇'当训为'始'，王肃云：'殷道衰，四夷来侵，至高宗然后始复，以四海为境域也。'"

"四海来假，来假祁祁"，是说由于殷高宗武丁这些功绩，周边众多夷狄蛮戎之国皆来朝拜，可见殷高宗武丁的影响力之大。

"景员维河，殷受命咸宜，百禄是何"，其中"景员维河"一句较为难解，孔颖达认为，"景"当为"大"，"员"当为"云"，"河"当为"何"。他在《毛诗注疏》卷三十中说：

> 转"员"为"云"、"河"为"何"者，以《頍弁》《既醉》言"维何"者，皆是设问之辞，与下句发端。此下句言"殷受命咸宜"是对前之语。则此言"维何"，当与彼同。

孔颖达认为，"景员维河，殷受命咸宜，百禄是何"，正确的文本应是"景云维何？殷受命咸宜，百禄是荷"。在他看来，"景员维河"应作"景云维何"，"员"与"云"在先秦时期可以通用，都是言说之意。在近年出土的先秦古籍中多见"云"写为"员"，由此可见，孔颖达所说有充分根据。"景云"可以理解为"大声说"或"大为惊叹地说"，而"维河（何）"二字，与《頍弁》《既醉》两诗中所讲的"维何"是一样的，都是设问之辞。因为前面言及殷商的大祭，引来如此之多的助祭与观光者，他们不免大为惊叹地说："殷商承受天命，正该如此！他们应承受更多福禄。"这几句是借外来助祭者与观光者的口吻来进行赞美，其效果与直接赞美是不一样的。这样的表达手法，在两三千年前就已出现在《诗经》中了，令人惊叹！所以方玉润赞美此诗说："诗骨奇秀，神气浑穆，而意亦复隽永，实为三《颂》压卷。"

分析完诗意之后，再来看看今人关于此诗的观点。

陈子展《诗经直解》说:"今读是诗,觉其具有史诗性质。诗中人物为半神半人之英雄人物,所叙史事亦杂有神话传说之成分。……总之,《玄鸟》一诗当与《生民》一诗同读。……契为商祖,正与稷为周祖同。禹母吞薏苡而生禹,简狄吞玄鸟卵而生契,姜嫄履大人迹而生稷,同属无父而生子之神话。此《说文》所谓'古之神圣母感天而生子故称天子'者也。窃尝论之:古史相传简狄为帝喾次妃,姜嫄为帝喾元妃,稷、契同时,故有同为帝喾子一说。稷母姜嫄当是有邰氏部落之女酋长,契母简狄当是有娀氏部落之女酋长。同为原始氏族社会由母系制向父系制过渡,由杂婚、群婚向对偶制过渡,此一历史阶段中神话式之女性英雄人物焉。"

程俊英《诗经注析》说:"诗中追叙部分,带有神话传说及史诗性质,和《大雅·生民》相似,可作史料读。关于契及其母有娀氏的传说,在屈原、吕不韦时代也继续流传……此后,司马迁《史记·殷本纪》,王充《论衡》及刘向《列女传》均有记载。但最早的首推此诗。"

两家之论,可以作为今人理解《商颂·玄鸟》的重要参考。

附录　作者教学生涯

本书作者夏福英与所带研究生合影（2021）

研究生《诗经》课堂（2021）

研究生《中国古代思想史》课堂（2021）

本科生《诗经》课堂（2017）

参考文献

一 古籍

（汉）韩婴撰，许维遹校释，《韩诗外传集释》，中华书局，2020。

（汉）毛亨传、（汉）郑玄笺、（唐）孔颖达疏《毛诗注疏》（全3册），上海古籍出版社，2013。

（汉）司马迁：《史记》（全4册），中华书局，2003。

（汉）刘向：《新序》，中华书局，2014。

（汉）刘向：《说苑》（上下册），中华书局，2019。

（汉）班固：《汉书》（全4册），中华书局，1962。

（汉）许慎：《说文解字》，中华书局，2013。

（汉）何休：《春秋公羊传注疏》，中华书局，1980。

（吴）韦昭注《国语》，上海古籍出版社，1978。

（吴）陆玑：《毛诗草木鸟兽虫鱼疏》，影印文渊阁四库全书本。

（唐）孔颖达：《尚书正义》，中华书局，1980。

（唐）孔颖达：《春秋左传正义》，中华书局，1980。

（宋）欧阳修：《诗本义》，影印文渊阁四库全书本。

（宋）苏辙：《诗集传》，影印文渊阁四库全书本。

（宋）李樗、黄櫄：《毛诗李黄集解》，影印文渊阁四库全书本。

（宋）范处义：《诗补传》，影印文渊阁四库全书本。

（宋）郑樵：《诗辨妄》，影印文渊阁四库全书本。

（宋）王质：《诗总闻》，影印文渊阁四库全书本。

（宋）吕祖谦：《吕氏家塾读诗记》，影印文渊阁四库全书本。

（宋）戴溪：《续吕氏家塾读诗记》，影印文渊阁四库全书本。

（宋）朱熹：《诗序辨说》，影印文渊阁四库全书本。

（宋）朱熹：《诗集传》，中华书局，2011。

（宋）严粲：《诗缉》，影印文渊阁四库全书本。

（宋）黎靖德编《朱子语类》，王星贤点校，中华书局，1986。

（元）马端临：《文献通考》，影印文渊阁四库全书本。

（元）刘玉汝：《诗缵绪》，影印文渊阁四库全书本。

（元）梁寅：《诗演义》，影印文渊阁四库全书本。

（明）季本：《诗说解颐》，影印文渊阁四库全书本。

（明）何楷：《诗经世本古义》，影印文渊阁四库全书本。

（清）朱鹤龄：《诗经通义》，影印文渊阁四库全书本。

（清）钱澄之：《田间诗学》，黄山书社，2005。

（清）王夫之：《诗经稗疏》，岳麓书社，2011。

（清）毛奇龄：《诗传诗说驳义》，影印文渊阁四库全书本。

（清）朱彝尊：《经义考》，影印文渊阁四库全书本。

（清）陈启源：《毛诗稽古编》，山东友谊出版社，1991。

（清）姚际恒：《诗经通论》，语文出版社，2020。

（清）《御纂诗义折中》，吉林出版集团有限责任公司，2005。

（清）崔述：《读风偶识》，熊瑞敏点校，语文出版社，2020。

（清）郝懿行、王照圆：《诗问》，中华经典古籍库影印本。

（清）郝懿行、王照圆：《诗说》，中华经典古籍库影印本。

（清）胡承珙：《毛诗后笺》，郭全芝校点，黄山书社，2014。

（清）马瑞辰：《毛诗传笺通释》，中华书局，1989。

（清）魏源：《诗古微》，中华经典古籍库影印本。

（清）方玉润：《诗经原始》，中华书局，2017。

（清）王先谦：《诗三家义集疏》，中华书局，1987。

（清）皮锡瑞：《经学通论》，吴仰湘点校，中华书局，2018。

二 学术专著

晁福林：《夏商西周的社会变迁》，北京师范大学出版社，1996。

陈桐生：《〈孔子诗论〉研究》，中华书局，2004。

陈元锋：《乐官文化与文学》，山东教育出版社，1999。

陈子展：《国风选译》，上海古籍出版社，1983。

陈子展：《诗经直解》，复旦大学出版社，2015。

程俊英、蒋见元：《诗经注析》，中华书局，2017。

戴维：《诗经研究史》，湖南教育出版社，2001。

邓秉元主编《新经学》（第二辑），上海人民出版社，2018。

冯天瑜等：《中华文化史》，上海人民出版社，2021。

傅斯年：《诗经讲义稿》，上海古籍出版社，2012。

方诗铭、王修龄：《古本竹书纪年辑证》，上海古籍出版社，1981。

高亨：《诗经今注》，上海古籍出版社，2017。

郭杰等著《先秦诗歌史论》，吉林教育出版社，1995。

洪湛侯：《诗经学史》（上下册），中华书局，2002。

黄怀信编《上海博物馆藏战国楚竹书〈诗论〉解义》，社会科学文献出版社，2004。

姜广辉：《新经学讲演录》，中国社会科学出版社，2020。

姜广辉：《中国经学史》（全4卷），岳麓书社，2022。

姜广辉、邱梦艳：《诗经讲演录》，中国社会科学出版社，2016。

姜广辉主编《中国经学思想史》（全4卷），中国社会科学出版社，2003。

蒋善国：《三百篇演论》，台湾商务印书馆，1960。

李山：《诗经的文化精神》，东方出版社，1997。

李学勤：《东周与秦代文明》，文物出版社，1984。

梁涛：《郭店竹简与思孟学派》，中国人民大学出版社，2008。

梁涛：《孟子解读》，中国人民大学出版社，2010。

林庆彰编《诗经研究论文集（一）》，台湾学生书局，1983。

刘毓庆：《历代诗经著述考（先秦——元代）》，中华书局，2002。

吕庙军：《周公研究》，人民出版社，2012。

吕思勉：《先秦史》，上海古籍出版社，1982。

马承源主编《上海博物馆藏战国楚竹书》（一），上海古籍出版社，2001。

马银琴：《两周诗史》，社会科学文献出版社，2006。

马银琴：《周秦时代诗的传播史》，社会科学文献出版社，2011。

钱杭：《周代宗法制度史研究》，学林出版社，1991。

钱穆：《周公》，九州出版社，2018。

人民文学出版社编辑部编《诗经研究论文集》，人民文学出版社，1959。

孙作云：《诗经与周代社会研究》，中华书局，1966。

王力：《诗经韵读 楚辞韵读》，中华书局，2014。

闻一多：《诗经研究》，巴蜀书社，2002。

吴闿生：《诗义会通》，中华书局，1959。

夏传才：《诗经研究史概要》，中州书画社，1982。

夏传才：《诗经语言艺术》，语文出版社，1985。

向熹：《诗经语言研究》，四川人民出版社，1987。

许倬云：《西周史》，生活·读书·新知三联书店，2018。

许志刚：《诗经论略》，辽宁大学出版社，2000。

杨成孚：《经学概论》，南开大学出版社，1994。

杨华：《先秦礼乐文化》，湖南教育出版社，1997。

杨宽：《战国史》（增订本），上海人民出版社，1998。

杨向奎：《宗周社会与礼乐文明》，人民出版社，1997。

姚小鸥：《诗经三颂与先秦礼乐文化》，北京广播学院出版社，2000。

叶舒宪《诗经的文化阐释》，湖北人民出版社，1994。

余冠英：《诗经选》，中华书局，2012。

张松如、郭杰：《周族史诗研究》，长春出版社，1998。

张松如主编《中国诗歌史》，吉林大学出版社，1988。

章太炎、朱自清编著《诗经二十讲》，华夏出版社，2009。

中国《诗经》学会编《第六届诗经国际学术研讨会论文集》，学苑出版社，2005。

中国诗经学会、河北师范大学合办《诗经研究丛刊》第 31 辑，学苑出版社，2018。

中国哲学编辑部编《郭店楚简研究》，辽宁教育出版社，1999。

朱绍侯：《中国古代史》，福建人民出版社，2010。

朱渊清、廖名春编《上博馆藏战国楚竹书研究》，上海书店出版社，2002。

朱自清：《诗言志辨》，华东师范大学出版社，1996。

朱东润：《诗经三百篇探故》，上海古籍出版社，1981。

张西堂：《诗经六论》，商务印书馆，1957。

张涛：《列女传译注》，人民出版社，2017。

翟相君：《诗经新解》，中州古籍出版社，1993。

三 学位论文

陈锦春：《〈毛传〉郑〈笺〉研究史纲》，博士学位论文，山东大学，2013。

房瑞丽：《清代三家诗研究》，博士学位论文，复旦大学，2007。

韩立群：《方玉润〈诗经原始〉研究》，博士学位论文，河北大学，2013。

郝永：《朱熹诗经解释学研究》，博士学位论文，浙江大学，2008。

李冬梅：《宋代诗经学专题研究》，博士学位论文，四川大学，2007。

毛宣国：《汉代〈诗经〉阐释的诗学研究》，博士学位论文，武汉大学，2007。

荣国庆：《〈诗经〉诠释史研究》，博士学位论文，山西大学，2017。

犹家仲：《〈诗经〉的解释学研究》，博士学位论文，北京大学，2000。

张洪海：《〈诗经〉评点研究》，博士学位论文，复旦大学，2008。

张建军：《〈诗经〉与周文化考论》，博士学位论文，苏州大学，2001。

四 期刊论文

曹建国：《论先秦两汉时期〈诗〉本事》，《文学遗产》2012 年第 2 期。

晁福林：《论平王东迁》，《历史研究》1991 年第 6 期。

陈志峰：《〈周颂·小毖〉〉训诂歧说甄辨与诗旨案窍》，《经学文献研究集刊》第二十八辑，上海书店出版社，2022。

程平山：《两周之际"二王并立"历史再解读》，《历史研究》2015 年第 6 期。

姜广辉、邱梦艳：《齐诗"四始五际"说的政治哲学揭秘》，《哲学研究》2013 年第 12 期。

雷炳锋：《朱熹〈诗序辨说〉试论》，《宁夏大学学报》（人文社会科学版）2011 年第 2 期。

李家树：《南宋朱熹、吕祖谦"淫诗说"驳议述评》，《河北师范大学学报》（哲学社会科学版）2005 年第 1 期。

刘毓庆：《〈周南·芣苢〉：不经雕琢的天籁之音》，《名作欣赏》2018 年第 10 期。

马银琴：《再议孔子删〈诗〉》，《文学遗产》2014 年第 5 期。

梅显懋：《〈毛诗序〉以美、刺说诗探故》，《社会科学辑刊》2005 年第 1 期。

莫砺锋：《从经学走向文学：朱熹"淫诗"说的实质》，《文学评论》2001 年第 2 期。

邵炳军：《春秋诗歌"叙述者"介入叙事的多元形态——以两周之际"二王并立"时期诗作为中心》，《上海大学学报》（社会科学版）2015 年第 4 期。

谢谦：《朱熹"淫诗"之说平议》，《四川师范大学学报》（哲学社会科学版）1987 年第 2 期。

姚小鸥、王克家：《〈周颂·小毖〉考论》，《中国文化研究》2012 年第 2 期。

张毅:《说"美刺"——兼谈鲁、齐、韩、毛四家诗之异同》,《南开学报》(哲学社会科学版)2002年第6期。

张政伟:《毛奇龄〈白鹭洲主客说诗〉——对"淫诗"说的批判在〈诗经〉学史上的意义》,《诗经研究丛刊》第十九辑,学苑出版社,2011。

后 记

　　《诗经》在先秦时期被称为"诗"或"诗三百"，是中国最早的诗歌总集。它的《国风》部分，是周代民歌，但我们不能将它与后世民歌相类比。因为"诗三百"出现的时代甚早，当时华夏地区很少有其他文献问世。"诗三百"在出现之后，便被当作一种价值观载体来对待了。就像古代一些少数民族那样，总是以自己民族的史诗为价值观载体。当代德国哲学家伽达默尔评价《荷马史诗》在希腊社会中的地位说："那时的时尚是，一个人必须诉诸荷马才能证明自己的全部知识的正确性，正如基督教作家诉诸《圣经》以证实自己知识的正确性一样。"① "诗三百"在中国早期社会的地位也与之类似，而这种情况在《春秋》一书问世之后就发生了改变。《孟子·离娄下》说："王者之迹熄而《诗》亡，《诗》亡然后《春秋》作。"意思是说，中国最早的价值观载体是"诗三百"，《春秋》出现后，便取代了"诗三百"的地位。因为《诗三百》曾长期作为价值观的载体，所以当汉代进入经学时代之后，经学家便极力挖掘"诗三百"的价值观意涵，并将之称为《诗经》，由此牢固确立了《诗经》的经典地位。

　　因为孔子曾经编辑和诠释过《诗经》，这使《诗经》具有了神圣的意义。传统经学对《诗经》的解释方法论甚是陈旧，因而进入现代以后，新派的《诗经》研究者基本抛弃了传统的经学研究方法，而从文

---

① 转引自姜广辉、邱梦艳《诗经讲演录》，中国社会科学出版社，2016，第5页。

化人类学、民俗学以及纯文学的角度去研究。虽然这种新方法对《诗经》研究起到了很大的推进作用，但是，解释失真、观点失准的情况也不少。

鉴于以上情况，我们今日研究《诗经》，应当站在比先前更为客观的立场，取新、旧两种解释方法之长，做经学与文学的综合性研究，将《诗经》作为一个"富矿"来发掘。

这本小书是作为《〈诗经〉讲演录》的续编来撰写的，即在《〈诗经〉讲演录》所选57篇诗之外，又另外选51篇来做研究。下面我略谈一下撰写此书的过程与心得体会。

此书根据我近几年开设的《诗经》课程的讲稿修改而成，它是我人生中的第一部学术著作。我自幼喜爱文学，尤其偏爱古诗词，这是一件有意义的事，因为它能陶冶情操，且能使我从中得到许多人生乐趣。但阅读是一回事，做学术研究又是另一回事。前者让人产生快感，后者却使人感受到研究工作的艰辛与苦涩。2012年，我进入湖南大学岳麓书院攻读博士学位，业师姜广辉先生每年为我们开一门经学课程。第一年开设的是《周易》，业师鼓励学生参与其中，让每位选课的学生在台上讲授两卦，他再做点评与补充。当时，我与王霞师姐是新入学的学生，她选了"既济"卦与"未济"卦，我则选了"中孚"卦与"小过"卦。至今还记得2012年那个寒冷的冬季，我在岳麓书院文昌阁讲坛上小心翼翼地讲"中孚"卦与"小过"卦的情景，青涩而又严肃。第二年，业师开设《诗经》课，来听这门课程的学生很多，因为每个人心中都有"诗与远方"。作为当今的经学泰斗，业师从经学而非文学的角度讲授《诗经》，他分析各家诗派的不同观点，从《孔子诗论》、西汉三家诗和毛诗一派、宋代朱熹的《诗集传》，到清代姚际恒、方玉润等的"独立思考派"，引述虽繁，分析却很通俗、中肯。在课程中，他详细地讲述春秋时期各诸侯国士大夫们如何引诗、赋诗进行政治外交，精心挖掘各篇中的名句，如"我心匪石，不可转也"，"我心匪席，不可卷也"，"不忮不求，何用不臧"，"如切如磋，如琢如磨"，"他山之石，可以攻玉"，"战战兢兢，如临深渊，如履薄冰"，分析这些诗句的教诫意义，以及在后世的流传与引用等。我对这门课程始终兴趣盎然，在课堂上做长长的笔记，课后阅读相关文献，加深对诗作的理解。

我博士毕业那年，业师的《〈诗经〉讲演录》（姜广辉、邱梦艳著，中国社会科学出版社，2016 年版）出版。博士毕业后，我进入中国人民大学国学院博士后流动站继续学习。按中国人民大学的要求，博士后需要承担两门课程，我当时选择给本科生讲授《周易》和《诗经》。在讲授《诗经》时，我主要参考了业师的《〈诗经〉讲演录》、程俊英与蒋见元的《诗经注析》、夏传才的《〈诗经〉研究史概要》、马银琴的《先秦时代〈诗〉的传播史》与《两周诗史》等书。讲过这一期课程之后，我萌发了按业师与师姐《〈诗经〉讲演录》的路数，继续解析《诗经》中其他诗篇的想法。当然，这对于我来说无疑是一个巨大的挑战，因为《周南·关雎》《卫风·淇奥》《郑风·子衿》《秦风·蒹葭》《小雅·鹿鸣》等名篇，都已被二人解析过了，余下的大多是一些不甚为大家所熟知的诗，如《召南·何彼襛矣》《邶风·北门》《齐风·猗嗟》《魏风·汾沮洳》《唐风·葛生》《小雅·都人士》等。且研究这些诗篇，在材料搜集和分析研究上需要花费的时间更多，难度更大。

2018 年，我入职广西大学马克思主义学院，担任 2018 级哲学系本科生的班主任。我给同学们建了一个《诗经》课程群，加上一些《诗经》爱好者，一共 200 多人。我每隔一周在群里给大家讲诗，开讲之前，我会指名让学生朗诵。刚踏入大学校门的学生，对诗是充满激情的，尽管隔着屏幕，但我仍能感受到。2019 年至 2021 年，我给哲学系研究生开设儒学专题课程。我将这门课程分为五个专题（《诗》《书》《礼》《易》《春秋》）来讲，其中《诗》的课时安排最多。在这几年中，我从经学的角度，按业师当年解《诗》的路数，系统地讲解《周南·芣苢》《鄘风·载驰》《卫风·硕人》《郑风·出其东门》《王风·黍离》《豳风·东山》《小雅·北山》等诗。同学们乐于参与其中，师生互动，其乐融融。下课之后，同学们常陪我一同步行至住所，浓密的树荫下，美丽的荷花池边，明朗的月光下，都曾有过我们的欢声笑语。这是一段令人愉快的时光，至今回忆起来，还历历在目——这也是促使我撰写此书的原因之一。

本书的写作，我尽量朝以下两个方面努力。

一 尽力不落前人窠臼，但以实事求是为原则

我认为，一部学术著作，如果只是在众多前人著述中选定一说，加以演绎与扩充，以成己说，那就失去了独立学术研究的价值。前贤解释《诗经》的著述甚多，也颇多分歧，阅读多了不免眼花缭乱，不知谁的意见才是诗的本义。但是，一定有一个真实的事相在，这个真实的事相，有可能前人已触及，但也有可能前人囿于研究方法论的局限而没有触及。

如《小雅·都人士》，这是一首很特别的诗，它通篇描写都市士人和士女的穿着打扮。按照经学家诠释《诗经》的习惯与取向，这首诗也被赋予了一定的美刺意义。《毛诗序》说："《都人士》，周人刺衣服无常也。"朱熹《诗经集传》说："乱离之后，人不复见昔日都邑之盛。"清代《御纂诗义折中》说："《都人士》，思旧俗也。"但以今人的观点来看，去掉这些美刺意义，纯以服饰美的角度去欣赏和解读，反而会使此诗更具魅力与意义。在笔者看来，诗人从比较"老土"的视角来看比较时尚的京都人士，就像乡村百姓进城看到城市男女时尚的服饰那样，会情不自禁地发出艳羡之声。虽然这位诗人来自"老土"的地方，但他有足够的文化底蕴，能从一种服饰美学的角度来欣赏京都人士。此诗从一种服饰美学的角度来解释，远比汉儒、宋儒将此诗赋予美刺意义的说法，更有历史借鉴意义。

二 对《诗经》写作手法给予较多关注

本书在各诗的解释上，如果发现其中有些写法对后世产生过较大影响，笔者或者做较详细的分析，或者提示它曾经被后世何人所关注和仿

效。如对《周南·芣苢》一诗的写作手法，笔者做了详细分析。《芣苢》一诗每章重复，句式高度一致，每句只改动了几个字。如果将《芣苢》一诗改动的字连起来看，采（求），有（得），掇，捋，袺，襭，整个过程就是用手采摘，将车前草用衣襟兜着。从今日的角度看，此诗似乎不能被称为诗，它曾引起后世的广泛讨论。元代袁桷认为此诗与汉乐府《江南》一诗颇为相似，《江南》诗说："江南可采莲，莲叶何田田。鱼戏莲叶间，鱼戏莲叶东，鱼戏莲叶西，鱼戏莲叶南，鱼戏莲叶北。"从传统诗学角度来看，汉乐府《江南》也不像一首诗，但为何它在古代和现代都脍炙人口，人们对之耳熟能详呢？笔者将《芣苢》一诗与日本的俳句相联系，并援引白居易《金针诗格》"诗有四炼：炼字、炼句、炼意、炼格。炼句不如炼字，炼字不如炼意，炼意不如炼格"，指出《芣苢》一诗在"炼字"与"炼意"上下了功夫，才有这样的艺术价值。

另外，笔者对《诗经》一些诗篇的写作手法做了特别提示。如指出《召南·行露》一诗反复使用反诘的写作手法，语气愤慨而有力，为后世文人所仿效。曹植愤然作《七步诗》："本是同根生，相煎何太急？"龚自珍作《咏史》诗："田横五百人安在，难道归来尽列侯？"此即是其例。再如《召南·何彼襛矣》一问一答的写作手法，也为后世诗词作品开了先河。南唐后主李煜的《虞美人》"问君能有几多愁？恰似一江春水向东流"、朱熹《观书有感》"问渠那得清如许？为有源头活水来"无疑都受了《诗经》的影响。再如《秦风·晨风》"山有……隰有……"的句式，在《诗经》中多有呈现。笔者指出，这样的句式，我们现在读起来比较别扭。但是，如果将它理解为现代诗歌中的"山上有……河边有……"的句型，就比较好理解了，这是一种民歌形式的起兴方法。如此等等。

最后，我要衷心感谢我的父亲！他是一位退休的高校文学教师，在此书写作过程中，给我提出了许多中肯的意见。感谢业师姜广辉先生对我的精心指导！在我整理初稿时，他给我如下建议：要力求脱离传统

《诗经》解释的窠臼，每首诗在解释上都要有创新和亮点，或在解释诗意上，或在分析名句上，或在写作手法上，要有自己的独到之处；解诗时既要参考从汉代至清代的《诗经》学者的观点，又要融合现当代《诗经》学者的观点，不应偏废，同时也要学习新的解释学理论，尝试用新理论、新思想驾驭史料；要特别挖掘所选之诗对后世的教诫意义，这是《诗经》历久不衰的生命力所在。当初稿完成后，业师指出了其中一些不当之处，并耐心为我做了许多批注。之后，业师又为拙作作序，我内心甚是感动。感谢我的博士后导师梁涛先生对我的指导！2017年春季学期，当我在中国人民大学讲授《诗经》与《周易》时，得到了梁先生的支持与鼓励，让我在知识层面有了新的收获。感谢丁进老师！在涉及礼学问题时，给我耐心的指导。感谢杨兴凤老师！在涉及西方哲学领域时，为我答疑解惑。感谢唐陈鹏师弟、田晓丹师妹！在我查阅文献之时，给我提供诸多帮助。感谢钟华师妹！在我写作后期，在生活上给我支持，为我艰难的写作岁月增添了几分温暖与惬意。感谢参与《诗经》课程的所有本科生与研究生！教学相长，你们或深或浅的提问，让我不断深入思考，在思考中进一步积累知识。师生一起交流探讨的这几年，是我人生中一段很美好的时光。感谢所有对拙作的写作提供过支持和帮助的朋友！感谢社会科学文献出版社的编辑和工作人员！你们为我的书稿付出了许多艰苦的劳动。

夏福英
2023年夏于东江湖畔

图书在版编目（CIP）数据

《诗经》讲演录续编 / 夏福英著. -- 北京：社会
科学文献出版社，2024.4
　ISBN 978-7-5228-3099-5

　Ⅰ.①诗…　Ⅱ.①夏…　Ⅲ.①《诗经》-诗歌研究
Ⅳ.①I207.222

　中国国家版本馆 CIP 数据核字（2024）第 019311 号

《诗经》讲演录续编

著　　者 / 夏福英

出 版 人 / 冀祥德
责任编辑 / 周　琼
文稿编辑 / 田正帅
责任印制 / 王京美

出　　版 / 社会科学文献出版社·马克思主义分社（010）59367126
　　　　　　地址：北京市北三环中路甲 29 号院华龙大厦　邮编：100029
　　　　　　网址：www.ssap.com.cn
发　　行 / 社会科学文献出版社（010）59367028
印　　装 / 三河市尚艺印装有限公司

规　　格 / 开　本：787mm×1092mm　1/16
　　　　　　印　张：18.75　字　数：267 千字
版　　次 / 2024 年 4 月第 1 版　2024 年 4 月第 1 次印刷
书　　号 / ISBN 978-7-5228-3099-5
定　　价 / 98.00 元

读者服务电话：4008918866